江浙巅峰

百山祖国家公园凤阳山文集

李先顶 主编

中国农业科学技术出版社

图书在版编目（CIP）数据

江浙巅峰：百山祖国家公园凤阳山文集 / 李先顶主编 . --
北京：中国农业科学技术出版社，2023.6
ISBN 978-7-5116-6116-6

Ⅰ. ①江… Ⅱ. ①李… Ⅲ. ①中国文学－当代文学－作品综合集 Ⅳ. ① I217.1

中国版本图书馆 CIP 数据核字（2022）第 246550 号

责任编辑 张志花
责任校对 王 彦
责任印制 姜义伟 王思文

出 版 者 中国农业科学技术出版社
北京市中关村南大街 12 号 邮编：100081
电 话 （010）82106636（编辑室）（010）82109702（发行部）
（010）82109709（读者服务部）
网 址 https://castp.caas.cn
经 销 者 各地新华书店
印 刷 者 北京科信印刷有限公司
开 本 210 mm × 285 mm 1/16
印 张 25
字 数 550 千字
版 次 2023 年 6 月第 1 版 2023 年 6 月第 1 次印刷
定 价 298.00 元

编委会

江浙巅峰：百山祖国家公园凤阳山文集

序

“龙腾千山巅，泉涌三江源”。龙泉市位于浙江西南部浙闽赣边界，市域面积3059平方千米，人口29万。龙泉不仅因剑得名，凭瓷生辉，以香菇灵芝闻名，还由山添秀，以水灵气，境内山川雄秀，襟带众流，瓯江、闽江、钱塘江在这里发源，海拔千米以上的山峰730座，凤阳山主峰黄茅尖，以1929米高度雄踞群山之巅，成为长三角最高峰。

凤阳山自然保护区1975年7月被列为省级自然保护区；1992年10月，经国务院批准晋升为“浙江凤阳山－百山祖国家级自然保护区”，而今是百山祖国家公园中心区域。保护区方圆152平方千米，海拔1500米以上高峰20余座，1800米以上9座。这片人称“浙江屋脊”的东南沿海山区，以磅礴气势一改江南婉约柔和的形象，形成独特的刚柔相济风格，一如龙泉温润的青瓷与阳刚的宝剑组合。2005年，习近平总书记在浙江工作期间来凤阳山考察时指出：“凤阳山是代表浙江的山，真是一幅山水大画卷。中国山水画讲究高远、深远、平远，在这里我都看到了。”它是大自然的杰作，“浙南林海”的精华，被誉为“野生动物的乐园、珍稀植物的天堂”和“华东古老植物的摇篮”，是一个名副其实的“清凉世界”、“天然氧吧”“度假胜地”，一块闻名遐迩的“江浙秘境”“瓯江诗源”“难得净土”。

长期以来，凤阳山以其“高、凉、险、幽”的秀美景色与个性鲜明的文化韵味，吸引了众多知名作家、艺术家前来采风创作，并竞相讴歌。1986年，龙泉市举办全国性的“凤阳山诗会”；2001年，浙江省作家协会举办“瓯江文学大漂流”采风活动，首站选择凤阳山；2004年，浙江省作家协会、龙泉市政府联合举办“龙泉论剑”；2018年11月10日，“相约龙泉山 奔向最高峰”名家采风创作活动在凤阳湖畔启动；中国摄影家协会更是将凤阳山挂牌为中国摄影家创作基地……作家、摄影家们或奋笔疾书，或按下快门，感受、抒写凤阳山的大美、绝美，留下了大量佳作。《江浙巅峰——百山祖国家公园凤阳山文集》一书就是这些佳作的选集。该书的出版，具有自然、人文、艺术、社会等多方面多重价值与意义，可喜可贺！

“剑倚凤阳骨愈劲，瓷沐瓯江色更青”。我们冀望今后有更多的作家、艺术家与朋友走进“剑瓷之都”龙泉，攀登长三角之巅，领略龙泉灵秀山水和文化魅力，厚植龙泉文化内涵，赋能百山祖国家公园建设，为开辟新时代“两山”发展新境界，推动龙泉在谱写中国式现代化“品质龙泉”新篇章道路上行稳致远！

是为序。

钱江源－百山祖国家公园
百山祖管理局局长

2023年6月

目 录
CONTENTS

散文卷 江浙秘境

诗歌卷　山水诗源

词赋卷 难得净土

故事卷 丹凤朝阳

散文卷

江浙秘境

凤阳山美学六题

郑秉谦

一千个凤阳山

浙江最有名的山也许是雁荡山、四明山、天台山、天目山，但最高的山却是凤阳山。凤阳山旁还有座高山，名叫“百山祖”，但凤阳山却从云表俯视着这百山之祖，这便足见它的高度了。它号称“江浙第一高峰”，听说在整个华东，它竟位居第五呢。

我来到以出产龙泉宝剑著名的龙泉，拜访了这座高达 1929 米的山峰。凤阳山有森林，有石峰，有瀑布，有溪涧，它像其他的名山大川一样，具备着美的多样性。可是在我看来，这个占地 7 万亩的自然保护区的重点景观，却应是深林古树。如果想看瀑布应上雁荡山，想看奇峰应去黄山。我这样说，并不是贬低凤阳山，而恰恰是为了突出它的森林之美。那各种颜色的高山杜鹃，那刚劲多姿的黄山松，那紫白相间的木兰，那大大小小的山茶，那动辄需数人合抱的柳杉，那冰川时代孑遗的白豆杉，那树叶如马褂的鹅掌楸，那花朵如银钟的银钟树，一株接一株，一片连一片。阳光如一道道水流，从繁密的枝叶空隙间斜冲下来，浸润着地面上的竹节人参、七叶一枝花、鹿蹄草和云雾草（学名松萝）。林景之美，是其他名山所不及的。我到凤阳山，其他看得少，森林看得多，有所省略才有所突出，面面俱到反会导致面目的模糊。王充说：“美色不同面，皆佳于目。”凤阳山的森林之美，正好同黄山石、雁荡瀑布互相补充。

这个无边无际、蓊蓊郁郁的高山森林，植物学家说它是冰川时代植物的避难所，是当今世界的古生物摇篮。但在我眼里，它生机勃发，每时每刻都在刷刷抽长，是栋梁的家乡。以其中一株大柳杉为例，它身高 50 米，胸围 6 米，积材 135 立方米，这也许是浙江最大的树了。我固然知道自然保护区的一草一木都不允许触动，但我总觉得人类的大厦就从这里产生。山水也像艺术创作一样，“寓意则灵”，当我这样想着时，凤阳山对我更可亲了。

国画家讲究“凡画山水，最要得山水性情”。宋代郭熙说：在他看来，春山如笑，夏山如滴，秋山如妆，冬山如睡。对凤阳山的感受，一方面离不开山本身，这是景观的客观性；另一方面又离不开游客，这是感受的主观性。所有的游客一定会同我一样，觉得凤阳山很美，但是否大家都认为景观重点是森林，是否都把森林看成栋梁的故乡，那就不一定了。一千个观众眼中有一千个哈姆雷特。而有一千个游客，亦也有一千个凤阳山。

挺立天表的将军

我强调了凤阳山的重点（森林），不等于我拒绝观赏非重点的其他景观。当我到达在凤阳庙旧址修建的保护区办公楼时，第一眼就看到了远处矗立的一座石峰。办公楼在海拔 1400 米处，那座石峰只会更高，它在这片是树林的山中显得别具一格。它名叫将军岩，底部宽阔，顶部仰起，显出一副坚实有力、高瞻远瞩的神情，确有一种挺立天表、守卫群山的大将风度。仰视这个形象，我不觉肃然起敬。

当然，如果用是否有头胸手足，甚至用是否有铁盔甲胄来要求，这个将军形象是不完整的；但从那威武壮实的气势来看，它却是完整的。将军岩是从气概这一方面而不是从所有方面同一位真的将军接近的。人们这样以将军称呼岩石，目的是使形象所包含的意义更清晰，更能唤起自己的联想。任何比喻都是跛足的。也就是说，比拟的确切性只是相对的。如果比喻物与被比喻物的一切特征完全一样，那么两者就是一个事物而非两个事物了。对于将军岩，以及一切用人、用神或用其他事物命名的峰峦树石，看来都要作如是观。

看不见的水

在从凤阳庙旧址去将军岩的密林中，会听见一种震天撼地的响声。穿枝拨叶，一个气势夺人的瀑布倏然出现在我们面前。这个尚未命名的瀑布分成两叠，共高 67 米。瀑布下游，是一条无声流动着的白石涧。涧水洁净极了，甚至看不见它的本身。三三两两的小鱼，逆水唼喋，不前进也不后退，仿佛悬浮在空气里。如果不是它们那昂首掉尾的身姿，我真以为它们是凌空挂着，而不是在水中呢。

从这里绕道上山，一路尽是山下从未见过的尖嘴紫茎树。它们的枝干笔直，粗如屋梁，树皮光滑，闪着金光，就像新铸出来的锅柱。钻出紫茎林，已经到了瀑顶。那是一个极其安静的山谷，如果不是眼看瀑布从这儿跌下去，是不会想到下面那震岳摇山的声音就是这静如处女的潭水造成的。山谷色如白玉，从岩顶一直白到水底。山谷高处两侧，倒挂着密密麻麻的大杜鹃，一片姹紫嫣红。这是个真正的白玉潭，潭中布满浅色的彩石，五光十色。同下游的白玉涧般，这里的水也是洁净得看不见的。彩石之间，这里那里，还匍匐着几条蝾螈。蝾螈形如娃娃鱼，有四足，但要小得多。只有看到它们从容沉浮、悠游自在的身姿，才可以确定它们是在水里。

我真被这条大瀑布上下游的、看不见的水迷住了。我从来没见过这么洁净的水！我看见潭水与涧水，不是凭水的率身，而是凭在它们中间以不同姿态活动的蝾螈与小鱼。水是无形的，只不过是一片空白，但凭着小鱼和蝾螈的不同活动姿态，却可以辨别出水的形状，辨别出涧水动而潭水静。小动物们的动姿使无形的水有了形，使空白变成了充实。这真有点像图画中的虚实关系。王石谷的《风雨归舟图》，只画迎风堤柳与孤舟蓑笠，而不画风雨。雨在何处？有个回答："雨在画处，又在无画处。"就我对洁净的涧水与潭水的欣赏来说，水是被欣赏的主体，可我却是从主体以外的小鱼与蝾螈才"看见"这个主体的。这是从"虚中见实"，甚至还可称作"无中生有"。类似的例子在文艺创作中就有。崔莺莺与罗敷的美，不是从她们本身（主体），而是从主体以外的人物身上来表现的。"大师年纪老，法座上也凝眺；举名的班首真呆傍，觑着法聪头做金磬敲。老的小的，村的俏的，没颠没倒，胜似闹元宵。""行者见罗敷，下担捋髭须。少年见罗敷，脱帽著帩头。耕者忘其犁，锄者忘其锄。来归相怨怒，但坐观罗敷。"观者的行动就是崔、罗之美所产生之影响的形象化。同样小鱼与蝾螈的不同姿态，也就是水的动态或静态的形象化。

当发现野人窠时

凤阳山是植物保护区，但属于一、二、三类的动物保护对象也不少。这儿有老虎、猴子、梅花鹿、苏门羚、野牛，甚至还有——野人。当我们在林间披枝拂叶行进时，我们怀着一种好奇但又恐怖，有趣而又不安的心情。随着自然保护区的两位主任悄悄前进，我们希望碰见这些动物又怕碰见它们，想一窥它们的身姿又怕它们的利爪长牙。

"一个野兽窠！"有人轻声喊。大家悄悄围上去，一看，在一个坡地的顶端，有一个大小、形状均如椭圆形浴盆的兽窝。它是攀引周围小杜鹃一类灌木的茎干枝叶编成的，上面再铺以碎枝杂草。这些灌木并未折断，仍连在根上，看来仍在生长。窝的一端，靠着一株松树的躯干。窝做在坡顶，四围空阔，躺在里面，或背靠松树坐在里面，都能看见周围的动静。唔，好聪明的野兽！这是熊窝、虎窝还是别的什么窝呢？

"野人窝！"两位主任异口同声地说。

一刹那间，周围静极了，我甚至能听见自己的心跳，仿佛连掉下根头发也能引起爆炸。野人？这一带土名"人熊"的野人，我们今天就能看到?！据说三年前，凤阳山上发现过野人足印，43码的球鞋放进去还差1寸[①]。而距离这里150里[②]的遂昌九龙山，在50年代还抓到过一个这样的"野人"。当时山民不懂得保护，竟把它杀掉了，但留下一双足，风干起来，那双足也有这么大。而这个窝的类型同九龙山发现的完全相同。

① 1寸≈3.3厘米，全书同。

② 2里=1千米，全书同。

风光独好凤阳尖

这时我怀着的那种有趣而不安、好奇而恐怖的心情更浓了。我今天能见它，还是不能见它呢？这两个可能对峙着，互不相让。凡是能确定而尚未确定的事物，是最能引起人们的好奇心的。若即若离、若隐若现，这种神秘美就来自事物的对立统一规律，矛盾规律。

这种心情之所以特浓，还来自将要出现的对象本身。不管叫野人也好，叫人熊也好，它是兽，但却比其他兽类与人更相近。它是兽又是“人”，它的自身就存在对立统一的因素，因此更易引起我的兴趣与好奇。文艺作品中的某些形象，如耒阳县发落庞统的张飞，东京城婉拒李师师的燕青，之所以特别引人注目，也就因为他们自身即具对立因素，凶猛却又妩媚，风流却又正派。人熊当然不是人，更不是什么艺术形象，但存在于它自身的矛盾因素，却使它比老虎狮子更吸引人。

这时，那伏在窝边里里外外细察的保护区副主任抬起头来，说：“这窝子的主人离开有两年了！”他是林业工程师，在这里生活很久了，他的话是权威的。

噢！我失望但又轻松地嘘了一口气。大家默默地离开了这个窝，继续在林间行进。我不断回头向这个窝张望，心里的悬念更大了。

骑虎挥鞭的形象

我们下榻的地方可谓高矣！奇怪的是，从凤阳山的每个侧面，都有石板路或卵石路通到这儿来。

美丽凤阳山

秦万里

过去，对江南风光的印象只是水乡小船，只是西湖映月，却不知道浙江还有个如此美丽的凤阳山。我去过江西的庐山和四川的峨眉山，印象之中，这两座山虽然海拔高，却不如凤阳山的山谷深，不如凤阳山的杉树高大。我们上去的时候，已经到了下午 4 点左右，由于是逆光，山梁峡谷层层叠叠，一片苍茫之美。据说在凤阳山还能看到云海、日出、佛光三大奇观，眼下的景色虽然并不十分

走马灵峰将军岩

风云凤阳山

奇特，却是层林尽染，气势恢宏。奇的是树，一搂粗的杉树横着从石缝里钻出，拐了一个 90° 的弯儿，然后直挺挺朝云天刺去，高达数 10 米。上山的栈道很险，是紧贴着峭壁修建的，大约只有 1 米宽，有恐高症的陈源斌早已望而却步，其他不少人也气喘吁吁地在半路歇了下来。我和戈悟觉、夏真、李想兴致特高，一面赞叹这山林美景，一面一层又一层向山顶攀去。戈悟觉特别让人敬佩，他已有 67 岁，却上得最快。据说他曾经是个运动健将，近期还拿了个什么国标舞冠军。难怪到这岁数了，还有一副笔挺的身架。

因为怕耽误了约定集合的时间，我们没敢爬到山顶。下山的时候才发现已经脱离了群体，于是怀疑我们迷了路，大家便开玩笑地说，迷了路也好，永远出不去了也好，反正这里有两男两女，若干年后，凤阳山上就又出现一个村庄部落了。

据说，凤阳山是刚刚开发的，承包给了一个“老板”。我觉得这位开发者是个有识之士，他一定是聘用了真正的专家来设计，用 21 世纪的理念开发，所以才制造了以绿野宾馆为中心的整体和谐。

5 点钟下山，住龙泉宾馆。次日清晨出发赶往杭州，中午在金华用饭，饭后再往杭州飞奔，因为怕误了孙甘露等人的火车，所以拼命赶路。开往北京的“Z10”开车时间晚一点儿，我们就又被请到环岛宾馆休息半小时。仅半小时，本来在车站多待一会儿就行了，却又花了组织者一笔钱，足见人家的周到和体贴。

初探瓯江源

牛玉秋

龙泉有着非常丰富的自然景观资源，800 里[1]瓯江的源头就在龙泉。初探瓯江源，江南难得一见的高山草甸先就让我心旷神怡。此前颠簸在蜿蜒的山间公路上，一面是高山，一面是深谷，行至此处，突然豁然开朗，一望无际的茅草刚刚泛黄，微风袭来，阵阵若有若无的草香沁人心脾。随后我又被它那几百株古杉惊呆了，在不大的面积里聚集了那么多株古杉本来已属罕见，而且那些树株株还都那么漂亮！那 5 株千年大柳杉彼此守望，它们高有 10 层楼，粗要七八人合抱，浓密的扁针状叶碧绿如洗，沉甸甸地下垂着。那一株又分出了 5 个枝杈，形如五指，独木成林。而凤阳山大峡谷也称得上秀丽多姿。峡谷内植被良好，放眼望去，满眼青葱翠绿，层层叠叠。时过中秋，万绿丛中不时跳出一两株红叶，红得醒目，红得耀眼。更有瀑布飞泉点缀其间，令人目不暇接。

龙泉还有着非常丰富的人文景观资源。且不说龙泉与剑和瓷有关的人文景观比比皆是，就是它的凤阳庙也堪称独特。我走过的地方、见过的庙宇不算少，但供奉五显大帝和香菇鼻相吴三公的庙宇还是第一次看到。与其他庙宇不同的是，凤阳庙迎门就是一座戏台，戏台面对大殿，背向庙门。这是因为每年农历七月十六日，龙泉、庆元、景宁三地菇客男女都来凤阳庙进香，拜祭吴三公，还连演 15 天木偶戏，以庆祝菇农丰收。演戏为了谢神，所以戏台就得面向大殿了。

---

① 1 里 =500 米，全书同。

瓯江源

瓯江溯源

董培伦

漫山遍谷的绿，盈盈欲滴的绿，像碧海汪洋中墨绿色的狂涛，一夜间被凌厉的寒潮冻结成凝固的巨浪。而奔流在千沟万壑间银练似的飞泉，却似来自暖阳下融化了的巨浪的边角。这千百条飞练带着哗笑，带着歌唱，从不同的方向涌进悬崖绝壁之下的山谷中的龙泉溪。龙泉溪是瓯江上游的上游，它的尽头就是隐藏在凤阳山中的瓯江之源了。

2001年5月20日上午，“瓯江文学大漂流”采风团60余人的队伍，在名誉团长、中国作家协会副主席、著名作家叶辛和团长、著名影视作家、电视连续剧《日出东方》作者黄亚洲的率领下，分乘三辆面包车，沿着凤阳山山谷、龙泉溪的岸边盘山而上，拉开了“瓯江文学大漂流”的序幕——瓯江溯源。我坐在第一辆面包车上，不时地探头张望窗外的景色。漫山遍谷的翠绿中间，或透露出一团团火焰般的杜鹃花的微笑。五月的山风带着山花和草木的清香暖暖地拂面而来，让人脑清目醒，心旷神怡。而当我收回远望的目光，俯首注视车下时，却是令我头晕目眩的万丈深谷。谷底里奔流着比蓝天还蓝的溪水，泛起比雪还白的浪花。这谷底景色又惊险又迷人，惊险得使人不敢看，迷人心窍的诱惑又不能不看。呵，难道人世间最美丽的景色都要冒着惊险才能享受到吗？藏在凤阳山深处的瓯江源是否也是最迷人的景色？要不，它为什么磁石般将我的心紧紧地吸牢呢？

我对瓯江源的向往始于40年前。我为寻找它的所在，曾两次千里跋涉，苦苦追求，而溯源的念头却是因瓯江之美而诱发的。

还记得40年前初秋的一天，当我乘坐民主18号客轮，从上海十六铺码头启航，经24小时的海上颠簸，于1961年9月8日晨，在烟雨迷茫中抵达瓯江口时，就被瓯江迷人的景色惊呆了。那是我第一次见到瓯江。当时，我刚从天津塘沽海军海道测量训练班毕业，被分配到温州海军部队航海保证科工作，为了体验一下海上风光，我特意乘船前往。想不到这意外的惊喜，更增添了乘船的乐趣。

10月2日，我便在日记中写下了当时的感受：“紫山吐雾，化作朵朵白云，谷风一吹，荡云飞烟。继而沉雷隐隐，像千乘万骑驰过天边。顿时，细雨如筛，碎如银粉，飘飘洒洒，润万物如醉。不知不觉，云缝中钻出缕缕阳光，偷窥这烟雨苍茫，孰料惊出一道长虹，飞跨瓯江南北，俨然如金桥横卧。我真想脚踏金桥，从北山走向南山，端详鹿城风采。正遐想间，忽然阵风又起，雾消云散，雨敛虹收，天复晴朗。阳光依旧亲吻江涛，拥抱船帆。抬头远望山巅，山巅又开白云万朵，依偎苍峰翠岭睡去。当它们一旦醒来又将化作云涛低掠江涛……真是晴阴莫测气象万千……”

当时，我就产生了探溯瓯江之源的念头。我认为美丽的瓯江必有美丽的源头，然而源头在哪儿呢?

据有关资料介绍：美丽的瓯江是浙江省第二大河。它发源于龙泉市洞宫山脉锅帽尖北麓。干流经由龙泉、云和、丽水、青田、永嘉、瓯海、鹿城、龙湾，出温州湾入东海。全长388千米，总落差1080米，流域面积1.8万平方千米。瓯江河道曲折，两岸山岭起伏，山色葱茏，水光潋滟，景色迷人。

由此，更增强了我探索瓯江之源的愿望。就在同年10月中旬，为了做好海上的战备工作，上级指示我们收集江河湖海的兵要地志。当时，我们以最短的时间勘察、收集了有关航道、锚泊等资料后，便乘登陆艇，从瓯江口开始逆江而上，沿江勘察整个瓯江的有关航泊资料。当时，我就天真地想，这样既完成了战备任务，又能探溯瓯江之源。真是一举两得。

登陆艇乘潮沿江而上。我们一边测量水深一边前进，仅半天时间，便来到温溪，浑浊的潮水到此已经止步。再往前走，便是碧水如镜了。两岸的青山郁郁葱葱，不约而同地矗立岸边照影；河滩的卵石浮光跃金，水中的白帆欣赏自己的舞姿。我们的测量艇逆流而上，像在琼浆玉液中滑行。船尾高速旋转的螺旋桨荡起白浪的飞瀑，像孔雀开屏一样，阳光下闪烁着虹霓。甲板上年轻的水兵们挥舞着圆形的军帽，向岸边的行人问好，向秀丽的水光山色致敬……

因我忙于手中的测量工作，不敢有太多的分心。沿途秀丽的景色只能在偶然一瞥中享受。当我们的测量艇接近丽水城郊时，测量艇突然轰隆一声搁浅。摔了一跤似的测量艇赶快倒车，总算脱离了浅滩。测量艇艇长再也不敢逆流而上，我们只好沿来路返航。

当时瓯江之源的探测，成了梦中的泡影。

岁月一晃又过了20年，1981年5月上旬，浙江省作家协会诗歌组30余名诗人在张望先生的率领下，从杭州出发经丽水去龙泉凤阳山采风。那时我已在2年前从海军部队转业到浙江人民广播电台任文学编辑，尽管瓯江溯源的夙愿已经搁浅20年，此时此刻，瓯江溯源的夙愿又从心底油然升起，心想这次定能看到瓯江之源了。车离开丽水之后一直沿着瓯江的干流相向而行。沿途的印象是越往前越感到江水的碧蓝可爱。那时云和县境的紧水滩水电站刚刚动工修建，拦江大坝还未建起，江面不像今天这样已经宽阔成面积足有32平方千米的仙宫湖。那时的江面只有20余米宽，细细长长如一条蓝色的飘带，在万山丛中的峡谷间飘动。

5 月 9 日，我们攀上凤阳山顶之后，住在山上唯一的招待所——凤阳庙里。在自然保护区管理人员陈庭豪先生的带领下，我们钻入漫山遍谷的原始森林中，沿着他巡山看林走出的小路，弯弯曲曲忽左忽右地前行，看那些笔直的百年老松、千年古樟，踏着雷劈电击倒伏于地上的大树的枯干，攀上悬崖陡壁，去推敲野人居住的巢穴，叩问躲过冰川期而存活下来的植物活标本——白豆杉。最后攀上凤阳山主峰，海拔近 2000 米的黄茅尖，它就是浙江的第一峰。

我原以为在黄茅尖上可以看到瓯江之源，但黄茅尖上除了被太阳晒得发黄的茅草之外，连一棵小树都没有。山头的黄土干燥成细细的沙土。这大概是千万年前的岩石经风吹日晒雨淋风化后的结果吧！记得离开黄茅尖时，我曾问过陈庭豪先生，瓯江之源在哪儿？他以山高林密难以找寻回答了我。

瓯江寻源再一次化为泡影，这长长的遗憾一拖又是 20 年。

2001 年，借瓯江文学大漂流之机，真的能够找到它的源头吗？我带着疑问，探头窗外，发现还是 20 年前那条进出的老路。不过路面已是水泥浇筑的平整之路。快到山顶招待所时，有一小段公路正在加宽加固。汽车开到 20 年前的招待所旧址时，旧招待所的影子已经不见了。拔地而起的是一座现代化的集住宿、餐饮、娱乐于一身的豪华型高级宾馆。据介绍，这是杭州有名的娱乐场所宋城老板于 2000 年来这儿投资 3000 万元为开发凤阳山风景区而修建的首批项目。楼上的房间正在装修，如果再过一年楼堂馆所和道路全部修建完毕之后，这儿的旅游业必将火爆起来。我们 60 余人的作家诗人队伍，聚集在楼下大厅的一角，听完开发凤阳山景区的简单介绍后，已是中餐时间。饭后，由龙泉市文联主席叶放先生带领，我们乘车沿着一条平缓的水泥公路，直奔瓯江之源北麓。据介绍，这条路是 20 世纪 90 年代初期修建，是专供游客参观瓯江之源的专用线路。汽车只开了 20 分钟，便来到一处陡坎之下停住，再往前走只能步行。我们翻上近 3 米高的陡坡，映入眼帘的是一片碧波荡漾的水库。一看就知道这是由于一道高高的拦水坝拦住溪水之后积蓄而成的人工湖。宽不过 50 米，长只有百米左右。有人问，这就是瓯江之源吗？叶放说："不！在前面。"前面是一片沙土地，上面长满了各种叫不出名字的茅草。死去的干枯与新生的碧绿交织在一起，展示着沙土地带的原始状态。仿佛在这片沙土地下，就潜流着瓯江之源的溪水。

我们沿着沙土地的边缘又向前走了半里路的光景。走在前面的文朋诗友，像发现新大陆一样高兴地喊道"这就是瓯江源！我们看到瓯江源了！"

那欢乐的叫声，仿佛是久候产房门外的父亲忽然听到门里新生儿终于平安出生的报告之后，而发自内心的欢叫。我一个箭步蹿了过去。

我留在最后偷偷地跪下来向你告别。

告别我整整萦绕心中 40 年的对于你的倾心向往。

告别我难以名状的对于你的企望期盼。

告别我对于你的寻寻觅觅终于实现了的愿望……

告别我对于你辛勤看护的一草一木……

告别我崇敬孕育你的慈母般的大山……

让我再掬一捧你甘甜的乳汁，化作我身上的热血。

让我摘一朵你的乳汁哺育的山的精魂——火红的杜鹃，

让她重新点燃我沉默已久的青春的火焰……

让我深深地再向你鞠一躬：我爱你，瓯江之源……

瓯江寻源

戈悟觉

沿着800里瓯江，我溯流而上来龙泉顶礼瓯江源。

人杰地灵，龙泉是三江之源。龙泉有江浙最高的山，瓯江、闽江、钱塘江从这里发源。龙口吐出三股泉，三股龙之泉汇成大流、汇成汪洋。

我为母亲河瓯江来自龙泉感到自豪。

20世纪70年代末，美国黑人作家亚历克斯·哈里出版了一部小说《根》，中国文人也跟着寻根。这完全是两码事。美国黑人寻非洲的根，我们寻哪里的根——夏商周？周口店北京人？还是175万年前的东非人类始祖？

寻源却是实实在在的，向往而可知。

这是一片开阔的高山草甸，白花花的芦苇摇曳着，拥挤着。草甸上的每一个脚印，都滋润一汪水，这也是瓯江的源水。有一条小泉穿流，缘泉而上，塔杉林像是源头守卫的哨兵，整齐的，绿色的，神采奕奕的，不知疲倦的。泉水就从哨兵的呵护下流出。后面便是凤阳山了。凤阳山有虎谷，一条大峡谷；有华南虎——龙吟虎啸才成声势。再背后，是百山祖，水有源山有祖，百山之祖，太有气势了！

两块巨石相依，上书“瓯江源”。

800里瓯江的源头，只是一足宽的细流。我埋头双手掬水，不是饮水思源，是思源饮水。冷冽，甘甜。瓯江入海口万顷波涛，来自我的一捧水。每一滴散落的水珠都会汇入大海，在大海里可以寻觅源头的每一滴水。水最刚最柔，欢唱着，低吟着，怒吼着，迂回折转，执着的目标是大海，大山岩石任谁也阻拦不住。

800里的奔流，从这里开始。有源才有一切。

瓯江孕育着两岸的文明。瓯江是搏动的瓯越大地的血脉。瓯江是“海上陶瓷之路”，瓯江载负着龙泉的青瓷和温州的瓯窑瓷，带给了世界 50 多个国家。

我喝瓯江水长大。当年离开温州去北京上大学，我整晚徜徉在瓯江畔。在远方的岁月，我常常感叹“瓯江已流走了几多水”。不变的是江水，变化着的是江畔的人。在源头，我憬悟瓯江是一本坦露的书，瓯江原来是可以阅读的。瓯江书写了时间，瓯江书写了空间。这本书的第一行字就写在这里，剑与瓷是开篇。

江南之巅

郑骁锋

如果矫情一些，我大概还能把这场突如其来的哮喘，理解为某种私人独有的特殊警示。

是的，我能比常人更能感受到来自高度的压力。鉴于对自己心肺功能的了解，我比任何其他人都清楚，海拔 1400 米与 1500 米氧气含量的区别。通常而言，前者已经是我犯病时呼吸顺畅的极限，而一下缆车，凤阳山就令我感受到了某种隐约的窒息。

但我们的目的地海拔是 1929 米。1929 减去 1500 等于 429 米——我居住的，是一座 6 层的老式公寓楼，层高 2.8 米，外加一层层高 2 米的车库，满打满算不足 20 米——也就是说，我与终点之间至少还隔着 20 多幢头尾叠加的 6 层楼。这样的换算外加越来越烦闷的胸口，终于令我彻底溃散了再往上走的勇气。

当夜，在凤阳山腰的猎户山庄，我呼吸粗重，沮丧不已，整晚未得安眠。

很多天以后，我还在为这次只欠临门一脚的放弃而深感遗憾。

作为一个浙江人，这是个一生至少应该攀爬一次的高度。

或许还应该包括江苏人——凤阳山黄茅尖，海拔 1929 米，为江浙第一高峰。

不过，“江浙第一”也好，“长三角第一”也好，种种对于黄茅尖高度的定义，总让我感觉有些隔靴搔痒。我更愿意将其理解为整个江南的最高处——有江浙两省垫底，“江南之巅”的称谓应该站得住脚。

凤阳山又名龙泉山，因所属县龙泉而得名。每次到龙泉，我都试图在这座与剑同名的山城里寻找锋芒。我想象不出，世界上还有哪座城市与之相比蕴涵更多的肃杀之气。

但我见到最多的，只是深浅不一的绿色——龙泉的森林覆盖率达到了 84.2%，高居浙江首位。所有的一切都被掩盖在厚厚的榛莽之下，水土因之显得憨朴、温和，一如街边巨幅宣传照上铸剑大师们略显腼腆的笑脸。

在猎户山庄附近坐井观天。山势四合，杂树交错，近乎原始的山貌令我想起了几千里外我到过的、同样灌木丛生的一座山，无锡鸿山。其实，与凤阳山相比，那只能算是个微不足道的土丘。然而，我一直认为，如果黄茅尖是江南的巅顶，那么它就是整个江南的根。

“江南”，一个被频繁使用而又概念模糊的词汇，即便是它所指称的地域，千百年来也从未统一。不过无论边缘再怎么伸缩变化，它的原始轮廓也不外乎春秋时的吴、楚、越三国，而其中吴建国最早。鸿山山脚有座3000多年的古墓，墓主便是被司马迁列为天下第一世家、吴国的开创者泰伯。在此意义上，鸿山应该就是江南文化的源头。

除了泰伯，鸿山上还埋葬着两位著名的刺客，专诸和要离——专诸刺杀吴王僚的鱼肠剑，便由欧冶子铸炼于龙泉。

泰伯手中也曾握有匕首一类的利器。兄弟四人他排行老大，本可以继承周王之位，但看出父亲希望传位于小儿子，便带着二弟千里迢迢从陕西岐山南下直至无锡一带，将君位让了出来——据记载，为了向族人表达自己让位的决心，泰伯模仿土著的习惯，断发纹身。

目送发丝在潮湿的风中飘远，尖刃又缓缓割向了光洁的肌肤；鲜血汩汩，诡异的南方密码第一次刻在了北方人身上。伴随着人血和鱼虾混杂的腥气，江南，从此在金属的寒光下诞生。

自从诞生那天起，剑便成了江南的象征符号，直到东汉班固写《汉书·地理志》时，还感叹“吴越之君皆好勇，故其民至今好用剑，轻死易发”。而谁都不能否认，龙泉正是世间神兵利器最著名的铸造基地——如果将江南想象成一柄锋刃北向的长剑，那么龙泉岂不正是这柄长剑的剑柄？

如此想来，山风过耳时，竟带上了三五声虎啸龙吟。再看眼底的龙泉，秋阳流转处，隐隐寒光闪烁。

一柄剑令江南首尾呼应、神完气足。然而，剑，并不是龙泉出产的全部。在龙泉，至少还有一样特产，具有着与剑平起平坐的地位，甚至，在世界级别的平台上，还要拥有更多的追捧者。

青瓷。如果说，以一脉剑气，龙泉为江南输送了铁与血的剽悍；那么通过青瓷，龙泉向世界展示了泥与焰的东方魔幻。

这是一块同时出产高纯度铁砂以及优质高岭土的神奇土地。细细思量，剑追求锋利，瓷追求温润，这两种物产一文一武，一破坏一包容，其实具有着截然相反的气质。它们同样古老——数千年来，在同一座山城，它们完成了自己的进化。然而毋庸讳言，其一作为冷兵器之王，盛行于野蛮的战场，其一作为诗人最美丽的幻象，绽放于人类文明的殿堂，它们实际上分属于不同时代，抑或简而言之，它们分别侍立在一部人类史的左右。

这座小小的山城里，剑与瓷，这对本该彼此排斥的风物，却比肩而立相敬如宾，没有丝毫违和感。

我忽然记起了曾经寻访过的剑池湖。毕竟，融合万物莫过于水。

剑池湖，一个令人血脉偾张的名称。据《栝苍汇记》载，那是一个周围数十亩的大湖，“湖水清冽……夏日饮其水，寒流侵齿骨”；湖边有七口水井，呈北斗排列，故云七星井。据说这七星井，便是当年欧冶子铸剑的遗迹。

——不仅铸剑需要清水蘸火，制瓷也需要好水淘泥。可以说，无论剑业还是瓷业，水都是一大关键。

然而那个冬日的清晨，当我来到秦溪山下时，看到的却是一排排林立的楼房；昔日的七星井，也只剩下了角落里孤零零的一口，径约半米，幽深而诡秘，就像一只穿越千年的疲惫独眼——龙泉所有的秘密，都被收缩成了不可再小的一个黑点，深深埋入了地底。

但在凤阳山上，我寻找到了这方水土的最初。

事实上，我是为了追溯一条江的源头，而来到龙泉，来到凤阳山的。

那条江以瓯为名，长达八百里。

“瓯”，是这条水系沿岸最早的原住民、百越族的一支。作为汉字，“瓯”的原始词义难以确定：根据左右构造，可以分别理解为某种瓦器或者欧冶子铸造的剑，还可以理解为一种后来写成“鸥”的海鸟。

学术界对“瓯”至今莫衷一是的解释，暴露了主流文化对这块区域自古而来的疏远与陌生。从《史记》开始，历代典籍对这条江的记载都简之又简。瓯江在浙江省仅次于钱塘江，是第二大河，但直到清人顾祖禹，著《读史方舆纪要》时，仍将它一笔带过，反而用大量篇幅去描绘短得太多的浦阳江与苕溪。

但这却是一条被严重低估的江。某种程度上，它比钱塘江更具备世界性的格局与气质：钱塘江要在最后才能掀起天风海浪，而瓯江，在流淌之初便已然清醒它与海洋的高调关系。

在龙泉文联，那幢隐居于闹市的精致民国小楼，我见到过一幅20余米的长卷，描绘的是以本地为主的瓯江风景。画中舢舻无数，首尾相接，向着下游扬帆起锚，浩荡进发。

这幅画名为《龙泉青瓷出洋图》。画中那些大小船只，运载的便是龙泉青瓷——山形之外，龙泉也占尽水胜，钱塘江、瓯江、闽江，三大江之源皆出境内，顺流而下，都可以直达大海，因此已有很多学者指出，龙泉也是“海上丝绸之路”的起点之一；近年来震动考古界的南海沉船，打捞出来最多最精美的商品就是龙泉的青瓷。

当然，龙泉输出的还有利剑。在凤阳湖，凤阳山间平地上那座浙江海拔最高的人工湖旁——再往山里走几百米，经过一片芦苇地，有一座枝叶繁茂的小树林，瓯江的一条主干流便发源于林中——呼吸急促地俯视着梅子青一般的湖水时，我眼前却幻化出了这样一副场景：

终于，有团黑雾在秦溪山脚剑池湖上升起。石门缓缓开启，灌木丛中滑出了一排竹筏，吃水很深，首尾相衔，乘夜色顺着瓯江向下游迅速漂去。惨白的月光下，破开的水浪居然泛着艳红，沉浮着无数鱼尸。

“可矣！”千里越地，同时响起了范蠡这两个寒碜的字。

吴国上空，瞬间乌云密布。（摘自《眼底沧桑》）

江浙第一峰，诸江之源，剑瓷基地，海丝资源起点，这样的联想令我对顾祖禹所言的“建瓴之势”有了新的理解。

顾祖禹的《读史方舆纪要》曾经如此评价这块由凤阳山领衔、落差明显的浙西南山地：“峰岭倚天，虽僻处一隅……已具建瓴之势。”

建瓴者，居高临下不可阻挡之势也。我猜测，登上黄茅尖极目北眺，应该会有一种长剑倚天，直指中原的气概。

但我终究还是没登上黄茅尖。

登顶的朋友们回来说，黄茅尖其实没什么很特殊的，主要就是一块石碑。不过，到了实地才会知道，这个名字取得有多贴切：由于海拔太高，连灌木都生长不了，只有一层黄茅草。虽说莽莽苍苍，有一股子洪荒的感觉，看长了，却甚是荒凉，不可久待。

一座风情万种的江南，竟然是这么一个极冷极寂的开场。我莫名地想起了《红楼梦》中的大荒山。

凤阳山浮记

陈 仓

在浙江西南角有一个龙泉，没有去之前总以为那里有汩汩冒泡的泉水，但是闲走了几天，小溪小河四处密布，却没有遇到一个泉眼。不过，从凤阳山下来之后突然领悟，你是不能用常俗的眼光去看的，倘若你把这方水土先从心里过一遍，那一山一峁，那一草一木，那一人一物，不都有着泉的样子、泉的颜色、泉的生气吗！

我是从山顶开始，倒过来浮游凤阳山的，把车停在半山腰下来漫步，顺着一条蜿蜒小路朝着瓯江的源头走，走着走着就被一片片茅草给吸引住了，因为还是初冬时节，山上的植物还是一片翠绿，而那茅草已经一片金黄，看上去像一片巨大的树叶子中间兜着金黄色汁液。侧耳细听，有什么声音从草丛中穿过，丝丝扣扣，潺潺连连，延绵以远，原以为有长虫爬过，但是随着风吹草低，看到波光细碎，犹如闪光的鳞片，才知道那是一条小溪，也就是瓯江之源。恐怕正是有这样低调而隐忍的流动，瓯江才日夜潺潺地经过龙泉、云和、丽水、青田、永嘉瓯海、鹿城、龙湾等地之后，清清凌凌地在温州湾独流入海。

我扒开茅草，发现这条小溪和龙泉人一样，分寸感极好。首先是不冷不热：你伸手去撩一撩，它不像泉水那么渗人，又没有江水那么燥热，感觉是那么舒适而服帖，太渗人的水是生水，太燥热的水是熟水，这两种水都不是活水，无论是饮用还是戏耍，对人都是有害无益。其次是不清不浊：水太清则不自然，水太浊则无影子，我朝着这水底一看，似乎不是透明的，又是清澈见底的，似乎是无色的，又像光亮被稀释，是有纹理和质地的，石头卧于其中，似乎是软的又是硬的，似乎是清清晰晰的又是绰绰约约的。最后是不动不静，在一般的河水里，要么掺杂着残枝败叶，要么寄生着各种蚊虫，但是这条溪水里，你看不到什么腐物，也看不到一只生物，似乎什么生命都没有，又似乎是富有生气，似乎是静止不动的，又似乎是运动着的，你用手荡一荡，有泥沙泛起，手从水里抽出，那泥沙迅即就沉淀下去，又恢复了纯净和安妥；你掬一捧水尝一尝，似乎是无味的，又似乎是醇厚的，似乎是甘甜的，又似乎是咸宁的。我分析了一下，应该是水随山性的原因，龙泉山海拔在江南是最高的，但是放在整个地理环境之内又不是最高的，山是陡峭的又是舒缓的，是中亚热带季风性气候，年平均气温 17.6℃，但又是四季有景的。例如，在春天看杜鹃花海，在夏天可避暑纳凉。

什么是舒服？什么是畅快？什么是刚柔兼济？什么是中立不倚？说白了就是分寸感。

绿谷幽泉

在溪水中间忽然发现，有几团拳头那么大的东西被浸泡着，心想要么是奇石，要么是老虎、云豹的排泄物。如果是奇石，那一定非常珍稀；如果是排泄物，说明周围有动物出没。我小心地捡起来，放在手心轻轻一捏，它竟然是软的，再轻轻一揉，它竟然是光滑的，再使劲一搓，发现是细腻的，是有黏性的，再仔细一看，是乳白色的，似乎是用牛奶和好的饧着的面团。原来，它既不是石头，也不是动物粪便，而是制作陶瓷的泥巴。我以为有人把泥巴带到了这里，但是，很快从小溪两边，我发现了很多相同的泥巴，这分明不是经人加工的，而是天然的，是由石头风化出来的。无需练泥，也无需拉坯，我从河边抓了一团，轻而易举地就捏成了一只杯子……龙泉之所以有悠久的烧制青瓷的历史，原来这既是人谋的，也是天定的。

顺着溪流而下，很快就被大峡谷给拦住了。峡谷内既有悬崖峭壁的奇险，又有花草树木的俊美；既有吊桥摇摇晃晃的浪漫，又有飞瀑倾泻的痛快。在峡谷两边，全是白豆杉、华东黄杉、长柄双花木等珍贵植物，尤其是杜鹃密密麻麻地长在溪流飞瀑边，虽然此时不是杜鹃花季，也许正是“花泥”更护花，生着一种无名的植物，它小草一样躲藏在丛林之中，上边结着几颗血红的豆子大小般的果实，被稀稀落落的几片叶子衬托着，可谓有着千山万水点点红之美。这种美是以小搏大的，是以微知著的，大多数时候连点缀都谈不上，却被细心的懂它的人发现，放大成了最重要的风景。我准备采一颗果实尝尝，但是反过来一想，它的果实那么小，每株只有十几颗而已，它的价值在于看，而不在于食。它长在一座吊桥边，如今粒粒尤在，说明很多游人都是手下留情的，他们要的就是把这种美留下来，让后来者继续欣赏。于是，我拍了一张照片取名为“点化”——是它点化了整个山水，像一幅山水画中的一枚闲章。

最险的不算吊桥。从吊桥踏过，走高处虽然可以攀上悬崖，俯视脚下的万丈深渊，而顺着弯弯的流水绕过吊桥朝低处去，便可以与两折瀑布相遇，这是一种迂回和仰视的思路。从低处仰视小溪，每一滴水从高处飞下，一片雪白又晶莹剔透，那水已经不再是水了，而像凝固了的淬火了的剑。它之所以是千姿百态的，是变化无常的，是优美的，是因为被人握在手中舞来舞去，这就是剑术，就是道法自然。龙泉之所以被欧冶子选为铸剑之地，原来不仅是天时所定，也有人杰地灵的原因。

最后一站，是看望小黄山，刚至山门就遇一庙，上书“凤阳山庙”四字，有人正在庙前焚香拜天。我见过各种各样的寺庙、道庵和教堂，唯有此庙最令人欢喜，原因是它虽有庙形庙状，有赭墙黛瓦，有亭台楼阁，却生活气息浓郁，恍惚间以为是个农家小院。主持是一中年男子，他没有穿僧袍，也没有穿道袍，而穿着黑衣布鞋，和山民一模一样。我问这里信的是什么教，他答是佛教，我问供奉的是什么佛，他说是大地爷。但是仔细一看，殿中有五尊塑像，大小一样，既没有镀金，也没有雕龙画凤，装束都十分朴素，像极了采蘑菇的人，而且香案上有太极图，还有占卜打卦的签，所以应该是道教。后来问友人，他们说是香菇庙，因为这里是香菇之乡，里边供奉的是香菇神。这天下，有佛教、道教、天主教，有供奉菩萨的，有供奉神仙的，有供奉上帝的，有供奉英雄人物的，点种香菇之人无论如何都是农民，我第一次听说竟然有人供奉农民。我从小也种过多年木耳、香菇，但是我们那里在收获香菇的时候，从来没有敬拜过什么神仙。主持说，遇到正日子这里香火还是很旺盛的，而且他又指了指旁边竖着的功德碑，我看到一大串名单，至少捐款3800元，可见多么虔诚。我在想，当地人供奉的仅仅是神吗？其实不是，是敬拜着自己的生活，是把耕种土地当成了一种宗教，是对香菇这种自然物产生的一种敬畏之心。

这让我肃然起敬，于是跪于蒲团之上，好好地磕了三个响头，又为自己的前途命运求了一签——为第九十九签：花逢春雨艳难留，水逐东流不复波；若问名利前路走，切逢行事暗忧多。解曰：如花逢雨，似水东流；求名求利，须防小人。虽然此签是下签，但是我并不感到悲观，因为我求的是香菇神，拜的是一种生活，是生活给我的启示。正好，入庙时，小雨淅淅沥沥，待到从庙里出来，雨停了，太阳出来了，已经是晴天万里，只有两三团白雾，静静地停留在山谷中，宛如美人系着的几条丝帕，又宛如英雄呼出的几缕仙气。

有人惊呼，这不就是黄山吗，加个“小”字为何？的确，四处都是合抱粗的迎客松，它们专挑悬崖峭壁而立，有些已经站了几百年。随后在周围的其他几个村庄，如炉岙村，如官埔垟，又看到了许多古树名木，有枫香，有苦槠，有甜槠，有柳杉，根据树上挂着的牌子显示，好多都是两三百年，它们或依着村庄而生，或长于田间地头，长在老百姓的身边，扎根在他们的生活当中。我以前是见过很多古树的，有些在寺庙前，有些在名人的故居里，不过多数都是人们栽下来的，是想让树代表人活下去的，想让人附在树上活下去的，和那些喜欢竖碑立传者一样，但是在这些古老村落，所有的树都是天然的，都是随着一阵秋风吹过，一颗种子落下来了或被鸟叼过来的，经过漫长的岁月慢慢地长成了参天大树。在炉岙村，我看到有几棵300年的柳杉下边，被围上了栅栏，养着一群鸡，这群鸡围着大树咯咯地叫着，它们是多么幸福啊；在官埔垟，我看到有几棵几百年的古槠树下边落着厚厚一层枫叶，有一位老奶奶蹲在树下，刨开落叶在一粒粒地捡着苦槠子。据说在饥荒年月，当地人没有东西吃，就用苦槠子磨成粉，做苦槠饼，没有想到如今这苦槠子被岁月熬成了一道风味小吃。

我是住在猎户山庄的，离开前的那天晚上，为享受一些黑暗，我朝着山上走了一段，心想在这个动物不断灭绝的时代，如果遇到老虎、云豹之类，即使被它们吃掉，那也是幸运的。让我无比欣喜的是，除了黑暗之外还是黑暗，天上的星星又大又亮，也是为了衬托黑暗而闪烁的，这比邂逅珍禽异兽更让人激动，因为人类制造了光就是为了消灭黑暗，而那些消失的黑暗和消失的老虎、云豹，也许一样令人悲伤。最后一个早晨，我早早地醒来，静静地等待着，这么深的山涧溪流，如此多的古树名木，应该栖息着不少鸟吧？黎明应该会被鸟叫醒吧？但是直等到天空大亮，窗外仍然一片寂静，没有听到一声鸟鸣，只有雨露滴滴嗒嗒地拍打着落叶。我非常奇怪为什么没有鸟鸣呢？尤其是为什么没有一只麻雀呢？友人告诉我，凤阳山确实是没有麻雀的，但是其他的鸟儿是有的，而且都是珍贵的品种，如黄腹角雉。我推开窗子，忽然看到一只鸟，我不知道它叫什么名字，但它长得十分好看，身上披着黑白相间的羽毛，和喜鹊有一些相似，却不是聒噪的喜鹊。它站在溪水边，优雅地跳跃着，像是跳着天使的舞曲，但是它不仅没有鸣叫，也没有畏头畏尾的不安，更没有胆怯而零碎的步态。

刚到龙泉就听人解释，龙泉原来不叫龙泉，为了避李渊之讳，是由龙渊改过来的。我懒得管它什么唐朝，管他什么高祖，单从名字好坏来说，我不喜欢龙渊，还是喜欢龙泉。理由有三。一是发音，龙渊会被误为“龙冤”“龙怨”，有一股怨气冲天的味道，龙泉即使被听成“龙权”“龙拳”，都是有庇护之功的。二是字意，渊是幽暗的，是下沉的，是深不见底的，是让你不敢靠近的，总觉得会坠入其中；而泉是明快的，是向上喷的，是流淌着的。三是含义，龙渊，是龙在里、水在外，是指龙生活的地方，渊中之水是滋养着龙的；而龙泉，是龙在外、水在内，是指龙赐予的地方，是龙吐出泉水滋养着一方水土。一个是取，一个是舍，效果是完全不同的，境界也就天壤之别了。

龙泉有三大风物：一是青瓷，二是宝剑，三是香菇。这三件宝物，经历如此悠久的历史而愈加风行，不都是由那条龙日夜不停地吐出的涓涓细流而滋养出来的吗?

森林的面容

傅　菲

南风来了，轻轻扑打着古朴的庙宇。酥雨抖筛一样，抖到树林和草甸里。南风的消息，带来枯黄的松针、老死的柳杉、幼芽吐白的落叶黄檗、羸弱的深谷溪流。南风轻轻，从抚弄三弦的指间弹出，草木灰一样蒙向森林。凤阳山是武夷山山脉北部最高的山峰。南风从东海来，骑着飞鲸，掠起的水花卷出一叠一叠的山峦。山峦像蘑菇，凤阳山像蘑菇山。隆起的山脊斜弧形，幽凉的晚雾一层层往下没，钟声般浸透每一个站在树下的人。庙宇居住着菇神，赭漆脱落的墙面吹出低音口哨：嘘嘘嘘。木窗轻拍。晚雨沙啦沙啦，山梁再也不见了。

上午 10 点，我已来到海拔 1929 米的黄茅尖。太阳如野柿，风吹摇晃，光泽菊黄。分岔的山梁，一个转一个。阳光也看不出从哪儿照射进来，树梢有一撮撮米黄的粉屑撒落。林中的小路，铺满了厚厚的松针。我抬头看看，松树上团着一片绿云。松针尖细、焦枯，积在黄泥路上。与其说是林中小路，倒不如说是落叶的眠床。人走在落叶上，松软，发出噗呲噗呲的声响。小路沿着山腰往上弯来弯去，像一根缠绕在山体的藤条。路边长了许多矮小的灌木、多年生草本和藤本植物。黄水枝从石缝里，耷拉下来，一根细藤，往下垂，叶青叶紫。寒莓结了一串串透红的莓果。润楠长了两节，一节四片叶子，叶子油绿。蜂斗完全抽干了水浆，风吹叶子，簌簌嗦嗦，纷落，花已结了白细细的绒毛，风的尽头，就是花绒的故乡。紫菀由浅紫色的花瓣，被白霜催化为纯白色，青黄的花蕊也霜化为焦黄色——深秋的颜色，似乎可以让我们听见咳嗽声。紫菀是菊科植物，和野菊是山中姊妹。野菊在低海拔地带，开得像夭桃，一丛丛一片片。在阴湿的悬崖下，溪边的芭茅地，废弃的断墙上，我们看见野菊，会突然停下脚步，暗暗地对自己说：荒芜的秋天山野，绚烂如斯。紫菀却在高山低摇，独独的一支，像个独守空房的人——山太深，适合等待和顾盼，也适合寂寞和暗自凋谢。荒地上的花楸树，只有几片黄叶在飘。阳光透过黄叶，变得花白，干硬的枝杈卷着黑叶，似乎在说：

写给大地的书信，必须蘸着霜露去写，寄出的每一页信纸，都是相同的飘零。被虫噬死的松树，松叶却有了膛火的熏黄，黄蒸糕一样。路上落叶一层铺一层。松针上铺着苦槠叶、冬青叶、山胡椒叶、桂花叶，阔叶上还有一层纤白的茅草。落叶在脚下，清脆地碎。叶茎碎断的时候，咔呲咔呲响。落叶上，留不下脚印——山风刮过来，草叶翻转，吹到树根下，吹到草丛里，吹到谷中涧水里，吹到无人可去的丛林里。它们在冬雨来临时，饱吸水分，霉变，在谷雨之后腐烂，长出菌类和地衣。

在小路沿着山地看，到处都是树干。厚厚的树皮，青白色，皲裂，像干裂的稻田，这是梓树。直条，均匀，高得看不见树梢，卷起来的晒席一样圆直，到了树顶才分枝，树皮一圈一圈纤细缠绕，树叶欲黄欲红欲白，稀稀疏疏，仰头望一眼树梢，眼花发晕，不由得叹声：南酸枝的树梢上，居住着山神。大果核果茶满身裹着青黝色的苔藓，蚂蚁匆忙地上上下下，搬运着劳动者的谣曲，没有裹着苔藓的地方，开裂，露出石灰浆一样的木质，裂缝深黑，成了昆虫的避难所。在崖石边，青黑的树皮贴了大块膏药一样，渗出白斑，树枝干硬突兀，苍茫地举向天空，树叶一片不剩——钩锥在霜降之前，便已落叶。钩锥也叫钩栲，别名大叶锥栗、钩栗、大叶槠、巴栗、野板栗等，高达30余米，生长在高海拔地带，木质僵硬，坚果也硬如碎石。秋风摇着它，一日比一日摇得猛烈，它便浑身无力，再也承受不了。黄皮竖列，一条条的树皮之间，有了深壑，雨水从树梢沿着深壑流，哗哗哗，树上有了河流，河流纷披，像瀑布，树皮发胀，日晒几天，树皮收缩，沟壑变宽变深，成了储水器，树枝披散着郁葱的鬃发，遮住了成片的阳光。这是柳杉。柳杉遮盖之处，寸草不生。但生地衣，地衣像金缕衣，裹住了柳杉的树根。在干燥的地边，树根盘结，像老农赤脚盘腿，树皮粗糙，暗灰褐色，浅纵裂，枝细瘦，灰棕色，无毛，柔软，富有弹性，这是雷公鹅耳枥。

每一根树干，支撑起了高大的树木。在这里，我见到密密麻麻的树干。有的粗壮，有的硬瘦；有的直条，有的弯曲；有的斜出，有的直顶。也有这样的：一根树干直捅往上，十几米高，树皮没有了，白白的木心裸露，像悬崖竖出来的峰石，嶙峋锋利。一棵死亡的树，让我们敬畏：死亡以一种骨骼的形象留存在大地之上。死亡不是消失，而是以另一种形式，进入时间的循环。每一根树干，给我们无穷想象——树冠的形状、大小，何时开花结果，何时落叶，叶怎样渐变色彩，鸟窝在哪个树桠，是什么鸟的鸟窝，雨落在树叶上的声音是怎么样的——这一切，或许只有鸟和风知道吧。对一棵树的完整想象，可能也只有种子可完成。秋阳斜照在树干上，斑驳，绰绰。光线使树林，显得更幽深。地面上厚厚的枯黄落叶，偶尔露出地面的野蓟，会加深内心的静谧。

黄茅尖是凤阳山的主峰，是江浙第一高峰，瓯江源自于此龙渊峡。峡中流泉飞泻，乔木高耸，岩石乌黑壁立。峡谷狭长，幽深陡峭。远远地，可以听见轰轰的奔泻声。树木覆盖了峡谷，郁郁葱葱。不多的几棵高大枫香树，从绿野中喷涌而出，红叶飘飞。山谷有了苍老岁月的色彩。铁索吊桥在涧谷上，像一架秋千等人摇荡。此时，摇荡秋千的人，都是我喜爱的人。在秋千下来来回回走的人，都是我相惜的人。或许，我们都有相同的恩爱，也有相同的疾病。秋千上的人，和秋千下的人，用眼睛说话，用手表达内心，相视一笑，兰草幽生。峡谷太深，许是只有龙可探渊，树可填谷。在谷边，我看见了海桐。这是我第一次在森林里看见海桐。海桐是常见的绿化植物，有灌木也有乔木，花白色，有芳香味，后变黄色；蒴果圆球形，有棱或呈三角形；花期 3 至 5 月，果熟期 9 至 10 月。此时正是果熟后期，深枣红的浆果，鲜艳欲啜。涧水跳溅，水珠倒射。水声漫上了山谷，幽合的丛绿浮了上来。峡谷是高山的隐秘部分，流泉湍泻，森林像一条长筒裙。

进入森林与以往所不同的是，在这里，我并没看到鸟。我去过很多森林，如湘江源森林公园、武陵山森林公园、梵净山森林公园、大茅山森林公园、黄山森林公园、铜钹山森林公园等，鸟非常多，树椏上，竹林里，鸟常有栖息。尤其我在荣华山森林公园生活期间，每日去林中，鸟鸣不绝于耳，鸟影不绝于眼。我收集了很多鸟飞落下来的羽毛。在龙泉山，我没看到鸟。鸟鸣却十分热烈，以至于觉得山林喧哗。在一片柳杉林，我翻查地上的树叶，呱呱嘎，鸟叫得我心慌意乱。我听得出，路另一边的乔木林里，有一群喜鹊在叫。喜鹊拍打翅膀的声音和扇动树枝的声音，格外震耳。喜鹊叫起来，有长长的尾音，清脆且共鸣，喳——喳——喳——。我站在林中，仰起头看，只见葱茏苍郁的树冠。在瓯江源，有草甸，时值深秋，茅草哀黄，但并没倒伏。一根根茅花摇曳，迎着秋风。

却无鸟雀来啄食草籽。或许是海拔太高了，一般的鸟雀上不来，但大山雀和高山苇莺正是肥身屯食的时候，也没看到。这让我诧异。甚至鸟巢，我也没看到。

在杜鹃树、白姜子树、羊角拗、沙棘、白辛树、红果树等树身上，我却看到了不同的鸟粪。鸟粪风干在树皮上，灰白色，或灰黑色，坚硬结痂，像树皮上的颗粒树瘤。七星潭边，有翠鸟啾啾啾叫。翠鸟叫得急促，激烈。听它的叫声，就会知道它是一种十分敏捷的鸟，机灵，智趣。潭涧多泉螺、昆虫、蜗牛、树蛙，这些都是翠鸟喜爱的食物。我在涧边走了几十米，也没看到一只鸟。在猎户山庄后边的树林里，可以听见大鸟飞翔时，树枝摇晃的声音，沙沙沙。大鸟像哑了嗓子一般嘎——嘎——嘎——，似乎一种雁类鸟。问山中做事的乡人，他们说，这是白鹇。我不敢确定。行止闲暇，曰鹇。鹇是优雅的鸟，食昆虫、植物茎叶、果实和种子等，雉科，鸡类，有羽美之貌。白鹇黑鹇的叫声，如锦雉，咯咯咯，有抱窝的喜悦感。鹇鸟一般踱步，很少惊飞。秋雁南渡，中途留宿高山丛林。虽不见大鸟，我仍觉得是大雁。

凤阳湖也没看到鸟。秋天，湖泊是鸟常聚之所。秋杀之后，蝶蛾虫蝗漂浮于湖面，草籽沉淀于水浅的洼地，鸟漂于湖上，啄食蝶蛾虫蝗，也啄食小鱼。小鱼吃虫蛾，也吃草籽，吸翕着扁圆的嘴

凤阳湖秋色

巴，悠游觅食，游着游着，被鸟叼进了尖尖的嘴巴。白鹭，翠鸟，野鸭，水鸟，大白鸥，矮鸥，是湖泊的常客。尤其是深秋时，矮鸥在湖泊上空盘旋，一圈一圈，阴鸷的眼始终不离水面，鱼露出水面，矮鸥俯冲而下，长喙插入鱼鳃，掠起水花，落在树上吃鱼。凤阳湖有鱼。鱼是花斑锦鲤，是人工放养的。我没看到野生鱼——秋深水冷，野生鱼一般沉在水底的淤泥里，进入冬眠。草籽却多，湖泊的上游是草甸，秋雨的涤荡，草籽被水流冲刷进了水沟里，流进了湖泊。

湖水澄碧，薄薄的波纹被风掀起，像一张浮在水面的纹纱。凤阳湖是龙泉山唯一的高原湖泊。湖依峡谷而生，狭长。涧水出山，湿地茅草遍野，成了茅花浮荡的草甸。涧边山毛榉树高大，叶落遍地。乌桕树和枫香树兀立在山边，霜染的树叶把整个山峦，分出了色别。湖，是大地的眼睛，望着天空，也望着我们。

晌午开始，风轻轻呜咽。呜——呜——呜——，低低地，从树梢间发出。树枝和树枝，在风中，相互磕碰，哒——哒——哒——。树叶嗦嗦嗦地响。我在树林里，并没感觉到风，风声却在耳际萦绕。也不知什么时间，阳光没有了。天空白茫茫，四野白茫茫。我眺望远山，白茫茫。山势像几个堆在水面的葫芦，正被水翻着浪头，推着走。松针无声无息地落下来，落在我头发上，落在涧水里，落在冬青树上。窄窄的山涧，巨大的涧石一个叠一个，地衣和苔藓爬满了石头。树叶积在水里，发黑，手搓一下，成了叶粉泥。简易的石拱桥或三两块厚木板搭建的小木桥，横跨过山涧。几棵巨大的松木，倒在涧上，木质开始腐烂。涧石凹下去的淤泥里，长出了兰草。兰是蕙兰，叶线形，叶边有粗锯齿，叶脉透亮，正开花，浅黄绿色。一只松鼠在跳来跳去，沉迷于个体的游戏。几个做工的人，坐在石拱桥下的石头上，吸烟，闲聊。他们的脸，木然，从容，洁净。涧水落下凹凸不平的石头，嘟嘟嘟，悦耳，如鸟啄毛竹。水花泛起，白白的，像一朵即将凋谢的木槿花。

南风提前吹来白雾，也吹来了寒凉的黄昏。山不见了，树不见了——白雾织出了我们的“白内障”。我退回到了屋檐下，我看着雾气，漫过来，漫进空空的厅堂。稀稀的雨，滴下来，轻轻的，没有雨声也没有檐水声，长寿菊的花瓣也没落一片。山中一日如四季——我知道，稍后片刻，雨水哗啦哗啦，清洗秋燥的山林。斑蝥加速死去，落叶加速腐熟，黄叶加速飘零，野花加速凋谢，坚果加速霉变，浆果加速溃烂——为了来年的蓬勃生长，唯有腐朽的生物体加速死去。

在猎户山庄厅堂里吃晚饭。火炉里的木柴，噼噼啪啪地烧。火苗红丝绸一样裹着木柴。灼燃的红炭，让我的眼睛幻化出森林的剪影。我用陶碗，喝着热热的茶。柴的油脂，燃出黑黑的烟尘，而木香一阵阵，被煦暖的热气流送过来。雨终于到来，就像一个千里赴约的人，有热热的眼神，有缠绵的耳语。台阶上，扑撒了游动的雨声，豆爆热锅般的雨声，看着炉火，一直坐到夜深，像雨滴埸在凤阳湖上。不见山，不见我，只等炉火慢慢熄灭。

凤阳山的夜晚与白天

但 及

1

一幢北欧风格的建筑，在大山坳里，惊艳地闯入视野。

灰白色的石，黄褐色的木，还有淡绿色的色调，和谐地构出建筑的轮廓。楼不高，三层，扑来的是异域的风。这便是猎户山庄。

台阶是石头铺成的。略显粗糙的石头，展示着自己的质朴与厚实，拾级而上，更有一种力量感从脚往上涌。除了石头，看到的就是原木。木头在这里是主角。柱子是木头，窗户是木头，地板也是木头。在宽大的餐厅，更有一个完整的木头世界。既阔又大的门，横梁，还有整个偌大的木顶篷。

木头给人温暖，温和，让人有一种亲近它的欲望。与现代遍地都是水泥、钢筋和墙粉相比，木头始终给人平静和力量。原木渗透出来的美，是大自然带来的，木头的纹理里深藏着秘密与暗号，只有读懂它的人们，才能享受这份美感。走入其中，阳光从窗口打探进来，无声地落地，滑过窗台、桌子和地板，滑到人们身上。

还有鲜花。鲜花从墙角、走廊或桌边冒出来，点缀着。木头、石头和鲜花，这三样东西搭建了猎户山庄的外貌。放眼望外，是层层叠叠的大山，山空旷，既近又远。

周围无人烟，猎户山庄显得静寂又孤独。

2

这是凤阳山。

山顶是黄茅尖，很有名，早就听说。一览众山小，海拔 1929 米，是长三角最高的山峰。猎户山庄在半山腰，离地有 1500 多米。大色近晚时，附近的山色渐暗，山像披了一层空濛。冷风从山谷里涌起，一点点逼近过来。

我住在小木屋里，原木的色彩包围了四周。房间不大，只有一张大床，床一放里面就拥挤了。拉开窗帘，看到山壁，山崖就在近处，伸手也能摸到。山像是削出来的，一片片地。壁上有青苔，有小草，还有一股潮气。那是大山的气息。住过那么多的酒店，如此近距离贴着山住是第一回。你能感受到山的压迫，一种自然的力量就在背后，但同时你又能感受到它的亲切。好像你就在它怀里，你随时可以亲近它，甚至抚摸它。

房间静极了，竖起耳朵，听不到一丝声音。这是一种异样的体验，置身山中，与山融为一体，你成了山的一部分，成了山上的一片石子或一株草。我屏住呼吸，努力地分辨周围的静谧。静像一张巨大的网，把我拥住，吸收进这沉默里。

没有虫声，没有风声，没有树叶的摇动声。时间好像停止了一样。

在我们生活的世界上，到处都有声音，汽车声，喇叭声，电视声，人声，狗叫声，还有各种昆虫鸟兽声。我们习惯了各种声音，声音就成了生活的一部分，成了我们人体活动时的一个分支。声音就意味着相伴，意味着我们与各式各样的事与物相随相连。我们缺不了声音，失去声音就成了孤岛，我们害怕失去。

猎户星空

但这里，什么声音也没有了，只有大山环抱。大山用沉默相迎，这迎接显得沉重与不凡。如此大静，令我欣喜，我仿佛又在重温尼泊尔的大山。那次远足，同样是一次美妙的探寻。

“村庄一个连着一个，惊喜也时不时地涌上来。每一家小店都亮堂又干净，没有油污，没有喧哗，即使是路上的山民，走累了进来，吃一碗炒面，或喝一杯茶，也都是静悄悄的。

你们有没有发现，这里的狗也是不叫的。有同伴突然这样说。

这真是一个惊奇的发现。狗，都是叫的。从前，进一个陌生的村寨，狗都是开路先锋。人未进去，狗声就先抵达了，但这里的狗真的十分安静，遇到我们这些外人，一声不吭，有时甚至连眼皮也不肯抬一下。一方水土养一方人，难道狗也在这样的环境里改变了性情？

这问题谁也无法回答。但，这样安静的狗，的确从未见过。”

这是我几年前写的，是关于在尼泊尔大山深处的一段经历。山的安静与人的安静，现在我在这里，再次感受到了。

如此大静，似曾相识。像是见到老友一般亲切。

3

天黑下来了，决定外出蹓蹓。

我约了汉明与陈仓，一位是诗人，另一位是小说家。山模糊了，只看到轮廓，远远地，影影绰绰，看到山的背脊。我们从山庄出来，走进了冷风里。山庄里透出灯火，还有一排路灯零星地延展到山里。那是一条公路，白天我们就是从这条路过来的，现在路长长地，沿着山的走势，伸向远方，直到山转弯处。

依然没有虫鸣声。

走在路上，说笑着，树枝在一旁聆听，没有任何回应。树高耸在黑暗里，枝丫伸在空中，路灯昏暗，我们的脚步踩在成排的树影之上。我们好奇怎么会没有一只虫的吟唱，大山一言不发，任由我们发出喧闹声。

树丛里躲着另外的房屋，只有暗哑的灯光。来到一片空地，抬起头，看到了一片迥样的天。天上都是繁星，大片大片地闪着光，布满上苍。这是久违的星星，但我们已许久不识星星。星星一直隐藏在云层里，隐藏在我们习以为常的雾霾里，然而现在星星竟以这样的形式显现在眼前。

这是一片全新的星空，它们在头顶闪亮，眨着眼睛，跟我们默默地打着招呼。

我呼吸着山野里湿冷的空气，数着星星，但我怎么数得过来呢？儿童时，躺在躺椅上，也这样数过，还听大人们讲星星间的故事，如此遥远的距离仿佛一下了拉近了，仿佛再次在聆听儿时往事。

面对这广阔，陈仓突然大叫起来。他说，这时候适合呼唤，让山野听，让星星听。他的声音如一支箭，飞了出去，回荡在周围的密林里。

密林深处有灯光。循着灯光而去，看到了一间木头房子，还有垂下来的挡汽车的栏杆。走到门口，朝里探望，内室宽大，有桌椅，窗上还有成排的奖状。有人吗？我们好奇，于是就敲起门来。不久，一个中年男子出现了，他皮肤黝黑，头戴一顶大军帽，全身裹得严严实实。

他说他是守林人，在值夜班，于是我们就坐着聊起来。夜很深了，潮冷的空气从门口源源地涌进来。他说，他白天要巡逻，晚上则守在这里。他说他其他都不怕，就怕山火，山火一起来，那就是灾难了。

山与人是一致的，如此美好的大山需要人的守护与保养。只有细心，才能换来安心。这片大山的安宁里，也有他的一份功劳。

回到猎户山庄，采风的文友们都去餐厅夜叙、喝酒、聊天了。我舍不得这样的夜晚，这样的夜需要独处，需要聆听。

又在山庄前蹓跶了一圈，感受着自然的恩赐。最后，回到房间，在悄无声音里盖上被子，让一个宁静的夜晚慢慢穿越我的身子。

4

沿着山庄的一侧走，有一条步道。拾级而上，都是一级级的石头台阶。

天已放亮。我和汉明沿步道向上走。

台阶路越走越窄，越走越陡。最陡的地方，需要手脚并用。好在边上修了护栏，绿色的护栏成了依傍。走了一会，就看到松林了。那些松与众不同，一边长势足，另一边长势弱，像是伸出一半的身姿在欢迎我们。这就是黄山松。

在这里撞见黄山松有点惊喜。

黄山松是俗称，约定俗成大家都这么叫了，这是中国独有的树种，树皮深褐色，树冠平顶，如一棵棵盆景。当我们站到观景平台时，整片的黄山松映入眼帘。松林长在一片向阳的山坡上，伸着枝头，就像一个个正在远眺的人。

在附近，有一处石壁，一棵黄山松从石缝里艰难地探出身来。我停下，观察那棵松。这里没有一丁点土，但松树依然顽强地生长着，从缝隙里钻出，褐色的枝条上长满了翠绿的松针。松针里还包裹着松果，鸡蛋大的果实就躲藏在深处。生命就是这样不可思议，在如此绝境里，照样还有生命的活泼与鲜明，照样在等待阳光的降临。

阳光真的降临了，在远处，在层层叠叠的山峦丛里，一抹红色正在透起。站在高处远望，山连绵起伏，像一条条绒带子。深秋的山是别具风韵的，绿的，黄的，红的，相互交织，错乱中又透着和谐，让这带子显现出不同的色调与韵味。近处的山坳里，有一大片染黄的树，黄得耀眼，像一只眼点缀在一大片的绿色里。

阳光倾泻过来，黄山松迎立在了晨阳的和煦里。

近处，突然升起了一团云雾，那雾就绕在山顶，游动着，盘旋着，还在不停地变幻着。云是那样的轻，轻得像能吹上天，它缓缓地在巡游，也仿佛在致敬。它像个早起的自然卫兵，守护着这片广袤的森林。

我和汉明站在石壁的边缘，清鲜的空气和阳光包围了我们。

远处又有新云雾在生成，升腾，并逐渐占据开来。

5

回到山脚，突然下起了雨。雨很突然，没有一丁点的前奏，说来就来。

雨密集，响亮，洒在地上，打在猎户山庄的窗台上。雨中，人在跑，在躲雨。风吹着雨，把树也摇得哗哗响。雨落到了山沟里，露天的太阳椅伞也被雨打得弹跳起水花。

雨只下了一小阵就停了。这时，阳光又抬头了，马上洒落下来，猎户山庄一片通亮。空气也像是被洗了一下，更清，更纯了。

我记起了尼泊尔的另一幕。日记是这样写的：

“在这中间，我遇到了一个欧洲人。那是在一户村寨的草坪上，青青的草坪齐刷刷的，边上是高墙，墙上照样爬满了各色鲜花。他坐着，闭眼，一动不动。阳光一声不吭地落在周围，一匹白马陪伴着他。他面朝山野，巍然不动，呆如木鸡。面前就是雪山，鱼尾峰若隐若现。

我悄悄走近，没有发出任何声响。他，没有感觉到我的到来。我静静地拍照，拍着拍着，我被他无声的情景打动。山峦安宁，阳光和顺，光如一块布，罩在静寂的大地。除了马儿难得发出一个声音，一切都静极了。发呆，在安纳普纳斯山区发呆，实在也是一种享受啊。要知道，现代人已经连发呆也不会了，因此看到这一幕我的感觉是奢侈。

等我拍了十多分钟，他依然没动。走时，我回过头去，看到在鲜花丛中，那欧洲人还沉醉在阳光的世界里。他就像一个瑜伽师，静得让人望而生畏，羡慕油然而生。”

我觉得眼前与我遇到欧洲人那一幕有着惊人的相似。

雨后的凤阳山，更透亮了。阳光不是我们平时看到的颜色，变成橘黄了。阳光是甜的，这甜不用嘴来尝，你用目光、用直觉也能感觉出来。

坐到山庄空地的椅子上，我面朝大山。

椅背上还有晶莹的水珠，水珠之上也仿佛闪烁着空气的味道。

悠悠凤阳山

蒋启倩

少年时，有位亲戚从龙泉来看望我母亲。从此，我知道有一个叫龙泉的地方。又从他们的闲谈中知道，龙泉是在山里，都是山，很穷。

后来不知什么时候，知道龙泉产宝剑，知道龙泉宝剑有四大特点：坚韧锋利、刚柔并寓、寒光逼人、纹饰巧致。挂在家中可镇宅避邪，为吉祥物，扬名中外。后来，又知道龙泉盛产青瓷。龙泉青瓷在中国制瓷史上的时间最悠久，影响最大。它的“哥窑”是我国五大名窑之一。龙泉青瓷中的梅子青、粉青釉工艺和釉色被誉为“瓷海明珠”……从那以后，都是山和“很穷”的印象渐渐淡去。

最近，由浙江省作家协会、《浙江日报》报业集团、丽水市委宣传部和温州市委宣传部共同举办的“瓯江文学大漂流”采风活动，使我有机会第一次走进这浙西南的大山。

我们于5月20日上午从龙泉城里乘汽车进凤阳山。这天太阳很大，气温在30℃左右。8点钟上车出发时，已经感觉到太阳的燥热。女士们带了遮阳伞，男士们则备了遮阳帽和墨镜，都是全副武装的样子。之前，听进过凤阳山的人介绍，上凤阳山要多带衣服，如背心、夹克衫等，如今也都置于脑后了。

车开了大约两个小时，进了凤阳山。但见山峦重叠，林木葱笼，一派绿色透迤而去，气势壮观。我们乘坐的旅游车有空调装置，这时驾驶员关了空调，请大家打开车窗。山风吹来，觉得格外凉爽。大家

大峡谷

像苗儿得了雨露，顿时活泛起来。大山里虽然也有阳光，而且阳光在蓝天白云下也显金灿灿的，但落到山林厚厚的绿色里，光泽却成了绿色。正在叹奇，有人兴奋地呼叫起来："杜鹃花，这里还有杜鹃花！"我忙寻望，果然发现几丛红艳艳的杜鹃花，活泼娇艳地摇曳在绿色丛中，令人十分惊喜。然而，车越往里走，才知原先所见的杜鹃花，只不过像是几个调皮的、溜出深宅大院来到门口玩耍的小女孩，这里面才是杜鹃花的世界！

杜鹃花盛开在清明前。到清明，已趋衰败。现在时近仲夏，凤阳山上还有杜鹃花盛开，而且一树一树，一丛一丛，漫山遍野，大红大绿，热闹非凡。更缀以白色的杜鹃，紫色的杜鹃，悠然自得，雍容华贵。欣喜之余，更有几分讶异。

车到了瓯江源头附近，我们开始步行。大山里绿荫蔽日，原先准备用来遮阳的伞、帽子、墨镜，至此才信是多余了。

凤阳山比杜鹃花更有特色的是瀑布。凤阳山的瀑布美而且壮观。几乎走不多远，便有一处瀑布。一路行走，瀑布迎送相随。远者有如白练飘逸，起舞于青峰之间；近者像天梯插入云霄，飞流直下，落在不远的身边，腾云涌雪，飞珠溅玉。那涌起的雪、溅起的玉，真是洁白无瑕，没有丁点杂色，没有污染，透明清澈。采风团名誉团长、中国作家协会副主席叶辛先生赞叹之余，欣然挥毫，以"叠瀑飞雪"四字，形象地概括了凤阳山的瀑布奇景。

向导介绍说，凤阳山的瀑布从春流到夏，从秋流到冬，一年到头都这样多，没有枯竭过。水源如此充盈不衰，实为神奇。

中午时分到达凤阳山腰，在凤阳山招待所匆匆用过饭，12 时 15 分向顶峰出发。这时头顶时有阳光，时飘细雨。气温明显下降了。有的人开始穿上夹克衫，没带衣服的，有的双手抱肩，有的喊起了冷。看来别人的经验是要借鉴的。

据旅游资料书介绍，凤阳山主峰海拔 1929 米，为江浙第一高峰，有原始森林 26 万亩。我原以为山上气温骤冷，是因为高处不胜寒，后来才知道不只如此。凤阳山的山道边，绿色丛中到处挂满了水珠。沿途都是湿漉漉的，留心察看，原来有无数水珠闪闪烁烁，不住跌落。那滴得快的，就成了细细的水流。仰望苍苍茫茫的林海，树木挺拔，枝叶繁茂、滋润、蓬蓬勃勃，竟都像在作舒缓的呼吸。我忽然悟到：龙泉瀑布的源头原来是在这里，在这 26 万亩原始森林的每一根树枝，每一片叶子中！是它们调节了气候，净化了空气。它们像蜜蜂酿蜜，酿就水珠，水珠又眷顾生养它们的土地，深入地层，最后像饱满的乳汁喷出来。这喷出来的便是凤阳山的瀑布。

上午到过瓯江源头。那是一条流经凤阳山脚下的溪流，又奔得很急。旁边竖有一块巨石，上镌"瓯江源"几个大字。但见那水清澈透明，掬一捧饮之，清凉甘甜，沁人肺腑。原来此处奔腾的正是那叶子上滴落的甘露。

这 26 万亩原始森林是瓯江之源，有水才有生命。而水源充沛的龙泉，正是一个历史悠久的古城。它在新石器时期，便有人类活动的痕迹。到了公元759年建县，剑文化、青瓷文化的积淀已经十分丰富。钟灵毓秀，地灵人杰，龙泉的山水还孕育了不少名人。例如，“满园春色关不住，一枝红杏出墙来”的宋代诗人叶绍翁，辅佐明朝开国皇帝朱元璋治国平天下的章溢……。瓯江是丽水和温州的母亲河。站在母亲河源头的源头，会油然地想到，是大自然造就了一切。

凤阳山顶是美丽的天池，长长的大峡谷。大峡谷里的杜鹃花树，花蕾丰腴饱满，亭亭玉立，据说要到6月底才开呢！山顶一侧的悬崖上在修筑栈道，在悬崖与栈道遥遥相别的另一侧山峰上，则有了一条石砌的九曲十八弯的小径，小径树木相拥，极其幽静。小径的婀娜幽静与大山的巍峨雄浑相映成趣。而沿着小径走下去，大自然又在这里藏龙卧虎，安下了一道大瀑布。这就是著名的龙泉大瀑布。瀑布水面极宽，气势磅礴，激起的气流使在附近拍照留影的人头发飞舞，裙裾飘扬，有几分险景，又有几分心惊，但拍完照片之后，更有几分不虚此行的满足。

来自北京的慧颖女士是中央人民广播电台的节目主持人。她陶醉于南方的山山水水，不住地赞叹：这山多绿啊，多湿润，这空气多新鲜啊！……北京绝对没有。于是就说到了北方沙尘暴的话题。她感叹地说：北方要有这样的山，这样的水，该多好啊！

说来也巧，回到金华的当天晚上，新闻联播中有则消息：北方出现大面积干旱。消息说，21世纪将出现严重的旱情，这次北方出现的大面积干旱，是21世纪的第一次干旱。画面播出了大面积龟裂的土地，让人触目惊心。我于是又想到了凤阳山，而且是很自豪、很欣慰地想到，好像我也是凤阳山。

龙泉是在山里，但她非常富有，因为她有凤阳山。凤阳山的天是蓝的，云是白的，山是绿的，水是透明的，而她的空气更是鲜活的，湿润的，爽朗的，甘甜清香的。她对看惯了灰色、闻惯了汽车尾气和生活节奏越来越快的都市人来说，是世外桃源，有极大的吸引力。

凤阳山孕育了瓯江文明，孕育了剑文化、青瓷文化和闻名遐迩的温州模式。现在，她无私地还要为人类作更大的贡献。不知为什么，我有点不安。不知该赞颂，还是要提醒她多加保重。但是至少有一句话是应该说的，这就是祝福。我要由衷地说一声：凤阳山，祝福您，祝福您永远郁郁葱葱，生机蓬勃！

绝壁奇松

汪宛夫

龙泉剑使我的耳朵领先于脚步熟悉了龙泉这个偏僻山区。再加上一种瓷器的特质、一座山峰的高度，不知多少回激起过我对龙泉的向往。只是到了龙泉，我才知道这种瓷器叫青瓷，这座高山叫凤阳山。

龙泉这个阳刚的名称击打着我的文弱，消灭着我心中原有的阴柔。

铸剑现场的炉火钢花和百炼千锤，使我在拔出一把刚铸好的宝剑时，在剑光中感受到了它山峰的刚毅与大海一般广阔的内涵。剑是兵器，人类为何视如宝物？它多像我们每个人都拥有着的人生，它如此痛苦着我们，欢快着我们，使我们在生与死的煎熬中迸发出对美的爱恋。

青瓷博物馆里的各种展品可谓琳琅满目，让人眼花缭乱，而历代瓷窑遗址及当代青瓷的制作现场更让人大开眼界。龙泉青瓷又何尝不是历史文化与人类生活的物化与浓缩呢？青瓷是美的化身，是脆弱的化身，是人类用烈火与泥胎烧制成的刚柔并济的美学。

参观了铸剑与烧瓷后，我忽然悟道：这龙泉剑正是我们男人的代名词，是男人总要搏杀与奋斗，是男人总要不停地追求。而龙泉青瓷呢，却如同我们每个男人的妻儿。她们是美的，也是脆弱的。自人类有文明以来，每个男人的生活就是手握宝剑，保护着自己的妻儿。男人的幸福就是看到龙泉青瓷般的妻儿完美无缺，男人的不幸就是在长久博斗后听到那龙泉青瓷般最后的一声脆响。

就在自己朦朦胧胧中成为一个右手握着龙泉剑、左手抱着龙泉青瓷的刚毅男儿时，两辆大面包车已经载着我们向大山进发。兼拥剑瓷文化之优的另一件宝贝——龙泉凤阳山正在温暖地拥抱着我们这些外乡人。

凤阳山这个名字我以前听说过，但始终无法与龙泉联系在一起。可能因为凤阳太有名了，当然我指的是安徽的那个凤阳。而且，那个凤阳也正好有一座凤阳山。不过，龙泉的凤阳山有它的“突出”之处，因为它是“江浙第一高峰”，容易脱颖而出。

我不知道地方官员为什么称它为“江浙第一高峰”，大意指凤阳山为浙江、江苏两地的最高峰吧。可我还是不明白，浙江的山为什么要把人家江苏也扯进来？既然把江苏扯进来了，何不干脆把华东的省份都一并拉来扯一扯呢？难道凤阳山仅仅是江苏和浙江的第一高峰么？

我问了问身旁的导游，导游似乎也说不出所以然。她只知道凤阳山的最高峰黄茅尖海拔为1929米，而华东地区另有一座山比这高一点，但究竟高出多少，一时说不出准确数字。当时我就开玩笑说要给龙泉市政府提一个建设性的意见：在黄茅尖的顶端再造一个小山包，人家那座山比我们高出多少，我们就造高多少，当然还得再高出一两米，那么，黄茅尖岂不成了华东第一高峰了？同行者听罢都笑了。可我却似乎受到了鼓励，越说越来劲了：成本虽然高了点，但将来的收益可能会更高。

后来我还查了资料，发现了黄茅尖准确的“不足之处”。华东六省一市包括山东、江苏、浙江、安徽、江西、福建和上海。其中，海拔1532米的泰山玉皇顶为山东最高峰；海拔1873米的黄山莲花峰为安徽最高峰；海拔625米的云台山为江苏最高峰；海拔98米的天马山为上海市最高峰；海拔2157米的武夷山脉的黄岗山为福建和江西的最高峰；而海拔1929米的凤阳山黄茅尖则是浙江最高峰。此外，海拔1856.7米的百山祖是浙江第二高峰。从这些数据可以看出，福建和江西的最高峰都超过浙江凤阳山的黄茅尖，但闽赣两省的最高峰是同一个山峰。也就是说，黄茅尖不仅仅是“江浙第一高峰”，实际上还是浙苏鲁皖沪五省市的最高峰，即华东六省一市的第二高峰。屈居华东亚军的原因，是比另一个“高个儿”矮了228米。这个差距看来还不小。要想在黄茅尖上再“长”出228米多的高度，有些难度。不过要想在上面搞个类似于埃菲尔铁塔什么的玩意儿，一方面可以戏称为“华东第一高峰”，另一方面也一定能大大地吸引海内外游客呢。

车子沿着盘山公路越行越高，坐在我身旁的老赵感觉到了耳膜内的压力，觉得犹如坐在往高处腾飞的飞机里似地。而老赵身体还算健朗的，另有几位老先生早已被转得内脏紊乱，被晕车症打击得动弹不得。这时的车子已经行走在海拔1000米的高处了。我透过窗户看出去，满山的悬崖陡壁，绿树丛中点缀着一团团的红叶，如同着了火似地。它们是一块巨大的绿玉中间的一股股红流，是暮霭背景衬托下的一声声脚步，是寂寥的秋天里传来的一阵阵呐喊。

山道两旁尽是一些花枝招展的树木花草。我的植物学知识太贫乏，报不出它们的学名。这时我只觉得自己如同一个初生的婴儿般，为这些陌生而美丽的色彩们高兴，为它们快乐，为它们在心底里雀跃。而这些兴奋的感觉，经常会有一些停顿。那是因为在这些美丽的色彩片断中，经常被穿插进另一种风景——一幢幢房屋。那些用泥巴与瓦片构成的图案，成为凤阳山上平凡而又奇异的花朵。在这些花朵旁边，是我们在山脚下常能看到的各种庄稼甚至会有水稻，还有许多农具和生活用具。

行动着的车子带给我的是动态的风景。山川、树木、花草还有夹在这当中的种种物事，这使得我的思考与联想常常被敲碎成为一块一块的，难以重新接连。在暮霭渐渐笼罩了山峰时，我们来到

了凤阳山的一处山顶，当然不是黄茅尖，不是它的最高峰。下了车时，一股冷风吹得我浑身发抖，才知道这山顶上的气温着实比山脚下低了很多。对感冒的恐惧使我们不敢在室外过多停留。在这个全部以木制品构筑、有一个巨大并正燃烧着的壁炉为代表的欧式建筑中美美地住了一宿之后，许多人都伴随着晨光的到来在身上添了一层衣物。

上午的活动内容全被会议挤占了。文人们大多是纪律的敌人，他们当中的许多人在 9 点多钟就不时地往外溜，有的抽烟，有的闲聊，有的打哈哈。我和老赵硬撑到了 10 点多，实在受不了，就相约去最近一处的景点——绝壁奇松。

绝壁奇松自然是一个绝壁之中的去处。而前行的道路也尽是绝壁中搭出来的桥面。要不是现代人发明了钢筋水泥，我们随时可能会随着脚底下木头的腐朽而坠入谷底。科技支撑了现代人的胆量，我们没有丝毫的恐惧，并且在一个又一个曲里拐弯的山缝里快速穿行。老赵已年近七十，可依然穿着衬衣，红光满面，这使我不得不佩服他的健康。而我还未到不惑之年，心底里总不愿输给他。于是我们开始了爬山比赛。经过一番努力，我终于把老赵甩在了后面。但老赵也不服老，他很快就追了上来，而且一点都没有气急的样子。我说，老赵你身体真好呀。老赵也骄傲了，一边走一边甩着

绝壁奇松之晨

双手说：我每天早上练剑的。我就笑了，似乎看到了老赵手握龙泉宝剑闻鸡起舞的样子。

沿途的松木很粗壮，有的是又粗又直，在满山的灌木中显得鹤立鸡群。栋梁啊！我喊道，因为我想起了不久前在武义县郭洞村看到的古祠堂里的那些大柱子。老赵也拍了拍大树，很是喜爱的样子。那情景像是看到了他的两个宝贝女儿，她们现在都成了单位里的栋梁。再接着走下去，我们还看到了更奇的松树。这些树不仅因为长得粗，而且是长在绝壁之中，树根底下连一撮泥巴都看不到。生命真是伟大啊！这回是老赵在喊。老赵一边喊一边拨弄着树根说，你看你看，它的根伸到了石壁中，这石壁里肯定有养分的，哇，真是不简单哩！

老赵的感叹已经超越我思想的速度，我只得跟随着他一起感叹。老赵说，植物的生命也很强大啊，哪里有营养，它们的生命就延伸到哪里，它们的奇迹就创造到哪里。

我和着老赵的话感叹了一番，接着继续往上攀登。道路还在延伸，说明绝壁奇松这个景点还没有到，真正的奇松还在前面。这是我和老赵商量后形成的共识。于是，我们决定继续前行，不到终点不罢休。

这段路真不好走，尽是往上爬的，颇费气力，而当时离中午用餐的时间越来越近了。要是在规定的时间掉了队，那么本次的会议管家、纪律“沙皇”陈源斌先生是要严厉批评我们的。可是平日里最温和的老赵，这回也不得不与纪律作对了。他似乎被岩缝中的生命所激，看到前面一个个中途撤退的游客，大喊道：什么？你们不上了？到了这里都不上，那算什么英雄？同志们，上啊！

我跟随着老赵飞速前行，我不得不崇拜了，老赵真是一位英雄。而老赵呢，也真有一种英雄的姿态。他登上一块巨大的岩石，很有成就感地说：好了，满山风光，尽收眼底！

呜啦！呜啦！——老赵喊一声，我喊一声。我们的声音在山谷中收获阵阵回响。

嗨，真是太有成就感了。就在这时，我们发现身边多了一位游客，令人惊讶的是，这位游客是个女的，穿的一点都不时髦，甚至还有点土。我实在分析不出这位游客的身份。老赵武断地说，你是到这里打工的吧？那位女士点了点头。她说，我就在山脚下一家工厂里打工，今天休息，决定来爬爬山。老赵奇怪地问，你没有坐车子上来？她摇了摇头，道：我哪有车子坐呀，我是从山脚爬到山顶的，弯路太多，大概有 30 多里，走了一个多小时。

我和老赵气喘吁吁地你问一句我问一句，可被我们问话的打工妹却平静得很，在用一个多小时爬了 1000 多米的山路之后，竟能如此定气宁神，着实让人惊诧。

我们忍不住夸了她几句。这位打工妹还是很平和，只是不经意间在嘴角露出了一丝微笑，算是对自己的肯定。

就在我们登山的同时，龙泉市正从各地召募志愿者举行大规模的登山比赛，许多外地旅游者纷纷加入进来争夺奖牌和奖金。我心想，这些登山英雄和这位打工妹比起来，真不一定能胜出。

我们一边议论一边下山，这时，忽然在丛林中见到一个影子，在岩缝中飞速爬行。它几乎是四肢着地，双手在岩石上点拨一下，身子就能跃出一两米。我喊道，猴子！老赵说，是猴子么？不太像！等这个影子靠近时，我们才发现，原来是一个人，而且像是一个年逾六十的老人家。可他为什么竟能像猴子一样灵活地在山林岩丛中穿行？老人家回答说，他是凤阳山人，从小就住在凤阳山上，靠打猎、采药、种庄稼为生。因为从小就在山上爬惯了，他爬山时，比别人走平路还快哩。

听他这么一说，再看他的身形，我忽然想起以前陪女儿看过的一个动画大片，叫《人猿泰山》。泰山是人类的后代，可从小和猿猴在一起生活，就成了一位武艺非凡的人猿。眼前的这位老人，不正是晚年的泰山么？

这时轮到打工妹感叹了。她说，和他相比，我们都差远了。

说实在的，我太佩服这位泰山老人了。因为他，我又想起了有关高山居民的生活，想起了不久前一位地理学家告诉我的有关地理环境、气候与人类容貌、性格特征之间关系的学问。我们人类原先都同属一种，由于所处地理环境和气候的不同，才有了今天的黑人、白人、黄种人之分。在欧亚大陆，生活在赤道附近热带地区的人，由于光照强烈，气温又高，人的皮肤颜色黑黝黝的。为了抵御酷热的气候，他们的脖子很短，头明显偏小，而鼻子较阔，这样有利于散发体内热量。在寒带、温带的高纬度地区，太阳常年不能直射，光照强度较弱，气温很低，严寒期又长，这里大多为白种人。为了抵御严寒，他们往往生有一个比住在温、热带地区的人更钩的鼻子。鼻梁较高，鼻内孔道较长。就头形而言，寒带和温带居民头大、头形圆，脸部比较平，这有利于保温，减少散热量。

而高山居民呢，也有他们的特点。为适应高山稀薄的空气，高山居民的胸部突出，呼吸功能发达，肺活量和最大换气量比沿海地区的居民明显偏多。而日照的多少也决定着身高，所以高山居民尤其是日照丰富地带的居民，个头也较高，其原因是日光中的紫外线能使人体皮肤内的脱氢胆固醇变成维生素 D 的主要来源，有促进骨钙化和长粗长高的作用。

我仔细观察了一下眼前的泰山老人，尽管他的个子不算太高（也不算矮），但他的胸部的确比较突出，肺活量显然比我们大。要不然，为什么他一点都不气急呢？

这时我抬头望去，似乎凤阳山的许多山缝林间，都有过山民居住的遗迹。泰山老人说，现在很多人都搬到山下去了，留在山上的人越来越少了。不过泰山老人的态度很坚定，他说山上空气好，又清静，他是死也不会下山去住的。

泰山老人的脾气还真有些犟。他让我很快联想起老赵所崇拜的那株生长在岩缝中的奇松，那个哪里有营养就把生命延伸到哪里的奇迹。其实我们人类也很顽强，眼前的泰山老人不就是个实例么！

高山居民留给我们的思索还有很多。今后，高山居民可能会越来越少，但也许不会绝迹。特别是高山居民留给我们的文化特征和精神品格，将会流传得更久。

我还想说些题外话，这次去绝壁奇松的短途旅行可谓是波澜层层。我大多时间居住在杭州西湖边，陪着妻儿过活。在我们一家三口中，我是最受妻儿崇拜的，因此我在和两位女士开玩笑时常常自命为家中的伟人；这次前去绝壁奇松的途中，我开始崇拜起健康文人老赵先生，而老赵也在我的夸奖中明白了自己的伟大；到了绝壁高岩处，老赵碰到了山下来的打工妹，又谦虚地把伟大让给了打工妹；最后我们下山时碰到的泰山老人，竟然使打工妹也觉得自己要逊色许多。是啊，泰山老人以他奇松般的雄姿屹立在我们中间，粉碎了所有同行者的沾沾自喜。

泰山老人，是凤阳山顶上真正的绝壁奇松。

瓯江源头随想（外2章）

张 雄

我坐在瓯江源头，注视着你们汩汩地从卵石下，从杂草中冒出来，如婴儿急不可待地从母腹中探出了小脑袋，张望着这个陌生的世界。然后你们汇在一起，穿过树林，越过沼泽，潺潺而去。我闭上眼睛，仿佛听见医院婴儿室里一群初生儿的嘻笑啼叫，抑扬顿挫，此起彼伏。

忽然间，你们长大了，聚成一股股湍流，从四面八方沿着陡峭的山谷一泻而下，在巨石中，在大树间欢快地跳跃着，漫过了童年，跳到了少年。经过龙泉、云和、丽水，你们好奇地四处张望，小声地、叽叽喳喳地谈论着山谷和平原的不同。

终于，你们变成了青年，来到了青田，来到了温州，仿佛一下子成熟了许多，你们不再吵闹，不再嘻笑，急滔滔汇成了一条大河，永不回头，朝着大海，朝着太阳升起的地方，朝着地球的四面八方奔腾而去，企图探索世界的奥秘，征服一切……

啊，朋友们，千万不要忘记，你们是祖国的一条命脉！你们的娘家在中国，在浙江、龙泉、凤阳山上的瓯江源！

凤阳山石

凤阳山上多石，嶙峋突兀，无处不在，峭壁上，森林中，山谷里。巨石高昂着头，蔑视一切。

曾几何时，不可一世的那些“巨人”，被岁月的洪流无情地冲刷，一泻千里，任凭它顽强地挣扎，无奈地呻吟，但也改变不了它的命运：巨人消失了，成了一堆堆的碎石，一滩滩的黄沙，却变成了对人类有用的东西，引得一群群人来挖，来运……

原始森林

独木难支，双木成林，三木为森。凤阳山上的原始森林，不计其数，一层层，一片片，茂密葱郁，如同翻滚的黑云望不到边，生意盎然，旺盛而喷发。

随着山势地位的缓冲，原始森林逐渐阻隔，不再相连，孤独地生存，这里一块，那里一丛。

下到平原，原始森林消失了，代之而起的却是钢铁砖石森林，有些地方也是层层叠叠，望不到边，如同生活在人山人海的原始森林。

我不知原始森林这种质的变化，对人类，对地球是有益？抑或是有害？

来到凤阳山，我似乎有了另一种感觉……

瓯江源湿地

迷失在这片绿谷圣地

孙　侃

我必须再次打开浙江地图，寻找，端详，实地对照。没错，在这片自西南向东北呈倾斜之势的美丽沃土上，此刻的我们正站在它的巅峰之处。1929米高度的黄茅尖，以一种伟岸俊朗的男人风姿，俯视群雄，挥洒风云。玫瑰色的晨雾满天空漾开，辉煌的太阳仿佛正喷薄自这片海洋般壮阔的层层峰峦。当然，更让人震撼的是这大片大片的绿：青翠、浓荫、沁人心脾……不可能在别的地方目睹如此无边无垠的绿了，不可能在别的天空下呼吸到如此纯净甘洌的空气了。你呼吸的就是树木花草所呼吸的，你已融入自然山水之间。那潺潺流水，似是龙的歌吟；那任何一声回荡于翠谷、纡绕着流云的天籁，无疑都来自仙境。

是的，对于这片迷人的山水，要让我捧出一堆堆抽象空洞的赞美，那是容易的。我可以追随着它的顶礼膜拜者，使用早已泛滥成灾的形容词，大把大把地飞撒。那些表面上充满着深情厚意的文字，往往是些并无实质性内容的套话，可以送给任何一处山水，哪怕是最最庸常乏味的风景。因此，对于龙泉，对于这处真正意义上的绿谷圣地，我只希望能以自己两次来到龙泉的切身感受，纪实性地记录我的被感动、被震慑。语言无可避免的笨拙只能表达出真相的局部，所描摹对象的异常庞大丰富带来了不可能被摆脱的困难。好在我不惮于记忆的零乱和叙写的琐碎，只是试图写出某种怀想和感慨罢了。

1986年初夏——哦，那真是一个充满浪漫和热情的岁月，任何一个人只要被文学点燃，就会觉得无上荣光！——我怀揣一卷诗稿，登上了从金华始发驶往龙泉的长途汽车。此时我的身份是“大四”学生，另一个更令我骄傲的身份是校学生文学季刊《黄金时代》主编，在当时的校园里，只要亮出这一身份，就连体育系那些异常茁壮的女生都会双眼放光，然后流出温情脉脉。爱情和诗歌，文学与山水，渴望远行与梦想奇遇，在大地上滋长及在山谷间飞翔……这一切都搅在一起，并成为我们笔下庞大而琐屑的题材。当时的我已经写下很多所谓的文学作品了，而前往龙泉，应该是我所参加的第一个文学笔会凤阳山诗会。《金华日报》副刊部那位说话时必定掺入无数手势的编辑鼓撺我：龙泉，难道你不想去么？那么美妙的地方你难道甘愿错过么？你去了那个地方肯定会写出很多好东西的，你难道不想让自己写出好东西么？！这时的我其实已在拍掌称快。这样的好事当然是不会白白放过的。

学校文学社里那名写得一手好诗的女生，是龙泉人。她的句子总是造得那么瑰丽奇谲。向她讨教，她总是神秘地微笑。还用着说吗？还不是那片生她养她的山山水水嘛。在她的那本精致的软皮本上，我读过一首首她歌颂家乡的诗歌，可以说，任何一首矫揉造作的情诗都不能那样吸引我。我至今还能记起其中两句："我俯身捡起一根骨哨，祖先狩猎的呼叫仍在耳边震荡；我俯身捡起一柄石斧，祖先农耕的样子仍在眼前飘荡。"每次我念叨这两句诗，脑子里总会浮现出生活在龙泉大山深处的祖先筚路蓝缕的幻觉。多年以后，我才知道，这两句诗其实是龙泉著名文人叶放的大作，而这名爱诗的女生无非精心抄录在那儿罢了。

汽车开了，武义、永康、丽水……在丽水城外那条唤作大溪即瓯江上游的江边吃了一顿中饭。我朝四周观望。满眼已是一片翠绿，这满地的翠绿又映照着天空，使湛蓝的天空更显瓦蓝的效果，而脚边这条潺潺清流，其见底的澄碧中，鱼儿的游动所流露出来的快乐，人类岂会不知？我蹲下身，掬起一捧，那股独有的清凉立即沁入心脾，让我打了一个无比惬意的颤栗。老天爷，我真到了一个绝妙之地了。

大溪畔掬水小饮时的这番惬意，尽管已经陶醉了我，事实上，这时的我尚未抵达龙泉的深处，只是在它门户以外的地方快乐逍遥。我预感到，还有更大的惊喜在等着我。我回身朝那辆即将重新启动的长途汽车跑去。长途汽车停栖在水边，它的背景则是层层苍翠的山脉，满山满坡的浓荫，微风中风姿摇曳的树影。而在水中，以上这一切又以倒影的形式得以映现，万般的旖旎，宛如一位美丽绰约的女子，横卧着，摇曳出吸精唤髓般的诱人……我朝这片风景跑去，我无法忘记我跑向这片风景时那番不顾一切的忘情。

没错，你猜到了，现在的我已经投入龙泉的怀抱了。云和已过，峰回路转，眼前忽地现出一处肥沃的盆地，却又倏然隐没在悬满绿藤的山崖背后，接着，又一处浓浓的绿土，在几朵薄云的遮蔽下若隐若现。谷与花的芳香，更多的是草与叶的清馨，铺天盖地地扑入车窗，让人喘不过气来，连阳光好像都已在绿色中浸过了。噢，语言在显出捉襟见肘时总是那么狼狈，怪不得那位副刊编辑总是喜欢动用手势，而此时我的双手却无计可施……更大的一处绿色盆地终于神话般现身，酷似一本绿色大书，翻开了顶顶重要的一页。那散落在绿毯中的幢幢房舍屋宇，难道不像一颗颗丰润的珍珠么？这就是龙泉，大山腹部孕育而生的美丽城市，绿谷圣地的中心，我所到过的浙江省最美的小城……

用不着掩饰对于龙泉这处迷人山水的深深折服，绿的就是绿的，美的就是美的，虽然每个人在面对绝世风景时，所发出的由衷感慨绝无夸张的惊羡，以及恨不得与之相融的留恋，会使用不同的表情和词汇。事实上，龙泉的美丽来源于造物主的英明，即使是在 20 年以前，200 年以前，甚至更早，它的美丽已经存在。我们所理解的今胜于昔，主要指的是在近些年中，龙泉人民的智慧和努力使她锦上添花，如同一名天生丽质的女孩，本来就已光彩照人，而恰到好处地予以披挂装饰的绸罗环珮，越发让她艳压群芳，世所无匹。就在第二次来到龙泉，席间，这些遍游天下的文人骚士，很多人发自内心地嘟哝：哦，这么美妙的地方！而我们怎么只是匆匆的客人呢？

还得再回忆 1986 年第一次来到龙泉的情景。凤阳山诗会间隙，我专程来到一名已经分配到龙泉师范学校执教的校友处造访。在他热情的挽留下，待诗会结束，我便多住了几日，与他一起挤睡在那张木质敦实的单人床上。大自然，生命，诗歌，女生，是我们那几日里的主要话题。黄昏时分，我们经常坐在那幢教师宿舍楼前的空地上。空地前边是几道斜斜的地垄，再往前便是苍茫的群峰了。

凤阳余晖

之所以至今我的记忆仍然如此清晰，是因为我实在忘不了夕阳西沉时，天地之间这片能摄走灵魂的瑰丽了。云霞四射，层林尽染，天静地寂，唯有一群归家的倦鸟轻轻地滑过散逸淡雾的空气。我们的交谈经常因为身临奇境而中止，长久地沉默着，身体微微颤抖。我始终固执地认定，这样的情景，只有在大山深处，只有在龙泉，在龙泉初夏的黄昏，方能有幸目睹。对于龙泉，每一次走近，收获都是不同的，所以得一次次地接近她，深入她，体味她。若是想一生沐浴那种散逸淡雾的山野空气，那番能摄走灵魂的瑰丽，最好的方法确实只有留下来，成为她永远的忠实信徒。

住在烦杂的城市里——我甚至找不出一处稍显安静的住处，能让我枕着日月星辰的低语入眠和醒来——我越发怀想龙泉，简直成为精神寄托之一种了。我确信龙泉的更佳处，我们还没有抵达，那些即使已经到过的绝妙佳处，因为步履匆匆，因为耽于实用主义的行程，所谓的游览根本没有淋漓尽致。要知道无论哪一次离开，我都会涌上万般的遗憾：太短了，太仓促了。刚刚开头就已结束，对于拜谒一处罕世胜景，这样的过程显然是最残忍的。我只能被重新关进烦杂的围城里，反刍，再反刍，回味不绝。那种牵肠挂肚、痴痴傻傻的怀念，只有在初恋时曾经遇着过。而称得上铭心刻骨的，无疑只有那么几次。

这是我第二次来到龙泉，时间是2004年的深秋，身份是“龙泉论剑”文学活动的旁听者，这说明与近20年前相比，眼下的我已更虔诚地听命于文学。昔日的记忆渐次复活，覆盖住旧日印记的，是更美丽的城市，更绿的群峰，更亮的湖水，更加深邃的天空。叶放老师还是那么地充满活力。那天早上，当他领着我向下榻处附近的“绝壁奇松”游览点走去时，他在台阶上的每一次蹬步，避开挡路的松枝时的每一次侧身弯腰，都让我为之折服……哦，我看见的是什么呀，是壮阔的云海！是一望无际的群峰！是让人心脏狂跳的满眼的绿！我还仿佛看见，那片经过了黄茅尖峰顶的云彩，正越过眼前这一座座巍峨的大山，从容而激越地流泻，给我送来神秘巅峰的奇谲消息……如果有翅膀，我真愿意从这条险峻的栈道上起飞，飞越高山流云，飞越座座巅峰，一直飞进天堂。叶放老师依然健步如飞，年轻许多的我却追撵得气喘吁吁，脸色赤白。我想，这正是有没有领受龙泉山水之灵气的缘故。谁让我没有这份生息于凤阳山怀抱的福气呢？

住在凤阳庙旁侧的猎户山庄。这座号称山庄的旅馆，其外形差不多已完成了与国际接轨，其细部却又充满了民族特色。已陶醉于美景中的我们，还会计较这建筑的矫情么？能够有这难得的山中一

一曲清流泄凤阳

让我悄悄地走进你（外1章）

李 想

两年前，参加省作协举办的“瓯江文学大漂流”，曾经来过龙泉，那是第一次走进这座山城，车在盘山公路上盘旋，我的胃是翻江倒海地难受，同车的朋友一路安慰我，“快到了，坚持一会儿，还有20分钟的路程。”在经过无数个20分钟后，车才停了下来。我心里想，龙泉，原来是一个让我难受的山城，要走进它，还真的不容易。但在接下来几天的接触中，我却深深地爱上了它。那满目的苍翠，那随处可见的瀑布，大山背后悠然升起的炊烟，还有牛背上孩子无忧无虑的笑容。

那次，我们进了凤阳山，到了瓯江源，因为时间的关系，没有登上凤阳山的顶峰——黄茅尖，心里很是遗憾，我抬头仰望着那江浙最高峰，默默地想，我什么时候还会再来？5年？10年？或许更久？

两年后，我却又有机会来到龙泉，因为“龙泉论剑”，因为“凤阳登山节”。看看日程安排，有登山的项目，真高兴，那可是浙江最高峰。

汽车依旧在熟悉的路上行驶，两边依旧是满目的苍翠，但这回，比上次更难，因为正在建高速，高低不平的路，抖得人心里发慌，只好一路安慰自己：“很快就会到的。”

龙泉市不是这次活动的终点，终点是凤阳山脚下的绿野宾馆，那儿离城里还有两个小时的盘山公路。正是枫叶红了的时候，只见漫山苍翠中，点缀着一树树如火如荼的红枫，煞是夺目，这令我想起唐人的一句诗：“山青花欲燃”，此时，虽无春花烂漫，但灼灼红叶一样令满山风光无限美丽。如画美景在车窗外掠过，车上的人一路惊呼，大家都被这美景震撼了。

我看着这山景，心里盘算着，等到登上了黄茅尖，要做一个画中人，我要让红枫翠柏给我当背景，把自己融化在龙泉如画的美景中。

车快到宾馆的时候，陪同我们的一位龙泉朋友开始介绍凤阳山：“大家都知道天目山，但不一定

知道我们的凤阳山，其实，对于凤阳山，天目山真的是小巫见大巫了。”

大家笑了，真是自豪的龙泉人，夸起自己的家乡来，一点都不谦虚。真有点像这绵延的山峰，因为宽广，所以才那么理直气壮。

但好事总是多磨，当天晚上，被告之这次活动不爬山了。原因是怕时间来不及。我的心一下子凉了，想了两年的顶峰啊，我依旧无法走进你，你真的是那么的高不可攀吗？这回和你擦肩而过，下回，我什么时候还能再来？

第二天早上，因为有一点小事，把早饭给耽误了，没想到就是这么一耽误，事情有了转机。

当我走进餐厅的时候，会议桌已经满了，便和龙泉的朋友们一桌坐了，坐在我身边的是一位中年人，虽然他只是穿了一件普通的夹克，但一看就与众不同，说不出为什么，就觉得在人群中特别显眼。

“你是警察吧？”我问。

他有点奇怪地看了看我，一定不明白我为什么会有这种感觉，但我猜对了，他笑了：“是不是有一种安全感？”

“不，是一种亲切感，因为我是警嫂，你的这种气质我太熟悉了。”我笑了，全桌的人都笑了。原来，他就是龙泉公安局的诸葛局长。于是，这桌的人因为有了公安局长和警嫂，大家的陌生感全消失了。

原来，诸葛局长带了他的兵，来为我们这次活动做保卫工作的，也许大家都忽略了，甚至没有注意到他们，但他们还是认真地工作着，就像宾馆外的山，不管你是否看着它，它总是默默地呵护着大家。

“你要登山吧？”诸葛局长问。

“不了，说是时间来不及。”我有点遗憾地回答，局长一定听出了我的遗憾，他看了看时间，还早，才7点多，离“龙泉论剑”的时间还有一个多小时。

“这样，你准备一下，我安排一下。”诸葛局长果断地说，“到了凤阳山一定要上黄茅尖，要不然你就不算到过龙泉。”

凤阳尖晨曦

正巧，因为下午是“凤阳登山节”，有登山比赛，一早工作人员要上山，沿路插指示牌，于是，局长安排我跟着他们上山。

10月的早晨，空气是清冷的，更何况在常年平均气温只有12℃的山上。刚进山，我就感觉到了寒意，禁不住紧了紧外套。

上山的路已经修好，是拾级而上的平整的台阶，四周没有一个人，只有我们这支小小的队伍，5个人，还分成两拨。

路很窄，只有一个人可以走，路的两边都是叫不出名的树，想起在爬天目山的时候，山上的树基本上都挂着牌子，告诉走过的人，这是什么树，那是什么科。“为什么不标一标树种？”我问一同上山的小李，他是浙江大学生物系的毕业生，在凤阳山上已经工作了17年。

小李笑了：“我们还没认全这些树呢，凤阳山的树种实在太丰富了，而且品种太多，有许多还是找不到资料的。现在，我们每过一段时间，就要上山一次，来普查树种。”我想起了那句“小巫见大巫”的话，龙泉人有资格这么说，凤阳山真是个绿色聚宝盆啊。

因为时间关系，一路上，我们不敢休息，来不及观看沿路的风光。当我们气喘吁吁地冲到离山顶还有几百米的地方时，终于耗尽了体力，再也迈不动脚了。

这时候，我们才抬起头看周围的景色，山坡已不再是那么地陡，仿佛是一个小山包，但那漫山遍野的茅草，在秋风中摇曳，我在别的山上看过一人高的茅草，可这儿的茅草却只有一尺高，有点像狗尾巴草，此时，太阳升起来了，阳光撒在芊芊莽莽的茅草上，茅草泛出银白色的光，天空像一块纯净的蓝宝石，只有远远的天边飘着几缕淡如丝絮的薄云，太美了。

这时，和我们一同上山的小伙子说：“知道为什么叫黄茅尖了吧，就是因为在山尖尖上有这片黄茅草。”

真的，黄茅尖，悄悄的，我终于走进了你，你就在离我几百米远的地方，静静地等待着，等待着两年前我们就定下的约会。

于是我欢叫着向山顶奔去，大声喊着：“黄茅尖，我来啦！”

一块实在不算大的石碑立在那里，上面书写着：“江浙最高峰，海拔 1929 米。”简单得有点寒酸，但它有 1929 米高，当我站在山顶的时候，江苏、浙江所有的山都在我的脚下，我为它骄傲。

我双手抱住了这座石碑，黄茅尖，我来了，你要为我作证，我真的爬上了江浙的最高峰。

“你要为我作证。”我大声地喊着。这时候，只听见群山回应：“作证——作证——”那是黄茅尖的山弟弟、山妹妹，他们都愿意为我作证。

山上的风太大，我们没有停留太久，便准备下山，临走时，我还是忍不住摘了一根黄茅尖的茅草，拿在手里，心里有说不出的高兴。

回到驻地，“龙泉论剑”论得正酣，我坐下了。也许没有人知道，我刚刚去赴了一个约会，一个和黄茅尖的约会，一个在海拔 1929 米高的地方的约会。

下午，我们的活动结束了，车要回龙泉城里，上车的时候，我看见车的边上站着一位警察，便向他打听诸葛局长，很巧，诸葛局长的车就在我们车的前面，他要为我们开道，没有任何的炫耀，一切都那么地坦然。

车上，也许只有我一个人知道，在前面开道的，是公安局长的车子。天色渐渐暗了下来，夜色包围了群山，我突然想到古人说的“大音希声，大道至简”，龙泉人的性格真像这连绵的群山，不事声张，只是默默地做着该做的事，虽然外观平凡，但内蕴深厚。怪不得，早在几千年前，在交通如此不便的偏僻山区，居然磨出了千古奇剑，烧出了旷世名瓷。

第二天一早，我们便出发回杭州了，车依旧在盘山公路上盘旋着，过了一个多小时，终于到了平地上，坐在我边上的一位朋友，指着车窗外的山说：“我们就是从那最高峰下来的。”

我顺着她指的地方望去，此时的黄茅尖，早已经隐藏于群山之中，林莽深处，“只在此山中，云深不知处。”一如龙泉博大而深厚的文化。

再见，黄茅尖，我们下次何时再相会？

黄茅尖，等我再次走进你的怀抱的时候，你还能认出我来么？

龙泉瀑

“瓯江文学大漂流”的第一站定在龙泉，但龙泉县城不是我们的终点，终点在龙泉凤阳山上的黄茅尖，海拔 1929 米，瓯江就从这儿开始流淌。

这儿很静，山道上看不到来来往往的人，偶尔有一两只山羊儿很悠闲地对着天空一声憨叹：“咩——”顺着羊儿朝前望，树林中正飘出一缕青烟，会让人想到，是不是神仙住在这儿。车上的我慢慢地睡着了。

突然被一阵水声惊醒，不是“叮咚叮咚”，而是“哗啦啦——”一睁眼，便看到了瀑布，正从山顶上飘然而下。

龙泉出名的是宝剑，是青瓷，但龙泉让我惊叹的，却是一条条的瀑布，“龙泉瀑”。

每一座山，都有一条或几条瀑布，像是山的女儿，在山的怀抱里，柔柔地流淌着。有时还撒撒娇，在大石头上溅出几许水花，让太阳把她照得五彩斑斓。她不虚张声势，也不隆隆作响，她不在乎有多少人在仰望她，也无所谓有没有人唱赞歌。龙泉瀑，是不是因为姓“龙”才显得如此大气，如此耐得住寂寞？

汽车向前开着，瀑布也越来越多，“哗哗”的水声中夹着“啾啾”的鸟鸣声，城里人老是俯视着经济物质水平相对贫乏的山乡人，殊不知，在享受大自然天然之美方面，他们拥有的是巨大的金矿！连鸟儿也如此幸福，瀑布为它伴奏，它怎能不唱得如此欢畅呢？

前面不能再行车了。我们沿着山路走着。瀑布就在身边，挨得这么近，可以随意地在她的尾巴上洗洗手。但不知道如何去描写龙泉瀑，她不飞花四溅作飞雪状，也不凌空而下作白练状，她就是瀑布，朴素得想不出形容词来形容她。

又一阵水声传来，抬头四处望，却找不到声源，把头探出一看，只见 50 米深的峡谷里，石头堆成阶梯状，水就在这阶梯状的路上，欢快地跳跃着。“这儿是龙泉的五泄！”我说。

队伍里有人问：“诸暨的五泄和这儿比，谁更有味道？”

“肯定是这儿，”我毫不犹豫地回答，虽然我是诸暨的媳妇，但我顾不得了。

晚上回宾馆，我迫不急待地给在杭州的朋友打电话：“到了龙泉，你可以不看剑，不看瓷，这些可以在各地的工艺品商店看到，但你不能不看瀑，因为龙泉瀑，只属于凤阳山。”朋友在电话那头愕然，她不明白我怎么这么激动。

源头花开

毛芦芦

离开龙泉十多天了，我的心还在凤阳山中盘桓。真难相信，只在那山中住了短短一夜，那山就仿佛成了一块烙在我胸口的与生俱来的胎记。

一、因你飞升

应该说，它一出场，就是不同凡响的。

我在车内第一眼看见龙泉大峡谷，就感觉自己宛如在一瞬间里升入了云端。

那谷，真的是太深太深了。

它似一个巨大的漩涡，随着车的不断向上攀升，它那满山满谷流线型的植被，被旋转出一颗颗翠绿翠绿的水沫子，在谷中尽情奔跳，醉心腾挪，溅出点点白烟，生出层层紫霭，在一个个引颈朝它观望的人身下垫起了厚达百丈的云霞。

此时，“龙渊”二字，是那么自然而贴切地浮现于我的脑海。

在这样的深谷，在这样的远山，我好像真看到一条矫健的玉龙，从漩涡深处狂飙而出，在泉水歌中，在鸟鸣声里，无限陶醉地飞翔、舞蹈，无限痛快地翻滚、嘶叫，尽享天地博大、无拘无束。

或许是它的龙须，或许是它的龙爪，或许是它的龙尾，轻轻地把我带了一下，我就跟着它，飞升到了我心的最高处，成了峡谷中最曼妙最轻盈的一片花瓣。

二、星星密语

已经忘记上一次看星星是在什么时候、什么地方了。但那晚的星星，无论哪一颗，我相信都已经被我牢牢嵌入生命记忆的天空。

黄茅尖的星空

与它们相遇，完全是一场不期而至的惊喜。

那天晚上，我在旅舍暖暖的壁炉边倚得有些倦了，信步走出大门，一阵晚风掠过，冷得我紧紧抱臂胸前，同时，也无意识地仰头望了望夜空。

就这样，我邂逅了那满天星星！

它们仿佛就在我头顶，娟静地笑，顽皮地闹，灵活地招手、舞臂；它们层层叠叠，挤挤挨挨，正从浩翰的夜空降落，在山谷中各自寻找着中意的草木伙伴、花露爱人，与它们诉说积攒了一个白天的思念。

我走进风中，这时已感觉不到风的寒涩，它们送来满山的林涛，那就像是为星星特意献上的亲密掌声。

在这里，大山与星星之间，根本就不存在距离，天和地是一体的，地在哪儿掉了一片叶子，开了一瓣花，天上的星星全知道，它们那一眨一眨的眼睛就是大山的灯火。

星星还会吸鼻子。太阳把山中万物晒了一天，就连溪水也在晚间散发着脉脉的幽香，更别说那些刚抽了穗的、才酿上蜜的苞苞芽芽。星星被它们的体香熏醉了，所以脚步飘浮，身影摇晃，直想扑腾到山野草丛中来，呼呼大睡一觉。

远远望那暗蓝的天边，好像真的有无数星星跳进了密林深处……

虫鸣唧唧，是星星的来访搅醒了它们的美梦，还是它们在一声声召唤星星下凡来与它们共做游戏？

我在小路上愈走得远，愈感到人在这夜的山中，只不过是个多余的窃听者、偷窥者。

天地在此处热恋，还是让它们自在地做它们想做的一切吧，我要告退了。

三、可爱纤竹

那只是一棵竹，在黎明的清溪上、杂树中，簌簌儿拂着风，拂着露，拂着愈烧愈烈的朝霞。

它那纤细的腰肢，曼妙的体态，碧绿的衣裳，浓密的头发，惹得你想用一千个、一万个比喻去形容，但哪一个比喻，也不足以描摹它的风骨和风情。

仿佛你面对的是一个最天真最懵懂的少女，任何词语都无法勾勒她抬头或低头间的那一抹妩媚。

这样的妩媚，她流露，她抒发，可她并不需要谁来欣赏。那只是自她心间涌出的一点甜、一段香。

这棵竹子也一样。

她欢悦地摇着她的每一寸肌肤，只是为了感谢太阳送给她的又一个吻。

在绿林浩渺的凤阳山，这样一棵竹子，微不足道就如天地间的一粒尘埃。但她活着，有自己的尊严，有自己的美丽，有自己的喜好，她也就成了凤阳山中可敬可爱的纤竹。

四、温暖戏台

走进凤阳庙，让我大感吃惊的是庙中居然有一座古戏台——红彤彤、响当当的真戏台！戏台两边有长廊，对面还有雅座间。

想想一路上山车拐的那些弯，想想那些被车晃得晕趴下的同行者，我心里不禁生出了一个大大的疑问：在只靠足行的古代，在这样人迹杳杳的深山坞中，能找到几个看戏的观众？这戏台，岂不成了十足的摆设？

不过，当我看清庙中供的是菇神时，我一下子就为自己的疑问找到了答案。

这戏台原来是为上山种菇的菇农搭建的。他们一年中有大半年远离妻儿，在这山中与菇为伴，偶尔能看上一台戏，在戏中寻觅到一点欢乐一点慰藉，寻觅到一段半段香艳的做梦的原料，这戏台真比什么都更能温暖他们枯寂的心灵啊！

谁又能说，在那些远迢迢跋山涉水、露宿风餐而来的女演员中，就没有人爱上过英俊善良的种菇哥呢？

假的爱情在戏台上传唱，真的爱情在戏台下演绎，这戏台曾为凤阳山添了多少动人的故事，也只有凤阳山自己知道了。

五、源头花开

真的很震惊，当我面对那一望无际的洁白，一望无际的芦花！

那是我灵魂深处最美丽的一个梦，被阳光扬洒到了这片真实而原生态的土地上。

从这片花地旁走过，我仿佛让自己从一个人走回到了亿万年前的一个人猿，守着亿万年的花开花落，我从不曾离开过这个故乡。

春天，我在这里听映山红与泥土结婚时噼里啪啦的心跳；夏天，我在这里听知了和青蛙合唱时叽叽呱呱的共鸣；秋天，我在这里听我自己向芦花求爱时傻不拉唧的呻吟；冬天，我在这里听雪，听雪为大地催眠时嘤嘤嗯嗯地歌唱。

哪怕再过千年万年，我的一生也只有这样单纯的一个四季轮回。

凤阳庙

没有谁比我更懂得瓯江这条河的秘密，因为她的源头就是我的家。

她只是我细弱可爱、呵护不已的一位小妹。她采集整个凤阳山的木汁树液，酿出了一泓清泉，孕出了一片高山草甸。

草甸上开的花，就是这令我一生迷恋的芦花。

其实，这里就是凤阳山的一个酒坛子呀！从这个花海前走过，谁能不醉？

六、红果狐狸

人在江南，要看一回红叶，其实不是太容易的事。像枫树、柿树、乌柏树，总要等到秋深得不能再深了，等得心痒痒得犹如无数蚂蚁在你身上爬上爬下时，它们才会披上红盖头，吹吹打打、羞羞答答地嫁给你的眼眸。

所以这次进凤阳山，我是压根儿没奢望欣赏什么红叶。

那天，当我被瓯江源的芦花摇得熏熏然、陶陶然步履飘飘，一头扎进龙泉大峡谷腹地时，我的目的单纯得近乎透明，就是想亲眼一睹龙泉二叠瀑的风采。

但连月干旱，水已经消瘦得仅剩了一把骨头，瀑之双叠的奇观，不禁也虚脱成了几挂山檐水。

我掬着那水擦了一把脸，正哀哀然如丧家之犬蹲伏在一片大溪石上喘息，“扑簌”，头顶被什么东西轻敲了一下——竟是一挂艳红艳红的小果果！

那果的红，嫩生生、脆灵灵，好像由水的血脉浇铸而就，又仿佛由火的心跳凝固而成。

它明明已从树上落下，被我牢牢握在手心，但似乎还在奔跑，还在欢跳，还在玩乐，还在跟风捉迷藏，还在邀阳光共进午餐。

面对这么顽皮的小精灵，我的视线不由被牵牢了。

它拽着我在山谷里东游西逛，拜访它的这个亲戚那个姐妹，可把我累得，直骂它是匹害人不浅的小狐狸。

当我上车离开，那红果狐狸，在车窗外飞窜着依依送我，一会儿在这面山上点燃一堆篝火，一会儿又在那个坡上点燃一堆篝火，以致整座凤阳山都被它烧得绚烂无比。

哦，这匹轻俏无限的红果狐狸，难道不正是我期盼在骨子深处的江南红叶吗？

七、初识晕山

这世上，有晕车者，有晕船者，也有晕轿者，但我从来没有听说过还有人晕山。所以当有个朋友在凤阳山“绝壁奇松”景点前望而却步说他晕山时，我简直奇怪极了。

山是大自然中最温良忠厚的长者，对待他你只需不断用脚步去丈量他的高度，不断用眼睛去收集他的美景，难道他竟然还能使你双股战战、头晕眼花、浑身乏力以致恶心呕吐？

我一边大踏步走上观松栈道，一边这么跟自己嘀咕。

扑面而来的松树群，是那么高大挺拔、伟岸倜傥，它们每一棵都像是凤阳山向游人擎出的惊叹号，以至于我激动得双脚越挥越快，不一会儿，就把所有同伴都远远甩在了身后。

在大山怀中，在天地之间，现在可只剩下我和那些松树了。

我笑吟吟地望着它们，它们沉寂地肃立着。是一个女子在检阅一支由无数美男组成的仪仗队吧。我手中还握着一把从大峡谷中采来的红果果，我想把红果果当绣球抛给其中最俊最奇的松君子。

可就在我的目光在上下搜索最无愧于接纳红果绣球的那棵松树时，我忽然发现自己脚底已临万丈深渊，我所依凭的栈道原来整个儿都是悬凸于绝壁之上的。顿时，山在我四周可怕地飘浮起来了，所有的松树好似都变成了轮船上的桅杆，而大山如大海，开始慢慢涨潮。风掀起林涛，哗哗，哗哗，那不就是海浪吗？

这浪越拍越急，拍得我头昏昏然一个劲涨大，拍得我心惶惶然直想挤出喉咙，拍得我小腿酸酸然只求原地趴下，拍得我脑海中砰然跃出一个最新学会的词语——晕山。

没想到，当年敢在黄山松上做鹤立状拍照的我，今天会在这“养在深闺人未识”的凤阳山中患上晕山症。这凤阳山之险之奇，难道真有过于鼎鼎大名的黄山吗？

八、一箫相送

最初把“龙泉”这地方嵌入心坎，不是因为她的剑，也不是因为她的瓷，而是因为在我家乡衢州工作的一对龙泉姐妹。她俩都是电视台节目主持人，姐姐在区台，妹妹在市台。这对姐妹花声音甜美，形象端庄，态度温文，为人实诚，真是在异乡土地上为龙泉人争足了光彩。由于我家恰恰就在那龙泉姐姐的顶楼，所以有幸跟她俩都成了朋友，“龙泉”这地方，在我认识她之前，也就先在我心目中氤氲了仙气和灵气。

这次来龙泉，看了瓷，论了剑，又饱飨了凤阳山清卓美妙的风光，我可算在这片土地上真切体会到了什么叫“地灵人杰”。

告别龙泉那刻，有一支箫一直在我脑海里轻清幽悠地吹送。

似是在凤阳山庄论剑现场为舞剑者伴奏的那支箫，又似乎不是。在箫底汩汩流淌的曲子，似是那支温柔坚贞悲壮的《苏武牧羊》，又似乎不是。

那箫声玉洁，细腻而缠绵，柔亮如瓷，凝结着龙泉的山水神韵。

那箫声流畅，激越而灵动，铿锵似剑，秉承着中华的天地正气。

我在这支箫中听到的是我自己独特的爱，对刚刚走过的这方水土，对刚刚饮过的那盅文化甘醴。

龙泉就这样和那箫一起，即使离我已很远很远，她们还日夜在我灵魂深处轻轻吟唱。

探瓯江源

王槐荣

从车窗里望出去，盘山公路一侧是山涯幽林，一侧是峡谷清泉。我们被告知去瓯江源。车子转弯抹角，不一会儿，就瞧见一泓湖水，据说是凤阳湖，系拦瓯江源头之水而成，是浙江省最高的湖泊。湖不大，很精致，衬郁郁葱葱的森林，别有风味；湖水很静，似乎在期待什么，给人一种看一眼便想融进去的感觉。

有人叫道，瓯江源到了。

下车步行，只见一片茫茫茅草地，百无聊赖的风湿湿柔柔地托起茅草花，轻拂着我们的脸庞，大有“风吹草低见牛羊”的高原风光。穿过一片杉林，便到了瓯江源，见一块刻有“瓯江源”字样的石头立于此，同伴们抬起照相机争先恐后抓拍一气。自觉长相丑陋，不喜照相，就在源头处走动，这瓯江源由凹凸的鹅卵石勾成一条小溪沟，由山体渗漏出涓涓细流，向下流去，汇成瓯江。我生平第一次探到一条江的源头，瓯江源于此地，竟是一汪泉水，触景生情，不由对一句歌词“万泉成河”细细品味起来。

据导游介绍，顺瓯江源上行，就是长满茅草的麻连岱大峡谷，因发现过华南虎的踪迹，故称虎谷。

我们返回的小径不是原路，沿小溪另一侧而下。这里古意深幽，一步一景，步步深入，每几米，景则变，山间曲径，引我们走进塔杉林，令人有曲径通幽之滋味，塔杉林内有“五世同堂”的各类柳杉，宝塔形的塔杉围片成林，天造地设在林中处搭成小半个篮球场的“棚地”，“棚”间有一棵五杈的柳杉，令人惊奇，让我留恋，方醒悟到，兴许是源头水滋润的缘故吧。难怪，人们喜欢追根溯源，难怪小孩常会问一个古老的话题：我从哪儿来？

枝繁叶茂

绝壁奇松

孙　苏

据说凤阳山有几绝，水绝、树绝、洞绝、岩绝。绝壁奇松景观就是其中之一。看绝壁奇松，有一种渐入佳境之感。沿着山路迤逦而行，渐入林中深处，此时的树都已各具姿态。树种繁多，不

凤阳奇松

一而足。据说凤阳山保存了最多的物种，是天然的植物园。而且由于它的海拔高度，植被呈不同的分布区。绝壁奇松一带，多的就是各种各样的松树。这里的松树和我在家乡所看惯了的大、小兴安岭的松树不同，大兴安岭多落叶松，树干细长坚韧。而小兴安岭则是我国乃至世界罕有的红松原始林所在地。那里的松树粗壮挺拔，颇有帝王气势，一棵树所占据的位置，有几十平方米之大，而且“卧榻之侧，岂容他人酣睡”，在红松林里，你绝看不到一株杂树的身影，你看到的是一种威严和霸气。

绝壁奇松处，你欣赏到的更多是一种奇与绝带来的让人惊叹的感觉。每一棵松树都有它绝处逢生的勇气和能力，带来的都是奇特的景致。最初的时候，我们以为这样的现象只是偶尔，只是个别，走得长了会发现此种绝景在这个景区内无处不在。多是一株株粗大的松树，不可思议地从绝壁岩石上生长出来，它的根是横生在绝壁之上的，但令人惊异的是，它长出绝壁之后，陡然向上生长，树干和树根成 90° 直角，直指云天。我们同行的人在比着，谁发现的松树更奇绝；每个人都兴奋地找着下一棵。松树们不负所望，一个一个的奇景一次一次地出现在我们面前，一次一次地带给我们欢呼和惊喜。

比起我家乡的松树来，这里的松树更多了些审美的意义。它和江南的景致一样，到处都有观赏的价值。到了南方我发现，一方水土一方人，所有的生活习惯和文化特点都是和这方水土分不开的。即如这山山水水，在北方，多的是实用，而在南方，多的却是审美了。能把灵秀和气势结合在一起的，也是凤阳的山。就每一个具体的景致来说，它不乏灵秀之气，但整体上看去，凤阳山的崇山峻岭却会让人生出李白《蜀道难》一般的感叹。从大峡谷上望下去，能惊出一身冷汗。车在山中行，人在云中走。一道道绝壁，恰似一幅幅大手笔所做的大写意。挥毫泼墨，挥洒自如。秋日凤阳山，烂漫红叶，虽没有我家乡的五花山那样的层次感，但其端秀，却在五花山之上。除了山、水、洞、岩四大绝唱之外，听说这里还有日出、云海、佛光三大奇观，遗憾的是我们行色匆匆，只能从朋友的介绍处和照片上得以欣赏了。

品味凤阳山

潘爱娟

龙泉有名的是宝剑和青瓷，龙泉令人回味的是凤阳山的自然风光。“看了凤阳山，浙江不看山”，这话虽然有些夸张，但龙泉的凤阳山确实是不可不看的。车子从我们入住的绿野山庄出发，向“江浙第一高峰”黄茅尖方向驶去。沿途一边是深邃的峡谷，一边是巍巍的高山。凤阳山的峡谷是我所见过的最深的峡谷，凤阳山是我见过的最奇特的山，这山与那山形成的峡谷起码也有上千米的高度，我们只是朝窗外微微一伸头，就有种胆颤心惊的感觉。

远看，凤阳山的树木更是千奇百怪，那几千米高的山上，满山遍岭的枫树与青松翠柏交相辉映，形成了红、黄、绿相间的自然景观。

一路上，漂亮的导游不停地给我们讲述着凤阳山上各大景区的奇观，高山上的湖泊、草地、芦苇、沼泽、龙泉、飞瀑、绝壁、奇松……车没到目的地，我们的心早就随着导游的介绍进入了那梦一般的世界。

我从没到过新疆，更是无缘领略高原美妙绝伦的风光，那“天苍苍，野茫茫，风吹草低见牛羊”的大草原景象我也只是在书中读到过，在画中看到过。而如今，我站在龙泉的凤阳山，这一切离我是那么地近。走过小天池，前面是一眼望不到边的草地，望着那毛绒绒的高山野草，我不知道该怎样表达此时的心情，是激动？是兴奋？我更不知道该用什么样的词汇来描述眼前的美景。高山草甸，这就是我以往只能在画中欣赏的高山草甸吗？我拿出相机，不停地按动快门，我恨不能把这一片草甸浓缩成一幅可以自由伸曲的画，然后装进我的口袋，让它随我一同回家。拍过风景照，我仍觉得不过瘾，于是又匆匆地向芦苇深处走去，这时，我听到了后面一声急急的呼叫：“不能下去，你下去就上不来了。”我回头一笑，问：“真有那么危险吗？”有人说：“如果你想去过两万五千里长征爬雪山过草地的瘾，我们愿意当一回英雄。”于是就又有人开玩笑道：“不要英雄没当成把自已也陷进去，

春色山谷

这草地是与湖泊连在一起的，也可以说是湖泊的延伸，你一脚踩下去就会有一股泉水冒上来，人一旦陷进去要想上来就很困难了。”被大伙儿这么一说，我只能退回到路上。向前走了一段后，我发现芦苇地里不再潮湿，就与同去的毛芦芦躲到了芦苇丛中，拍摄下一个个美丽的镜头。当我们从芦苇地里钻出来时，同行的一班人早就不见了踪影。

沿着高山草甸，我们一路小跑着向前行进。穿过草甸，八百里瓯江的源头就在这里。我想八百里滔滔瓯江的源头一定是波澜壮阔汹涌澎湃势不可挡的，可出乎想象的是，高高大大的瓯江源石碑前只有一股小小的清泉在潺潺地流淌，我不禁发问，这涓涓细流何以形成浩浩荡荡的八百里瓯江？看来世间万物很多时候也会让人费解的。但我的心里是没有遗憾的，在这样的丛林深处，能有如此清澈的泉水与高山相伴，是大山的福分，更是我们人类的福盼。

在瓯江源头不远处，有一处郁郁葱葱的古森林群，这里的柳杉极像圣诞树，站在树林中，让人不知不觉中就会想起圣诞的欢乐祥和气氛。尤其是那棵开有5个杈头的“花心树”更是给人带来不少乐趣。你看，那些平日里只有贼心没有贼胆的小男人们今天都会毫不犹豫地冲上去，抱着情人树甜甜蜜蜜地花心了一回。女人们也不甘示弱，纷纷坐在树杈杈中间抱树留影。

由于时间的关系，我们只游览了瓯江源景区、龙泉大峡谷景区和绝壁奇松景区，但凤阳山上是无处不景。它虽没有黄山的雄伟、泰山的挺拔，却有着自己独有的秀丽。凤阳山的美是一种自然的美，一种未经雕琢的美，它可以让人清心悦目，可以让人摆脱烦恼。2500年的宝剑，1700年的青瓷，还有那原始质朴的凤阳山风光，龙泉已深深地根植在了我的心里。情深依旧是龙泉，梦牵魂萦恋凤阳山。我期待着再一次的龙泉之行。

凤阳山二题

汪 群

亲近瓯江源

心有灵犀，如随心愿。

一场全国知名作家采风活动，在2018年的初冬走进了龙泉，让我像走亲戚一样亲近了龙泉，感受到了龙泉人的浓浓热情、好客，以及龙泉人民的睿智、朴实与勤劳。

没有想到，采风的启动仪式会直接放在江浙最高峰——凤阳山黄茅尖，海拔1929米。虽然不在其山“尖顶”，但那里有一片水天一色的大湖泊——瓯江源头的凤阳湖，海拔也有1200米。我们攀登的坐标，也算是很“高端”了。

我来自山区安吉，这场活动直接在大自然环境中开启，还是第一次经历，自然萌发、激动的是有点儿心旷神怡与心花怒放的感觉。但“心花”正要开启之时，心头来了一种莫名的压力。举办者将启动仪式在此举行，还有其深刻的含义。省委宣传部的一位领导，语重心长地寄语文学艺术和媒体工作者：你们今天站在了最高峰，脚踩着大地，就是真正地深入基层，扎根群众，以满腔的热情来投入创作，以精益求精的精神，去努力实现自我超越。一是要像这座江浙最高的山峰一样，从高原迈向高峰，就是去实现人生价值的最高峰；二是要创作高质量的作品，就是去实现和攀登文学艺术创作的最高峰。

我有点儿诚惶诚恐，只好不动声色地安慰起自己：这次被邀请的作家中，有省外著名作家龙一、陈仓等等，他们的成就非同凡响。我能与他们一起参加这样高规格的活动，就应该向大咖们好好学习他们的精神。文学之路虽然迷茫，但信念与理想只有一个，就是一步一个脚印，朝着自己想要发展的方向去努力。

那天清晨，我们的车从龙泉市区出发，直奔凤阳山的凤阳湖。山路多弯道，峻峭惊又险，与我家乡安吉天荒坪抽水蓄能电站的山道没有两样。车在行，景在晃，这真是“瓯江山水诗路行”啊。

我们先在半山腰的“猎户山庄”安顿下来，这里给我的第一感觉就是环境“很野性”！你说，让作家、诗人到一个狩猎的地方，肯定会让你有一阵子的心跳。有随行者说，这样的高山峻岭，肯定有豺狼虎豹的野兽出没。

但一想，也不对！诗人、作家，如果没有狩猎人的那种猎奇，那种好奇，那种神奇，甚至那种激越的“冲动”，你的笔端会流淌出闪亮的灵感吗？更何况，你要接地气、高于生活的源头又会在哪儿？

说到接地气，凤阳山的魅力来了：刚才还是暖阳高空，一忽儿就飘起了冰冰凉的雨丝儿。当你还在为跌跌撞撞的雨丝惊奇之时，太阳又从浓密的树林里折射出来了。雨停日出，雾起雨落，我的双眼也为之朦朦胧胧了。

当然，也会有一瞬间的光怪陆离和霞彩万道，心里觉得暖和和的那种惬意。这种如临幻觉的缘由，可能是我与龙泉的那颗亲热之心，已经贴得更紧密了。

走进凤阳湖，我说高高的凤阳湖仿佛就“长”在了天上。

湖泊两岸巍巍青山、林木森严，倒映在湖面上的金黄色水杉，像一座座倒金字塔，犹如泼在湖

山清水秀

面成了巨幅精彩的油画，随着涟漪的水波荡漾开来，画面波光轻拂，如星光点点，立体的动感别有风情。

瓯江源凤阳湖的万般柔美，立此存照！

我对“高峡出平湖”，又有了面对面“地气”上的新体验，新升华。

溯湖而上，这里没有见到特有气势的水流啊？原因是，深秋与初冬并不是丰沛的雨水期。

风云悸动，先前的一阵阵雨丝儿，也是一拨拨云朵急匆匆地夹带过来，神秘得来无形去无踪。

你只要细心观察，就会在密集的灌木林与布满荆棘的杂草丛中发现，一股股清澈的水流，就在那里欢快地跳跃着，歌唱着，欢笑着。

那么，真正的瓯江源会远吗？

恰巧，像大大小小的一家人从山上下来。我们趁机打听，对方回答我们：再往前走，要不了多长时间，就会是“瓯江源”的源头啦！

我与德清县作协杨振华主席一样，很想去领略瓯江源的风采，两个人似乎就有那种“不到黄河心不死”的默契。振华主席说，每个人的家乡都有各自水系的源头，犹如生命之源，希望之源。德清的源头，就是富有诗意的东苕溪，而你们安吉的源头，就是四季如歌的龙王山对吗？我说，安吉的母亲河是西苕溪，她不仅滋润了一百万亩大竹海，而且龙王山还是黄浦江之源呢。它流经西苕溪，与东苕溪汇合在一起，注入太湖后，它们又流向了国际都市大上海！

对每个人的生命而言，都有自己的源头与目标，都会有自己努力奋斗的前进方向。

我们在瓯江源头，同样会找到新的答案，以及人生的新境界与新坐标。

再向前，是一条不起眼的弯弯山道，枯枝杂草丛生。有时，还会让你的裤管上，缠绵一些“粘籽”，用手轻易掸不下来，只好细心地将它们一颗一颗取掉。

对此，你会觉得烦心吗？不，这就是人类崇尚的原生态！

右侧，是一大片湿地，满眼都是黄灿灿的，称之为“高山草甸”，像长在平原或缓坡上的“芦苇海”。只有顶端的芦花随风摇曳不断晃动，像似一望无垠的“香雪海”，它们已提前进入了冬日里的“生活”。

左侧，整个山坡生长着延绵不绝、高耸入云的特大刺杉。据了解，其实是“塔杉林”，一株挨着一株的杉树，其形状像一座座宝塔，挺拔刚毅，巍峨雄壮。这些树的直径，我们测试了一下，要数人才能围抱起来。

我发现，有的树木，在它距离地面二三米处又分了支杈，呈现出两条并行的枝干，争先恐后、挺拔向上。

我猜测，这些绿色的生命，是它们还在幼年阶段，受龙泉山黄茅尖的特殊地理气候，遭遇了一场场大雪和风暴时的严厉摧残。虽然其枝梢被无情地折断过，压垮过，但它们仍然像刚正不阿的竹子，不畏艰险，壮志凌云，气冲霄汉！一遇春天又抽出新芽嫩枝，一对对兄弟姐妹携手扶帮、合力去攀登一个个属于自己的“高峰”。

水系的源头，其实并不都是一条宽泛而浩渺的江流。它们最终汇成其江海之势，也都是靠日日夜夜的细涓集约、汇聚而成。

哦，我们终于抵达：听到了从石块上汩汩流淌下来的水喧声，又见到了两块重迭着的巨石，其中一块书写着醒目的“瓯江源”三个红字，是杭州西泠印社吕国璋先生所写。

这里的站点，像一个可以聚焦的“磁场”。不仅各座山体的水源聚集于此，而且通向周边的一条条小道，都能连接各处的山脉脊梁。在它的左侧，建有一座木质结构的凉亭。亭内迴廊上，一对情侣正紧紧地依偎着，目不转睛地在手机上欣赏他们刚刚摄下的靓丽身影。

紧靠亭子的一个侧面，见一棵大树上挂有一块蓝底白字的牌子。为了获取信息，我不得已、也只能从这对情侣的身边走过。还好！他们还是沉浸在满满的幸福之中。

这里，还是全国生物多样性（蝴蝶）观察样线。难怪，我们沿途一路走来，发现最多的飞行动物就是各种各样、漂漂亮亮的蝴蝶。

瓯江源是浙江省第二大河——瓯江的发源地之一，它周围的山体渗漏形成的清澈溪流，又称之“小天池”。这里重峦叠嶂，芳草连天，美妙得让我依依不舍，不忍离去。

在折返途中，想不到会在右侧山边，现出了一条曲径通幽的古道，由于时间的原因，我们只知道它是“凤百古道”。凤阳山属“百山祖”山脉，这是一条凤阳湖通往麻连岱的古驿之道。在前几年的一个夏日里，我也是采风，去过凤阳山对面的庆元县。攀爬过百山祖，那里也是山高路远，原始森林遮天蔽日，尤以层层叠叠、一环套着一环的大小瀑布，其产生的轰鸣声震耳欲聋，使人流连忘返。

“哇，啊，哈哈，我又发现了一个新奇！”

忽然之间，从山路下面的一条小溪流里传来了一阵阵惊叫声。我们朝着那个方向快步走去，发出惊叹声的原来是陈仓老师，他是上海《青年报》新青年周刊的主编，著名作家。他喜欢一个人“闯荡”大自然，他说可以静下心来，好好观察自然界的点点滴滴与一草一木。

陈仓老师在这里发现的是一些特别的泥土疙瘩。

“你们看，这样的泥土见过吗？它的色泽几乎是纯奶白的，我当时还怀疑过是不是另外一种东西。可是从溪水里将它摸起来时，手感就觉得柔滑细腻，那种手感好舒服，我认为，这是一种精致、奇特的泥土。”

陈仓老师让我们也来捏一捏泥土，问感觉怎么样。

我从溪水里摸起一小块泥团。我说：“这种泥土，就好像我家乡做糯米汤团的那种水磨粉，看一眼就会让人生馋。”

我们与陈仓老师一起往回走时，聊着聊着，就把这种泥土与龙泉生产的青瓷挂上了勾。

龙泉是历史悠久、人文璀璨的剑、瓷名城。

青瓷之都的泥土资源，其实也产自龙泉当地。

在凤阳山的小溪里发现的这种泥土，也是这座山——山石之美丽的化身。这些山石，不知它经历了多少年的水流冲刷，千锤百炼，终于捣浆成这样的糊状和结晶——柔软、光滑、细腻、透明、清亮。

大美凤阳山

从瓯江源的“源头”下来时，不知不觉又卷入了“龙泉大峡谷”。峡谷即“山水之谷”，这里的瀑布形成密集的群落态势，令人叹为观止。尤其是二折瀑水源还出自“小天池”，又分上下两级，落差竟达60余米，到了雨水丰沛期，瀑布形成的走势一波三折，跌宕起伏，其飞流直泻之壮观让人惊心动魄。

大峡谷入口处，有一座悬在天空的人工吊桥，在这里不仅让你充分摄入大自然的“万物”景象，还会给你带来水的“思想”，山的“灵魂”。

悬桥之下，两岸之间的深山沟并不规整、十分陡峭；沟床深不见底，起起伏伏，沟身宽窄多变；许多横躺竖立的巨大顽石，其断面垂直如锐刀切割，鬼斧神工。自上而下的整条山沟，其地形复杂，加上浓密墨绿的古木树冠严实遮盖，大峡谷更显得神秘莫测，险象万状。一遇丰水期，源头活水之势呈万马奔腾，激起惊涛骇浪，带上了自己的满腔情怀，翻江倒海，滚滚向东，为实现自己的理想勇往直前。

与大峡谷呼应的是杜鹃谷，它们是大自然两谷相依、情投意合的一对情侣。这对情侣把这里的山水、万物，催生得风情万种，扑朔迷离。

最让人沉醉的是，扎根在这片肥沃土地上的云锦杜鹃，它们不论身处悬崖峭壁，还是蛰伏在山脊巅峰。四季如歌，尤以寒潮时节蕴育着梦想，春风的前哨一旦吹响，一朵朵云锦灿若星辰，妖艳、怒放得花枝招展，别有风情。纯白的，粉红的，蔚蓝的，常青的，绛紫的，如一把把精巧的纸伞，绽放在绿色的海洋里。惊艳、动情、俊俏，无论殷实富美，还是高贵清丽，它们总是忘了自我，奉献自我，靓了青山，醉了大地，美了世界。

凤阳山“奇松绝壁”，可谓人间仙境。

一条幽深临天的悬崖栈道，起起落落，牵连着惊恐万状的笨重山体，如盘根错节直抵“触天台”。

刚迈进山口缓坡之地，摄入眼帘的是一幅大树小树的“合欢图”。让我的心在巍峨的群山面前，显得柔软起来。一棵巨大的松树，在它的身边，似一株青刚栎般的小树，其实，是马醉木，恰有几双“小手”相拥着它们的“大人”。大人倾斜着身子，抚摸着膝下的子女们，亲昵、开心地说说笑笑；子女们当中，有抱着大人腰身的，有牵着大人手臂的，还有拉着大人衣角的，可亲可爱，涌动着天伦之乐和春天般的温情。深秋的马醉木，最有神韵，在它那浓浓的绿叶庇护下，还结出鲜鲜亮亮的绯红果子。哦，我说他们就是一个子孙满堂的大家庭呢。

我想，大自然也是有灵性的。人间许多美好的事物，只要你用心、用情、用爱去关注、去发现、去爱惜、去扶助，说不定都会在某个地方，让你可以找到诠释的影子。

在“群松迎宾”的栖息地，可以悠闲地小坐一会。

此时，心也随之静了下来。双眼，似乎刚刚被晶莹的露珠清洗过一样，是一架或一双——光亮清晰的广角镜。面前的群山沟壑，已全部揽入了视线。身边一棵棵古老的松树，苍劲挺拔，又憨态可掬，枝枝杆杆、针针叶叶，均焕发出刚毅顽强与无穷的生命力。

当然，扎根于顽石峭壁上的劲松，有的并不是呈垂直之势，或横卧，或倾斜，或倒挂。尽管它们的走势、趋向不一致，显得千姿百态，但它们依恋着群山之“母爱”，赞叹着群山之“大气”，分享着群山之“温暖”，都积极表现出自己对生活状态的最佳风采。其枝干有的如曲线环绕，错综复杂，还会出现分道扬镳之假象，但它们始终有着“断了骨头连着筋”的血脉亲情，象征着峰回路转，别有洞天，众志成城，拧成一股绳的坚如磐石；其针叶看似极为平常，疏疏密密，有时被狂风蹂躏，出现了那种松散凌乱，但它们都竭尽全力汲取苍穹大地之丰富养分，继而焕发出勃勃生机，朝着坚定的方向展秀示美，迸发出骨子里内在的精气神；有的古松之肤，历尽岁月沧桑，层层叠叠的松皮疙瘩，也被磨砺得粗糙厚实，但它们以执着、担当的父爱情怀，以铠甲般的无可撼动、无可击破，呵护着刚毅的树杆凌空向上，勇往直前。

峭壁的光滑，不仅岁月留痕、日月可鉴，而且印在石面上，显示出的暗红色、灰白色、古铜色、青铜色的灿烂斑点，深沉得像一幅幅镌刻在崖壁上的生动版画，难以磨灭其天然色泽，渗透和蕴含着成千上万年的阳光、月影与星辉，以及流水之韵和山海、雨雪、雷电、云雾之魂。

恰在这些“岁月版画”里，只要有一丝可以生存的凹凸细缝，就会滋长出一些“玩命”的小草枝丛。它们不畏卑微，充满自信；又悄无声息、欢快尽情地把巍峨群山装扮、点缀得如此多娇和风光旖旎。

何为“群松”？

栈道上，只要从每一个角度眺望，都能体验到古松群的那份情致、那份高洁与那份清廉。无论它们身处绝壁，还是凌空突兀，都会释放出相互之间的关爱之情，如一群群战斗的集体，如一个个坚强的战士，如一名名疆域边防的哨子，同心同德，蓬勃向上。

安徽黄山的“迎客松”，有它的苍朴坚毅与大气磅礴之势；而龙泉山的“群松”，则有着外刚内敛与团结和谐的亲和力。

群松昂扬枝枝秀。

尽管它们历尽了千刀万剐的风暴雪雨、电闪雷鸣，不知折断了多少根枝杆，甚至拦腰被袭！但它们与太阳、月亮相距最近，心底升腾着对生活、生命的热望，接受着雪雨熏陶、沐浴着阳光洗礼。正如毛泽东的十六字令《山》中的诗句：“倒海翻江卷巨澜”“刺破青天锷未残”。岿然不动，浩然正气。

“绝壁”的最狭处，被称之为“量身石”。如果没有开山筑路者冒着生命危险去开疆拓宇、巧夺天工，你是绝对跨不过这道“坎”的呢。突兀的巨石，倾斜得几乎要掉下来。只能侧身，小心再小心，一点点挪动着身子而过，否则身上的“三道曲线”，如果顾此失彼，都有可能触碰到任何“一曲”。

我在悬崖边多处看到，从山石缝隙里，那些几乎是或钻或挤或拱出来的不知名野树，它们并不屈服于顽石，而是迂回曲折，顺着有利于自己生存的方向去拓展努力。这一点，就似我们家乡的毛竹了，它们会冲破一切阻碍，哪怕前面是山石挡道，水流纵横，也要突破防线，占领地盘，赢得胜利。

从这些野树的皮肤上还可以窥见，它们奋力抗争，身上留下的千疮百孔，伤痕累累。但，从它们腾空越出的枝头上，厚实碧翠的绿叶间，仿佛告诉你：逆境中，它们也会有喜在眉梢的时候，展示出“谁持彩练当空舞”的美丽。

“不到长城非好汉”。有人说，攀登龙泉山，不到“触天台”是憾事。我说，只要努力，登上“触天台”并不难，难就难在你能真正触碰到“天”吗？我们同登“触天台”的有六七人，有的说：“再转个弯上面就是天了！”你觉得已经是在“制高点”了，然而，上天有那么轻松？离顶点，还有七道拐八道弯啊。而且越往上，石阶更陡峭，有的根本没有可以落脚的地方，几乎让你贴着山面匍匐着慢慢向前。

哎呀！终于到达绝顶啦！这可是“九天揽月”的人间仙境啊！

其实，“触天台”的面积并不大，我们一拨人，都小心翼翼地站在一块相对平坦的地方，大家互相合影留念。

那种欣喜，也可以说是若狂，万里江山，尽收眼底，一览众山小，似乎会让人有飞翔起来的感觉。如果是皓月当空，蓝色星夜，你我一定还会欣赏到“嫦娥舒广袖”的风姿绰约与美轮美奂。那时，你又会伸出手来，去采摘一颗“宝石”般的璀璨星星？于是呀，你终究会被迷离得物我两忘啊！

凤阳山的气候风云变幻，气象万千。生态环境有绝佳优势，任何的外来污染侵害不到。阳光下，一目十里见世界，一草一木收眼底。站在绝壁悬崖的栈道上，可观全景式的绵绵群山，无论俯视谷底还是仰望山巅，在万道霞光的穿透之下，你总会发现林木深处或苍穹大地上一幕幕的精彩演变。

春色山谷

你若一不留神，瞬息之间，就会从南边的山岙里，升腾起一卷卷如云似雾的“白色棉团”，浩浩荡荡，滚滚而来。随着一阵阵强劲的风力推动，云雾的团状继而向上迅速升腾，向四面扩散，势如兵临城下，大境压城，遮天盖日，把一个个山峰弥漫得像盖上了一件件雪白、灵动的绒毯，被淹没的山峰忽隐忽现，如梦似幻，让人不识庐山真面目了。此时，逶迤磅礴的群山，完全成了云的海洋，雾的家乡。

紧接着，风也向你迫不及待地刮来了，雨也向你穷追猛打地袭来了。如果，你还在被那情致所着迷、所犹豫，你还在被那兴致所激荡、所诱惑，那么，你就难免会被优柔寡断所困惑。当然，你也会享受到那幸福之风的猛烈推搡，感受到那密集雨点的温暖眷顾了。

我深深地祝愿：凤阳山的明天更美丽！

绝壁探奇松

长 狄

那天早上，在外观很具童话趣味的猎户山庄里用完早餐时，被告知黄茅尖行程取消，原因是天将大雨。

我有些纳闷，有雨也不至于就退缩吧，此次龙泉采风行有一句主题词就叫“奔向最高峰”，不登这江浙第一高峰——凤阳山黄茅尖，岂不名不副实？况且，昨晚我漫步松林，来到一块空旷之地，还仰望星空，眺望着久违了的明净夜空，所有的星辰是那样的明亮，与我的距离是如此之近，没有一丝雾霾的阻碍而朦胧，真是伸手可摘；而那些星星，W形的仙后座，遥远的北极星……那神秘的闪烁里，似乎传递着一种莫名的力量。这样的感觉是诗人西川诗歌里的样子：“有一种神秘你无法驾驭……射出光来，穿透着你的心。”在青藏高原的哈尔盖，年轻的诗人夜宿火车站附近，晚间出来撒尿，站在野地上，被漫天的星斗感动，写下了那样的诗句。在昨夜的凤阳山，我也领受了那“穿透你的心”的神秘。昨夜星辰，今晨会有雨？但手机的气象信息显示，确实有雨。这或许就是山间的气候吧。

但“绝壁奇松”的景观就在附近，何不一探？即使有雨，进退也方便。我与羊君结伴而行，循着山边的石阶慢慢探寻。我们穿行在寂静的山林之间，没有一个游人，大家都为气象信息的警示而安心旅舍了吧。林间没有见到松鼠之类动物的影子，松树们也没有夺人眼目的身姿，终于看到两棵有些意思的树，一棵不知名的树，横向伸展着树枝，将一棵直立的松树拥簇着，一个孩子扑向伟岸的父亲似的姿态，感到树的可爱了。

再拾阶而上，终于境界为之一开，我们来到了绝壁跟前，几棵黄山松站在崖壁上，三三两两分布在观景台外，好似打了安全桩，即使眼前是万丈深渊，即使你是一个有恐高症的人，也不会心慌意乱。他们展示着黄山松特有的身姿，站在高山绝壁，松干苍劲挺拔，松枝向外伸展，如迎宾客。

劲松迎朝霞

看，那些松树的枝丫上还做着鸟窝呢，有一个松枝上安了三个。但仔细一看，原来它们和松树是一体的，松树长了瘤，开裂的松树皮包裹着，好似鸟在搭建小窝时的柴草树条一般。这是在平原地区没有见过的。生在山区的羊君告知，那可能是松树遭过虫害，但松树与之顽强地对抗，拼命生长，或许也有高山气候的助力，反正把虫害对付过去了，但受过虫害的地方就结下了一个个树瘤。再往上攀，我们为前方高处崖壁上的两棵老松吸引，她们并不高大，也没有黄山松的伟岸，就是那样紧贴着山崖，一上一下，一前一后，让人想到她们是龙泉山里一对采蘑菇的菇农，或采草药的药农，她们携手搀扶着，正要攀过一段悬崖，想去采摘高山之巅的香菇或药材。

此时，天色暗下来了，远处的山峰被云团牢牢地罩住，云脚下垂，可见丝丝缕缕的黑线在云层与山顶之间飘移。那峰下的山坳忽见一团白云缓缓流出，沿着谷底朝我们这边的山谷涌来，好像看不见的上苍，拎着一把注满了云的壶在慢慢倾倒，要注满整个山谷。我说，山雨欲来，得赶快躲雨。白云填绿谷，只一会儿，风雅全无，那云团飞快地推进，随即把谷底流淌的白云覆盖，把远远近近的山吞没。转瞬间，我们已经身处迷雾之中，山路栈道、林间草木都笼罩在一片雨雾之中，近树朦胧，远山隐藏，风带着雨水打湿了山道，洒落在我们的脸颊。于是，加快了脚步，跑回入住的猎户山庄。

当我站在窗前欣赏着山间雨景的时候，内心竟有些怅然了，后悔出门没有带上雨具，没有能在绝壁深处观赏那雨那松那山，过了知天命的年岁，早没有淋淋雨的勇气了。我想到黄宾虹先生70高龄的时候，竟有“青城坐雨”的雅心与决心。那年，他去四川青城山，忽逢春雨淅沥，他没有躲避，完全被眼前的奇景所俘获，不管风雨吹打，索性坐在山石上，他感悟到了雨山的朦胧之美，雨山的乾坤之大，雨山的画意浓郁，由此顿悟，找到了绘画“雨淋墙头”的意蕴。我自然不擅丹青，也错失了感悟龙泉山雨中乾坤的机遇。

山雨来去匆匆，杯中的茶刚刚泡好，还没有喝上几口，天色已经放晴，阳光温暖地照进窗口，林间只有偶尔的几片云雾飘过。我禁不住要再探绝壁，以了未竟之兴。我又约羊君同往，真是心有灵犀，采风组的孙明龙老师一行已经在那绝壁的观景台，忙碌着要把这雨过天晴的凤阳山留在手机的照相簿上。

雨后的凤阳山真是分外纯清，苍山一碧如洗，远方的山峰之巅还缭绕着几团祥云，蓝天、白云、青峰，多么和谐的诗与画，甚至胜于诗画。在这样纯美的意境面前，文字似乎显得苍白，画笔也会无力，真是只可意会，难以言表。近处是绝壁，是松树的世界，远近错落着无数的黄山松，马醉木、杜鹃之类只是点缀，即使是花开的时节。那些松树，有蓝天的映衬，绿得滴翠似的，有阳光的抚慰，针叶上闪着亮。先前所见的那一对夫妻松，在蓝色的天幕下更显神采，她们攀登的脚步似乎更为轻健了。

栈道凌空，架于绝壁上，人行走在栈道上，如在空中游。山转，绝壁转，栈道转，人也转，迎面而来的是姿态各异的松树，它们长在悬崖峭壁的岩石缝隙，郁郁葱葱。不管是贴山崖处生长的，还是向深谷探着身子的，几乎都有一个好客的身姿，松树的枝条向着深壑幽谷自然伸展，似酒店服务生伸出手来请的姿势。在我看来，他们都是“迎我松”。先前在缓坡地带的松树，成片成林，参差交错，阴翳蔽日，看不到任何奇绝之处。而绝壁处的松树，扎根石缝，在天地之间，吸收日月之精华，经受风霜雨雪之洗礼，无遮无挡，无依无靠，不管风雨如何猛烈，霜雪如何凛冽，它们直面幽谷，把树枝伸向虚空，挥舞身手，“力拔山兮气盖世”，尽显孤傲与雄浑的侠客气度。一棵松树，生在高山绝壁，长于风口险地，成就了绝地奇松。这就是自然力。

我们一直登上最高的一个观景台。看，悬崖边一棵松树，虬枝横展，如舞者，自如，从容，曲的美与力；另一棵，参天直立，它们好像是默契的搭档，一个做着弯曲的身姿，一个携着她的手，一起完成了高难度的空中舞蹈。

下山的时候，我们说起好山的诗人谢灵运，他甚至发明了登山鞋，号称“谢公屐”，一种前后齿可装卸的木屐。李白一句“脚著谢公屐，身登青云梯”，让谢诗人的发明家喻户晓。但眼前，石阶有些窄，有些陡，几位女生行路有些难。我就建议，慢慢横着侧身走，如此下山，可消除石阶陡与窄的难度，减轻对膝盖的直接冲击。大家一试，果然轻松许多。我姓杨，就开玩笑说，这种下山步就命名“杨公步”啦，今后登山下山，脚迈“杨公步”，可以如履平地了。

黄茅尖上，八百里瓯江之源

鲁晓敏

瓯江源头众多，那是由于瓯江的支流众多。众多的支流如叶茎密布在浙西南峰峰岭岭之间，形成了星罗棋布的源头。发源于江浙第一高峰凤阳山黄茅尖的瓯江源，或许是海拔最高的瓯江源头之一。

深秋的凌晨，凤阳山还隐匿在白茫茫的云雾中，群峰轮廓飘渺，仿佛汹涌无际的波涛一浪一浪扑向远方。从驻地从发，踩着稀薄的晨光拾级而上，经过半小时的跋涉，登上了海拔1600米的高度，距离顶峰只有329米。

深呼吸，呵出一口雾气，雾气散开后，眼前浮现出一湾碧绿的湖泊。绿色的山峦包裹着绿色的湖泊，绿色的湖泊倒映着绿色的山峦，漫山遍野的绿由淡变浓，一团团翻滚而来，我陷入了大自然绿色的深处，这种丰腴的绿色让我心灵无比宁静。湖畔长满了密密麻麻的芦科植物，大片的草甸一丛丛、一蓬蓬地从脚下向山谷的另一端延伸。草甸之间开辟出一条简易砂石路，路标的箭头指向了“瓯江源”。晨风从空旷的野地吹拂过来，吹过小树林的枝梢，拂过草木的叶尖，挟来无数泥土和植物的浓郁气息，在空气中弥漫。凤阳山群峰峥嵘，峡谷峻峭，生活着白鹭、大山雀、喜鹊、相思鸟、金翅雀、火斑鸠、黄眉柳莺、白鹡鸰、啄木鸟、大杜鹃、蓝翡翠、秃头乌鸦、红嘴蓝鹊、白腰文鸟等上百种鸟类，“啾啾啾啾”“叽叽叽叽”“嘀嘀嘀嘀”“啹啹啹啹”，各种声音的鸟鸣，真切、清脆地响在耳畔。骤然间，一只老鹞掠过头顶，扇动着翅膀乌云一般地在天空中盘旋着，它的影子掠过湖泊、树林、草甸及山峰，林间迅速安静下来，听不见一丝声响。

穿过草甸，进入了原始森林，林中充满了神秘和潮湿，植物成熟的和腐朽的味道在森林中弥漫。一簇簇、一吡吡、一团团山花竞相在身前身后热烈开放，花瓣仍残留着滴滴露珠，它们妆点着幽深的峡谷。“嗡嗡嘤嘤”“嘤嘤嗡嗡”，成群的野蜂身子翻飞在花蕾和叶子之间。我已经隐约听见了水流

“哗哗哗哗”声响，但是被众多植被虚掩着，看不见水源。更多不知名的野花挤在林木深处，在悬崖上、石缝间、山道边、枯枝下，它们疯狂地生长着，仿佛要挤破整片树林，挤破我的视野。弯弯曲曲的山道上，茶子、毛栗、红柿、山桃等野果挂出来了，在树荫底下阴沉着脸，像是陷入沉思。野果在风中晃动，不停地碰撞着我的身体和额头。众多的青色山桃掩藏在树叶之间，清晨的阳光直射森林，正对阳光的那些，皮肤正在发红，饱满，光洁，漾出了成熟的色彩。顺手摘下一个山桃，放在嘴里嚼了几口，味道苦涩，这样的味道时常会在记忆中回味，让我想起瓯江的源头。

跨过一座石桥，豁然看见了一股水流，从残岩乱石中歪歪扭扭地挤出来，一头扎在磊磊乱石之中，跳出雪白的珠屑。桥下，几尾精灵一样的娃娃鱼在水潭中游弋，尾巴轻摇，漾出一圈圈的涟

瓯江源

漪。黄色、红色、绿色、绛色的各种叶子在溪水中飘荡着，不停地打着回旋。几束阳光从枝叶的隙缝中漏下来，落在潭边潮湿的石壁上，呈现出一波波的虹彩，在溪水中闪耀，散发出珍珠一样的波光。瓯江源头之水在弥漫着鸟语花香的森林里忽东忽西地流淌着，形成高高低低的落差。时而钻进了幽深的洞口，不见了水流，只听到“潺潺”的水流声；时而轻缓流走，一转弯，静静地卧在沟底，蓄成了一汪碧绿。草本植物细长的叶子伸展到溪流上，它们的姿势似乎在对溪流进行着触摸和亲吻，挑逗着恬淡幽静之妙。

在密林深处，立着一块石碑，上书“瓯江源头”四个飘逸的大字。潮气尚未散尽，石头表面挂满了水珠，洇出了石头掌纹一样密布的纹理，如同一张瓯江水文图。循着石碑往上游再走数百米，已经看不到成股的水流，但我听见了极其细腻的水滴，一滴，一滴，从岩石的缝隙跌落到水潭中，像是哭泣的声音，在寂静的森林中显得格外清脆，仿佛母亲眷恋着远去的孩子而心酸不已。水的阴柔、含蓄、幽雅、宁静、祥和、母性，在这里一一呈现。瓯江以滴水成潭、以涓涓细流的姿态，从黄茅尖上往下缓慢流走。这些水滴，这些细流，在黄茅尖上蓄势待发，从龙泉山上开始流泻挥洒，汇聚成浩浩荡荡的瓯江，以吞吐千里的气势奔流入海。这里来过许多人，他们把浮躁的心搁下了，心胸澄明了，瓯江源头的水流声覆盖了他们的心跳、他们的惊叹，尽管只是瞬间。这一瞬间，所有的人都进入到安静状态，静极了。静得听到了自己的呼吸声，似乎听见了树木拔节发出“噌噌噌噌”的声响，似乎听见水滴入心田的“叮咚叮咚”声。

我孤独地站在瓯江源头，一脸潮湿，一脸平静。溪流溅湿了我的脚步，留下一地水迹。源头之水是低姿态的，在高山的俯视之下，它的身影隐没在树下、石缝间，甚至是野花野草之中，低着头一路默默走远。若没有当初的姿态，它们何以汇聚成河？何以聚成八百里浩荡？这让我体察到了含蓄与铺张的距离渺小和宏大的关系。

我掬起一捧溪水，映着绿色生命的溪水，进入到了体内，在喉咙中回旋出清凉甘冽的滋味。一阵清凉的风吹拂过来，我回过头，用充满水泽的双眼深情地再看了一眼，那一汪碧绿的瓯江源头。

风雨凤阳山

王存玉

是云是雾还是雨？在凤阳山的日子里，天天都被云拥着、被雾罩着、被雨浸着，秋风吹不开云雨雾织成的重重叠叠的帷幔，我们始终未撩开掩盖着凤阳山的那层面纱，直到离去也没看清凤阳山的真面目。

也许是像当地人说的那样，凤阳山至今还是一个“养在深闺人未识”的处女。作为团体旅游者，我们是她迎来的第一批客人，而我竟是登上黄茅尖的最年长者。1999 年 10 月 7 日，当我们这一群从全国各地来龙泉市参加中国报纸副刊研究会年会的代表们走向她时，可能是出于少女的羞怯，凤阳山扯来云雨雾作面纱，悄悄地遮住了自己美丽的容颜。为一睹凤阳山的芳容，我们连续两次走在凤阳山藤牵树拥流绿滴翠的崎岖山路上。8 日上午刚上路，一开始人们还觉得微雨拂面生凉意，走了不一会儿，便汗水雨水再难分了。人在五里雾中，眼前一片苍茫。看脚下流水潺潺，听千溪弹琴飞乱声；望身边茂林修竹，闻万山风涛摇清韵。抬头，危岩临空，怪树横天；低头，万木竞发，虬根裂石。攀登在凤阳山上，一步步幽接曲径，径通幽境，万石叠岫，岩嶂回合，飞瀑雪涛奔涌，深林蔽日隐天，处处流青缥碧，风卷云绕，蒙雾搴烟。既看不清远山峰多高，也难分辨近壑谷多深。一个多小时后，人们便不再像刚见到参天巨杉时那样惊喜，也不像面对飞流直下的双折高瀑时那样眷恋，既没有了钻出巨石夹缝削壁前天梯上下移步的惊心动魄，也没有了悬岩底下对“野人洞”天然巢穴鬼斧神工的感慨赞叹。大家一门心思往前走，汗水一把雨水一把，脚步越来越沉重。凤阳山，你是对我们这群朝拜者毅力的测试呢？还是对我们的考验？当我们一脚深一脚浅地拖着疲惫的躯壳前一个后一个断续回到下榻的猎户山庄时，我觉得浑身的骨头架子都散了。入夜，阒寂的山中心灵似都得到了净化。听窗外唧唧虫鸣，更使人感到深山的空旷和幽远。枕着松涛溪声，悠悠然进入梦乡。恍惚间，我站立在凤阳山跟前，轻轻地撩开了她轻柔的面纱——

千里流霜

哇！被誉为“华东古老植物的摇篮”的凤阳山，被称作“浙南林海”的凤阳山，一座多么奇丽的山哟！这儿是野生动物的乐园，是珍稀植物的天堂，也是历史传说和现实故事的童话世界。山上有四季不断之花，有终年常青之草，奇花异木，珍禽奇兽遍及山间。我看见，白豆杉、鹅掌楸、香果树、伯乐树、尖萼紫茎、波叶红果树下，猕猴攀援，锦鸡飞鸣，赤腹鹰唳空，华南虎、金钱豹、苏门羚穿行林中，凤阳庙里走出的香菇始祖吴三公将一柄柄菇伞撑得漫山遍岭，劈剑石下龙泉宝剑的祖师爷欧冶子正在向他的徒子徒孙们传授他那炉火纯青的铸剑技术，龙泉青瓷的鼻祖章生一、章生二带领着他的后代正在山上采瓷土、建瓷窑，燃起了一处处熊熊炉火。这时，雨雾中不胜娇羞的凤阳山正含情脉脉地轻舒玉臂，将这一切缓缓地拥入自己怀中！翌日梦醒，腰痛腿痛脚痛的我实在不想再移步了，然经不住凤阳山美丽的诱惑，架不住同仁们的怂恿，还是跟着这支队伍上了路。依然是蒙蒙雨，依然是淡淡风，依然是云遮雾罩的凤阳山。当我们来到江浙最高的高山湖——凤阳湖畔，听导游讲完了海螺姑娘和凤阳山的故事后，便向着江浙第一高峰——黄茅尖进发了。这是一片神奇的山水，几乎囊括了亚热带的所有植物。阔叶林、针阔混交林、针叶林、高山草甸 4 个植物林带把我们一步步引向新的高度。钻进阴翳幽深的密林中，触目是叶叶相覆、枝枝相交的绿树大家族，进入鼻息的是不知多少年多少代的落叶腐殖质发出来的特有的在别处难以闻到的使人沉醉的香味。若非雨水淋湿了这天然地毯，我真想躺上去美美地睡上一觉。

当我们从密不透风喘不过气来的原始山林中渐渐浮出，始见岩壑露骨，云天裂缝，一簇簇灌木丛林间钻出了丝丝凉风。好像紧闭的闷热房间门拨开了一条缝，让人感到一阵清爽，登顶的脚步似也有了力量。随着海拔增高，林木越来越小、越来越少，一片茫茫草甸子呈现在面前，直让人觉得似在翻越雪山草地。这时，清风骤作寒风，暖雨即成冷雨，被汗水、雨水浸透的衣衫竟像铁甲般裹在身上，心里不觉打了个寒颤。我前倾着身子顶着风雨向前挪动，终于走完了这千多米的草甸子，登上了海拔 1929 米的江浙第一高峰——黄茅尖。此时山上，风急雨斜，云漫雾迷。登高四顾，唯余茫茫。虽明明知道自己是稳稳地站在这山顶上，却总感到身子被云海托悬在半空中。天地间云雨雾织就的这一幅重重叠叠的帷幔，依然严严地掩盖着凤阳山那美丽的面庞，使人无缘得见她的芳容。

带一丝惆怅带三分遗憾下山来，回望着那满天的云满天的雾满天的雨，我在心里说：再见吧凤阳山，下次来一定给你撩开这一层面纱。

凤阳山赋

赵　征

凤阳山，是我心目中一个巨大的感叹号！因有“江浙第一高峰”之称，总觉得傲立天外的凤阳山特别峻奇和神秘，早就心向往之。

终于有了平生第一次涉足凤阳山的机会。一辆面包车沿着狭窄的山间公路蜿蜒而上。我早已忘却路况的陡峭曲折，双眼不住地望着车窗外。放眼望去，山势错落，幻化出千姿百态的形态，漫山的松林青翠欲滴，在蓝天下显得分外明丽。山道旁，山谷中，不时闪过一丛丛红色，那可能是枫树，也可能是野花。盘旋山中，峰回路转，仿佛抖开一幅幅织锦，斑斓多姿，变幻无穷。在车上看山景，还没有记住一闪而过的令人眼花缭乱的瑰丽风采，又有让人目不暇接的绰约风姿匆匆扑来，让人恍如置身在一个绿色的梦幻世界。

面包车终于在一个平旷的地方停了下来，视野开阔多了。一座全部用木头建成的棕褐色的休闲山庄，出现在我的眼前，结构独异，遗世孑立，使人疑为天上宫阙。小憩之后，便去探瓯江源。仍然先乘车，车窗外徐徐移动的是一条绿色的屏障，屏幕中横向排列着曲曲弯弯的山的廓线，或交错，或重叠，或平行，山体的色彩由近及远从翠绿变成暗绿直至暗蓝。下车后步行不远，忽然我的眼前冒出一片蓝光，没想到江浙第一高湖凤阳湖蓝泱泱扑入眼帘。

凤阳湖被群山围绕成一个盆形，水面蓝黝黝的，像是镶嵌在盆里的一块巨大的蓝玻璃。水面没有涟漪，看上去是静止不动的。幽蓝的水色使得天地之间蒙上了一层神秘莫测的气氛。走近湖岸，只见水深无底，湖水舐山，山脚入湖，仿佛经过了印象派画家的处理，画意盎然，情景交融。蓝天落在湖底，青山映在湖中，使我感觉到有一种融洽而又恬宁的东西支撑在天地之间。天、山、湖构成的图画是那么和谐，互相浸润着的湖光山色是那么恒久。

凤阳湖的尽头出现了一片绵长的芦苇，就像江南田野上正在扬花吐穗的水稻似的，大片芦苇在阳光下得意地摇曳着。这片芦苇透露出一种宁静悠远的气息。正当我诧异高山上怎么会有一望无际的芦苇时，同行的龙泉文友告诉我，这不叫芦苇，当地人叫茅根。这一说，使我更仔细地察看这一植物群落。确实，它比通常所见的芦苇要矮些，又比茅草要高得多，粗壮得多。也许，高山湿地的环境造就了这个介乎芦苇和茅草之间的大家庭。

瓯江源是一泓细细的清流，从更高的山顶流来，汇集着树林的乳泉，负载着远古的悠梦，携带着岁月的童话，流过镌刻着“瓯江源”三字的石碑，流过鹅卵石的缝隙，流向大片的茅根，流向凤阳湖。从凤阳湖泻下的碧流，越绝壁，穿幽谷，汇百川，成就了一条横贯浙西南的瓯江。我伫立在瓯江源头，注视着汩汩流泉，想像着流水所到之处润泽着茅根和树林，变化出湖泊和瀑布，创造出

雄狮卧伏

绿洲和文明。我蹲下身子，双手久久地掬着一捧清泉。瓯江源的清泉啊，流动的是生命的源泉，润泽的是和谐的生命！

次日，又去游绝壁奇松。沿着建在千仞峭壁上的栈道前行，很快就融入一棵棵参天古松的行列之中。古松从谷底或岩层里拔地而起，粗壮、颀长、挺拔，树干笔直笔直的，栗棕色的树皮上饰着椭圆形的鳞片，树冠处横伸出几杆枝丫。古松粗壮如柱，纠纠成阵，有股令人震惊的遒劲与轩昂。令人奇怪的是，所有的松树朝北方向不长枝丫，枝丫都平展展地伸向朝南的方向，针叶密匝匝，绿苍苍，呈扇面状，仿佛是凌空欲飞的翠色飘带。我一边走一边欣赏着这树中的伟丈夫，它既雄伟傲岸又风度翩翩，既铁骨铮铮又潇洒倜傥，既古气苍然又朝气蓬勃。

可是，当我的手触摸着奇松的树干时，我的感觉变了。其实，古松并不是按游人的审美眼光来生长的，而是绝壁危岩这一残酷的生存环境使然。它们都有铁的躯干，树干像铁锚似的扎向岩层，树冠倔强地昂首向上、向南伸展，为的是在阳光中尽可能多地捕获光能，维持和发展自己的生命。因此，奇松总是笔直地向上，枝叶总是极力向阳。这是严峻的自然环境造就了古松之奇之美啊！

忽然，我发现一棵从绝壁的石缝中生出来的松树，树干有些倾斜，形态有点像古柏。这棵奇崛的松树还生长着某种气息，这气息来自某种神奇的力量。立即，我被从岩缝中挣扎出来的松树感动了。石缝里可能有些许石屑泥沙，有点滴渗水，实在够贫瘠、够寒碜了。雪欺霜打，烈日干旱，全没有征服它。在困境中，它顽强地活下来，炼就一身铮铮铁骨，凝聚了一腔朗朗硬气，蔚然成为一道令人刮目相看的风景。

情系凤阳山

许 睫

我终于爬上了号称“江浙第一高峰”的龙泉凤阳山的黄茅尖，站在了山梁上。太阳还没有露脸，但我仍看清了那藏在碧波万顷的云海里的矫健山影和美丽的红果树。这昔日寻觅的景致，一一呈现在我的眼前。

泉、湖泊、溪涧与瀑布荟萃，水、石、树、草神奇结合，危岩、悬崖、石窟匿藏其间，绝壁奇松矗立，伸臂欲揽九天明月，滚滚松涛似虎啸龙吟，逶迤曲折的山路，仿佛一道远古幽深的画廊，真是十里浓荫夹道，十里流绿滴翠；再看青葱草色之中，蝶舞蜂飞江南山野之秀。真的好感谢大自然的鬼斧神工，造就了你——凤阳山的险峻与美貌。

其实，我也迷恋，翻越过许多名川大山，只因人为的雕琢太多，使它们失去了独立的自我，虽然也会有或深或浅的一些感受，但都随着岁月的影子渐渐淡化。

龙泉凤阳山天然的古朴、清纯，天然的博大精深吸引了我，那俊秀、伟岸、奇异、浩淼开启了我的心窗。我静静地走着，流连于每一棵花草树木之间。

于是，我开始努力跋涉，饱览这迷人的风光，欣赏凤阳山的美丽。

信步走到那一汪秋水般的凤阳湖畔，立刻有无数柔情涌满我的心田。那清澈见底的纯洁，洗却了多年沉淀在我心底里的疲倦。

凤阳山，也许是我终生翻越的最美丽、最纯情、最能寄托相思的山。它的天生丽质，是一本永远读不完的天书。

太阳露脸的时候已近黄昏，我无限依恋地站在山的脚下，仰望它威武的身姿，不觉生出许多惆怅来。

忘不了，龙泉凤阳山的俊美。带着深深的眷恋，我就要离去，但愿不是永久的分别。

壮丽山川

火舞凤阳

——龙泉散记

郑启谦

龙泉是座山城。凤阳山是龙泉第一山，其主峰高达 1929 米，亦被称为“江浙之巅”。我们攀登的正是凤阳山主峰黄茅尖！

被誉为“华东古老植物的摇篮”的凤阳山，是浙江省面积最大的国家级自然保护区，方圆 15300 多公顷，是野生动物的乐园、珍稀植物的天堂。凤阳山及其周边茂林密布，使龙泉的林木覆盖率高达 84.2%，居浙江全省之冠，是全国著名的大氧吧。这几年，龙泉市把凤阳山列入旅游开发重点单位，投入了大量资金，着力于有线电视、电力、通信和道路等基础设施建设，将自然保护区开发为四大景区。撩开了凤阳山的神秘面纱，喜迎海内外游客的到来。我们这批参加全国报纸副刊研究会年会的代表，亦慕名而来了。

回首望，踏进迎宾山门后，我们已登越了 3 个景区。先是绝壁奇松景区，但见千仞石壁矗立苍穹，无数苍松绝壁而生，处处涉奇掠险。我们攀到观松台上，听万松屏滚滚松涛，观绝壁间千姿百态的古松，或作展翅翱翔状，或作伸臂揽月姿。大自然的鬼斧神工，造就了凤阳山风光之奇险。接着的十里笼翠景区，流绿滴翠、一步一景，绵延十里，危岩、悬崖、石窟藏匿其间，使人仿佛置身于古意幽深的山水画廊之中。峡谷中的溪涧，水石相击，虎啸龙吟，使游者心潮澎湃。而瓯江之源景区，则是水、石、树、草组成的独特景观，也是泉、湖、溪、瀑荟萃的地方，既有危岩高垒气势磅礴的阳刚之美，也有草色青翠、蝶舞蜂飞的江南山野之秀。那碧波荡漾的凤阳湖，是江浙最高的高山湖，郁郁葱葱的森林背景和高原草地风光，宛如一幅北欧湖光山色风情画；那座 80 余米高的双折瀑，从悬崖上奔腾而下，声如雷鸣，十分壮观。在这个景区，特别要记上一笔的是，我曾在瓯

绝壁奇松

江之源呆了片刻，看着那一泓碧水，静静流向丛林。想到它此后或曲折、或平缓、或汇集、或堵截，终成为近 400 千米的浩浩瓯江，引人无限感慨。在过往的人生之旅，我曾探索过 3 条大江之源。另外两条是云南东部的珠江之源和九寨沟附近的岷江之源，都曾使我思绪万千。

此刻，我们正继续奋力向上攀登。前面就是江浙顶峰景区。沿途地势险峻，人迹罕至，保持着完整的原始森林植被。据说，凤阳山野生动物众多，甚至有云豹、华南虎等国家一级保护动物。但人走，它们也走，自然是看不到的，不过，那些花木奇观却让我们欣赏个够。那神奇的红果树，使人感叹生命的顽强；那通体光亮的是尖萼紫茎；那圆径 2.76 米的是中国柳杉王；那鹅掌楸、伯乐树、华东黄杉、穗花杉均为国家珍贵保护树种。令我最难忘的是白豆杉，它属稀有的国家保护树种。我于去年底，在西藏欢迎雅鲁藏布大峡谷探险勇士凯旋大会上，曾有幸得到探险成果之一的珍稀植物红豆杉标本。这红豆杉与白豆杉，均全身是宝，可惜地球上都难以觅到了。我们喘着气、流着汗，一面听导游关于凤阳山奇花异木、珍禽奇兽的介绍，一面领略着古、博、纯的自然生态神韵。终于，攀登上景色最恢宏博大之处，我们登上了江浙第一高峰。脚踏绿如绒毯，置身于仙境中。呵，这就是凤阳山雨后初霁的云海，这就是凤阳山千姿百态的云海。这就是从茂林中升起来的云海，从峡谷里跳出来的云海，从悬崖上滑下来的云海。这就是凤阳山引以为荣的变幻莫测的云海。正当我陶醉于大自然的造化中的万千遐思时，不知道谁说了声遗憾，说如果阳光灿烂，还可看到数百里外的温州，甚至看到大海。我说，此情此景已够妙哉。此时，耳畔的风声，似乎传来了昨天在中国报纸副刊研究会年会上，龙泉市委领导那段激越的讲话。他说，龙泉正加快旅游业开发，以带动第三产业发展。是的，打开山门后的龙泉，不但旅游业发展了，也促进了百业兴旺。我站在凤阳山之巅，放眼四望，透过云层，正感受到龙泉的万千气象。

那不是古窑址么？始于三国两晋，盛于南宋和元代的龙泉青瓷，以其清丽的釉色和优美的造型而久负盛名，是我国青瓷皇冠上的一颗璀璨的明珠。自宋代起，它就远销至亚非欧三大洲，成了世界文明使者，龙泉也成为我国最大的瓷业中心，被誉为“青瓷之邦”。如今，我仿佛看到，那成群的古窑，千多年来一直窑火熊熊不灭、烧出一代又一代精品，为国争辉；我仿佛看到经设备改进后的现代化生产，传统的青瓷更具时代气息和新意，融入到国际经济交流中。

那不是剑池湖么？春秋战国时期，在名匠欧冶子铸成“龙渊”“太阿”“工布”三剑而使龙泉剑名扬天下。两千多年来，制剑成了龙泉世袭之业。如今，剑池古井尤存，以龙凤七星为标志，坚韧锋利、刚柔并济、纹饰巧致的龙泉宝剑依然寒光逼人，熠熠生辉。这些年，龙泉宝剑作为地方工艺一绝，为地方创造了不可估量的经济效益，也以“宝剑之都”为龙泉赢得了美名。

那不是凤阳庙么？我仿佛看见，每年农历 7 月 16 日至 19 日，一连 4 天，凤阳山就涌起了菇民潮，到为纪念香菇始祖吴三公而建造的凤阳庙祭拜，还连夜演戏班，盛况空前，展示了龙泉这个世界香菇业发源地的民俗风情。龙泉人工培植香菇，从宋代至今已有 1000 年的历史，他们世代相接、编书传艺，以血汗为中华农业文化增添了光辉。随着现代科技的进步，他们的种植规模越来越大，“香菇之乡”名不虚传，龙泉香菇成了中国农业的名牌。

那不是仙宫湖么？ 1988 年蓄水为兴建装机 30 万千瓦的紧水滩水电站立下汗马功劳。以紧水滩水电站为龙头的大小水电站的并网，使龙泉成为华东地区电力较为充裕的市县之一和全国农村初级电气化县（市）。如今，风采依然，不但是个光明和力之源，而且烟波浩森，水秀山青，成为人们旅游避暑的胜地……

“满园春色关不住，一枝红杏出墙来”，这是龙泉历史上最著名的诗人、宋代叶绍翁留下的千古名句，也是今日龙泉的真实写照。凤阳山峰巍树怪、谷幽泉清，旅游景点百余处。有人问我游览了四大景区，哪一处最美？我说，都很美。但凤阳山最可爱之处，是远古的大自然美丽风光与当代社会发展风貌融为一体的亮丽风景线，那是古典的音诗与现代进行的和谐合奏。自进入龙泉起，一直到攀登上凤阳山之巅，所到之处，我们都感到山美、水美，龙泉人更美。他们不但善于用双手去保护自然生态环境，还勇于用双手去开创社会物质文明，为名山积淀了更深厚的文化底蕴。打开山门后的龙泉，处处热火朝天：一队队中外游人来到龙泉，登江浙之巅、探瓯江之源，那是旅游花开红胜火；香菇基地、笋竹基地、中药材基地、干水果基地、优质米基地的蓬勃发展，辉映的正是“三高”农业之光；水力发电的兴旺、矿产石材的开发，邮电通信的繁荣，闪耀的正是科研之光……在这熊熊的火与光中，升腾起龙泉那清新、健朗的形象，展示了打开山门后的精彩；熊熊的火光中，山城龙泉就像逐日的丹凤展翅高飞。这正是我们游览凤阳山看到的最壮美的图画，也是凤阳山在我们游人心中最壮阔的景区，它的名字叫——火舞凤阳！

净　土

叶晓文

到了一块难得的净土，真是有了一分难得的心情。走在凤阳山上，通体清凉，没有一丝杂念。

凤阳山在浙江省龙泉市内，被誉为“华东古老植物的摇篮”，这里浓缩了浙南林海的精华，是野生动物的乐园、珍稀植物的天堂；这里峰巍木异谷幽泉清，奇草遍地；这里地势险峻、人迹罕至，保持着完整的原始森林植被；这里漫山遍野杜鹃怒放，火一般燃烧，烧遍整个山谷……置身其中，你会被这满眼生命的绿色和蓬勃的生机深深震撼，深深感动。

在充分利用自然资源加速经济发展的今天，保持得如此完好的古、博、幽、纯的自然生态环境已不多见。99全国报纸副刊年会选在凤阳山召开，东道主说，凤阳山还未真正对外开放，你们是第一批尊贵的客人，你们将撩开这少女神秘的面纱，看到少女至美的尊容。

第三天，细雨霏霏，我们走进了凤阳山的“十里笼翠”。那是一尘不染的原始大森林，茂林蔽日，绿流翠滴，石上布满岁月的青苔，地上爬满沧桑的老藤。危岩、悬崖、石窟匿藏其间，鬼斧神工，扑朔迷离；峡谷里的溪涧，清澈的细流缓缓流过千姿百态的青石，逶迤而去……这里不见人类文明的踪迹，完完全全是大自然的原始版本，干净得令人心跳。

“十里笼翠”果真有十里之遥，而且惊险不断，代表们渐渐体力不支。不知何时，我发现沿路有不少刚刚扔掉的塑料纯净水瓶，而且越走越多。我理解地朝正在扔瓶子的人笑：路太长，是要甩掉包袱，轻装前进。我自己包里的一个橘子，我也嫌沉了，拿出来吃了，果皮也加入了路边纯净水瓶的行列。可是不久，我却发现走在我后面的北京《大众科技报》记者梁京生正弯腰一个个捡起那些瓶子，把它们全放进他随身带的塑料袋里，拎着走。我顿时汗颜不已，往往，破坏都是无意的，但它的后果却十分严重。梁京生轻声对我说了这么一个故事：一次他们全家和朋友一家到香山度周末，玩到开心时，他拿着一个空瓶子对女儿说，爸爸把它扔到山那边去，一定会有很大的响声，你信不

七星潭

信？幼小的女儿很好奇，他便使出浑身解数，像扔手榴弹一样把瓶子扔了出去，“咣”地一声，果真悦耳，女儿笑了。他得意忘形，又要往远处再扔一个瓶子，这时刚才一直皱着眉头的朋友忍无可忍了，冲着他嚷：这是你自己的家！你怎么随便在自己家里乱扔东西呢？！他一时僵在那儿，继而便是面红耳赤，无地自容。他明白自己无意中做错了事，并给孩子做了最坏的榜样。这件事情，给他心灵的震动实在是太大了，10年过去了，他一直不敢忘记。

这时，我看见后面的《中国法制报》记者李芮也在跟着他捡前面的人扔下的瓶子。

内疚无比的我，已经没有心情欣赏后面的景致。

第二天开会，梁京生就凤阳山扔瓶子的事向代表们公开了他的故事。他激动地说，这么美丽的家园，我们怎么忍心去糟蹋呢？作为精神文明的传播者，我们怎么能带头亵渎文明呢？话不多，句句震慑灵魂。大伙儿那雷鸣般的掌声，是对他真诚提醒的感激，而包涵更多的却是自责。

凤阳山，对不起！此后的两天会议，我发现代表们的手里包里都多了个垃圾袋子。我晕车厉害，那天去参观龙泉青瓷博物馆，我翻江倒海般地吐，但始终不敢忘记紧紧抓牢袋子，然后便一直拎着，直到下车后找到垃圾桶。

自然生态的美和健康是人类的福气，人类要懂得呵护她，呵护她就是呵护我们人类自己。地球上多一块净土，我们的心灵就多一块净土啊！

告别凤阳山，我频频回头向她致歉，向她祝福：凤阳山，作为你的揭幕人，我们深深有愧，但我们不会再犯这样的错误了，你给我们带来的决不止是大自然的熏陶，更是一次灵魂的洗礼，一次对家园的刻骨铭心的记忆。

迷你凤阳山

唐梦馥

初冬时节，接通知要去浙江龙泉市凤阳山开会，甚喜。一提浙江，立马想到西湖、灵隐、普陀山、冰壶洞……凤阳山有啥好景致却不甚了解。忙翻书查典，找遍《中国旅游大全》《旅游指南》未见半字关于凤阳山的记载。最后在《中国名胜词典》中看到一段简短的文字："凤阳山，在浙江龙泉县城东南 50 千米。主峰海拔 1929 米，属武夷山系洞宫山脉，为自然保护区……山林深处，时见飞涧流泉、奇峰怪石和珍禽异兽……"阅后兴致减半。飞涧流泉再美，能美过长白山瀑布？奇峰怪石再绝，还媲上漓江风光、石林剑峰？我把想法对南方同仁一说，她为难了，火车不通，飞机不到，只好作罢。我转念一想，龙泉宝剑天下传，走一遭见识见识也无妨。那日一早，我们一行百余人冒着霏霏细雨，经大半天颠簸，傍黑时来到凤阳山脚下。

雨后初霁，云雾笼罩着山林。举目望去。那云千姿百态，变化万千，忽而似嫦娥奔月，忽而如天女散花，忽而变成蛟龙戏水，忽而幻为鱼儿腾跃……透过山间高耸的竹林再瞧，那一团团时红时白时灰时黄的云烟，一会儿从峡谷中涌出，一会儿从山崖中跃起，一会儿聚结山坡，一会儿散落林间，置身其中，宛若行在琼宇瑶池边。

我们踏着新开拓的山间小路步入十里笼翠、绝壁奇松景区。行走在深山密林中，有如徜徉在古意幽静的画廊里——奇石怪木伸手可触，绝壁危崖兀立跟前；石窟洞穴引你探奇寻幽，溪流深潭迷你融入其间，鸟语松涛令你心舒气展……真是一步一景，景景入胜，胜不言述。

天又下起了小雨。我们踏着用石板铺就的逶迤山路一步一滑地爬到山顶。抬眼四望，视野被绿迷漫。芳草萋萋的奇花野草、柱天而立的珍木翠竹自不必说，仅那满山遍野的杜鹃花，就足使你惊叹。其中，以云锦杜鹃、猴头杜鹃、麂角杜鹃最众，形成景色壮观的杜鹃谷。"从山脚至山顶落差达 1629 米，几乎囊括了亚热带的所有植物，真是奇观。"我正为满山奇花异味惊叹时，当地同行自豪地说:“要不怎么称之为‘华东古老植物的摇篮’呢。若是今天不下雨,我们说不定还能见到猕猴、白鹇、云豹等国家珍稀动物哪!”可惜,天尚未晴,我们便精疲力尽地下了山。

就要离开凤阳山了,我驻足远望,恋情难断。凤阳山啊凤阳山,你迷我何处?是看不够你万顷碧绿,说不尽你云遮雾罩,拍不完你怪崖绝峭,还是你未被践踏和污染,独守清静和清凉的美妙?说是又不全是,这大概就是你“难得净土”“处女山”迷我之奥妙!

凤阳山杜鹃谷

烟雨凤阳山

武阳滨

好一群雄浑的大山。车出龙泉城不久，便进入了浙江省最大的国家级自然保护区凤阳山的怀抱。在如丝带飘绕的公路上行了近一个小时，依然似一片柳叶般在绿色的波峰浪谷间飘荡。村落逐渐稀疏，房舍只在郁郁葱葱的林间偶尔闪现。收获后裸露着泥土的农田也早已不见，能显示人迹的唯有林间蚯蚓般爬行的小径。峰迴路转，越行越高，越行越险，从车窗往外望，危岩直立，不见其顶，沟壑森森，莫测其底。车到急弯处，轮胎紧贴路边而过，更是叫人头晕目眩。

未进山时，虽也是阴云密布，可间或也能透过天窗一般的云隙，窥见一块湛蓝的天。车行至山腰，有股股云烟或从山间贴着路面溪流般地淌出，或从谷底飘飘荡荡地升起，越涨越高，最终竟完全将车淹没。在宛若丝团的烟云缠裹中，就有微若针尖的水珠爬上四窗。此刻再往外望，便有了夏日坐在纱帐里的感觉，山色淡了，林色淡了，一切都变得迷迷蒙蒙，混混沌沌。终于，面包车驶出了雾团，眼前为之一亮，好一幅壮丽的图景：云海滚滚，遥接天际，白浪奔涌，如佛似腾，有的似牧童扬鞭……千姿百态，不一而足。青山变成了云海中的座座岛屿，在云海的涨落中，忽而头顶棉冠，忽而腰系丝绦，忽而撩纱遮面，忽而独立云端……千变万化蔚为壮观。

目的地凤阳山庄是一家坐落在山坳之中的宾馆。刚到时，雾开雨霁，传统风格建筑的四周，茂林修竹，红亭石径，绿茵草坪经细雨洗拭，分外醒目。然而，就在我等欲借会议未开之际想去游山之瞬，细雨聚成的烟云重又好似纱幕垂下，将周边的一切笼罩在一派氤氲之中，只有林中鸟儿的鸣唱在宁谧中依旧脆响，让人觉得仍在山中。

又坐车行了一程，便弃车徒步跟着导游，沿林间“之”字形山径，向山下走去。路旁的灌木丛中有薄雾若隐若现，雾气在树的阔叶或针叶上凝成水珠，在阶梯般一叶接一叶的滚落中愈聚愈大，掉在地上发出“嗒嗒”的脆响。正行间，忽有一阵“哗哗”的流水声传来，原来已到谷底。视线无

云浪滚滚

树木和雾气遮挡而蓦然清晰：形状各异、大小错落的圆形山石间，一股溪流顽童般撒欢奔跑。那水清亮得叫人怜爱，忍不住啜上一口，尚未下咽，甘甜已直达肺腑并向全身扩散，霎时间叫人精神为之一振。在溪水的奔流中，水底的卵石得意地晃动着胖乎乎的身躯，煞是可爱。导游说，这溪的下游便是浙南著名的瓯江。真想不到这涓涓细流竟是八百里瓯江的源头。

穿过烟笼碧树的山腰，经凤阳湖、龙泉瀑、试剑岩、天门关等景点，终于到了突兀于群山中的天马峰。放眼远眺，群峰逶迤，如波似浪；俯瞰脚下，林海苍茫，无际无涯。江浙两省的最高峰黄茅尖在烟云中宛如身着绿袍、银须飘然的老人，慈祥和蔼。林海之上，群峰之间，流云走雾或若群骥奔涌，或若哈达缠绕山颈，或若长河九曲宛转……亦真亦幻，构成天开异境、荡气回肠的雄伟画卷。我禁不住解开衣襟，迎浩浩山风，放声长啸，天地间便传出首尾相衔的不绝回响。

置身此间，你会觉得恍若走入一个缥缈的梦境，自己便是那山、那岩、那树、那云、那雾……竟忘了“我”之何在。观风起云涌，你会仿佛觉得自己穿越了时空，走进远古；听林涛声声，你会觉得那是欧治子铸剑的古老传说；掬起溪水，你会觉得是在轻抚哥窑青瓷那滑不溜秋的釉面。崖壁的层层皱褶，是记载历史的页页镌刻；凤阳湖如镜的水面，折射出群山今日青春尚存的光彩；大山起伏的律动，是大自然身躯至今尚存的优美曲线；日夜奔流的清溪，是大地母亲还在哺育人类的甘甜乳汁。无论是山峰还是流云，无论是林海还是溪涧，此刻全都默默无言，仍像自古以来便开始的那样，无私地奉献着。此景此情，不由得不使你陷入关于它们和人类生存、发展的深思……

倘若你爱美，就爱大地上每一片如斯的净土吧，倘若你爱大自然，就尽力保护身边的每棵绿树、每条溪水吧，倘若你爱自己的祖国，就像珍惜生命那样，珍惜这古老土地上的每一寸山河吧！

十里笼翠说凤阳

应文兴

自以为多次去过凤阳山，那些闻名遐迩的自然景观早已烂熟于心，便想凤阳山之美，还能美得过我所见过的风光么？

仲夏的一天，友人约我重上凤阳山，并说早先去过的，只是小部分，偌大的凤阳山还有好些独特的景色“养在深闺人未识”呢！这一次不走老路走新路，肯定会收获意外的惊喜。

此次去的景点，是我以及同行者先前未曾涉足的十里笼翠。

十里笼翠名不虚传！进入林间曲折的石径，两旁皆是苍翠欲滴的树木，浓阴蔽空，藤萝绕树，简直是天造地设古意幽深的画廊。且不说别的，光那些虬枝曲干古树组成的大自然奇景，便足以使我们叹为观止。

十里笼翠地处大峡谷，漫山遍谷烟云叆叇，便添了几许如梦如幻的神秘。山风吹过，云随风驰，树与岩石便有了动感。特别是置于半空危岩顶点的风动石，随时有可能砸下来的危险，让人胆战心惊。可事实上只不过是一种幻觉。它已在险处存在了几千年至今依然坚守在最初的位置。如果说风动石是十里笼翠一险的话，那么卧龙窟便是一奇了。卧龙窟处于峡谷底部溪涧边，洞内宽敞平坦，有长长的石床，传说那是老龙下榻之处。石窟上方石如盖，布满了斑斑驳驳的纹路，似画非画，似字非字，真乃是一部无人可以解读的天书，所以有人称它为天书洞。仰卧洞中，凝视大自然神秘之手所篆的天书，不由得不惊叹它的神奇与魅力了！十里笼翠的奇，自然不限于卧龙窟，凡足迹到处，简直无奇不有。那称作雨崖的石壁，即便晴空万里的日子，依旧是一片濛濛的雨景。阳光透过森林照在雨崖上，如珠抛洒的雨点，便变成了晶莹亮丽的太阳雨，那种让人灵魂为之悸动的意境，实在是笔墨无法形容的。俗语云：独木不成林。十里笼翠却说不，独木亦可成林。在离卧龙窟不远处的溪涧中，有个碧水滢洄的藏龙潭，就在潭水下泄处，有一块布满苍苔的岩石兀立在水流中间，岩石上一个树根硬是长出十余株粗壮并立的树，成了水上一片郁郁葱葱的树林。而树下只有光秃秃的岩石，并无寸土，全靠水中的根汲取营养，是一个无土的家族。十里笼翠就如此以自己的风貌将你带进了一个意想不到、让你为之神往的世界之中。十里笼翠，在任何地方小憩，都有意味深长的风景，傍壁而坐可听野禽斗歌，可听山泉浅唱，可听山涧水石相搏发出的巨响，恍若虎啸龙吟！沿着石阶缓行，并稍作停留，相思鸟婉转的清唱便会把你的目光引向连理台。连理台在山崖之上，连理树不是一株，而是数株，树干相依相偎，即使千年风雨相摧也不愿分离。真乃应了白居易在《长恨歌》里“在天愿作比翼鸟，在地愿为连理枝”那种精致。据说连理台是挺吸引人的地方，特别是为爱而山盟海誓的人，都喜欢在此拍照留念，借此寄托两心相许的情感。十里笼翠的连理台，可真是个具有浓浓的人情味，可以让爱在心中永驻的去处。

人生之路没有终极的遥远，但作为个体的生命，只拥有其中的一段。在这并不太长的一段中，是否也该有自己不是荒漠而是多姿多彩的生命风景呢？

凤阳山还有不少自然景观藏在我们不知道的地方。它们还在无声地沉默着，等待着人们去认识它的美丽与神奇……

秋谷

凤阳山的六种表情（6篇）

叶 放

瓯江之魂

瓯江是浙江第二大河，全长388千米，源头在龙泉，入海处在温州湾。这里的老百姓说，龙泉是龙王嘴里喷出的水，龙王离开江浙屋脊凤阳山回到东海时，所经过的地方，就出现了一条江流。它千秋万代地滋润着两岸的禾苗，哺育着两岸的百姓。这条江就是瓯江。至今这一带还流传这样两句民谣："龙泉喷丽水，瓯江润青田。"

有位诗人说，龙泉，是中国一道亮丽的风景线，是瓯江之魂！龙泉是浙闽赣边区的一座中心城市，是一个大的概念，涵盖很广，那么它的魂中之魂又在哪里？

如果说是盘古开了天地，那么瓯江也是它的作品。大才子秦少游虽遭贬于此，却使他深深地爱上了这条江："和风杨柳岸，微雨杏花天""水边沙外……飞红万点愁如海。"这是一个多么令人向往的地方。

人，总有一种寻根的思绪和情结。这种情结，促使我们沿着瓯江这条风景线，溯源而上，去探访它的发源地。

当我们离开龙泉市区，沿龙庆公路东行40余里，至官埔垟，迎面一脉大山，坦荡雄伟，峡谷幽深，这便是国家级自然保护区凤阳山。沿着盘山公路往上行至海拔1600米的高原处，便来到我们的目的地——黄茅尖下凤阳坞，见到了心驰神往、清澈见底的凤阳湖。远远望去，湖面碧波荡漾，那郁郁葱葱的森林背景和高原草地风光，简直是一幅湖光山色风情油画。

沿湖向纵深走去，是一片湿漉漉的大草甸，一踩就有一股小泉冒出来。人们说这块沼泽也就是瓯江的主源头之一。再往森林纵深走去，我们发现它的源头竟是五股从沟流出的小泉，形成只有一米宽的小溪沟，蜿蜒而来。这凤阳湖的水就源于此。我们真没料到如此汹涌澎湃的瓯江，它的源头却是如此的涓涓细流、安详坦荡。在源头的巨石上，有西泠印社书法家吕国璋先生书写的“瓯江源”三个大字。游人们纷纷站在这块摩崖石刻前摄影留念，我用双手捧起这源头的水，深情地饮下这琼浆玉液，像是把母亲河揽在怀里……

总想在山水穷尽的地方结庐而居，我默默地走向源头的深处，周围一片沉寂。据说只有华南虎在这莽莽苍苍、空空朦朦的大峡谷中穿行，所以又称它为“虎谷”。与此相连的就是庆元百山祖华南虎保护区，这给瓯江源又添了几分神秘的色彩，使我刚刚放松的心绪刹时又紧张起来。我真想听到这深山的虎啸，一睹华南虎那迷人的风采。虽然我没盼到华南虎跃出虎谷那惊心动魄的一刻，但我坚信这瓯江的魂中之魂就在这里！与我同行的中国作家协会副主席、上海作家叶辛见这源头涧水淙淙，花香鸟语，又向谷底远望，溪流九曲八弯，跌宕有致，像串串小瀑布叠加而成，不禁脱口而出：“好一个叠水飞雪，钟秀之地呀！”

在瓯江源，我与叶辛虽然无缘与华南虎晤面，却目睹了这叠水飞雪奇观，领略了瓯江之魂魄，总算不虚此行也！

瓯江源寻梦

我常常会做梦，而且都是很美很美的梦。我常常将梦中的幻象记录下来，就是一篇很美很美的散文。日有所思，夜有所梦，也许这就是作家心中的灵感在萌动……

我一定在梦中到过这个地方：青翠欲滴的山林像刚刚做完早祷，很淡很淡的雾使远树蒙蒙蓝；一座高原湖泊静静地躺在群山之间。依台而望，一湖春水绿波浩渺，竹筏与彩云映衬，群鱼共碧波相逐；身边，水木清华，纤尘不染，绿树为云，鸟啼为歌，使人觉得眼里和心间都春意无限。

远望去，碧波荡漾，加上郁郁葱葱的森林背景和高山草甸风光，简直是一幅具有北欧风格的湖光山色风情大油画。哦，原来这就是我的故乡，我的母亲河——瓯江的源头，一个令人魂系梦牵的地方……它位于浙江高原的凤阳山上，至今仍保持着真山真水的元气。那草木见过吗？城里人很难叫出它的名字；那虫鸟见过吗？最知名的画家也很难描绘出它的模样。

就拿眼前这株株芦苇草来说，小时候我叫它狗尾巴草，因为它被风吹动的样子很像狗的尾巴，见到主人就不停地摇啊摇，摇到了外婆桥……不过它太平常，引不起人的关注，所以它是微不足道的。一旦它形成一大片一大片莽莽草原时，它就显得高贵起来，令人刮目相看了。因为它已形成一股势力，能左右风云，使山川幽年随密，林木深秀，把人带到一片莽莽苍苍、窈窈冥冥的空间。每当芦花盛开时节，这儿简直是一片白色的世界。正如一位作家所说，它是满天随着极轻微不可辨认的风轻飘的雪，但它却很难捕捉，好像它在风中写着自己的诗歌，只有风能够听懂。所以它那近诗的具象，人难以掌握，树难以留住，甚至连这无边的山川也毫不留恋，仿佛它不开在芦苇草上，而是在风中开放，在风里凋谢。由于芦花的有色无相，有相无形，有形无声，让我想不起什么可以形容的话，只能感觉到它是在晴和的蓝天衬映下的一种梦幻，一颗颗无数流动的星星。不，它是情侣间无言的对视。它不必用痕迹来证明自我的存在，只是洒在空气中的一把情绪、一把眷恋或一把忧思。当情侣互相逃避对方眼神的时候，它就在风中消失了。让我们注视它的消失吧，只感动此时此刻的幸福。但是它有一点是永远消失不了的，那就是它赖以生存的芦苇草。俗话说："一株草一点露"，那眼前这亿万株草，不就是亿万点露吗？难怪这一片湿漉漉的大草甸，一踩下去就有一股小泉冒出来。人们说这块湿地就是瓯江的主源头之一。当我走在瓯江源头的森林小道上，落叶儿铺一层金黄，遥望四周是空空朦朦的龙泉大峡谷，杜鹃花儿开满了半座山岗，只有那叮叮当当的流泉，伴着相思鸟那迷人的重唱……莫非这就是两人世界的伊甸园？难怪在这柳杉林里，还有相思树，等待远道而来的情侣们去结伴而坐，留下那人世间最美丽的倩影。原来，这些自带行囊的寻梦者们，还在春雨滋润过的地方，久久地伫望，因为相思草还在悄然生长。不是吗？八百里瓯江从这里流出，在这里蕴蓄着五千年瓯越文化的青春和爱情，有如这源头的水形成的双折大瀑布，一览无余地裸露在我的面前……是啊，我常常向往异国风情，殊不知就在我们生活周遭的一山一水，一草一木，也都充满了大自然的神奇与美丽的故事。只因为太容易接近而被忽略，距离太近而被遗忘。朋友，放下繁杂的事务，与我一起去瓯江源寻梦吧。当我们走进它的时候，就开始幻想，它那未经雕琢的形象；当我们告别它的时候，更会久久回想，它那云遮雾罩的形象……瓯江源，它的美是在中华民族崇拜的土地上，装点树林的葱茏，从而图山范水，幽深灵动！它的博大和神韵永远铭记在我的梦幻中……

千年旭光

一位友人不止一次地向我感叹："不登黄茅尖，枉作浙江人！"于是我畅想，在新世纪到来之际，到江浙第一高峰、海拔1929米的黄茅尖，去迎候新千年的第一缕旭光，这立即得到友人的响应。

黄茅尖地处浙西南的龙泉市，与庆元、景宁毗邻，为国家级自然保护区——凤阳山的绝顶。

雨后初霁，星光灿烂，我们一行九人刚从电视里饱览了世界各国迎接新纪元的盛况，便打点行装，驱车前往凤阳山，从龙泉市区到凤阳山庄只需一个多小时。凌晨五点，我们开始登峰。山路虽然铺着石板，但陡峭曲折，稍不留意就有跌倒的危险。路旁时常有倒伏的荆棘和斜出的树枝，挡住去路，得用藤杖扒开它们，或者小心地绕过去。几个小伙子轻捷地走在前面，时而说笑，时而扭亮手电筒，为我们照夜路。走夜路也有好处，不知前面天高地厚，只顾往上登，好像走平地一样，有时我的头快撞着前面人的脚了。为了抢在太阳出山之前，我们必须一鼓作气，不敢有半点懈怠。在天蒙蒙亮的时候，我们气喘吁吁登完1548个台阶，站在了江浙屋脊之上，来到了黄茅尖顶的由著名书法家姜东舒手书的"江浙第一高峰"的石碑前。这时，时间定格在凌晨5：58分。头上的星光向我们眨着眼睛，好像祝贺我们只用了58分钟就走完了常人近两个小时的登攀路程。山风呼啸着绕过

龙泉山佛光

耳边，大家抱作一团，面对东方，静静地等待着太阳出来。6：50分，晨星已经落山，天边那蒙蒙亮光已化作淡淡的红晕，太阳的使者——新世纪的第一缕旭光向我们走来了。一会儿淡淡的红晕亮成了橘红色，一阵阵灰蒙蒙的云飘然而过，把霞光撕成一缕一缕的；一会儿霞光冲出云雾，又汇成一团，比上次更亮些，更红些，依然是云雾阵阵，霞光便在这时隐时现中渐渐汇聚成一团燃烧的火球，悬挂在东方的地平线上。又像大地一颗炽烈的心，在震颤，在呼喊，在跃动，在歌吟！我慌忙举起照相机，将这新千发年的第一轮朝阳定格在6：51分，比大陆最早升起太阳的地方及温岭石塘镇只晚了五分钟。此刻山顶上人们欢呼着，雀跃着，“太阳，您好！祖国，您早！”

啊，千年旭光，世纪朝阳，你终于透着几分俊秀飘逸，几分赤色空灵，象征着新时代热情的火焰，象征着新纪元和平的玫瑰，向世人走来了！神奇的画笔不能穷其形，浩渺的文字不能尽其意，可谓是宇宙间最精美绝伦的油画吧，天地荟萃了万物的精华，才完成了这幅伟大的杰作。

千古悠悠，总不忘捧出千年旭光，以飨人间。啊，我真幸福，在2000年到来之际，我有幸在江浙之巅迎候到新千年的第一缕旭光！旭光，你经历了人间风流，世事沧桑，春华秋实，风雨苍茫，苍天老了，大地老了，海洋老了，青山老了，你依旧含春满面，魅力如初。也许你就是宇宙间最永恒的微笑吧！这是一缕光明的微笑，一位和平的守护神。我为你祈祷，为你祝福，为你干杯！

“千年更始至，绝顶旭光临；不登黄茅尖，枉作浙江人！”此时此刻，我与友人合作完成了这首诗，以纪念我们这次“登临江浙绝顶、目击千年旭光”之盛事。因为这个千年旭光升腾的地方，已成为我记忆中的永恒！

走进凤阳山

离开繁华喧闹的龙泉市区，我只身走进魂牵梦萦的凤阳山。据地理学家告诉我，龙泉大山中成千上万条溪流汇成了瓯江。其中，源于龙庆交界的梅溪和源于凤阳山黄茅尖的豫章溪是瓯江的主源头。凤阳山黄茅尖和锅帽尖隔溪相望。黄茅尖海拔1929米，是江浙第一高峰；锅帽尖海拔1770.5米，是它的姐妹峰，它们同属武夷山系洞宫山脉。这里是我国雨量最充沛的地方，一年四季被云海浸泡着。李白诗曰：“霓为衣兮风为马，云之君兮纷纷而来下”，这流动的高山幻境，在凤阳山俯仰即得，随处可见。

凤阳山第一奇观，当属云海。雨后初霁，我离开住地猎户山庄，一鼓作气登了1008阶，站在黄茅尖顶，还来不及欣赏书法大家姜东舒题的“江浙第一高峰”石碑，就被脚下的云海奇观所迷醉。俗话说，低山雾，高山云，而这里高、中、低山都起云。这些时灰时白时淡时黄的云，一会儿从碧绿的崖层中钻出来，一会儿从瓦蓝的峡谷里流出来，一会从金黄的山坡上冒出来，有的似嫦娥奔月，有的如仙女散花，有的像白龙下海，有的犹如猎狗搜山……“忽惊浪挟海潮上，又见云乘天马驰”，我被行云包围，吞没，湿漉漉的云吸进嘴里，甜滋滋，凉丝丝的，美极了！水不在深，有龙则灵；山不在高，有云则神。

黄茅尖下凤阳坞，早年是清澈见底的凤阳湖。凤阳山国家级自然保护区的领导们为了开发旅游资源，在凤阳坞口筑坝蓄水，重现了当年凤阳湖之美景，湖区周围山坡上建起了座座休闲山庄和休闲屋，成了远近闻名的凤阳湖度假村，远远望去，碧波荡漾，加上郁郁葱葱的森林背景和高原草地风光，简直是一幅北欧风格的湖光山色风情画。

在这里无论是一花一木，一石一瀑，一寺一庙，一景一物，几乎都有一个动人的典故，有的凭古迹为依据，有的借景物做实证，也有的以真人真事为引子，编造得有声有色，引人入胜。如海螺姑娘与凤阳山的传说；如吴三公在凤阳山采菇遇仙的故事，在这里被渲染得情景交融，缠绵悱恻，猎户山庄旁边的凤阳庙，就是为了纪念龙泉香菇的开山鼻祖吴三公建造的。庙修得很壮丽，正殿内中神厨，供有吴三公塑像，每年阴历七月十六日起，凤阳山就涌起了菇民潮，各地菇客男女群来凤阳庙进香拜祭吴三公，至十九日连夜演班戏，戏服及一切道具，殿内均齐备，均系菇民捐助。

吴三公，宋时龙泉龙溪乡龙岩村人，中华人民共和国成立后该村建制划归庆元斋郎乡，地属凤阳山和百山祖之间。吴三公既是古时龙泉人，又是今时庆元人，两说均无矛盾，现名扬四海的庆元

砍花法栽培香菇

香菇，和早已成名的龙泉香菇是同祖同宗一家人。凤阳山是龙、庆、景菇民的聚集地，他们在寒风凛冽、风雪交加、人烟稀少、野兽出没的深山密林里卧雪眠霜，生活之艰辛，人间罕见。然而，他们造福于人类之功绩却为世人所少知。“香菇筵中珍，谁知种菇人”，在凤阳庙里拜奠吴三公时，切勿忘记这些默默无闻的种菇人！

这里的奇花异木是凤阳山又一奇观。山上有四季不断之花，终年常青之草。杜鹃花就有几十种，俗名叫马缨花的紫杜鹃是早春的使者，“东来紫气满函关”，凤阳遍地落祥云。清明时节雨纷纷，杜鹃啼血映山红。满山遍谷，红花簇拥，着实好看。一片洁白，蔚为壮观。这里既是花的世界，又是天然的森林公园，白豆杉、鹅掌楸、香果树、华东黄杉、伯乐树……国家珍贵保护树种有20余种；各种国家保护的兽、鸟、虫、鱼，如华南虎、金钱豹、猕猴、锦鸡、白鹏、角怪、蛙蛙鱼等不下百余种，难怪被称为“华东古老动植物的摇篮”。你看那四五十米高的黄山松，挺立在悬崖之上，枝摇干动，有如黄山的迎客松，迎接着游客的到来……

我在凤阳山还发现了一些非人工所能想象的奇观，显示了造化鬼斧神工。凤阳大峡谷中的双折瀑，便是一例。一座 80 余米高的大悬崖非常整齐地叠成双折，从大峡谷流出的溪流，从悬崖上奔腾而下，自然地形成双折飞瀑，声如雷鸣，十分壮观。它奇在双峰争流、云雨争气、叠瀑争泻、溪潭争秀，争来争去，都争在水、奇在水。这奇水造就了瓯江的源头和温润的气候，使这座日常平均气温只有 12℃，夏季最高气温只有 27℃的清凉世界，可同黄山、雁荡山比雌雄。是的，在我们的大气层不断遭许多有害气体严重污染，温室效应不断侵害地球的时候，龙泉却拥有面积如此之大的避暑消夏之宝地，不能不说它是瓯江流域难得的一方乐土了。浙江省省长柴松岳 1996 年视察凤阳山，再三交代龙泉市党政领导要保住这方净土。龙泉市的领导们已统筹规划，招商引资，做好这篇以保护为主、崇尚自然的山水旅游文章。愿瓯江之源凤阳山，永驻游人心间！

春风又绿凤阳山

我从《龙泉县志》上得知凤阳山属武夷山系洞宫山脉。位于浙西南著名青瓷之乡、宝剑之都龙泉市境内。占地 3700 多公顷，森林蓄积量 26 万立方米。主峰黄茅尖海拔 1929 米，为江浙两省第一高峰。1975 年被列为浙江省自然保护区；1992 年被国务院列为国家级自然保护区；1999 年被中国摄影家协会列为全国摄影创作基地。

据说凤阳山有日出、云海、佛光三大奇观，水、树、洞、岩四大绝唱。因之登凤阳山顶，站在浙江第一峰上，观日出、望云海、看佛光，是每一个上凤阳山的人的第一心愿。在星光灿烂的夜空下，我们走上攀登的行程。当晨星落山的时候，我们气喘吁吁，终于站在了江浙屋脊之上。此刻群山尽头的天际边泛出了一丝丝亮光，并带着淡淡的红晕，大家面对东方，静静地等待太阳出山。天边变成了橘红色，一阵阵灰蒙蒙的云飘然而过，把霞光撕成一缕一缕的。一会儿霞光冲出云雾，聚成一团燃烧的火球，悬挂在东方的地平线上，又像大地一颗炽热的心，在震颤，在呼喊，在跃动，在歌吟！太阳出来了，人们欢呼着、雀跃着：“太阳，您好！凤阳山，您早！”

衬托着火球般朝阳的是山峰间一片白茫茫的云海。它覆盖着山峦银龙出山，又好似大海中汹涌的白浪，令人想起苏东坡“卷起千堆雪”的名句。凤阳云奇夺天下，朝云未罢起佛光。这可遇不可求的人间奇观果然降临到我们身边。当我们透过飘渺的云雾，发现一道祥光飘然而至，天边的云海突然跃动出一个特大的七彩光环，绚丽夺日甚至富丽堂皇。那红、黄、绿、紫、橙色的光带很艳美，蓝色和白色似被蓝天溶合，仍独具情趣明晰可见。奇怪的是光环中竟然有一尊佛像。我们怀着虔诚而热切的期望，不顾一切地奔向它，像是位朝圣的香客，一腔敬畏之感油然升腾，这与其说是宗教情结，不如说是一种美感情绪。

黄茅尖下凤阳湖是江浙第一高山湖，凤阳山四大绝唱的水绝景观就绝在这里。远远望去，碧波荡漾，加上郁郁葱葱的森林背景和高山草地风光，简直是一幅色彩浓重的江南塞北风情画。那一大片高山草甸，芳草萋萋，似有“风吹草低见牛羊”的大草原景象。穿过这草甸走向深处，柳杉林中一泓溪水蜿蜒而来，人们说这就是瓯江的源头。这众多涓涓细流汇入凤阳湖，流入龙泉溪，形成浩浩荡荡的八百里瓯江。我们用双手捧起这源头的水，深情地饮上一口，竟比矿泉水还清冽甘淳，使你疲惫的心顿觉神清气爽，心境高远。尤其在那酷暑干旱的年月，这天堰之水不但不干涸，反而溢满天地，从凤阳大峡谷飞下万丈绝壁，形成气势恢宏的双折大瀑布，人称龙泉瀑。它高达 80 多米，水从岩顶飞流直下，疑是银河落地，似白龙下海；水落悬崖飞珠溅玉，腾起层层水雾。除龙泉瀑外，凤阳山还有凤阳飞瀑等众多大小瀑布，形态各异。有的平缓柔美，隽永奇巧；有的文雅奔腾；有的飞流直下，蛟龙出海……形成凤阳山独特的水绝景观。

进入十里笼翠景区，仿佛进入古木森森的画廊。沿路十里浓荫夹道、流绿滴翠，奇花异木，目不暇接。凤阳山四大绝唱的树绝景观就绝在这里。这里有我国特有的单科单属的“骄子”——伯乐树，花色如银、形似古钟的银钟树，坚硬如铁的红豆杉，四季常青的水青冈，还有你所不认识的植物。在这茂密的原始森林里仰望不见蓝天，俯视腐殖质层足有数尺深，国家二、三级保护树种比比皆是。你看这连理台上成双成对的乔木犹如相依相偎的恋人，虽饱受风雨霜雪的侵蚀，却永不分离。还有那石径旁几百株古杉遮天蔽日，郁郁葱葱。面前五棵千年大柳杉令人惊奇叫绝：它们高有十层楼，粗要七八人合抱，站在树旁，人是那么渺小。这盘根错节的树根有如巨蟒蜷伏，奇里古怪，称它为中华柳杉王实不为过；还有这株一树多杈柳杉，独木成林，又像佛手。有人说它是五代同堂，还是叫它老祖母树吧！尤其这些光皮桦树，香气袭人，在常绿落叶混交林中鹤立鸡群，让人刮目相看。

由于凤阳山地处亚热带至暖温带群落交错区内，地质古老，气候湿润，雨量充沛，植物资源极为丰富，保存了大批原始的生物种群。现已知的种子植物有 1464 个分类群，蕨类植物有 196 种 7 变种，苔藓植物有 368 种，大型森林真菌 256 种。其中，白豆杉、华东黄杉、长柄双花木、穗花杉等 20 余种被列入《中国珍稀濒危保护植物名录》，占浙江省保护植物品种的 50%，有许多模式标本就是从这里采集的。从海拔 300 米的凤阳山脚到海拔 1929 米的凤阳山顶，其海拔高差达 1600 多米，形成了典型的植物群落垂直分布带。从山脚往上分布着阔叶林、针阔混交林、针叶林、高山草甸 4 个植物带，几乎涵盖了从中亚热带到温带的各种森林植被类型。这茂密的凤阳山森林，幽深的环境，成了各种动物休养生息的乐园。据调查，这里已发现华南虎、云豹、穿山甲、猕猴等名贵动物。各类脊椎动物 309 种，光是鸟类就有 121 种。20 世纪 50 年代以来，全国曾有 30 余所大专院校和科研单位，以及美国、日本、澳大利亚等国家的动植物专家和师生慕名前来考察。他们被凤阳山的天生丽质所吸引，称其为“华东古老动植物的摇篮”。

凤阳山很少见垂直型溶洞，花岗岩山洞却很多，乌狮窟和野人洞就是其中著名的两个。尤其是野人洞，传说它就是当年“人熊”做窝的地方。“凤阳山人熊”和“神农架野人”一样，是一个没有解开的谜。据老一辈人讲，当地人不但发现过“人熊”的窝巢，还亲眼见过“人熊”。真可惜人类学家、生物学家多次上凤阳山，却无缘会面。也许凤阳山四大绝唱之一的洞绝奇观就在这里。

当我们离开野人洞，迎面就看到憨态可掬似熊非熊的人熊倚松岩，更感到凤阳山的神奇与玄秘。往往奇洞是与奇峰、奇松相连的，我们在绝壁奇松景区就发现一些非人工所能想象的奇观，可谓天造地设，鬼斧神工，万松屏的穿心岩就是一例。两巨石相拥而洞内一心相连，横空凌驾于山腰之间。当游人侧身进洞，则可从另一洞口直达峰顶，此乃捷径也。开始到凤阳山的人，往往觉得凤阳山雄伟有余，而奇险不够，原因是很少有张家界或黄山那种拔地而起的巨岩奇峰与绝壁奇松景观。但大自然的神秘之子，并没有忘却凤阳山，而是默默无闻地在凤阳山的一角，雕刻出让人为之胆战心惊的绝岩景观。有的如云南的石林横空出世；有的如龙泉的宝剑直插云天；有的如风动石，是在半空，随云飘摆而晃动；有的如大船的风帆飘洋过海，莽苍苍，浪滔滔，锐气正冲出命运的峡谷，龙卷风也折不断它的桅杆……绝壁伴奇松，更是风情万种。你看那展翅腾空的飞云松，伸臂欢迎的迎客松，云中独坐的道长松，三人结拜的结义松，五秀才结伴攻读中进士的五进士松……使人深刻领悟到“绝处逢生”的深刻含义和奋斗者直面人生的勇敢精神，确是凤阳山四大绝唱中独具魅力的一大绝唱也！

这是远眺。如果步入岩谷向近观细察，更是嶙峋嵯峨，形态万千。我们仅从以形命名的岩石名称上便可见一斑。如“玉笋岩”破土而出、生机勃勃；“将军岩”顶天立地，威风凛凛；“老鹰岩”拔地凌空，傲视苍穹；“乌龟岩”栩栩如生，跃跃欲步。

凤阳山多阔叶树。经考证，宋代吴三公就在这一带利用阔叶树培植出名扬四海的香菇。凤阳山成为香菇的发源地，也自然而然地成为龙、庆、景三县市菇民的聚散地。这里除了香菇的传说外，还有宝剑鼻祖瓯冶子的劈剑石与试剑岩，南宋背瓷名匠章生一、章生二上山采瓷土的矿洞遗迹，这些集龙泉香菇、龙泉宝剑、龙泉青瓷三宝于一身的人文景观，是凤阳山又一道迷人的风景线。

春天里的凤阳山，我劝你不要被清明雨愈泼愈旺的紫杜鹃、红杜鹃的花火焰，灼伤了你眼睛。

夏天里的凤阳山，我劝你不要被悬崖上一群群振翼飞翔的红斑鸠、火斑鸠、相思鸟点燃了你的情绪。

秋天里的凤阳山，我劝你不要被漫山遍谷的秋海棠、红枫叶、火山植，缠住了你的脚步；

冬天里的凤阳山，我劝你不要被雪山红日、雪瀑冰挂、雪光云缕里映出的斑斑色彩，勾住了你的灵魂……

让我们到凤阳山去，到瓯江的源头去，到江浙之巅去，走进这神奇的绿色世界，走进这一方人间净土吧！

美哉十里笼翠

在龙泉凤阳山国家级自然保护区，不仅有着江浙第一高峰——黄茅尖，江浙第一高湖——凤阳湖，江浙第一峡谷——凤阳峡，以及双折瀑、将军岩、仙岩峰等已开发成名的景观，还蕴藏着一批尚未开发的绝世景观让世人睁大惊奇的眼睛，叹服这方土地的古老和神秘。十里笼翠景区便是一个具有震撼力的奇观。

我一定在电影中看到过这个地方：一条森林古道随游峰回旋，时上时下，呈弯环如半月，在凤阳腹地穿行。沿路十里浓荫夹道、流绿滴翠，危岩、悬崖、石窟匿藏其间，仿佛是一道古意幽深的画廊。

我记得诗人流沙河说过，写诗的人，或不写诗的人，都有一个森林的意象隐藏在心中，哪怕他没有去过森林。没有去过，他总看过森林吧，在画幅中，在银幕上，在梦乡里……森林的意象是神秘的，比原野的意象，比沙漠的意象，都神秘得多。这是因为森林是人类真正的故乡，人类的远祖就是从树上爬下来的，就是从森林里走出来的。大冰期中断了“有巢氏”的生活方式，迫使人类的远祖从森林走向原野，走向江河。文明的古城堡崛起之后，人类才有可能乘骆驼去横越沙漠，驾艨艟去漂越海洋。现代的大城市出现之后，市民们几乎忘记了森林。他们看见森林，只能在画幅中，在银幕上，在梦乡里。所以现代人是这样急切切地想回归大自然，寻访大森林。

这是一个金秋的季节，我有幸在凤阳山国家级自然保护区，迎候来自全国各地的参加“‘中国报纸副刊研究会’99 年会”的代表们。游览了凤阳山十里笼翠景区后，我才真正领悟到这些老总们选择这块远离都市的处女地开会的良苦用心。

十里笼翠景区确实是一块没有开垦过的处女地，是我梦中向往的森林。当我一踏进森林古道，并无秋日的萧索、凋零，跃入眼帘的是连理台上成双成对的乔木苍翠欲滴，犹若相依相偎的恋人，虽饱受风雨霜雪的侵蚀，却永不分离。还有那石径旁几百株古杉遮天蔽日，郁郁葱葱，其中白豆杉、华东黄杉、穗花杉、银杉等 20 余种被列入《中国珍稀濒危保护植物名录》，有一株柳杉的根部竟生出了 7 个枝杈，独木成林。它使我想起列宾的名画《森林的早晨》，并设想自己是 5 只小熊中的 1 只，躲在这森林中其乐融融的了。离开独木林就看见一座雨崖，那千奇百怪的百丈峭壁连绵不断地排列在曲折的石径边，崖顶雨滴飘飘洒洒而下，如玉珠抛向人间。当我从雨崖下走过，那飘洒的雨珠，恰巧滴入我的口中，甜丝丝的，口感好极了。假如是在炎夏我真要站在雨崖下淋个透……

我在情一般深、梦一样美的仙境中徜徉，任思绪驰骋。忽然团团热气扑面，原来卧龙窟就在眼前。洞内宽敞平坦，有石床，传说为龙王下榻之处。石窟上方巨石如盖，布满纵横纹路，仿佛神仙所篆天书，让人遐想。

据说在卧龙窟附近有一深潭是藏龙卧虎之地，叫藏龙潭。凝神一听，果然不远处传来了泉水的叮咚声。循声而去，四周古树密布，浓荫蔽日，凤阳山泉如白色巨龙滑入潭中，在布满苍苔的危石间遨游。潭中有小娃娃鱼和七星水草，相传食之甘美，亦强身益寿。

站在流翠叠彩的藏龙潭边，向远处望去，只见一块危岩令人啧啧叫绝，同行的人说这块危岩叫风动石，地处观杉园附近，千丈峭壁高不见顶，一巨石悬在半空，山风吹过，巨石随云飘摆而晃动，真是天造地设，又让人胆战心惊。

寻寻觅觅，觅觅行行，行行思思，在这天地悠悠之间，天门关挡住了我们的去路。仔细寻找，发现有一人可行的石壕，头顶亦是危石悬立，石壕尽头是沿峭壁而筑的4节台阶，真是“一夫当关，万夫莫开”。这是上天马峰的唯一通道，使我想起了黄山上的天都峰，攀登的也是这样的石梯。前面是绝壁，背后是蓝天，惊心动魄而又心满意足。它使你感到人的胆气和魄力。这里，是不是浓缩了的黄山？同行的人讲这里原名就是小黄山，现改名叫天马峰，是因为两峰间呈马鞍形，犹如将军坐骑。峰立千仞，峭壁如削；峰间古松奇木，虬枝傲立，顿生“我欲乘风归去”之感。《汉书》载：“元鼎四年，有神马出，武帝得之，作天马歌。”现天马虽已乘风而去，却留下铁骑奔马之峰，实乃凤阳山之精灵也！

游完十里笼翠，我们取道凤阳峡返回。不知始于何年的地壳运动拱出了这两道迤逦东去的天坑地缝，地质学家唤它叫“峡谷”。从山顶俯瞰，这条大峡谷又瘦又长，俨然是一枝窄窄的初春的柳叶，就这么懒洋洋地躺着，谁也不知道要躺到何年何月；在山下仰视，便觉得这峡谷分外的辽阔和幽远了。与我同行的徐峻君，是位哲人，时任丽水市委常委、宣传部部长。他说：“小可视大，从一粒米中看世界，半瓣花中说人情；大可视小，在科学家眼中视南斗北斗如掌物，星河宇宙握手中！”是啊，人世间，万物中，哪个是绝对之大？哪个是绝对之小？谈到十里笼翠，他更是赞不绝口，妙语叠出：“这里一步一景，处处是景；一秒一景，时时即景”“看了凤阳山，浙江不看山！”我理解他的用意。这位父母官对凤阳山情有独钟，有偏爱之心是可以理解的。这也是他“大可视小，小可视大”哲学观的一种诠释。我庆幸自己遇到了知音。更何况事物之间总是相比较方能知其大小，太行与秋毫，汪洋与雾滴，珠峰与尘沙，其大者，更有大者居其上；其小者，也有小者位其下，有谁能说得清。不过有一点，到过这里观光的全国报纸副刊的老总们有个共识，即大自然的鬼斧神工，为世人造了一座博大、幽邃、诡秘的十里笼翠奇观。期待着凤阳山带给人们更大的惊喜。

秋卧凤阳山

海　乐

风恋凤阳，秋满凤山。我们像风，轻轻地来了，又轻轻地走了。我们还来不及逗留，时光就这样匆匆地消逝了。

与凤阳的情结，源于一位文友。我们都是从龙泉的洪哥那里听说凤阳的美，使得我这个喜欢行走的女孩收获了整个秋天。这苍茫的大地，为何如此神奇！真要感激洪哥的引荐，否则又怎会认识你——凤阳。浙江有天台、雁荡，无知的我却未闻还有最高的凤阳山，这里号称“江浙第一高峰”。鸟瞰苍穹无穷尽，青烟迷绕百山情。环环连绵雾霭峰，唯见山河聚眼前。

我们驱车来此的第二天，开始行走。天刚蒙蒙亮，一行人提着手电筒，摸黑向黄茅尖奔走。也许是因为心情激动的原因，大家都不觉得有倦意。凌晨三四点钟的风有些寒，一起同步的友人都备着长袖外套，尽管在当下的时令里，我们还穿不着这看起来有些厚重的行头，但毕竟是1929米的高峰。初来的那天，有些微微雨，我们还担心看不见高山顶上的日出而深感遗憾，可是老天还是眷顾我们的。瞧！那轮圆月在西南天边静静地挂着。清冷的月光洒下大地，是多么宁静，银河的繁星却越发灿烂起来。那天清晨，漫天星语，记得很久没看见这样的星空了，小时候做过傻傻数星星的孩子，到现在一直迷恋着星空，常常不经意地去感慨天空的神奇……

走在海拔1500米左右的高山上，回忆着小时候攀高的情节。山上的风有些刺骨，觉得像云，像雾，像水的柔情，听泉水叮咚，两旁苍松翠柏耸立，小木桥和伙伴们快乐的嗓音构成了一曲曲和谐的恋歌向着无限山峰大步向前。我看见小溪里的鱼儿探出脑袋，是欢迎我们的到来吧！悠扬的清音盘旋在清晨的山坳里，听青翠的鸟鸣声，那浓密的荫树林，是多么沁人心脾啊！

步行一个多小时，终于看见曙光重现。太阳从东方缓缓升起，她慢慢地从云雾缭绕间忽隐忽现，一点点，一点点，一刹那间飞离云端，我们都惊呆了！我们欢呼，我们呐喊，我们终于看到了日出

最美秋色

的壮美景观。云层在山雾间层出不穷，放眼望去，大千世界幻化出千姿百态的俊模样，山也美极了，云也美极了，梦也美极了，今天的人儿，包括心情也美极了！我们登顶了！我们终于来到了！这里的山顶就叫“黄茅尖”。现在我就站在浙江的最高峰，全部的山河都在我们脚下，全部的视野都告诉我们今天是最幸福的人儿。朋友说过，他要站在最高顶上为今天的新人送出祝福！尽管他没能参加他俩的婚礼，但是这高山顶上的祝福是最热忱的，也是最美好、最美好的祝愿！

翻过黄茅尖，顺着山路一直向山的另一边前行。没走多远眼前亮出一块红地毯，着实叫人欢欣，我们像极了年幼的孩童扑上前去玩耍，在那里大摆“POSE”合影留念。我开始寻找秋天的感觉。大自然历尽千年风霜依然雄姿勃发，驱赶着白色的雾气，向山下游荡；而山峰的阴影，还留在我们心中，阴影越来越浓，渐渐和白昼浑然天成。

蓝天碧水的诱惑，把我们带到了那个美丽的小天池——凤阳湖，湖的尽头是一片绵延的芦苇丛，湖面波光涟涟，像纯天然镶嵌的绿宝石般闪烁耀眼。殊不知真到了人间仙境，那“七仙女挥洒阳光雨露的故事”飘满整个金秋的大地，梦与你相依！这里是个奇境，仿佛让人扫去俗念。静静的心灵，悠悠的晨风，早已经动荡不安的乡情，龙泉的这块宝地，我怎没有更早地认识你！

沿着河道，再走近些便到了八百里瓯江的源头。小小的龙泉虽说不大，却美誉颇多！一种瓷器的特质，一把宝剑的内涵，一座山峰的高度。在洪哥的文章里悄然而生，不加修饰，无需繁华，取点就章，更不用绞尽脑汁去挖掘感慨。这就是龙泉的魅力，有着悠久历史的留槎洲，山清水秀的凤阳山，连同人杰地灵一起勾勒成世上原生态环境的国家生态旅游阵地。

辗转来到绝壁奇松一带。一路上惊险不断。虽然不了解松树的品种有多少，但从它的造型和飒爽风姿来看，真是美艳绝伦。松树的生命力太让人震撼了！在那么高高的山崖、石缝中生长；在无数的烈日、暴雨下狂晒，任凭风吹雨打，依然铁骨铮铮，傲然挺立。多么像一个战士的精神，愿生命之歌，永不停息。

古道烟云任卷舒（外1篇）

王 慧

群峭碧摩天，逍遥不记年。拨云寻古道，倚石听流泉。

花暖青牛卧，松高白鹤眠。语来江色暮，独自下寒烟。

若把江色改为溪色，李白的这首诗，仿佛就是对凤百古道的传神写照。

凤百古道总长100多千米，古道在江浙最高峰凤阳山与第二高峰百山祖之间蜿蜒，呈“一纵四横”格局，其南北走向是连接凤阳山和百山祖的一条护林巡护道路，穿越多座海拔1800米以上的山峰，被誉为云端上的天路。四条东西走向的线路是“一纵”线路各个方向分支线，从北到南分别为：均益至凤阳庙古道；双溪至凤阳湖古道；栗垟至岙头（瓯江源）古道；龙岩至茶木淤古道。沿着古道徒步行走，一路峰峦宕延，古木参天，繁花似锦，飞瀑流泉，称得上浙江“最高、最长、最美”的森林古道。

各村通往凤阳庙的古道，大致有5条，这些承载众多历史记忆的道路，有些因年代久远已经荒废，而由麻连岱上凤阳湖，经上圩桥至凤阳庙这条古道，依然保存完好，每年香期，古道不再沉寂，前来进香的人步履匆匆，从未怠倦。

凤阳庙坐落在凤阳山主峰黄茅尖脚下，是为纪念香菇始祖吴三公而修建的庙宇。一个细雨霏霏的冬日，我和几个朋友走进了这条悠长曲折的山路。本以为冬天的古道是蛮荒、衰败、沉寂的，但我们却身陷群山翠绿之中，古道四周云雾缭绕，林木参天，鸟鸣啁啾，远古遗韵如在眼前。这里，曾经走过年轻时的吴三公，卵石铺就的道路上，留下他深深浅浅的足迹。就在道路两旁的阔叶林里，他发明了“砍花”“惊蕈”种菇法，将野生真菌变为人工培植，并数十年在此传授香菇栽培技术，为一方百姓开辟出了一条谋生之道，留下一个人的传奇和一段飘香的历史。可以想象，在那个交通不便、靠肩挑背扛的时代，古道上人来人往，足音跫跫，该是多么的热闹繁忙。至今，还有许多故事，

古道

散落在山里林间。传说吴三公的母亲和妻子，常在古道凉亭里免费摆茶摊，提供茶水供过往的菇民饮用解渴，并用香菇脚制汤为村民医治感冒和小儿麻痘，人称“香菇娘娘”。走过这一路，在民间影响深远的故事，依然活色生香。

“山川自相映发，使人应接不暇。”你若走过“烧香岩到天堂山，经大天堂到南溪村”这一段，便能深切体会东晋书法家王献之所说的山川景物应接不暇之感。此条线路又称“天堂三尖”，是驴友们常走的经典路线。走在山脊上，山峦起伏，视野开阔，极目远望，黄茅尖、百山祖以及山谷间的村庄依稀可见，景色十分壮观。这条道路，最美是初夏时节，满山的杜鹃开成了一片云霞，红杜鹃、白杜鹃、紫杜鹃争相斗艳，把山川装扮得如同五彩缤纷的锦缎一般。

凤阳山的杜鹃花品种繁多，有云锦杜鹃、高山杜鹃、猴头杜鹃、鹿角杜鹃等十几种，每年5月中旬花朵盛开，一直开到七、八月，在这长长的季节里，凤阳山都被装点成仙境瑶山。更让人惊喜的是，你还可以看到“宫灯杜鹃”，在一丛丛灌木掩映下，宫灯杜鹃形似小小灯笼，又似小小风铃，姿态雍容华贵，密密匝匝地挂满了枝头，令人啧啧称奇。

“杜鹃花里杜鹃啼……晓来山路恨如迷。”走在如迷的山路上，你还能遇到难得一见的“水晶兰”。水晶兰高30厘米左右，全株从根茎到花朵都似水晶一般晶莹剔透，冰肌玉骨甚是惹人怜爱。水晶兰被称为“幽灵草”，它和天麻一样，体内不含有叶绿素，是不能进行光合作用的植物。通过寄生在一些腐生真菌的身上，依靠吸收枯叶腐叶的营养得以生存，正是因为它在黑暗的环境下仍可开出洁白的花朵，才拥有了“幽灵草”的别称。水晶兰的整个生命周期短，极易凋谢，能一睹这深山仙草的芳姿，可谓幸运之至。

行至麻连岱村，海拔仍在1100米以上，村子四周群山环绕，翠竹悠悠，纯净得没有一点尘世的喧嚣。一条清澈见底的小溪从村里流过，潺潺的水声，把人们的心情和心境都洗得纤尘不染。

麻连岱村是我见过古树最多的村庄之一，在路旁，在房前屋后，上百年的参天古木比比皆是。而寺庙旁的柳杉群，则展现了厚重的人文历史和旖旎的田园风光。平水庙是村中最小的庙宇，庙旁有一座凉亭，亭边生长着四五棵有着300多年历史的柳杉树；村中最大的柳杉王矗立在天仙庙旁，树龄500多年，粗壮的树干，需5个成年人才能环抱；五谷庙旁是柳杉树最多的地方，我粗略数了数，仅高大挺拔、枝繁叶茂的柳杉就有12棵。五谷庙的外墙上，还清晰留有红军时期的口号标语：打倒出卖中国的国民狗党！这堵墙被龙泉市政府设立为文物保护单位。

麻连岱村的农家乐有4家，是户外徒步者最喜爱的驿站，驴友们之所以选择在这里驻足停留，不只因为村庄古树名木繁多，更因这里可以枕着水声、泉声入眠，既可洗去旅途的一身疲倦，就连梦境，也如童话一般美丽香甜。

“凤百古道”连绵在绿水青山间，穿行在历史烟云里，承载着远去的往事，演绎着新的传奇。黄茅尖的雄伟，百山祖的壮丽，凤阳庙的厚重，麻连岱的纯净，皆引领我们去探寻、去体验丰富多彩的古道文化，感受独特的自然景观和人文景观的魅力。

万象森罗一山中

那年初夏，我们一行8人，乘一辆小巴去凤阳山国家级保护区境内的炉岙村看猕猴。车子行至官埔垟，有人提议下车走古道上山。于是，一队人马分成了两拨，一拨继续乘车，另一拨则徒步走进了茫茫的大山之中。

官埔垟村海拔600米左右，处于中亚热带和北亚热带间，因古代这里设过邮驿，驿站俗称官铺，故名为官铺垟，后慢慢演变成了官埔垟。清澈的溪流静静穿过村庄，村子四周青山环抱，山坡上几

猕猴觅食

幢泥墙灰瓦的房屋顺坡而建，错落有致、静谧安详。村庄的左边是成片成片亭亭玉立、翠浪翻涌的毛竹林，苦槠、杉木、马尾松等混杂其中；村庄的右边是一大片古树群，有枫香、甜槠、苦槠、柳杉、蓝果树、少叶黄杞等 10 几个树种，百年以上的树木就有 59 棵，树龄最长的是柳杉，已有 560 年历史，树高达 36 米，胸围 5.60 米，柳杉树姿雄伟，枝叶密集，苍老雄劲，有很高的观赏性。古树群中百年以上的枫香有 16 棵。初夏时节，枫林一片苍翠，等到秋天，霜降之后，满山的枫叶如火似霞，将红透整个山冈，把小村庄装扮得艳丽多姿，令人陶醉不已。

从官埔垟村出发，经乌狮窟、凤阳山北峰，到黄茅尖，是一条景色优美、空气清新、林木繁茂的古道，也是户外运动爱好者最喜爱攀登的路线之一。因凤阳山山脚与山顶垂直落差达 1600 多米，从山脚到山顶依次要经过阔叶林、针阔叶混交林、针叶林、高山草甸 4 个植物林带，几乎囊括了亚热带的所有植物，人行此中，移步换景，美不胜收。

古道由石头砌成，有的路段因年久失修已被荒草遮蔽，因海拔在不断升高，一路攀爬很是辛苦，但一路可看闲云、餐山风、饮青翠，亦令人感到无比欣喜，觉得所有的疲累都是值得的。一阵山风吹送，我们闻到了一股浓浓的清香，抬眼望去，原来是一棵棵厚朴树开满了花，白色或浅鹅黄色的花瓣，芳香四溢，厚厚的肉质向外反卷，外轮还带点淡绿，非常美丽。

在灌木丛中，我们又发现了恰似紫藤花的鸡血藤，一串串的花朵，似一只只紫色的小小蝴蝶聚集在一起，一开一大束，繁盛无比。据《凤阳山志》记载，凤阳山气候宜人，雨量丰沛，是植物繁衍的理想环境，这里有红豆杉、白豆杉、鹅掌楸、钟萼木、香果树等国家珍稀保护树木 20 余种。

一路攀登，高大的甜槠、木荷、黄山松热切相迎，虽然是夏天，但让人感受最深的还是清凉。凤阳山日平均温度只有 12℃，夏季极端最高气温也只有 30.4℃。林中树杆洁白光滑的紫荆树，如果持续 3 天温度达 30℃，它就会中暑而亡，由此可以看出凤阳山是一个天然的清凉公园，避暑胜地。

到达炉岙村时，天空竟淅淅沥沥下起了雨，但小雨阻挡不了我们观赏高山梯田的脚步，我们来到村对面的竹山尖，回望村庄时，只见云雾翻涌，瞬间不见了梯田和村庄，待一阵风吹过，帷幕拉开一角，一切又若隐若现地展示了出来。

站在山巅之上俯瞰，只见波涛起伏，万顷白云汇成茫茫汪洋，群峰在云海中出没变幻，意象万千，把山峦装点得如梦似幻，一切景物“一半隐入仙境，一半留在人间。”凤阳山峰峦高耸，雨量充沛，峡长谷深，是云雾滋生的绝佳之处，这里一年四季都可看见美丽的云海奇观，而春秋两季的云海尤为壮观。

午饭后，在向导的带领下，我们去猕猴谷寻访野生猕猴，猕猴喜欢集群生活，它们爱上树，喜攀藤，非常活泼可爱。我们沿着岩石嶙峋的溪谷前行，遗憾的是没能看到可爱的猴群。向导说，猕猴在黄昏或清晨出来打闹嬉戏的时候更多，这个时候一定是藏入深山中了。沿山涧前行，令我们惊喜的是，看见一对翎毛华丽、尾巴长长、两翅洁白的国家二级重点保护野生动物白鹇，正卿卿我我恩恩爱爱地低语着，我们赶紧拿出手机蹑手蹑脚地靠近，准备拍下这美丽的一幕，但它们异常机警，眨眼间就消失在丛林中，给我留下无限的遐想。

向导说，密林深处，还生活着黄腹角雉、豹、云豹、黑麂等国家一级重点保护野生动物。丰富的气候资源，使凤阳山成为研究华东植物区系起源、演化的关键地区，成为多种植物模式标本产地，有着“华东古老植物的摇篮”的美称。

猕猴谷的尽头是一个大瀑布，水从陡峭的崖壁直泻而下，气势恢宏。由于凤阳山海拔较高，使华北西部东移的低槽雨区或冷空气南下时因地形的抬升，雨势加大；加上夏秋季受台风和热带风暴影响，凤阳山是浙西南降水最丰沛的地区之一，充沛的雨量，让我们在许多地方都能观赏到瀑布的雄姿。

在清凉的炉岙村住下，第二天入凤阳山，这个季节，最令人惊艳的，就是杜鹃谷了。

“人间四月芳菲尽”，而地处浙西南洞宫山系的凤阳山，却是花的世界。在这里，杜鹃花刚刚进入最佳观赏期，猴头杜鹃、鹿角杜鹃、云锦杜鹃等 10 多种杜鹃花姹紫嫣红，争奇斗妍，漫山遍野开成花海，蔚为壮观。这时，你可以卸却一身暑气，徜徉在如歌的花海中，享受一场盛大而华美的春的宴会。

十里笼翠新鲜滴翠的绿色，仿佛使人步入古意幽深的春的画廊，无论是高大的乔木还是低矮的灌木，在饱吸了朝露、云霞后，滋养得青葱可人，生机勃勃，是一派春风又绿江南的景象。

凤阳山落日与星空（2篇）

钟喜平

凤阳顶落日

凤阳顶的落日，是不得不看的一道风景。

凤阳山主峰黄茅尖海拔1929米，号称“江浙之巅”“江浙第一高峰”。如果是在川藏地区，1929米实在不值一提。但在江浙大地，即是屋脊，即是高峰，即是睥睨群山傲视世间的王者。王者是寂寞的，是孤独的，古时帝王自称寡人，除了至高无上的荣耀，也是无可比肩的落寞吧。站在凤阳山顶看落日，内心会油然而生一种孤独感，平时那根不能触动的心弦，在这一刻就会被深深拨动。

去凤阳顶看落日，最迟午后3时就要出发。若是夏季，正是气温最高的时候。从猎户山庄到黄茅尖全程约2千米，海拔还有400余米。进山的台阶起初还算平缓。随着山路几拐几折，走过一座简易的铁索桥后，步履就慢慢艰难起来了。汗水也争先恐后冒出来，掉落在坚硬的路石上，甚至可以听到滴答的声音。有些人开始打退堂鼓了，见人就问是不是快到山顶了。有些人已经放弃了，满脸汗水狼狈地站在路边。

跋山涉水的旅途，往往是一种自虐，或喜或厌，冷暖自知。攀至望山亭，体力基本到了极限，每前进一步，似乎都可听见脂肪燃烧的吱吱声音。终于瘫坐着不想起来，但人的弹性超乎想象，刚刚还是虚脱了一般，以为极限，只要休息一会，力气又来了，似乎比之前还轻快了。

凤阳山是国家级自然保护区，核心区是禁止游人进入的。不过，沿途可以观赏阔叶林、针阔混交林、针叶林、灌木林和顶层高山草甸多个植物林带交替的奇观。如果你是有心人，可以观赏到20余种中国珍稀濒危保护植物；如果你足够幸运，还可以看到9种国家一级保护动物的真身。即使对动植物不感兴趣，就在遮天蔽日的原始森林中穿行，也是人生当中难得的一次体验。当疲乏再次袭来，不要去想不知还有多远的山顶，也不要去看前面走不完的台阶，把眼睛放在沿途的风景上。在

夕阳下的凤阳尖

最难坚持的时候，把前进的目标设成10步，还不行就5步，你会发现，每一个目标达成都会变得非常容易。不知不觉中，眼前豁然开朗，阳光直接打到肩膀上，心里默念了无数遍的江浙之巅就在前方了。

兴奋之下，最后几百米的路程已不在话下。登顶的一瞬间，俯视千山臣服、漫山云海的时候，所有的疲惫都会一扫而光。黄茅尖山顶是开阔的，是明亮的，是一望无际的，不像黄山的莲花峰，山顶太小，而且常常云雾缭绕，视线受限。

山风吹来，临近傍晚，颇有凉意。人们慢慢离去，看落日的人本来就不多，除了猎猎山风，越来越安静了。炽热的太阳似乎温柔起来，失去了耀眼夺目的光，像一个静止的白色圆盘，但不经意间又是移动的，一眨眼，它便靠近远处的群山了。

大自然是最具天赋的调色师。不一会太阳就渐渐黄了、红了，仿佛一个巨大的射灯，照得天空的云五颜六色。这些五颜六色的云很低，和山风一起，从下往上，直冲上头顶的天空，人感觉就要飞起来。可以痴痴地看着太阳，让光线直射在瞳孔上，完完整整，温润无暇。过了一会，太阳的圆边已经陷落到群山下，颜色几近橘红，仿若巨大的熟透的柿子。

天边的云霞浓郁起来，如锦如缎，不时变幻着颜色。这一刻，天空、群山、人脸，都似羞红了脸。忽而黑云涌动起来，阳光透过云缝直射出来，而且云片很厚。然而太阳在黑云背后放射它的光芒，给黑云镶了一道光亮的金边，美得无以言说，只觉震撼。一刹那间，最后一缕夕阳慢慢消失在天际间，世界一片宁静祥和。橘黄已被银灰遮盖，晚霞也慢慢暗淡，群山墨黑。只给人们一瞬间的繁花锦绣，给山河一瞬间的雄奇逶迤，旋即归于黑白之中，归于寂静之下。

暮霭沉沉，山河依旧。

下山，归去。

遇见星空

世事烦扰，记不清楚多长时间没有见过璀璨的星空了。内心里总有一个声音在呼唤，去啊，快点去，寻一个安静的地方，什么事情都不要做，什么事情都不要想，就仰头看看星空，让心得到片刻的宁静，让生活回归本来该有的模样。

这个心思忽隐忽现，一直到 2019 年夏季，想到了龙泉山，想到那里的透明星空屋。也许是龙泉山离我太近了，总以为随时有时间去欣赏，总以为风景在远方，于是一次次错过夜宿龙泉山看星空的机会。美妙的夜色星空，需要通透的天气，不能有云，更不能有一丝雾霾，还不能有灯光的干扰，最好也没有月光。对我而言，其实龙泉山是最适合的地方了。

观察到云量稀薄、大气透明度高，又通过网络查询天气预报和晴天钟。我终于按捺不住激动的心情，通知了预约的朋友，做好防护准备，商量之后选了一条自虐路线——从麻连岱上山，经过烧香岩、天堂山、大天堂，到凤阳湖畔露营。

从安仁古镇到麻连岱，为两个多小时的盘山公路。麻连岱是一个古村落，属龙南乡龙案村，位于黄茅尖南坡，海拔 1192 米，乍见之下，仿佛误入世外桃源：群山环绕，一条小溪穿村而过；那些参天古木，都有几百年了吧，几个人都难以合抱，随意地长在路旁、庙前、房前屋后；石砌的村间小路，露出岁月流逝的沧桑，布满青苔；五谷庙外的土屋泥墙，依稀可见当年红军留下来的口号标语。这个偏僻的小山村，其实是浙江“千八穿越线”的热地。

“千八穿越”在户外界被称为“华东第一虐”，是指徒步走过浙南山区一系列高度在 1800 米以上的高山。由于江浙一带以丘陵和平原为主，地势在浙江南部开始升高，因此“千八穿越”基本就是行走在江浙屋脊上。“千八穿越线”大致可以分为北、中、南三段，以中段最为艰难，属于原生态未开发区域。

村子的西南边，是一条石阶古道。顺着这条古道，往前走，有容易迷路的五岔口，有穿行在阴森森的林间小道，有令人绝望的绝望坡。如果没有向导，还是开车或者缆车直接上山吧。

山里的天气是难以预报准确的。傍晚时分，忽然来了一阵说来就来的骤雨。正当我们失望沮丧之时，雨又说停就停了，天空瞬间变成没有一丝杂质的蓝。这里有着 23 平方千米的原生态森林，雨后林间的空气，带着丝丝凉意。

凤阳尖星空

没有月的夜晚，山里天黑得特别快，好像真有一张夜幕一样，晚上 7 点之后，就几乎伸手不见五指了。也许是累了，大家显得异常安静。简单商量之后，决定放弃野外露营，晚上 10 点前到凤阳庙借宿。

我们聚集在一块小山包似的岩石上，等待着逐渐亮起来的星星。摄影发烧友指给我们看北极星，一眨一眨，越来越亮，越来越大，很难相信距离地球有 434 光年。因为靠近北天极，全天星星围绕它转，古人便认为它是天上的天子，故又起名叫帝星，又因为它在紫微垣的中心位置，又叫它紫微星。《观象》载："天运无穷，而极星不移，故曰：居其所而众星拱之。"于是，古人认为它是天地秩序的制定者，春生夏长秋收冬藏似乎都是随北斗指向而来临，它就成为天地万物化生的中心。眼前，我们的星轨摄影发烧友正在寻找最佳位置，他们要拍摄星星转圈的效果，就要把北极星拍摄到构图范围内。

晚上 10 点之后，天空如洗，乳白色的银河，从西北天际，横贯中天，斜斜地泻向东南大地。一颗疾驰的流星，仿佛一道闪光，又像河里溅出来的一滴水花儿，从银河的当中飞了出来，滑过深蓝色的夜空，悄无声息地向北面坠落下去。满天的星斗，像无边的海洋上面闪动着点点银光。无论是谁，在这样璀璨的星空之下，都会心潮澎湃，感慨万千。

康德说，世界上有两件东西能够深深地震撼人们的心灵，一件是我们心中崇高的道德准则，一件是我们头顶上灿烂的星空。斯言信哉！

凤阳山南麓的避暑胜地

——屏南笔记

陈小龙

抵达屏南，已是薄暮，我们入住的是1929避暑山庄。说是山庄，其实是由老镇政府几幢办公楼重新装修而成的，除了不远处连绵的群山，并没有实质意义上的山庄那种野趣。倒是山庄的名称有点来历，值得对外人一说。这1929乃国家级自然保护区凤阳山主峰黄茅尖的海拔高度，据载是江浙第一高峰。取这个名，很有点“会当凌绝顶，一览众山小”的气势。当然，凤阳山国家级自然保护区的范围其实涵盖了屏南、龙南、兰巨等乡镇，风头不能被屏南独占，不过以黄茅尖作为卖点，作为一种旅游营销策略也未尝不可，何况屏南本就是全省海拔最高的建制镇，镇所在地海拔逾1000米，海拔800米以上的行政村多达16个，境内峰峦叠翠、云雾缭绕、沟壑纵横、谷幽泉清，确是休闲养生、避暑度假的绝佳去处。每个客房的取名也颇有意思，如坪田李、车盘坑、南垟等等，一个个独具地方特色的村庄，皆拿来所用，使人有身临其境的错觉。

晚餐的时间还未到，我们一行簇拥着到街上走走。街上一片寂静，临街的几幢房子里，几个老人听到我们嘈杂的谈论声，探出头匆匆瞥一眼，报以浅浅一笑，又慢悠悠地转回屋里。这与我20多年前初到屏南的情景，可谓是大相径庭。那是木材经济盛行的时代，作为龙泉第一林区的屏南自然是热闹非凡，随处可见来自全国各地的采购员操着不同口音的“普通话”和同样说着蹩脚“普通话”的村民讨价还价。旅馆、餐馆等一应俱全，夜生活也是丰富多彩，几百米长的街道两旁歌舞厅就有好几家，那些歇斯底里的嘶吼不断地充斥着耳膜。而今，随着生态保护意识的增强，青壮村民纷纷外出打工谋生，屏南已是繁华落尽，人去楼空，唯余白发翁媪，闲坐说旧事了。

这时墙上的几幅画引起了我的注意。以我有限的美术知识推断，这些应属于农民画的范畴，内容几乎都是日常最常见的乡村生活的场景，透着醇厚的乡村气息和浓浓的泥土芳香。从构图上看，并没有太多的讲究，人物形象也略显夸张，尤其是色彩上，更是大红、大绿、大紫、大黄，鲜艳的色彩给人以强烈的视觉冲击，令人过目不忘。我突然想起再过些时日，屏南又将举办乡村漫游活动，记得原来的活动叫作秋实节，这些画想必就是当初留下的，难怪画中不论是红火火的辣椒，还是黄澄澄的南瓜，抑或金灿灿的玉米，等等，都彰显着村民喜获丰收的富足和愉悦。

当然，这其中唱主角的还数南瓜，屏南镇为此提出的一个口号就是打造“南瓜之乡”，并动了不少脑筋。在镇政府附近就建了一个南瓜公园供游人赏玩，其中用水泥砌筑了一个大南瓜，外面涂了颜色，模样酷似。还建了南瓜走廊，可惜我们去得早了些，只见到零星几个小南瓜，而且个头也实在小得可怜，走廊也就十几米，几步就走到头了。看到我们似乎有些失望，陪同的曹委员说，明天去的石玄铺村有个南瓜长廊，规模与气势都比这里大得多，于是心生几分向往。

滴滴甘甜

次日在坛铺村下车后，我们径自走向南瓜长廊。长廊应有好几百米，倒也勉强凑合，尽头一端通往龙王庙，另一端通往高山蔬菜基地。长廊地势由高到低，两边搭建得很整齐，绿色的藤蔓枝叶自由穿行，其间悬挂着一个个南瓜，大小不一，大的即将熟透，沉甸甸的，小的才拳头一般。我正在纳闷，长廊都浇筑了水泥地面，这些南瓜是如何长出来的？一位同事指着两侧一些白色泡沫盒说："这里面装了泥土和肥料呢！"虽然如此，毕竟不如直接扎根地底来得厚实，套用一句现在的时髦用语就是"不接地气"。

其实这次我之所以不惧山路险峻要到屏南，很大程度是冲着被誉为"悬崖上的村庄"——周岱村而来。之前我曾看过这个村的照片，一块巨大的孤石兀立，村庄踞于其上，很有些壁立千仞、遗世独立的意境，想来的确有些令人震撼和胆战。下车后，才知不是这么回事，我急于寻找照片拍摄的角度，曹委员领着我们走了一段路，到了一个尚在建设中的观景台，据说这里是拍摄悬崖的最佳位置，只是还没有护栏。我有些畏怯，不敢靠得太近，用手机拍了几张就匆匆了事。一位懂行的同事说，要想拍出悬崖的效果，最好得下到谷底，往上仰拍。不过，出于安全考虑，道路旁都已安装了护栏，阻挡游客冒然闯下去，何况我也根本没这个胆量。

周岱是浙江省海拔最高的村庄，又被称为"云中周岱"。我们那日的确亲眼目睹了风起云涌的景象，那涌动的云团速度奇快，浩浩荡荡，横无际涯，蔚为壮观，一帮同事的镜头争相追逐。我没有跟随，独自一人去了村中的一片古树林，尽管那里大都是一些乡土树种，并不是特别的名贵。我一直固执地认为，一个村庄有了古树林就有了历史，有了底蕴，有了灵气。那一株株古树就像一个个历尽沧桑的睿智老人，淡定而从容，世世代代护佑着他们的子孙。

说到老人，我特意要提到一件小事：在村中停车坪歇息等待同事的时候，一位白发苍苍的大爷热情地邀请我们去家中喝茶，我们婉言谢绝了。隔了一会儿，老人提着一个篮子出来，再次问到："如果你们口渴的话，不妨到家喝口水。村里的人都下地干活了，我也正准备去摘四季豆。"我们忙回答说不用了，他才放心地离去。

望着大爷渐渐远去的背影，我不由心生感动，想起了那句"一方水土养一方人"的老话，村民朴实、善良的天性，不正是源于屏南纯净和原味的山水吗？

恋上黄茅尖（3篇）

王远长

恋上黄茅尖

我五六岁时就听说有一座很大很大的山叫凤阳山，但不知道凤阳山主峰叫黄茅尖。

20世纪60年代末70年代初，龙泉县森工局组织属下各森工站部分工人去凤阳山造林，我父亲也在其列。当时一些稍大的林业子弟也有跟去玩耍，回来时绘声绘色对我讲述山中险情。白天有很多鸟，很多蝴蝶，却不敢走远去追、去看，怕迷路；夜晚睡在工棚里，山风呜呜地刮，有时还夹着虎啸声。最要小心的是睡觉时不能睁开眼睛，否则会被窜进来的猴子当珠子挖走。

我既恐惧又向往，但好奇心没被吓退，为了一究神秘，也要跟父亲进山，央求几次终因太小都没去成。凤阳山就这样深深埋进我的心灵，成为童年的一份念想。

长大后进入林业系统工作，对凤阳山又有了粗浅的了解：她坐落在龙泉境内，由洞宫山脉蜿蜒而入，人称“浙江屋脊”。大山沟壑纵横，危峰林立，默守东海之滨，偏居长三角一隅，是江南秘境中极为难得的一片净土。凤阳山还有诸多美誉：“华东古老植物的摇篮”“天然植物园”“浙南林海”“动物天堂”等等。尤其主峰黄茅尖，海拔1929米，是“江浙第一高峰”。凭此大名，我攀越绝顶之心愈发强烈。

第一次登黄茅尖是由北侧一条土路直上，小径沿着岗背走，刚硬如铁，一点委婉的余地都没有。炎夏，树木矮小，阳光直射，走不多久便浑身冒汗。小道陡得令我几次在心中打退堂鼓。十好几人的队伍，途中真有退却的。碍于陪客身份，我不好意思回头。不多久又有一个八九岁的小孩要回去，可他父亲坚持要上，彼此嚷嚷。我主动提出陪小孩回凤阳庙，结果一片好心招来一阵嘻笑。那位父亲牵着孩子的手继续前行，我只好咬牙又迈起沉重的腿脚。龟岩下方那段路，好似云梯。我学那孩子手脚并用，心脏似乎要炸裂，气管像塞进棉团，堵得我濒临窒息。

凤阳庙是菇民们筑在凤阳山上的一座精神家园。龟岩又是凤阳山一大招牌，也是一道刻度。它栩栩如生，高高地守候在前往凤阳庙的山岙上，处在攀登黄茅尖的陡坡中。龟岩在多变的高山气候中还有多种形象，时而腾云驾雾，时而日晒雨淋，但都保持负重前行的神态，象征一种精神。黄茅尖似乎是对勇气的一种验证，人们上凤阳山先到凤阳庙，在凤阳庙指着龟岩方向毫不迟疑说上黄茅尖，那才叫霸气。

上了龟岩我正要好好地在龟背喘几口气，让神龟驮驮我。那个一路怨言的小孩突然像一只小鹿，欢呼着往前奔跑，跑进树木稀少的草场中。

立足山顶，微风掀动我薄薄的衣衫，舒爽的凉意将攀爬途中所有火热消除得一干二净。极目远眺，视野辽阔，但并不清晰，有薄纱轻浮，能看得到起伏的山峰如浪滔一般融于天际，千里江山奔来眼底的感觉陡然而起，快意骤生。峰顶立着一块一人多高的青石碑，上刻“江浙第一高峰”，碑身有痕，不知是被风雪冻裂还是被雷电击裂。倚碑近观，身边是摇曳的茅草和细小弯曲的畸形松枝，不禁感慨盛名之下的荒凉。同行中有一位菇民后代，他说这些茅草，大多时候也是黄的。山顶难得有夏，野草返青迟，不久又进入秋冬，被霜雪肃杀。纵然如此，早年的山顶被菇民焚烧，以便野草长得更旺盛，喂养为数不多的牛羊。草丛中生长一种野菜，当地人称“呵萝”，采下晒干，贮存着冬天作菜。生存不易，采菇而食的先人，在凤阳山和百山祖之间冒出一个吴三公，发明了人工种植香菇技术，为世界农耕文化做出巨大贡献。别看凤阳山百山祖地广人稀，林木森然，菇民们却年年远去外省种菇，冬春时节生产自给的，给留守的老人、妇女和孩童。菇民将吴三公敬奉为神，建凤阳庙祭祀，祈盼神灵护佑，修建各地通往庙宇的路，却没有心情登临黄茅尖悦目，任其荒芜。如今国家收集荒山成立保护区，改革开放，菇民生活有所改善，黄茅尖成了大家向往的风景。眼前没有牲畜，但无法阻止我在高山之巅想象“风吹草低见牛羊”的场景。

凤阳山博大、高深、美妙，到了凤阳山若没登黄茅尖，就像到了杭州没去西湖一样将留下遗憾。我是单位的司机，有许多接送客人的机会，每次他们登顶我都作伴，不同时日欣赏到不同风光，渐渐淡忘劳累。特别是第一届登山节那次，作为服务人员在半道一个值勤点上偶遇佛光，那神秘，那惊喜，那骄傲，对凤阳山生出婴儿依恋母体般的情感。

后来登峰之路又拓新线，绕开龟岩沿着去往凤阳湖的公路到上淤桥下车步行。上淤桥早前只是几根原木横跨小涧，如今新筑的小桥与公路融为一体，短短的稍不注意就过去了。上淤桥是因为有上淤站工人当年在此驻扎造林而得名，50 余年过去，林中已见不到他们生活的痕迹。我父亲不属上淤站，他的血汗洒在哪里我更不知道了。听他说那时候坐车只到官埔垟，然后踩着古道经大田坪再到凤阳庙，那高度，至少是我们现在登顶的 2 倍。他们还要挑着砖块上山建设管理房，还有自己吃的粮食及换洗衣物，负荷之重，我根本想象不出。凤阳山中遇到的一些人工杉木林，有些长势良好，有些粗壮矮化，原始次森林中的这些异样林相，记录了父辈们交瘁的心力。

新线沿着山沟走，比之原先的岗背路柔和许多，更重要的是，一路上更能体验古老森林的原始之美，更能直观地了解凤阳山植物由落叶常绿阔叶混交林、针阔叶混交林、高山矮曲林、山地灌丛到草丛垂直分布的状态。密集的林木遮天蔽日，树身上布满绿苔，藤蔓如垂帘，枯死的树木或挺立或倒伏，大有“病树前头万木春”的意境。沟里有泉声相伴，间杂鸟语蝉鸣，还有松鼠哧溜溜地戏耍，阴森的树底下有零零星星各色蘑菇。

说起泉声，我便想起爱之如饴的“叠雪飞花”。某年全国知名作家到凤阳山采风，登顶后由南侧下到高山草甸及凤阳湖赏景，再沿着湖坝下的水沟去往双折瀑。这是一段舒缓的斜坡，水在树林间穿行，冲击涧中大大小小的石头，雪白的浪花跳跃飞溅，美得叫人喜不自禁。来自大上海的叶辛为这个景点取下此名，大家拍掌呼好，瞬间传开。凤阳山成为长三角名胜，文人们功不可没。黄茅尖临海高瞻，清泉的滋润更不可或缺。

陪过那么多客人走上黄茅尖，我记不住他们的姓名，但他们不经意的某一句话某一个举动却铭

峰顶观碑

刻在我的脑海。一位外地老科研工作者登顶后，轻拍胸部说，我换了一个肺！一位女士，走绝壁奇松半途而废，却要我为她借一双胶鞋上黄茅尖。在顶上，她用手机大声告诉远方的亲朋，我是江浙最高的人！还有一次客人到凤阳庙时下起小雨，我要放弃计划，可他一定要登顶。打伞走到灌木林丛路段时，雨伞根本挡不住横飞的细雨，干脆收伞冒雨而上。在顶峰，雨雾蒙蒙，什么也看不见，虽是夏日，湿透的身子冷得直打寒战。他兴奋得像孩童一般大喊，黄茅尖，我来了！我也忘不了专家为查找是否还有黑熊活动的迹象，在密林中，在草丛里，细细搜寻的目光。

最忘不了的还是自己在万籁俱寂的凌晨打着灯光与众友登顶。在漆黑的穹宇下看东边浮着一弯月牙，如小船平平整整横躺，小船上方是启明星，黎明前的最亮。当东方渐白云海卷起，一个红点露出云团，朦胧的世界越发清亮，泛起一层淡淡的红潮。

峰顶的石碑已换作石块磊砌，比原先的青石板高出许多，姜东舒的妙笔犹在，又经放大，更见雄姿。黄茅尖周围海拔高达 1800 米以上的山峰有 8 座，黄茅尖被她们簇拥成最杰出的代表，簇拥成极了。可是我不认得这些果子，只好用手机拍图辨识，才知蓝的叫白檀，红的叫鸡树条，也不知对不对。不过波叶红果树我是认得的，只是现在果子还是淡绿的，要到冬天才显得红艳艳。靠山一边有残留的茶树，还有红花油茶，油茶果如小苹果一般，很是诱人。最多的是当年种下的杉木，粗壮而密集，虽然不够高挑，乔木林的气势已然形成。最有势的是柳杉。凤阳坞中段的塔杉林，就是柳杉林，很多柳杉已长成一个人抱不过来。有一株从与凳子一般高的地方一分为五，很是奇特，过去称其为五世同堂，现在称同心树，更合理。游客见之，多喜爱与其留念，杈处树皮被磨得溜光。柳杉不仅身姿雄伟，枝叶密集，还适应高山气候，当年植下它的工人们是想用来抵挡寒风，坞的中段有，坞的两边也有。只是没想到后来情势有变，树木扎根了，他们没有扎下来，把开垦过的地还给了大自然，但他们的改造痕迹已化为大自然的一道风光。

柳杉林往里，坞中留给蒹葭的比例更少，大多被乔木和藤蔓霸占。乔木多为栎树，野蔓多为猕猴桃，树与藤相缠密密如网如乱麻，欲入而不得。瓯江源是一定要走到的，但我从不视它为瓯江的源头，我只是喜爱这股清澈的泉水。所谓源头，当指一条江的最深处，长度测算以那里为起点。瓯江干流总长 388 千米，起点在凤阳山和百山祖之间的锅帽尖西北麓，海拔 1700 多米。若以凤阳坞为

凤阳湖柳杉群

源头，海拔不到1600米，长度还得减少几十千米，源头之称太过牵强，更误导游客有关瓯江的知识点。然而我还是更喜欢这处疑似瓯江源，原因在于水。正宗瓯江源也处在一个草地上，可草地很小，没几亩，特别是大多数日子里，竖碑之处干得如一块旱地，无树可荫。凤阳坞不一样，立碑之地泉水常年从阴森森的密林中淌出来，清洌得能化了你的心，恨不得趴下身子将泉水全收进肚腹。这样的爱，不仅我有。瓯江源周边的枝条上，挂满了红飘带，都是爱登山的驴友们带来的，他们还在树与树之间系上多条小铁链，让更多未来的驴友将飘带系上。

返程走的是另一边的路，这条路上有几截很有特色。拓路者本想以石板铺面，整基时露出密密麻麻胡乱交叉的树根，他们随机应变，特意留下这些树根，成就了一条难得的树根道。尽管走这样凹凸不平的小路不舒适，但见识和享用这种特色路的机会并不多，不少人喜爱这种具有原始味的凹凸感，走起来尤见欢乐。可我还是有些于心不忍，这些种植的柳杉和杉木，生长环境本就恶劣，树根这么密集铺在一个层面上，说明难以往深处扎。如果我们踩得多了，树根枯死，那树木就更难吸收到水分和养分了。路上还有一小片毛竹林，长得瘦小，这样的海拔高度，它们还能活下来，真够顽强。回到塔杉林边，左侧山上有一块突兀孤立的巨石，身上布满深深的螺纹，人们曾称它为田螺姑娘，现在改作海螺姑娘。有关她的传说，大概各地大同小异，由勤劳善良和爱情等元素组成。

凤阳坞古道，可上黄茅尖，可回凤阳庙，还可通往外界。凤百古道连接着百山祖，连接着瓯江正源，还连接着菇神吴三公的故乡龙岩村。凤阳坞的天空多变，阳光，乌云，小雨，没有规律地交换。小鸟在草丛与树枝间啁啾穿飞，打破沉寂的氛围。

将要作别凤阳坞时，遇到不少游客。受新冠疫情影响，本地的多，外来的少。凤阳坞由荒芜而成牧场，又成国有林地，再成国家级自然保护区，现已升级为百山祖国家公园，它在不变的大框架下一直寻求变化，促使自身越来越彰显文明。

夜上巅峰非为旭

2015年9月11日4时38分，这个时间点对大多数人来说没有多大意义，那是睡眠最香沉的时候，只要没有醒来，从合上眼睛的那时候起，整段时间都失去存在的感知，即便做梦，也溶化在前前后后的混沌里，不将其作为一个临界点分割。其实对我的意义也不是很大，我记录它，是在这一分钟里，作为群体的一员，我的双脚最先踏上凤阳山顶峰黄茅尖。前一分钟，我作登顶的最后努力，后一分钟，我将于黑暗中等待太阳。我刻意渲染这一分钟，是向自己致敬，我又一次征服自己。

明明白白置身黑暗从3时开始，起床，整装，吃两口冰凉的面包，乘车到达登山游步道进口，打开手机电筒，将黑沉沉的地面拓出小片光亮，探照眼前石阶，向江浙最高峰进发。

凤阳山是我的爱，作为一名林业工作者，说不出不爱的理由。尽管她没有五岳的威望，没有三山的盛名，可她到底是临近东海的洞宫山脉主峰，1929米的海拔，称霸浙沪苏皖。植物种类从木本、草本到蕨类、菌类2000多种，动物从兽类、禽类到鱼类，还有昆虫、两栖类，也不下2000种，国家一、二级重点保护动植物几十种，生长着许多古老植物，因此，凤阳山被列为国家级自然保护区，享受“华东古老植物的摇篮”之美誉。她的科研价值对业内人士来说，那叫瑰宝，对行外人来说，是未知领域，属探秘地带。除了生态优良，凤阳山风光不赖，景点繁多，大至归为5个区块：绝壁奇松景区、瓯江源景区、龙泉大峡谷景区、七星潭景区和江浙绝顶景区。这样的奇异之地，自然引得四方宾客蜂拥而来。蹉跎岁月，一事无成，但我陪伴各地客人无数次进入，单是登顶，20余次，有阳光炽烈的日子，也有雨雾飘荡的天气，一身汗，一身水。

其实我早已淡了凤阳山最初的新奇感，但熟悉的凤阳山于我照样有无限魅力，就如情感专一的一对情人，再多的亲热也不厌倦。只要进入她的腹地，不游览任何一个景点，面对苍翠欲滴的丛林，几万十几万飘过的负氧离子完全能够感受，大脑渐渐陷入沉迷，懒洋洋靠在岩石上，把自己融进青山，任由她慢慢地从发梢、从肌肤、从四肢向内心清洗。明净的蓝天和飘飞的白云将我催眠，我怀疑自己是不是醉氧，也甘愿醉氧，就这样享受没心没肺的短暂时光。

然而更多时候我依然蠢蠢而动，在各个景区流连徜徉，多一点爱抚多一点骚情。江浙绝顶黄茅尖观日出，我有过一次，以天公不作美失败。乘兴而出败兴而归是观日出的常事，我在披云山上失败过，在海岛上失败过，败得最惨的是在百山祖，出发前明明星月灿烂，到顶峰却乌云密布，因为舍不得撤离，盼望奇迹，结果被淋得浑身湿透。我也有过成功，在昴山仙坛，一轮红日从云层中慢慢升起，鲜嫩得如静卧在碗底的蛋黄，生怕高声的呼喊都会将它震破。这份美好一直铭记心上，我向来以为登山看到日出是终极目标，因此屡登屡败在所不惜。后来才发现，自己是被那份光华迷惑，最怡情的风光在路上，无须眼睛看，只用内心感受，满面的汗滴、沉重的脚步和喘急的呼吸，那才是沁入骨髓的美。

我不是一个擅长登山的人，深知登山的累。每一次行动必须下很大的决心，有时候即使决心下得很大，最后可能还会半路返回。很多时候我的信条是，宁愿半途而废，也不先自输在畏惧上，失败与懦弱有本质区别，只要迈开了步子，收获不过是或多或少的事。我的写作，就在这样的心境下摊开，能发表是好事，自己留着也不坏，有一些写着写着选择放弃。所以，成功是我的梦想，失败也在预料之中。我要做的，不一定要登上山顶，不一定要看到日出，最主要的内容是挑战自己的勇气，敢不敢迈出那一步。我不喜颓废，但也量力而行，体力的蓄积量决定了我攀行的高度。

想不到同伴被甩到后面，不经意间自己成了一个孤独的先行者。我关掉手机电筒，黑暗立即将我吞噬，寸步难行。头顶上隐隐约约的疏星提示我，与风霜雨雪相比，我的境遇不啻是一次幸福独处。从起步到顶点，其实高度不及 400 米，路程也不到 2 千米。早年另有一条路由西侧沿岗线直上，路程更短，我走过几次。距顶峰不远处有一块巨岩形似乌龟，故称乌龟岩，岩下的石径路极陡峭，令人胆怯，后来改由西南方顺着山沟盘旋而上。这条路虽然延长，林相更为秀美，适合游览，树底下的原始森林特征更明显，也更迷人。黑暗中我看不到这些，完全凭记忆回味，偶尔也照亮一下那些奇异的树形或树根，我知道它们在哪里安身。那株巨大的亮叶水青冈我就照了许久，它是阔叶树，却长在针叶林与灌木林的分界线上，还那么高大，完全违背了植物垂直分布的戒律，几百年就这样特立独行。

登上黄茅尖我还看到东边浮着一弯月牙。这一天农历七月廿九，我以为是无月的，没想到它在我们的睡梦中悄悄升起，只是被高山遮挡，不到顶峰平日难观其形。以前看新月，多半是上弦月，挂在西山上，像一只竖立的钩。儿歌里唱的“月儿弯弯像小船”从没见识过，现在开了眼界，月儿弯弯，两头翘翘，真的如小船一样平平整整横躺着。小船上方还有一颗明亮的星星照耀它，我知道那是启明星，黎明前的最亮。山风微微拂来，寒冷的感觉更甚，这时的气温，可能不到 10℃，但我兴奋这意外的朔日之前的月光。我发微信，取名《晓风残月启明星》，骚扰睡梦中的那些朋友。

当东方渐白云海卷起，站在顶峰的人都在感叹，不管是我的群体还是远方的客人。那个红点终于在等待中露出云层，所有目光朝它集聚，朦胧的世界越发清亮，罩上一层淡淡的红潮。太阳就这样出来，起初鲜红，渐渐明亮，随后光芒。我迎接它，欣赏它，却又淡定。我最辉煌的成果在踏上黄茅尖时已经收获，旭日出不出来，对我不再重要，它只是我挑战自己的一个名义。下次有机会，我还会以观看日出的名义登顶，不管是不是还在黄茅尖，不管是不是再走那条无数次的路，我只想验证自己，我的勇气，还在！

千八线与大小天堂（2篇）

蒋世荣

行走千八线

千八线是个新名词。21世纪初，一些驴友开始攀登位于浙南的“浙江屋脊”，随着徒步人数和次数的增多，驴友们将11座海拔1800米以上的山峰连在了一起行走，取名千八线。

千八线完整线路包含11座海拔在1800米以上的山峰，依次为：凤阳山北峰（1828米）、凤阳山（1848米）、浙江第一高峰黄茅尖（1929米）、黄茅尖南峰（1917米）、黄凤垟尖（1854米）、烧香岩（1832米）、天堂山（1811米）、大天堂（1822米）、浙江第二高峰百山祖（1856米）、新兰尖（1828米）、荒村尖（1810米）。徒步者一般选择千八线精简线路，起点龙泉市屏南镇均益村—仁坑自然村，终点庆元县百山祖镇，穿越凤阳山南峰（北峰）、黄茅尖（黄凤垟尖）、烧香岩、天堂山、大天堂、百山祖。由于线路海拔变化急剧、气候多变、地形复杂，千八线被徒步界誉为“华东第一虐”。

千八线的11座山峰间串连穿越，难度极大。全程要经过自然保护区中原始土路、古道、防火道上下坡、防火道山脊、草甸，还有部分村庄机耕路、景区石阶路和少量的公路连接线。路况比较复杂，路上岔路口又多，难行且易迷路。由于海拔起伏大，上千米的海拔落差，在这一带形成了独特的气候环境。既有与云贵高原相似的气候特点，又有高山天池、高山草甸、天然森林、云海雾凇等众多高原特有的自然奇观。高山垂直植被林相分布差异明显，从低处向上可以欣赏到落叶常绿阔叶混交林、针阔叶混交林、山地矮曲林、山地灌丛等植被分布带。路上还能看到福建柏、鹅掌楸等珍贵树种群落分布和极具原始森林风貌的阔叶古林。

徒步千八线最好的季节是春秋两季。夏天山区气候变化大，常有灾害天气发生，而千八线相当一部分处在无遮无拦的防火线上，海拔高，紫外线强，容易晒伤。冬季千八线上风大，且多冰雪，容易滑倒。当然，对于既有经验又有强体力的驴友来说，冬季的千八线有最好的风景，尤其是下雪天，千山万树银装素裹，美不胜收。

要成功穿越千八线至少需 3 天以上。近年来，大多驴友选择从屏南镇均益村的仁坑自然村作为出发点，依次穿越凤阳山北峰、凤阳山、黄茅尖、黄茅尖南峰、黄凤垟尖、烧香岩、天堂山、大天堂、百山祖 9 座山峰，新兰尖、荒村尖由于相对独立，不在一条线上，另作处理。全程 60 千米，海拔累计约上升 3900 米，下降 3300 米，路况复杂，强度非常大。

从仁坑村经乌石窟林场到凤阳山的路径大多是在丛林中穿越，多为阔叶针叶混交林，林木茂密，在炎炎夏日基本能免受日晒之苦。尤其是仁坑自然村至乌石窟林场一段，头上浓荫蔽日，脚下溪水清清，让人在艰辛的跋涉中享受到不少大自然的乐趣。凤阳山顶视野极为开阔，放眼望去，云海之中，一座座山峰兀然耸立，像一座座小岛浮在云海中。

从凤阳山北峰下来，经猎户山庄攀登黄茅尖是一条景区道路，建有平整的盘山公路及山间台阶，行走较为方便。如果是春夏之际，一般徒步者会选择在黄茅尖露营，观看日落和日出是重头戏。在龙泉别处看日落，太阳是从西边的山上落下去的，太阳总还在你的上方，而在黄茅尖看日落是一种完全不同的感受，太阳从远处比你矮的山脊线中落下去，万道霞光从下往上照射上来，让你真实感受到了什么是日落。看日出也是如此，太阳从低矮的山梁后升上来，近处远处黛色的山依次被太阳光照亮，那种感受是从别处无法体会的。

第二天从黄茅尖到瓯江源的路程是整个千八线徒步中景色最美的。绿荫夹道的游步道，水波荡漾的凤阳湖，泉水叮咚的瓯江源，一年四季都有不同的景色，无不让人流连忘返。需要指出的是，这里的瓯江源只是瓯江源头之一，不是真正地理意义上的瓯江源，瓯江正源为龙泉、庆元交界处的锅帽尖。

快到烧香岩时，千八线切入防火线，这样的道路一直延续至天堂山和大天堂。防火线是凤阳山自然保护区为防止森林火灾而人工开辟的，大多穿行在山脊线上，多为裸露的岩石和含有大量碎石的泥土路，而且较为陡峭，行走起来较为艰难。特别是夏天，防火线上没有树木遮蔽，阳光强烈，很容易晒伤。防火线上没有水源补给，穿越防火线时，必须带足饮用水，这也给穿越增加了负担。防火线走起来虽然艰难，但是视野开阔，但见群山莽莽，云海浩渺，特别受摄影爱好者欢迎。防火线上，有很多驴友们堆砌的玛尼堆，尤以烧香岩附近为盛。这里的玛尼堆或许与宗教无关，但是却表达了攀登者对大自然的敬畏。站在烧香岩上的玛尼堆旁，望着远处的群山，会让人内心澄澈，两天的疲累因此而烟消云散。

走过烧香岩就是天堂山和大天堂，其下有两处高山湿地，水草丰美，春夏之际水波荡漾，百花盛开，实为人间仙境。

一般驴友会选择茶木淤林场宿营，结束一天的行程。

第三天的行程是从茶木淤林场出发，攀登浙江第二高峰百山祖，然后返回茶木淤林场，经庆元的龙岩村，结束三天的千八穿越。

2015 年，龙泉市推出了江南之巅天空越野赛，穿越 11 座海拔 1800 米以上的山峰，是当前华东地区越野赛的顶尖赛事之一，世界上唯一的 100 千米钻石赛道，跻身浙江省第二届十佳商业赛事行列，成为公认的最有潜力的浙江体育大 IP。这样的赛事无疑有着巨大的吸引力，江浙第一高峰，奇峰，异石，林涛，云海，一切的一切，都能在挑战自我中，带给你不一样的美的享受。

大小天堂

大小天堂不是“天堂”，它是两个高山湿地，位于凤阳山和百山祖之间。大小天堂好像又是天堂，白云悠悠，波光潋滟，百鸟鸣唱。站在大小天堂的湿地之中，天堂在下，白云在上，真有一种羽化登仙的况味。

常常听驴友们说起大小天堂的美和神奇。蓝天白云之下，一群牛儿怡然自得地吃着青草，碗大的石蛙在清澈的水中嬉戏；岸边，杜鹃花开了，灿若云霞，成群的蝴蝶在花丛中飞舞；远处耸立的山峰轮廓画出一条优美的弧线，横亘在天际。深受案牍之累的我总想逃离，去往远离尘嚣的自然中，洗涤一身的尘土，疗一疗一路狼奔豕突的创伤。然而，我的身体已经不容许与驴友们为伍，走不了那么陡峭的山路了，尽管一直心痒难耐，也只能徒叹奈何。

我在一个小山村中长大，打小就放牛砍柴，下河摸鱼，上树逮鸟，对自然的亲近已经融入到了血脉里，对于大小天堂的向往岂是随随便便就能按捺得住的？

去往大小天堂的路有两条，一条从屏南镇的东山头村出发，历经三四个小时到达，一条从屏南镇的南溪村出发，历经一个半小时到达。从谷歌卫星地图上看，从南溪村出发显然是一条捷径。我不知道驴友们为什么总是选择东山头村，也许是习惯，也许是经验，而这两种都是难以改变的。

原东山头村的村委会主任（现在的东山头村已经与南溪口村、南溪村、干上村合并为一个行政村）是一个老向导，几乎成了专业户，驴友们登山都找他做向导。他对大小天堂熟得像自己家的菜园子，每一块树，每一块石头，都记得清清楚楚。

从东山头到大小天堂大约有 8 千米，开始的一段是一条石级古道，之后进入小土路，并不陡峭，只是快到小天堂时才有一道陡坡。这样的道路对于强驴来说并没有多少难度，但是对于体力稍弱的人来说，就是一种考验，考验耐力，也考验信心。

爬上一道陡坡，小天堂就近在眼前了。小天堂是一处高山湿地或者高山草甸，生长着种类繁多的野草，四周是茂密的针叶阔叶混交林，一朵朵白云像棉花一样漂浮在湛蓝的天空。湿地四周的一些稀疏树木由于海拔高，风大，长成了盆景状，仿佛是缩小版的非洲稀树草原。向导说，原先，这里有成群的牛儿在觅食，牛群游荡，芳草萋萋，白云悠悠，是一幅优美的草原放牧图。

大天堂与小天堂相去不远。大天堂视野更为开阔，面积比小天堂大，呈不规整的多边形，直径

迷绿湿地

约有三四百米。这是一个名副其实的高山湿地，春夏之际，形成十数亩的水面，水质清澈，蓝天白云与周围的树木倒映其中，让人分不清哪是天，哪是水。向导说，大天堂中原先布满了一种午时开花申时闭合的午时花，初夏至初秋时节开放，鲜红的花，碧绿的叶，呈现热烈的气氛，把大天堂装扮得格外妖娆。午时花又叫半枝莲，马齿苋科一年生草本植物，全草可入药，具有凉血解毒、消肿、清热利湿的功效。

也许是天旱，2020 年的大天堂只留下了一个小小的水塘，波光潋滟的景色没有看到。向导说，往年，水中石蛙戏水，水面蜻蜓、蝴蝶翻飞，岸边百花盛开，群蜂采蜜，小鸟翩跹，不时还能看到黑麂低头饮水，真是一个人间天堂。

穿过一片杂木林，看到一块形状奇特的岩石裸露在外，岩石上有几道凹槽，像是巨人的手抓过的痕迹。原先这里有个吴三公寨，现在早已湮灭，只留下了这块岩石。龙泉、庆元、景宁三地交界处的大片地区为菇民区，有许多关于吴三公的传说。

大小天堂的景色是美丽的，大小天堂中的众多植物更值得人们细细探究。我的植物知识少得可怜，只能用手机中的“形色”软件去查，弄了半天也不得要领，心想，这动植物宝库也不是我这个门外汉能一时半会儿弄得清楚的。凤阳山就是一部厚重无比的书，值得一大群人终其一生去好好研读。

站在吴三公寨向北望去，一座山峰矗立在天际，阳光照在秋日枯黄的茅草上，金黄金黄，泛着一层圣洁的光。向导告诉我们，那就是大天堂的最高峰，海拔 1822 米。我想，站在那里，也许能看得更远，也许能有更多的感受，但是想想自己衰朽的身体，这种想法只冒出了个嫩芽就硬把它掐断了。

太阳渐渐向西，寒意渐浓，上山艰难，下山也不容易，我们该下山了。站在大天堂的土地上，我的脚步有些迟疑，这是一片圣洁的土地，是大自然的恩赐，生怕踩坏了什么。环境是要呵护的，不是用来挥霍的，人类的贪婪已经让我们失去了许多，如果再贪得无厌地挥霍下去，后果真是不堪设想。

天堂在下，白云在上，这样的景致是不可多得的，值得一来再来。

凤阳山行走（3篇）

金少芬

畅游大峡谷

在我琴房的一面墙上，挂着一幅两米多长的《高山流水》图，颇具“高山之巍巍，流水之洋洋”貌。飞流直下的水花在慢速度的快门下变成一束袅袅白烟，如一条长长的白绸帘，折成两折，在岩石上“哗哗”绽开，分成数股，落入潭中。一股股丝质的水流折射出异样的白光，纯粹得没有一丝杂质。前景里的花枝随着冲泻而来的水颤动不已，背景里湿漉漉的岩石泛着嶙峋的质感。这就是潘世国先生镜头下的凤阳山双折瀑。每日端坐房内，饮茶，弹琴，必与其对视一番，整幅画便有了山水清音的动感，甚觉清新、悦目、怡情、养性。

双折瀑位于凤阳山大峡谷下方，30余米的落差，在大悬崖上非常整齐地叠成双折，故称“双折瀑”。峡谷里流动的溪流，从悬崖上奔腾而下，十米喷雾，水击乱石，咆哮轰鸣，犹如叠水飞雪，落入瀑底，形成一个深潭，十分有气势。潭边建有观景台，可领略双折瀑全貌。春末至盛夏，流水丰沛，悬流激荡，雷霆万钧，近水寒烟，凉意侵骨，尤其巍巍壮观。隆冬时节则易结成冰瀑，如冰雕般的帘子直直挂在悬崖上，疑似到了水晶宫的门前。

晃晃悠悠的一座吊桥，便是进入大峡谷地界起点。吊桥下的山路一侧通向凤阳湖及瓯江源，一侧通向双折瀑。一条小溪流穿行于幽谷间，群芳幽香，佳木繁荫，植被茂密，苍翠欲滴。晨时雾气淡淡弥漫，一缕缕地缠绕着枝条，如梦似幻。阳光下，碧空如洗，雾霭流岚，斜枝倒映着一条淙淙溪流，流至平坦处，形成深深浅浅的潭水，偶尔会惊现一两条娃娃鱼游来游去。

而走过吊桥，往上爬行石阶，则可通往被誉为小黄山的天马峰，天马峰俗称“龙脊”，形如马鞍，犹如将军坐骑。位于双折瀑之西山岗，两边均为悬崖。峰立千仞，峭壁如削；峰间古松奇木，虬枝傲立，行走于陡峭的台阶，有时甚至需要手脚并用。但听风起云涌，静寂无声，令人顿生“我

欲乘风归去”之感。天马峰东南方的山谷里保存着完好的常绿阔叶林，林内分布有众多被重点保护的珍稀树种，如白豆杉、红豆杉、香果树、伯乐树、福建柏、铁杉、银钟花、黄山花楸等。深秋季节，野果、霜叶猩红，色彩斑斓，山野成为迷人的红叶岭。行游于此，犹如进入了植物的大观园。

桥下不远处有一开阔的河床，旁边崖上刻有“龙泉木鱼石”五字。这里就是传说中的“石鼓”。灰中泛黄，中虚空罅，扁圆光滑，以石敲之，便会“嗡嗡”作响。古有民谚道：“金鸡啼，石鼓响，风调雨顺禾苗长。”来到此处安静坐下，捡起石头敲一敲，听听山谷回音。真可谓“云过半山石鼓隐，泉流深树听无音。凤阳说是神龙下，鹤唳风声击鼓鸣！”

站在桥上，抬头便可看见“杜鹃谷”三个醒目的红字。每年五到六月，正是初夏时分，漫山遍野的杜鹃姹紫嫣红、竞相争艳。花丛间流水潺潺若隐若现，大红、粉红、紫红、白色的花朵密密麻麻镶嵌在郁郁葱葱的绿叶上，惊艳了一条潺潺浅淌的山涧。

这里的杜鹃以猴头杜鹃和云锦杜鹃为主，花龄达百年以上的面积就有 100 多亩。猴头杜鹃枝繁叶茂，花朵繁密，根桩奇特。而云锦杜鹃尤为华贵雍容，它苍劲的枝干类似松柏，盛放的花朵可比牡丹。株形饱满大气，高达丈余，树冠如蓬，浑圆平整，枝条横逸斜出，叶片草质，形似枇杷叶或大型彩伞，正面墨绿油亮，光彩耀人。清初张联元曾做诗一首：“翠岫从容出，名花次第逢。最怜红踯躅，高映碧芙蓉。琪树应同种，桃源许并秾。无人移上苑，空置白云封。”诗中感叹别名为红踯躅的云锦杜鹃没有被收入皇家园林。其实，云锦性喜寒，适宜生长在千米以上的高山上。故大峡谷形成如此蔚为壮观的云锦群落也是自然。

当你听过双折瀑布的涛声，爬过大峡谷的小黄山，看过杜鹃杜谷的猴头云锦，仿佛就已踏遍浙江绿谷的山水精华。

绝壁倚奇松

看“绝壁奇松”，得乘上一段“绝壁云梯”，方能领略凤阳山的全貌。千余米的绝崖栈道，一面贴着崖壁，一面临着万丈深渊，如一条玉带沿着悬崖峭壁蜿蜒伸展。云游于其上，站在这头拍那头的人，那人就在悬崖上。若是胆大之人，脚步就有凌空云天之感；若是胆小之人，脚步就难免发虚，头也有些微微的晕眩。

沿道而建的观松台上，千姿百态的松树尽收眼底。它们或夹在悬崖峭壁，或伸出深壑幽谷。独树一帜的如孤松召云；三五成群的如三松斗云、又如五松引路；而成林成片的则如万松开屏。油菜绿的叶色，针叶短粗稠密，主躯挺拔粗壮，枝干曲生，树冠扁平，显出一种朴实、稳健、雄浑的气势。每一处松树，每一株松树，在长相、姿容、气韵上皆神态迥异，展露出奇特的个性。当山风吹过，松涛阵阵，蔚为壮观，令人心旷神怡，流连忘归。

最绝奇的是栈道石壁上方被誉为“松柏长寿崖”的一松一柏。它们一高一低，裂石而悬，缘壁而生，树干虬曲古朴，针叶簇簇如云，肢体娇小玲珑。微微斜阳向苍天，寒来暑往迎风舞，似云龙盘松；似飞云戏松，又似松立吐雾。在高原蓝的映衬下，显得格外遒劲苍郁而又曼妙多姿。路人经过它们的身底下，都要驻足仰视一番。远观误以为是人工栽培的盆景，其实，它们已经在这个世上活了上百年甚至几百年，就像一对长寿夫妻，也像两个不老神仙，形影不离，坚守着这片舒适的故土。

原以为黄山松就长在黄山上。后来才知，黄山松是在黄山等独特地貌和气候条件下而形成的一种中国特有的树种，属松科。需生长在至少要海拔 600 米以上的地区。喜光、喜凉润、耐瘠薄，生长异常缓慢。一棵高不盈丈的黄山松，往往树龄上百年，甚至数百年。根部往往比树干长几倍、几十倍。由于根很深，黄山松不像一般的松树那样生长在泥土里，而是靠着分泌一种酸性物质依山势和风向扎根在高山峭壁夹缝中。它们不怕严寒，还能从空气、雨雪中吸取养分，以供其生长所需，所以能在悬崖绝壁上生存，在千米高峰上挺胸而立，并繁衍种族，延续后代。虽历风霜雨雪却依然永葆青春，竞异争秀。

不知道是什么时候，黄山松的种子撒落在凤阳山的山崖上岩缝中的。千百年来，它们在这里，发芽、生根、成长。在云雾霜雪中；在风雨雷电下，活出了自己最精彩的模样，也活出了一腔朗朗乾坤的硬气和一副居高临下的傲骨，又有一种坚忍不拔、能伸能屈、与世相安的精神。

凤阳山天然植被群落丰富，但最精华的黄山松大都分布在绝壁奇松景区。这里的松树，无论是从数量、树龄，还是从姿态、生长环境来说，相比黄山，毫不逊色。在不同的天气和季节里，它们呈现出不一样的风景与意境。

雨后常起雾，云海填满了绝壁下的山谷，远看似一条宽阔的河，近观似一片波涛汹涌的海。山风啸啸，雾在流动，云在缥缈，松涛阵阵，白浪涛涛。一个个青黛色的山头或浮出了云海，或漂荡在河面。而当雾气散尽，那二石一粗一细、一高一矮，似玉笋破土而出。天马峰、将军岩、老鹰岩等奇石清晰可见。雨露滋润过的山体植被更显苍翠，虫鸣鸟啼不绝于耳。一株株如针的松枝头挂满了水珠，似无数细小、晶莹、剔透的水晶在闪闪发光。

这些年，雪成了南方城里人的稀罕物，而在凤阳山的冬月或腊月都会演绎一场或大或小的雪。绝壁奇松最美的景象莫过于下雪时。浅灰色的天空，浩浩荡荡飘起片片干净纯粹的雪花，如芦花惊飞，似白蝶翩舞。落在深山幽谷中，铺在野花黄草上，挂在古木松枝头。琼枝玉叶，粉装玉砌，皓然一色。一片银装素裹的世界主宰着苍茫大地。每一株奇松的枝头都堆着厚厚的积雪，像朵朵棉花球，又像一个个大蘑菇，毛茸茸亮晶晶地闪着银光。这时候的松树，在茫茫一片间，如在孤峰独耸，如在仙岛傲立。而那条被积雪铺得厚实的千米栈道，宛如一条银白色的长龙，蜿蜒穿梭于悬崖上……

雪后放晴的天空，有着出奇的纯净蓝。持续的低温，朵朵白蘑菇与棉花球连日附在枝头上长久不化，在蓝天的衬托下，显得更加苍翠耀眼。崖壁上的残雪、在阳光照射下融化为雪水，在寒冷的空气中，又结成无数长长短短的的冰条，像一条条粘连而成的锯齿般的人工冰雕。而崖上那对一松一柏的不老夫妻，玉树临风，更觉惊艳与孤傲，显示出一种巧夺天工的极致。见过此景，言语已不足以形容其精妙，唯有用镜头摄下一幅幅诗画图……感谢大自然的造物主，在生我养我的家乡，造化了如此神奇的杰作。

黄茅尖云海

不能不说黄茅尖的云海是有些闻名遐迩的。一直以为，生为龙泉人，不去凤阳山，枉为龙泉人；去过凤阳山，不去看一看黄茅尖的云海，是一种遗憾！而这样的遗憾，在我人生接近50岁的时候，才得以消解。

2014年冬月的某日，跟随一帮本土摄影人去黄茅尖拍摄云海日出回来后，我用诗歌的形式，记录下了当年的一组场景，以至于每次回想起来，仍记忆犹新。

去黄茅尖看日出，需夜住炉岙农家民宿或猎户山庄。半夜3点在闹钟朦胧的叫醒中醒来，羽绒衣、帽子、围巾、手套、登山鞋一概俱全，全副武装后出发。

踩着凌晨四点的白霜，背着相机，手拿电筒，拾阶而上。草虫进入冬眠，百鸟还在沉睡，我能听到，最后一拨落叶的呢喃与叹息，也能闻到草木衰老的体味，它们在孵化为泥，为生命的轮回，用灵魂做着静默的祷告。在没有月光的幽暗里，迈着窸窸窣窣的脚步，摸索这片茂密的森林，能感受到它们曼妙的肢体正在为下一个春色的孕育，养精蓄锐。

在接近黄茅尖的山谷，喘气，擦汗，歇息片刻，抬头的刹那，玉宇苍穹，神秘高远，夜空澄净，不夹带一丝游云，星罗棋布之上，布满了每个星座的分布图，一颗离我最近的星星，瞬间点亮一双童年的眼睛，我举起一只手，数起了星星……

凌晨5点，终于站在了1929米的高山之巅上。黄茅尖，江浙第一高峰，就在凤阳山保护区中南部的洞宫山主脉上。清朝雍正九年（公元1731年）编纂的《浙江通志》山脉编中有记："自龙泉界景宁、云和之间，过丽水而止于青田之西者黄茅山脉也。"并将它归并为枫岭山脉中三分支之一。

宛如站在霜剑风刀之口。风的肆虐与呼啸，好似随时会削走鼻、耳、手指或毛发。在忐忑、焦灼的企盼中，劳顿，寒冷，饥饿，这些生命里最低级的苦，这些散失多年的体验，一件件回归本能之躯。搓着双手，呼呼哈着嘴里吐出的一点随时会被寒风掠走的暖气，不停地跺着一袭袭被冰冻透骨的双脚，一双眼睛牢牢盯着东方，望眼欲穿！

青蓝色的曙光里，仿佛群山正用脊背托起一片巨大的棉絮，无法掩饰的广袤，白而厚。听不见澎湃的涛声，看得见暗涌的潮。犹如站在最高的一座孤岛上，被一片白茫茫的大海所包围，一浪逐一浪的滚滚波涛好像随时会滚到我的脚下。东方的鱼肚白，天与地的相交处，最柔软的地方，沾染着一道长长的胭脂脸，隐忍着日出分娩前的最后阵痛，当柔软的胭脂口微微开启，一口一口吐露着橙橘的光芒，"咔嚓咔嚓"，只听得快门声在不停闪动……

黄茅尖是浙江省海拔最高的中山地带，地势开阔。四周高峰林立，海拔1800米以上、并已命名的山峰就有8座。云海在曙光中一层一层地降落，钻出一个个青黛色的山头，如无数个独立的小孤岛，被厚厚的白浪围绕着。360°，每一个转身回眸，每一个角度的定格，都是一幅波澜壮阔的水墨长轴。

新千年黄茅尖第一缕曙光，比我国大陆最早见到太阳的温岭石塘镇只晚5分钟，故游人有"未上黄茅尖就未到凤阳山"之说。因高山地区气候多变，阴雨天时常是云雨笼罩，只有在深秋或严冬时节，雨或雪后的放晴日，昼夜温差显著，清晨山谷才极易蒸腾，才会出现如此汹涌澎湃的云海。

当晨光普照群山，雾去云散，一座座俊朗高拔的山峰裸露出真实的模样。站在江浙第一高峰石碑旁观望，大有"一览众山小"之感。"江浙第一高峰"六字碑刻由著名书法家姜东舒先生手书。石碑曾两次遭遇自然灾害，一次因冰冻破裂，一次因雷击而倒。1999在原址上加固加高重立，而今成

凤阳尖云海

为龙泉地标性建筑之一。站在这里眺望天地苍茫，顿觉视野开阔、心胸宽广、脑洞通透。所有困顿、寒冷的感觉以及尘世里曾经的烦恼随之烟消云散。

慢悠悠地下山。从黄茅尖景区入口到峰顶，上山大约需要 1 个小时，而回程的脚步就变得跳跃与轻快起来。一路上，可清晰欣赏平日难得见到的落叶常绿阔叶混交林、针阔混交林、山地矮曲林、山地灌丛、草丛等植被的原始风貌。密密疏疏的枝条有的挂着绿叶，有的裸露着干支，集体舒展着或直或斜或弯的肢体，层层堆积的落叶在晨光的斜照下焦黄发亮，森林间透着薄薄的晨霭。偶尔，会遇见一两株未曾见过的奇花、异草，或是出现几多长得煞是好看的菌菇，诱惑着我仔细端详，惊讶一番。

这么多年，尽管是个地道的龙泉人，与黄茅尖邂逅一场如此壮观的云海，实属不易。唯有这一次，一幅幅"红日出东山，苍茫云海间"的摄影大片永远定格在了我的记忆深处。

如果你是浙江人，如果龙泉是你梦里的故乡，真该去一趟凤阳山；如果你来到凤阳山，真该去看一场黄茅尖的云海，不留遗憾！

寻山，心灵之旅（外1篇）

蒋雅萍

给自己的心灵一片纯净的天空，多年的期待与梦想，这个夏天，终于如愿。

——题记

这是今年第二次走入山中。因为多年前与爱人的初次相遇在这里，所以与这山，情深，心长相系。儿子，似乎也很喜欢这山。

因与老人们同行，所选行程路途平坦。先去了绝壁奇松，稍走了一段，与老人和孩子合影一张，阳光明媚，落在我们的身上，安然的老人的笑，灿烂的孩子的笑，被留存在相机里。多年来有这样和睦的一家人，相亲相爱，内心满足，幸福满满。感谢他们在我年轻岁月里初历磨难时不放手不相弃，一直陪在身边，共同面对；感谢他们多年来照顾尚未成年的孩子，含饴弄孙时也教我做人道理；在他们经历人生困苦，经历病痛、失眠、磨难时，我应该和他们一起，陪他们走过。一起走到凤阳湖，走过高山草甸，抬头望向碧蓝的天空，洁白的云朵，洗涤我的内心，让我更纯净，那高远，让我内心更宁静。

在瓯江源，留下了孩子们玩水的很多镜头。那干净透明的水潺潺流动，清泉石上，深山野木参天，阳光斑驳，我一人走向更深、更远的水源尽头，寻找那些可以记录在手的纯洁，把所有感受暗暗、深深地记在心头。而无论我走到哪里，只要想起这片源泉，内心永不干涸。

大峡谷的杜鹃早开过，而无意中拍到人来不惊的蝴蝶，是意外的惊喜。黄色黑点，轻轻扇动羽翼，在阳光下舞动。第一次这么近距离地观看一只蝴蝶，观看她美丽的翅膀。欣赏美，原来也是要缘分的啊。铁索桥，晃悠悠的，孩子们张开双手，呵，希望你们拥抱更明丽的明天！

从炉岙回龙的方向转道慢行而来不过20分钟。一路上乡村音乐的旋律漫游在林海云间，内心通

“千八线”日出

透，如修禅得佛。凤羽山庄，初见其名，觉得是金庸小说中武功大师的庄园，接待天下各路英雄。因了第一次入住，感觉很美，在心里有很多的期待。

山庄依旧孤单，坐落于绿色林海之间。虽然只是一个小小的欧式风格的房子，却因了每个房间都有一个惬意的露台，让人欢喜。打开落地窗，风迎面而来，天多云，微凉，而山下是近40℃的高温，不禁要炫耀这里的清新出尘了。

喜欢满山谷的清凉，迎面而来的风，放眼望去满山青葱，而房间里的音乐选了一支钢琴曲，轻轻浅浅，却一声一声打动你的心灵。儿子站在露台上，满心欢喜地对我说：“妈妈，这里太好了！”

还是这样的阳光，这样的天空，这样的群山，而夜晚，应该也是这样的安宁。是的，山中数日，我感觉到的就是这两个字，安宁。我想，今天我已远离闹市，暂别尘嚣，于内心，完成了一次洗礼，让我在今后的岁月里更加从容，更加睿智，更加慈悲，更懂得爱、信念与真情。

谢谢！所有的山峦、明月、清晨、日暮。

高山的呼唤

就像游牧民族对草原的渴望，居住沙漠的人们对绿洲的向往，凤阳山于我，总有一种欲舍难离、欲去还留的吸引。长久以来，我似乎总听得见她们呼唤，长一声短一声，紧一声慢一声，将我的黑夜点缀成一条涟涟的宽无边的心河，日夜滂沱。

长长的三个日夜，我徜徉于绿色的海洋里。那每一个长风烈烈的白日，每一个松涛四起的黄昏，每一个深沉如一座古寺的黑色夜晚，我都感到心旷神怡，心静神明。不论是趁着《浙江画报》的记者沈采访的时候我们溜出办公室走进凤阳庙顶礼膜拜，还是躲在庙中与同行的顾对弈时“啪啪”的落棋之声；无论是登上气象台任长发在风里拂拂地飘飞，还是在树林里听枝叶哗哗的声响，我的心灵始终澄净如水，温柔如歌。

我自觉在那长久的追寻之后，在我长长短短日复一日年复一年的追逐中，我信奉的真理，已在此找到。我的心漂泊经年，此刻找到了岸。在此我可纵情游弋，在此我可边歌边语，在此我的心灵释放有如一枝玫瑰，那馨香不知不觉中已散在山的每一个角落。

立于高山之巅，立于被大风拦腰截断的“江浙第一高峰”的碑旁，长风浩荡，白云四起。晏殊说：“独上高楼，望尽天涯路。”天涯路，遥遥相望，不知千里万里；来时路，去时路，云烟阻隔，不再清楚。不如自此将过往一齐淡忘，将未来看看清楚，必能得最真实的领悟吧。

归途中，我们于一块黑色大石上小憩，脚下松涛阵阵，鸟声徐徐而来，婉约如歌，由远而近由细而亮，一刹那间将整个山谷布满了。我们默坐许久，静听山谷齐鸣，静听山谷间最美的天籁，久久不忍离去。

是她的博大与宽厚实实在在地抓住了我的心，使我许久难忘。归来后的整整 5 个月，我时时刻刻想着，我竭力想把那种感受写下来。但每一次掷笔长叹，我怕是写不出来了。我所有的领悟，那独在我心中的东西将永远沉睡，成为日夜折磨我的心结，让我不能释怀。我觉得那是最深切最痛苦的歉意和失望——我竟不能为她说一句话，竟不能对应她的呼唤！山离我越来越远，感受却日渐明晰，那自然的不带任何矫饰心态的回归，带给我珍贵的幸福，让我终生受用。这种喜悦充满我的心灵深处，让我无论在何时何处，都欣然如花如草，每个人的一生都会有这么一两次醍醐灌顶的领悟吧。凤阳山赋予我一次庄重的精神洗礼，使我再一次耳目全新，身心纯洁。

我无从对应，只有默忆山中之旅，默忆山中独有的美云雾草，将心中柔情千种，托付风和云，飘落在那片威武与博大的胸怀中，以略微报答她对我无声的永恒的呼唤。

风阳山记述（2 篇）

吴　炜

千古奇峰凤阳山

在浙江的西南部，于万水千山、绿波涛涌之中，有一处引人入胜、高入云端的千古奇峰，她就是凤阳山。

凤阳山，属洞宫山脉武夷山系，位于龙泉市境内。

从龙泉市区到凤阳山景区，相距 50 千米。一路上虽然山高岭峻，然而公路畅通，汽车在山峰夹峙、蜿蜒如飘带的公路上跑上一阵，这座仙女般清丽的大山就会出现在你的眼前。

登上海拔 1929 米的“黄茅尖”，站立在“长三角第一高峰”的巍然石碑下，你就会顿生“会当凌绝顶，一览众山小”的豪迈气概。本人曾吟拙诗《七律・登黄茅尖》一首曰：“一山降立众峰巅，跃上苍龙九曲天。远望层峦苍翠处，俯观古邑剑池边。白云密处翔黄鹤，绿海波中隐大仙。冶子如今何处去？千重峡谷起兰烟。”

在这儿，你不光可以领略仙境般的云海奇观，还可以观日出。晨曦中，望着那一轮五彩光耀的大红盘冉冉升起，简直会使你惊喜若狂、神魂颠倒！

茫茫林海中，这座出类拔萃的山峰，如今早已与龙泉宝剑、龙泉青瓷一样名扬中华乃至世界，为中国唯一的剑瓷城龙泉市增添了无限的风光。透过淡淡的云烟，你会看到：巍巍古峰下，近年来奇迹般出现了一组建筑群，当年，只要看一看这块不同寻常的牌子，你就知道这到底是怎么回事了：“凤阳山 - 百山祖国家级自然保护区凤阳山管理处”。眼下，办公地址已经移到城里，挂的牌子是：“百山祖国家公园龙泉保护中心”。

走进“迎宾门”，你才算走进了资源丰富、风景优美的凤阳山。在这儿，你可以闻到原始森林才有的那种让人心醉的花草芳香，可以听到林中飞禽走兽们奏出的森林交响曲，马上就会有心旷神怡的感受。而众多引人入胜的景点，正静静地在这里等待你去欣赏。

将军岩，顶天立地，威风凛然。

凤阳尖，位于黄茅尖西侧，是凤阳山第二高峰——海拔 1848 米。山顶高耸如天台，山形气势雄伟，挺拔俊秀。有盆景状奇松盘踞其上，满地野花色彩斑斓。山峰南坡是陡崖绝壁，岩石裸露，人称仙岩。北坡比较平缓，铺满草甸。站在山顶极目眺望，但见天蓝蓝、山蓝蓝，万顷白雾把深不可测的山壑填得满满并随风肆意飘荡，大气磅礴。

还有山岩叠障的小黄山，芳草凄凄的凤阳坞，崛地凌空的老鹰岩，惟妙惟肖的乌龟岩，飞珠溅玉的双折瀑，等等，每一处景点都有它古老美妙的传说，都是一幅极美极美的画图，都是一篇永远写不完、永远读不懂的诗文。

这儿气候湿润，雨量充沛，植物资源极为丰富，保存了大批原始古老的生物种群，现已知有种子植物有 1464 个分类群，蕨类植物有 196 种 7 变种，苔藓植物有 368 种，大型森林真菌 256 种。其中，列入《中国珍稀濒危保护植物名录》的有 24 种，属国家二级重点保护的就有白豆杉、华东黄杉等 9 种，占浙江省保护植物一半以上，是 70 余种模式标本的产地。

作为野生动物可爱的家乡，凤阳山野生动物资源十分丰富，兽类有金钱豹、云豹、金猫、大灵猫、小灵猫、短猕猴、苏门羚等。鸟类有黄腹角雉、赤腹、白鹇等。脊椎动物有 309 种，昆虫有 910 种。属于国家级保护动物 66 种，其中一级保护动物 9 种。

白衣秀士

说起灵头灵脑、逗人喜爱的珍稀野生动物金猫，还有一个小故事呢！那是1993年4月19日上午，趾石乡农民叶根强等人发现他们放在山上的香菇被野兽糟塌，便设下机关打算捕捉，当他们逮住了这个调皮的小家伙时，却不忍伤害它，而把它送到市林业局，当天下午，这只金猫就回归凤阳山原始森林了。

有人说：凤阳山是清凉的天地，是天然公园，事实正是如此。凤阳山一年四季景随节变，有景点百余处，年均温度为12.5℃，就是在夏日伏天的骄阳下，只要进入凤阳山境内，就会感到暑气顿消，浑身清凉。

自20世纪50年代以来，全国曾有30余所大专院校和科研单位，以及美国、日本、澳大利亚等国家的专家、师生前来这里考察。凡到过凤阳山的客人无一不被它的天生丽质所吸引，置身在这绝妙的环境中，让人流连忘返。

凤阳山人感到，这就是自己的优势啊！山里人说到做到，说动手就动手。干事业，当然离不开领导的支持，龙泉市委、市政府、市人大、市政协乃至省、地的一些领导，前前后后都视察过凤阳山，市林业局的领导更把建设凤阳山作为分内事，凤阳山人想到的，林业局领导早就想到了，凤阳人没有想到的，林业局领导也想到了。

随着时代的变迁，喜逢改革开放的机遇，凤阳山人打算把这位深居深山的美人认真地作一番梳妆打扮，让她以崭新的姿态屹立在人们的眼前。

20世纪90年代初，凤阳山自然保护区有干部职工30余名，经营管理森林资源面积21万亩，群山连绵，云雾飘荡，崇山峻岭中，一代又一代的人们为了装点新的绿色而贡献了自己的青春，付出了辛勤的劳动。在凤阳山自然保护区发展的光辉史册中，他们的名字将与这大山一起永存。

1992年，凤阳山升级为“凤阳山－百山祖国家级自然保护区”。1993年脱离林业局，成为科级单位。

当年，保护处领导班子的成员们经常在一起开展热烈讨论，并反复论证，当他们度过了许多个不眠之夜以后，凤阳山自然保护区旅游一条龙服务的总体思路终于出台：落实了首期基建投资资金，解决了山上的水电、交通、通信等一系列设施。建成名曰“凤阳山庄”的保护区宾馆：该宾馆有床位120余个，其中有高档房间7套，有大会议室120平方米，小会议室2个。生物陈列室里，各类野生动物标本神态各异，栩栩如生。旅游商店中摆满五光十色的具有龙泉特色的各类纪念品。餐厅、舞厅、电视室等设施一应俱全，是承接会议、旅游观光、避暑疗养的好地方。

2000年，凤阳山由杭州宋城集团开发建设，景区部分，宋城人称之为“龙泉山”。眼下，凤阳山有五大景区。

黄茅尖景区：该景区距绿野山庄约2千米，海拔1929米，为江浙第一高峰。随着高度的不断变化，沿途可以感受到落叶常绿阔叶混交林、针阔叶混交林、高山矮曲林、山地灌丛等立体植物景观

带的原始森林风貌。这里是观云海、看日出、赏佛光的最佳景点。

绝壁奇松景区：该景区紧邻绿野山庄。沿途可见千仞绝壁，万棵苍松。游人处处猎奇惊险，妙不可言。这里是观云海、赏雾凇的绝佳去处。主要景点有绝壁云梯、聚仙岩、观佛台、万松屏、三友松、长寿崖等。

龙泉大峡谷景区：该景区距绿野山庄约 3 千米，峡谷长约 10 千米。两岸雄峰耸立，谷底溪流激荡，大自然的鬼斧神工形成了百丈双折龙泉大瀑布。水击乱石，咆哮轰鸣，犹如叠水飞雪，巍巍壮观。龙泉大峡谷景色优美，到初夏时分，杜鹃谷内，漫山遍野 60 余种百年杜鹃竞相斗妍，美不胜收，花期长达数月之久。主要景点有通天桥、天街、观峡台、龙脊、龙泉瀑、龙泉涧、杜鹃谷等。

七星潭景区：该景区位于绿野山庄入口处。这里森林蔽日，流绿滴翠。碧水七潭，犹如北斗七星，故名七星潭。潭水清澈见底，为国家级保护动物娃娃鱼的栖息地。传说欧冶子曾用此七潭神水淬火，铸就了千古名剑七星剑。这里移步易景，时时即景，七星潭、欧冶子剑窟、试剑石、古杉林、风动石等主要景点匿藏其间，仿佛置身于远古幽深的山水画廊之中。现有环行游步道 25 千米。

瓯江源景区：该景区距绿野山庄约 4 千米，八百里瓯江发源于此，有高山草甸、小天池等著名景观。春暖花开之时，遍地漫谷的小花，星星点点，漫没于千顷草甸之间，给人带来无尽的遐想。金秋时节，你可领略到“天苍苍，野茫茫，风吹草低见牛羊”的草原风光。那瓯江之源的涓涓细流，汇聚成一泓碧水，犹如天池落人间。

2018 年 4 月 24 日，凤阳山索道开通启用，标志着这座千古奇峰一个崭新的、具有现代化气息的旅游新时代已经开始……

让一代又一代的凤阳山人以全新的观念、奋进的精神来改造这块圣地，让她日益繁荣、至善至美、造福人类吧！

凤阳尖夕色

凤阳尖上看风景

那是几年前的一个夏天，天气晴朗。有几个外地朋友来访，我就领着他们上了凤阳山。白天，我陪他们逛了“瓯江源”“绝壁奇松”等景点，客人流露出想看日出的愿望，本应带他们攀登黄茅尖观日出的，我也听过凤阳山人“观日出以黄茅尖为好，看日落以凤阳尖为佳”的说法，但考虑到客人是年近古稀而且出生大城市坐了一辈子办公室，绝对不是善长爬山的，遂决定爬海拔低一点、路程近一点的位于黄茅尖西侧的凤阳尖观日出。

为了养精蓄锐，晚餐后我们便早早就寝了，也许是心情激动吧，我在床上辗转反侧，很难入睡。大约凌晨三点钟光景，迷迷糊糊中突然被一阵人声吵醒，还有人吹起尖声口哨，说是上山观日出的人该出发了，原来，想上山的客人还不只我们几个呢！

起床后，除了去登黄茅尖的一拨年轻人外，我们跟着一班老年客人一起走，有人打着手电，那辰光石头游步道还没砌成，大家深一脚浅一脚沿着山间小道走了大约一个小时，终于糊里糊涂地登上了凤阳山第二高峰——海拔 1848 米的凤阳尖山顶。

处于黎明前夜幕中的凤阳尖大雾弥漫，近处的山石、树影朦朦胧胧，四周一片黑压压，仿佛早被“魔鬼”们占领，恐怖而狰狞。空气冷飕飕，没有鸟叫，没有虫鸣。如果不是人多，还真有点害怕。人们就地坐下，在那儿默默地静待着……

起先，东方浑沌不清，暗红色的天空由无数黑色山脉线撑托着，红少黑多。慢慢地变成了红多黑少，接着又出现橘黄、淡黄，大概这正所谓东方鱼肚白吧！最初的太阳是从一丝红色圆线开始钻出山岫的，慢慢地才出现一个晶莹红透的圆盘，仿佛一块大型山楂片或一个大红球，既没有光芒，也感觉不到温暖。在人们的一片欢呼声中，在按下相机快门发出的一片“咔嚓咔嚓”声中，太阳周围的云气渐渐散开，颜色从红色变成了金黄、淡黄，继而便发出一道道耀眼的光芒。太阳冉冉升起。在她的光辉照耀下，似乎被唤醒了半埋在云海中的群山，一峰高过一峰，一峦越过一峦，如同万马奔腾一般。

这时发现，近处的山石棱角分明、树木郁郁葱葱，“怪物”们统统现了原形，原来，那无非是一些长年被风雪欺凌形象扭曲的倔强老树，还有大自然鬼斧神工造就的一块块奇形怪状、神态各异的石头而已，真乃惟妙惟肖，令人赞叹。

这时，太阳的温暖已经沐浴了整个凤阳山麓。那天，当我们在一片小鸟鸣唱的森林交响曲中欢天喜地慢慢走下山时，满天已经映起了五彩缤纷的朝霞。人们不敢迈开步履，生怕前方就是万丈深渊。

凤阳尖，山顶高耸如天台，山形气势雄伟，挺拔俊秀。有盆景状奇松盘踞其上，满地野花色彩斑斓。山峰南坡是陡崖绝壁，岩石裸露，人称仙岩。北坡比较平缓，铺满草甸。清晨，当你站在山顶之上极目眺望，但见天蓝蓝、山蓝蓝，万顷白雾把深不可测的山壑填得满满并随风肆意飘荡，一派大气磅礴景象。

自从那次上了凤阳尖，我就爱上了这块净土。后来，不管是冬夏与春秋，不管有伴或无伴，只要上了凤阳山，我必登凤阳尖，站在凤阳尖上看风景。因为上那儿比黄茅尖省力，最适合老年人。而且，任何季节、任何时候，尤其晴好天气之傍晚时分登其顶去看落日，都绝对是那种令人陶醉的感觉——日落和日出同样令人沉醉，人在这样的风景里会渐渐释然……

凤阳山的春日，在山下已是初夏了。佳时，满山遍野绽放的杜鹃花，映得峰峦如血。相传，古有杜鹃鸟，因日夜哀鸣而咯血，染红了遍山的花朵，因而得名。山上还有一种洁白色杜鹃花，佳时，红白两色杜鹃花丛争宠斗妍，唯见锦簇团团，甚为壮观。盛夏，整个山麓蝉声鼓噪，此起彼伏，那回肠荡气的气势，就像战场上战鼓阵阵，催人奋进！更像那铺天盖地的暴风骤雨，力压林涛。秋风萧瑟时节，气爽天高，站在凤阳尖上看到的是那漫山的红叶，大有燎原之势，那种美感，绝对超越了杜牧“霜叶红于二月花”的意境。冬日的凤阳山麓，千里冰封，万物凝固，唯独那悬崖绝壁上衬着冰雪的红梅，临寒劲开！身临其景，忽闻山谷中回荡起润之浓重的湖南口音：“风雨送春归，飞雪迎春到。已是悬崖百丈冰，犹有花枝俏……”。

凤阳山行

周新红

我对凤阳山并不陌生，曾先后三次专程游览过。然自 2018 年对外开放始，还未曾见一面。真盼望能随性再去走一走，看一看，让记忆的羽翼拾起片片精美的花瓣。2020 年果然来了机会，几个同学约好去山上拍日出，旧地重游的愿望得以实现。

五月的山城，已是绿柳依依，花木扶疏。天阴阴的，空气水水的，有种下雨的味道。整个山城就是一种将要下雨的神情，但是并不威胁，只是含蓄着，含蓄着，温婉的，欲说还休，将那种情绪传递给你。到达目的地已是午后 3 点，欲说还休的天公竟然不作美，下起淅淅沥沥的小雨。都说雨中访瀑布别有情趣，我和同学四人便决定冒着点点雨星步行去观瀑布。

一路谈笑风生，山路两旁的美景令人目不暇接，不知不觉来到一块木牌前——“双折瀑”。

随着迂回曲折的一段仄仄的石阶往下爬，让我这个虽是山里人却不经常爬山缺少锻炼的人真正领略了“上山容易下山难”的滋味。耳畔隐约传来“哗哗哗”的落水声，但要看到“庐山真面目”，还得经过一段有惊无险的石头铺砌的小河道。在同伴的帮助下，我终于胜利跃过，一种成功的喜悦滋润了全身。“好壮观的瀑布！”同伴惊叫起来，只见山峦重叠之中，一匹白练从约七八十米的悬崖飞泻而下，起落撞击的回响，震荡山谷。

果然是名副其实的“双折瀑”——小瀑布连着大瀑布，我想这双折的奥妙大概就在于此吧？但我确实不知“双折瀑”之所以得名的缘由，或许其中有过美丽动人的传说？此时的我已完全被它的神奇折服了，眼前的它像一朵晶莹洁白的水冰花，又似随地铺展的白锦缎，裹着似玉的水珠飞向大自然空旷的山野，亲吻两岸碧绿的草木，抚摸山涧多情的山石。

站在瀑前，随风飘散的雨花溅到发上、脸上、手上，一股凉爽的快意沁人心脾。想起清代诗人袁枚的诗句：“尽化为烟，为雾，为轻绡，为玉尘，为珠屑，为琉璃丝，为杨白花……”只可惜袁枚无缘领略这“双折瀑”的妙处啊！

闻水声而识天然之趣，观瀑布而悟生命之味。我被大自然这位艺术家深深地感动了。川端康成说：“美是邂逅所得，是亲近所得。这是需要反复陶冶的。”对于瀑布，我似乎情有独钟，曾有幸游历过江西的庐山瀑布、温州的大龙湫瀑布和青田的石门瀑布，但每次都是匆匆而来，又匆匆而去，并没有静下心来好好地去体会，细细地来揣摩。今天，站在瀑布前，觉得天下瀑布确实有异曲同工之妙。虽说“双折瀑”没有李白诗中“飞流直下三千尺，疑是银河落九天”的宏伟气势，没有大龙湫瀑布的逶迤缥缈、如梦似幻，但双折瀑威武勇猛、冲荡无前的震天气势同样令人为之怦然心动。一种“神摇目眩心魂颠”的感觉油然而生，好想沐浴在她的水流之下，让全身心受到洗礼，得到净化，

阳光瀑布

尔后溶于水，溶于风，紧紧拥抱，相互依偎，不再离去……

可惜我这个凡夫俗子不能任凭思绪飞展，何况加大的雨点不容我有第二种选择，我依依不舍地尾随同伴离开了双折瀑。但双折瀑啊，你那山川溪流潺潺、瀑布飞鸟嬉戏的动人场景，已深深地刻在我的心上，永生难忘。

回到住处，已过酉时。雨渐下渐停，天色完全暗将下来。夜晚的凤阳山，暗紫色的云霞漫上天空，低低的，仿佛触手可及。月亮不知躲哪儿去了，迟迟不肯露面。虽说大伙儿兴致未减，倦容却写在脸上。我建议大家早点休息，何况第二天还要早起赏日出。于是，大伙儿都不是特别情愿地各自回房休息了。

静静地躺在床上，听着风儿轻轻吹过林子的声音，翻阅随身携带的林清玄的散文——《温一壶月光下酒》，喜悦于这样偷来的轻松与幸福，却忍不住睡意渐浓，不知何时竟与周公约会去了。

翌日凌晨，在同伴的呼叫声中醒来，看看天色虽然放晴了，但绝不是观日出的绝佳时机，只好作罢。行程便往后推延了一天。

第三天，我们起了个大早，爬上海拔 1929 米的江浙第一高峰——黄茅尖，静静地等待太阳的升起。我想：太阳升起，最美妙的应该是光吧？果然，那地平线下隐隐的红霞，忽而变成一道金光以迅捷的速度从东方的波心漾开，直蔓延到整个天边。就这样无数次堆着攒着已有的光，终于到了云破日出的时候，只需一秒，天就亮了。同伴小吴惊呼："太阳是我最后的一滴血——太阳的血染红了玫瑰——"小吴是我们几个同学中最有诗意的，而且喜欢普希金，喜欢大海，所以我们平常都叫他"普希金"，另外两个同学是摄影家，他们时蹲时站，选取最佳角度进行拍摄，大有不拍到最美日出不罢休的态势。

于我而言，登凤阳山赏日出已不是第一次了，但每一次都有新鲜的感觉，好像每一次的太阳都不是同一个太阳。是的，人们对太阳是熟悉的，每天的东升西落，成为人们生活最为重要的参照系，但又有几个人真正领略过太阳从地平线升起那一刻的美妙与动人？我屏住呼吸，目不转睛地盯着，耀眼的光芒直逼我的双眼，仿佛自己也似东坡居士般飘飘乎如遗世独立、羽化而登仙了。

好时光总是特别短暂，因同学公务在身，不能久留，吃过午饭，我们离开凤阳山，坐上了返城的车子。

路上，远方的朋友来电，说自己生活在喧闹的都市，感觉身心有些疲惫。我笑了，是啊，我亲爱的朋友，若是在某一个早晨，当你感到水泥丛林的沉沉压迫，想要深深地吸一口气的时候，不妨去访凤阳山，与之神遇，让全身心得到释放。

纯美大小天堂

吴向东

“上有天堂，下有苏杭。”意思是指天上天堂是最美的，人间的苏杭是最美的。其实真正的天堂到底有多美，并没有人知道，去了的都不再捎话回来；而苏杭之美却是有目共睹，不愧为“人间天堂”。

大天堂、小天堂是两座山，地处浙江省海拔最高的建制镇——龙泉市屏南镇。去过大小天堂，不说其他，就自然风光而言，或许你会觉得可以与苏杭一比，其纯天然的美景和具有一定的挑战性，已成为驴友们的向往之地。

伟兄去过大小天堂多次，应大家的吁求，5 月初的一个休息日，他带领我们一行 9 人，一大早就朝着大小天堂进发。

行车近 2 个小时，我们到了大小天堂脚下的屏南镇东山头村，老远就看见村庄水口一片枝叶繁茂、雄伟挺拔的江南油杉。这是一个有近 600 年历史的古村落，村庄干净整洁有序，全村 300 多口人，以梅姓为主，村口的农家乐民宿老板梅礼傲热情淳朴，向我们讲了一些山上的情况和注意事项。

从村口的梯田开始，我们一步一步往上走，一垄梯田走到尽头，穿过一片森林，翻过一个山坳，又是一垄梯田，走过梯田再转入森林，从这里开始，顺着山岗上行的路，越来越陡了。

我们沿着山路艰难地前行，到了海拔 1400 米的地方，森林逐渐从针叶林变成了原始的阔叶林，树枝上长满青苔，树下是厚厚的落叶。一条小溪在我们眼前流过，溪流叮咚、流水潺潺。越往上走，溪流愈加趋缓，落差越来越小，最后悄无声息地隐匿在了一片绿草丛中。这里海拔约 1600 米，大小天堂的第一处湿地到了。

眼前，是一个面积有上百亩大的盆地，四周的山峰已经显得不是很高，盆地里除了几株野梨树

迷绿湿地

那就站成并肩的树，共渺万里层云。

这亭子极好。干净而古意，意外地惊喜。
落日前看一下午的云。
清茶几杯。零食几许。
不着边际的聊天，和各自对白云的期许。
“唉呀，这云，果然是像各种各样的小动物。”
“我看这一朵就是个小美女，你看，那是长长的睫毛。”

山涧清泉

“我觉着就是各种形状的棉花糖，我还是最喜欢棉花糖。

行程里真的只有这一天晴。
却看到了落日。

“看哪，远山，一层，两层，三四层，五层，六层，七八层。”
坐在亭子里的你，日落时分的远山。
山行落日下绝壁，西望千山万山赤。

看到这毛毛虫一般的云层渐渐褪去，这白天的是月亮上来了吗?

没错，太阳离下山还很遥远，月亮却在此刻迫不及待上天。

传说常羲生了12个月亮女儿，每日给女儿洗浴打扮后，女儿就乘九凤拉的月亮车上天，每个女儿一年里上天一个月。我猜今天这个女儿是打扮得早了点，大概也打扮得比平日里更漂亮了些。女儿家的心思，都是差不多的。

日月同辉，心月同光。
这是凤阳山夜晚的月。
几颗星星伴着相皎洁。

谁的琵琶声起，那一首《明月千里寄相思》。
你安静地泡茶。
你静静地点燃一支香。
你静静地作画。
而蜘蛛，它刚好结了一张网。

我在瓯江源

叶菊华

老家在龙泉，这里是八百里瓯江的源头。

山清水秀是这里最主要的特色，最高的山峰是黄茅尖，海拔 1929 米，傲居江浙第一高峰，这里既有黄山的松，又有九寨的水，还有着与云贵高原相似的气候环境，蕴藏着各种珍稀动植物。老家就在山脚下，小时候就常在这连绵起伏的崇山峻岭间穿梭，吃着山珍异果，喝着山涧清泉，奔跑在各种动物常出没的小路上。记得那时候还小，不知道害怕，看那野猪在田畈里上窜下跳，黄麂在山坡悠闲自得，去自家菜地路上就常有乌梢蛇窜出，“咻”地一下，似乎有道黑色马鞭甩过，蛇皮就蜕在菜地里。人与动物共存，人与自然和谐共生。那时物质很贫乏，我却几乎天天吃的美味，什么高山田螺、冷水泥鳅，还有吃着稻花长大的田鱼，野生红菇、黄殿菇（学名称牛肝菌）、老鼠脚（一种野生菌）等等，都常常按季节放进我的菜篮里。而如今的城里人一口难求，有钱也没用。我那时喝的山泉竟然是瓯江源，以前上山或者赶路渴了就捧一把送到嘴里，那个解渴，简直胜过现在任何一款鲜啤和果汁。小时候，不知道这山有多高，水有啥名。第一次到山顶，看到了那里竖立的碑，看清了上面的字，知道这山到底有多高。而当我看到“瓯江源”这块碑的时候，还在想，这高山的泉水怎么就成了瓯江源，居然奔流到海不复回，我不禁心生疑惑又肃然起敬！

长大了，我就想去山外看看，沿着瓯江源来到城里，那是与山里完全不同的世界。涓涓细流已经汇成了龙泉溪，这是瓯江的上游。虽然一样喝着瓯江的水，城里的人是凭公家发的布票、粮票生活的，只有那瓯江水可以自由取舍。在城里读书，知道什么是山外有山，眼界开阔了。沿着江水，我看到了瓯江是如何由涓涓细流穿越万壑千山，跨过激流浅滩汇入大海的。那是一种一往无前、永不回头的精神，是由一股清流成为大海的一朵浪花的胸怀！

在城里读书，在城里生活，在城里成家，在城里交新朋友，在城里长见识！瓯江不仅孕育了明

秋染瓯江源

秀的山水，更蕴藏着丰富的人文历史！龙泉是著名的青瓷之都，龙泉青瓷早就沿着丝绸之路与世界接轨；同时也是著名的宝剑之邦，名扬世界；龙泉还是光荣的浙西南革命根据地，红色热土上孕育了伟大的浙西南革命精神。这里历史悠久，景色优美，物产丰富，人文荟萃！

八百里瓯江源远流长，我顺着江水一直往前走！但是我与江水不同的是，不管走多远都会回头看，我留恋故乡的山水，留恋家乡的亲人和风土人情，每到节假日，总有想回去看看的冲动！少小离家老大回，虽然没有离老家太远，但是由于工作、家务等原因，回去的次数并不太多。趁着中秋节假期，和家人回了一趟龙泉。清晨5点，家人还在熟睡，我已经起来了。天才蒙蒙亮，打开手机里的手电筒，往江边走去。记得春节回去的时候，从家里一直走出去就是瓯江的，可今天却走到工地里了。半年多时间，这里又大变了样，房子盖到后沙桥下面了，家门前矗立起万达广场，购物、休闲都很方便。江水悠悠，红日喷薄，两岸修筑了健康绿道，早起的市民已经在健身了！两天时间，家人相聚，在土菜馆吃着地道的家乡菜，实实在在地感受到家乡的味道。朋友邀约龙泉大酒店，这是龙泉最早、最高档的酒店，荷花塘前荷花依旧开。樟树下卖杨梅干的大妈后代已经开起了店铺，记得以前这里还有卖“油老鼠”（一种油炸小吃），每次经过都要买一个尝尝，那脆脆的香香的辣辣的味道真的很过瘾。经过龙泉大桥，先生和女婿聊起了这座桥的历史，现在连接两岸的桥已经好几座了，但龙泉人对这座桥情有独钟。

巍巍凤阳山

陈　华

凤阳山属武夷山山系，位于龙泉市境内，离城区 50 千米，与庆元县百山祖接壤，是正在创建的百山祖国家公园的核心区域。

凤阳山，原称凤凰山，清乾隆年间，山上兴建五显庙，因庙址地形如朝东南展翅欲飞的凤凰，寓丹凤朝阳之意，故五显庙又称“凤阳庙”，庙名逐渐取代山名，凤凰山遂称凤阳山。2000 年宋城集团又把其投资开发的猎户山庄周围一块叫龙泉山。主峰黄茅尖海拔 1929 米，为江浙最高峰，盛夏最高气温不超过 28℃的清凉天地，被植物学界称为“华东古老植物的摇篮”，是露天自然博物馆。其景致集高、险、幽于一体。

曾记得，第一次登上凤阳山是 1996 年 7 月底，那年我校初三年级毕业生升学考试成绩突出，学校为了嘉奖我们，让初三全体任课教师上凤阳山休养两天，于是，我带着 7 岁的儿子上了凤阳山。当时景区内没有观光车，登山全是羊肠小道，绝壁奇松和大峡谷等景点还没有开发，只是黄茅尖上竖了一块姜东舒老先生题写的“江浙第一高峰”的石碑而已。这天凌晨 4 点许，我们穿上长袖衣服，打着手电筒，从旅馆向黄茅尖出发，先穿过一段原始森林，然后顺着峻邈的山峰攀爬，随着高度的不断变化，沿途可感受常绿阔叶混交林、针叶混交林、高山矮曲林、山地灌丛等立体植物景观带的原始森林风貌。

儿子走了一段路后，就坐下了，由几个年轻老师轮流背着向上。当我们到达顶峰时，已有一批人在山顶了，他们是昨夜带着旅馆的棉被在顶峰过夜的。他们已在朝东方的坡上，选择了观日出的最佳位置，其中有一个是我上一届的学生，他把我儿子也裹到他们的棉被里，在静静地等候日出。一会儿，太阳像一个蛋黄状的红球从远山的后边徐徐探出，红晕渐渐地填满山谷，在顶峰眺望，整个山谷成了红色的海洋，等太阳冉冉升起，到一定的高度时，红晕变成光芒，远山又明晰起来，山

连绵起伏

谷间洁白的晨雾骤起，山谷隐没，眼前白浪无边，十分壮观。

“瓯江源”三个大字刻在茂林下的一块岩石上，八百里瓯江发源于此，林间丝丝泉水涌动，如油涓注汇成细流，经大片榅树林后融入凤阳湖。凤阳湖是高峡上的一个人工湖，碧水蓝天，山花树枝倩影倒映，国家级保护动物娃娃鱼在湖里摇头摆尾，湖边草甸，芦草丛生，秋日芦花摇曳，似领略草原风光，美不胜收。

时隔近 30 年，期间曾参加中考阅卷等三上凤阳山，都忙于公务。去年，凤阳山索道建成，客运缆车开通，当年内让龙泉籍民众免费乘坐一次。于是，我也去凑了个热闹，这已是我第五次登上凤阳山了。

从官埔垟坐上缆车，缆车虽与黄山等地的相似，但家乡的缆车就让人感觉特别亲切。下了缆车，我们搭上了景区的观光车在蜿蜒曲折的小马路上行驶，一会儿钻入原始森林，树枝遮天蔽日；一会儿转到山冈，天高云淡风轻，六月天都让人感到阵阵寒凉。我们先去绝壁奇松景区，从猎户山庄右边石砌小路徐行，沿途可见千仞绝壁，万棵苍松。栈道依壁临空，苍老的松树似乎插在悬崖峭壁上，在山风吹拂下，虬枝摇曳，仿佛在迎接我们。忽然一阵噗嗤声，两只老鹰惊飞，像飞机一样冲向云峰。尽管栈道外边有护栏，可人们还是很自然地靠岩边慢行，道旁的古松，形态各异，有的参天挺拔，有的扭头弯尾，经历了千年雨打雪压之后，坚硬如钢，铁皮状的树鳞重重叠叠。俯瞰峡谷，一片碧绿，薄雾飘浮，雄鹰滑翔。

向东南远眺，有一块巨石四面悬岩壁高百余米，像一个威武的将军，因而叫将军岩。耸立山峰俨然是将军在排兵布阵，万壑白云如猎猎战旗，四周簇拥着茂密的苍松，就像是将军麾下手握战戟的千军万马，近处低矮的群山像是山民捧着箪食壶浆，敬拜将军。

大峡谷景区里，茂密的树林把上空遮得严严实实，天空仿佛成了一线天，一帘瀑布从天而下，中间击石再成一折，形成百丈双折大瀑布。水击乱石，白沫飞溅，咆哮轰鸣，犹如叠水飞雪，巍巍壮观。谷底溪流激荡，素湍跳动，似欢快狂舞，七潭相连，若仙人斟酒，似北斗七星，故名七星潭。石上苔藓翠绿，树身植被包裹，湿漉漉、毛茸茸，好像千年都未干燥过，走在幽深的峡谷，浑身透凉，你会忘了这是炎炎夏日。

巍巍凤阳山，不仅有“难得净土”“天然氧吧”之美誉，是休闲度假、旅游避暑的好去处，更有她荣光的历史。

1937 年，中共浙西南特委（中共浙西南特别委员会的简称）和挺进师二纵在浙西南活动，二纵队在赵春和杨干凡带领下，5 月的一天，部队来到凤阳山，在凤阳庙宿营。部队住下后，立即在山头布置了岗哨。第二天清晨，与敌人交战，为保存实力，部队立即向西撤退，这时敌人已占据山头，居高临下，枪声大作，二纵队政治部主任杨干凡中弹倒下，鲜血淋漓，将身上手枪和一个装着部队给养的钱袋交给警卫班长后，永远长眠在这片美丽的土地上。

“绿水青山就是金山银山”，随着百山祖国家公园的创建，凤阳山那东南沿海最为原真完整的中亚热常绿阔叶林生态系统、香菇文化、青瓷文化等世界级文化遗产，将会得到最严格的生态保护，与全省“大花园”建设相衔接，与丽水生态产品价值实现机制试点相融合，届时凤阳山将会更美。

四上凤阳山

廖林进

无论是去凤阳山摄影采风还是游玩，对于我来说究竟去了多少次，我已渐渐模糊，但在我的记忆中有四次前往凤阳山的印象是非常深刻的，难以忘怀。

我清晰地记得第一次去凤阳山是40多年前的1981年，我参加工作不久，有一次去参加县会计学会在凤阳山自然保护区召开的理事会，因是第一次去凤阳山，对凤阳山充满了好奇和期待，可是好不容易来到山上之后，并非我想象中的那样美好，作为凤阳山自然保护区只有一幢简陋的楼房，孤零零地建在山腰上，工作人员也非常稀少。当住进招待所后，里面只有简单的摆设，而房间里非常潮湿，非常冷清。我们开会的场所也简单朴素。走出房间，一片寂静，四处都是树木，只有风声和鸟声响彻耳边，除了同行的人员外，难见他人，新鲜感过后，有一种寂寞和苍凉的感觉。而去远处走走，尽是崎岖小路，有些景点路途遥远，也难于行走，只能在附近转转，感觉没有什么收获。开会结束时我们还在保护区门口留下一张合影照，至今我还珍藏着，不管怎样，它成为我首次去凤阳山的一份记忆。

当我第二次去凤阳山时，已过去两年，那年我所在单位共青团举办“五·四青年节”攀登凤阳山最高峰活动，我与单位的10多位青年人又一次来到凤阳山，我们是从现在的景区大门外附近公路旁边的一条小路开始爬山的，这是一条狭窄而崎岖的山路，说它是路，实际上它是由山上冲流下来的雨水而形成的水沟，只不过走的人多了成了一条小路，整段路程又陡又窄，前面的人不注意，如果踩到松散的石头就会滚下来，整个爬山过程充满了艰辛和危险，历经一个多小时，我们才爬到主峰黄茅尖。我们在山上稍作休息后，便顺着山顶上的小路往瓯江源方向走，走完全程山路，花了4个多小时。如果当时没有强壮的体力和毅力，在这样的路况下走完全程是非常困难的。到了下午4点多，我们结束了这次攀登最高峰的活动。而在回城的路上回想起来让人揪心，我们去凤阳山是坐

凤阳尖风光

着单位的大货车去的，上山时大家有说有笑也没有觉得什么，可是下山时，坐在高大的货车上，看到汽车行驶在狭窄和陡峭的公路上，下面是深不见底的沟壑，自然产生一种忐忑不安的感觉，整个过程充满了紧张和危险感。汽车行驶在沙石公路上，不断扬起的灰尘，让人的眼睛都睁不开，回到家中，头发也是白白的，骤然像个小老头，全身都是泥尘。

第三次去凤阳山已是事隔多年。21 世纪开始，宋城集团开始对凤阳山投资，开发了龙泉山景区，记得大约是在 2005 年前后龙泉山景区建成将要对外营业，在开园之前，受在龙泉山景区工作的校友盛情邀请，我与几位同学一起去凤阳山景区游玩。当我们来到经过上亿元打造的龙泉山景区时，首次住进了新建并有着异域风情的猎户山庄，让人有耳目一新的感觉。景区还建起了绝壁奇松、黄茅尖、瓯江源、龙泉大峡谷、七星潭五大景点。通往各大景点的道路全部用石条铺就而成，适合游走，经过开发后的凤阳山面貌焕然一新。我们在绝壁奇松赏松，在瓯江源头寻源，在七星潭观瀑，在江南之巅体验“一览众山小”的感觉，这次成了我们去凤阳山的难忘之旅。这次凤阳山之行，让

我感觉到这里散发着旅游开发所带来新气象，经过打造的新景区更让人喜爱和留恋。我被山上的原始森林风貌，奇松异石，深潭飞瀑遍布，谷幽泉清，茂林蔽日，绮丽的风光所吸引，加深了对凤阳山的认知与感情。

我第四次来到凤阳山是2018年的11月，那年“2019丽水摄影大展《诗画龙泉杯瓯江行》”由丽水市委宣传部与龙泉市委宣传部共同承办，市政府邀请许多知名摄影家来凤阳山进行创作活动，我有幸与众多的摄影家一起，前往凤阳山采风，这次上山让我感受最大的变化就是交通的快速和便捷，从大赛村到粗坑村的进山扩建公路已全部修建完工，车速明显提高，道路更加顺畅。车子到达半山腰的缆车站后，坐上高空缆车直接到达山上。当我坐在通往山上的缆车，在宽大的缆车窗口欣赏到远处重峦叠嶂、连绵起伏的山脉和脚下深不可测的无限风光时，兴奋与惊奇难以言表。经过十来分钟就来到凤阳山上缆车站，等候我们的小车很快就将我们送到山上的猎户山庄。

“山也还是那座山哟，梁也还是那道梁”，这4次凤阳山之行，让我深深地感受到，经过短短几十年的发展，凤阳山不再是之前的凤阳山了，特别是改革开放以来凤阳山的保护和利用驶入了快车道，通往凤阳山各大景区的道路和缆车及去各大景点的游步道等基础设施已全部建成并日臻完善，旅游接待水平不断提升，大大方便了人们去凤阳山旅游、探险和林业考察。而凤阳山管理处早已从40年前的老房子搬进了现代化的办公楼，配备了专业的执法队伍和管理人员。今非昔比，无论它的硬件和软件都得到很大的提升。凤阳山自然保护区紧跟时代发展，跨进了国家公园时代。近两年来龙泉市加大了龙泉山景区的投入，其有了更好的发展机遇，强劲的发展动力。而凤阳山保护区被列入“钱江源　百山祖国家公园”之后，人们有理由相信，凤阳山的保护与开发利用将迎来历史上最好的时期。

再上凤阳山

刘小珍

再上凤阳山，已是10年后的今天，行至官埔垟粗坑村便可以直接坐缆车上山，乘上接应的中巴车，不消20分钟就可到达凤阳山山脚的猎户山庄。索道缆车的营运，大大减轻了蜿蜒曲折的盘山公路所带来的路途困扰，给往来的旅客提供了很大的便利。

深秋10月的一天，我们根据疗休养行程安排有了这趟凤阳山之旅。天气预报中的小雨天气，我们出发了，天公作美，没有预料中的细雨绵绵，空气倒是格外清新洁净。

提议登黄茅尖的几个同事沿着石阶拾级而上。山间石涧清泉潺潺，灌木错落有致，鸟鸣山更幽，空气清新，令人神清气爽。"到了"随着一声欢呼，眼前豁然开朗，这里是大片高山草甸，当代著名书法家姜东舒题写的"江浙第一高峰"的石碑就矗立在峰顶。举目四顾，"一览众山小"，此时才能真切体会登上江浙第一峰"不畏浮云遮望眼，只缘身在最高层"的心境。这里是观日出日落，饱赏云海雾凇的最佳地点——可惜当天云雾笼罩，视线不佳。这里的小矮松三三两两，根植于灌丛之间、岩壁两旁。波叶红果这里一簇那边一丛，偶尔还见到几株开在深秋时节的映山红（杜鹃），红艳艳地绽放，分外惹眼。

沿着山坡向下走，行至近山脚，夹道两旁一排排挺拔高耸黄棕色的杉柏林吸引了我们的眼球，这就是由上千棵宝塔形柳杉组成的“塔杉林”，眼前犹如油画的色调和意境让我们不约而同地停下脚步，踩在积着厚厚一层黄褐色柳杉的落叶上，发出窸窸窣窣的声响，镜头摄下的是一张张陶醉的笑脸。

再往下已行至黄茅尖的山脚，眼前是一条平坦的羊肠小道，往深处探访就是“瓯江源”这一站了。沿着小道往里走是好大的一片草甸，踩在上面不断渗出水来，这富含水源的湿地也是瓯江源头的一角了。正是秋时，满眼枯黄的芦苇摇曳在夕阳的晚风里别有一番意境，偶有三两只不知名的小鸟雀在芦苇丛里欢唱跳跃，我不敢把此景与大草原“风吹草低见牛羊”的壮阔相提并论，但大山深谷中的这一方草甸芦苇的确唯美得让人惊叹不已。

耳畔响起汩汩细流、涓涓小溪的“叮咚”声。眼前是两块大石头，正面的石头上刻着“瓯江源”几个字。清澈见底一米见宽的小溪近旁是几株老树，树身枝丫上扎满了一根根寄托祈愿的红布条，这里便是瓯江最起始的地方了。折返沿着平缓的小径往回走，那一潭如翡翠镶嵌在山谷间的碧水天池，就是高山湖泊——凤阳湖。惊叹于大自然的鬼斧神工，湖泊明镜似的，清澈见底，四围的山峰丛林和头顶的蓝天白云掩映在水里，袅袅婀娜美轮美奂。我们来到坝前，侍弄着镜头，摄下一幅幅优美的画卷。

坐上返途的游览观光车，行驶在山间小道上。但见山峦叠嶂，云雾缭绕，云雾时而浓密，时而消散疏稀，像披着一层薄纱的女子，清朗而俊俏。

从登山入口到返回猎户山庄，我们用时两个半小时，沿途赏景拍照，留下了我们一路的欢声笑语。

凤阳山之行有登顶黄茅尖一览众山小的阔达；有行径秋色满怀让人陶醉的塔杉林；有涓涓细流、汩汩清泉铸就了八百里瓯江的瓯江源；有似翡翠镶嵌于山谷间的凤阳湖；有云雾缭绕，犹如仙境般的雾海雪松和峰峦；当然还有景色奇雄幽丽的大峡谷和绝壁奇松等景观；有种类繁多的珍稀动植物和菌类……这座大自然赐予人类的宝藏正等着我们不断去探索和体验。

雾锁初阳

凤阳山的水

邓小萌

秋风萧瑟，一阵阵摇曳着凤阳山的草丛。酥雨飘洒，像抖筛一样抖到森林和草甸里。老死的柳杉横卧着，枯枝高高翘起指向古老的深山。凤阳山由武夷山山脉北部余脉延伸而成，其最高峰黄茅尖拔地而起，高 1929 米，人称“浙江屋脊”。沿着一条蜿蜒的山路攀登，可至黄茅尖顶峰。于绝顶俯瞰，千山万壑一览无余，小溪、河流奔腾不息。

凤阳山的水多姿多彩，与大山为伴，顽皮地舞动着她不一般的样子。水在季节的变换中形态不同，时而如同琼液，时而升腾雯华，时而可琢白玉。水在嶙峋奇崛的山野尽显千姿百态。杜鹃谷杜鹃成荫，溪水潺潺，九曲八弯，跌宕有致。一路跌落梯阶式的瀑布，在银色月光的映衬下恰似飞雪，好一个“叠水飞雪”钟秀之地。落差极大的凤阳大峡谷，瀑潭相缀，称谓“七星潭”，七个深潭状似北斗，乃天工造作。叠水飞雪、七星潭、双折瀑、凤阳湖……在山与水的轻歌曼舞中，构成一幅幅山奇水秀的画卷。

在深山，处处都能感受到水的存在。她在泥土中，在草甸里，在石缝间，在苍老的树根里，每时每刻滋润着这片山野，孕育着天然万物，也造就了山灵、峰秀、林幽、水媚的天然隽美。而水却是那样的低调，没有一点自满骄傲的样子，总是躲躲藏藏，在被森林掩盖处往低行走，只有她发出潺潺之声时，人们才可以寻找到她的优美身姿。

秋来虽显肃杀，山野倒是绚烂多彩。浅紫色的花瓣被催为纯白色，花蕊也霜化为焦黄色。风摇曳着绵绵细雨，浸湿树下松软的落叶，浸透人们脚下的土路，钻进深深的岩缝里，被树吸收到根部，整座大山储藏着涌动的水脉。水脉涓涓，将深壑变宽变深；湖上水伴着草甸尽显秋天的颜色；羸弱的深谷溪流，往低处流淌，哗哗哗，飞溅在石缝里，又携走石缝里的细水，水流一股一股，往大山深处奔流。树木覆盖了峡谷，郁郁葱葱，几棵硕大的红枫从绿野中喷涌而出，丹叶逸飞。不远处，乔木高耸，峡谷狭长，幽深陡峭，可闻瀑布轰轰的奔泻声。这双折瀑，峡流飞珠，它的水源自于龙渊峡，这竟然是瓯江的源头之一，浩浩荡荡的瓯江，从这里开始起步。溪水漂浮着枯黄的、深褐色的落叶顺流而下，将山谷里苍老岁月的色彩送向远方。

瑞垟水库

水淋淋的凤阳山，沟壑纵横，水系发达，在瓯江流域谓之“八方源头”，而其源流最长当属凤阳山东南隅的百山祖锅帽尖西北麓，堪称八百里瓯江的正源头。正源头纤细不绝的水脉缓缓地从山涧跳跃着经过南溪村，带领着众小支流奔向梅溪，梅溪为龙泉溪主干流。均溪也不甘落后，源出老虎岙，蜿蜒跌宕。大赛溪从黄茅尖北麓起步到五梅垟与均溪融为一体，称之豫樟溪。豫樟溪在豫樟口与龙泉溪汇合。而流迳以东的黄湖巷发源于凤阳山黄风垟尖南麓，她从不同的方向引领黄谢圩溪、梅七溪往景宁英川溪、小溪流淌。“八方源头”如同天真无邪的孩子，以不同路径寻找她们的母亲瓯江而去。

深山的水纤纤细丝，却汇聚成了一条大河，这条名叫瓯江的大河，滋养了无数个乡村和城市。人们对深山的水一往情深，总想把水挽留下来。但河流还是一如既往向东流去，她的归宿是龙泉溪，是小溪，是大溪，是瓯江，是大海，那里有属于她的爱情，属于她的事业。人们无法挽留住河流，于是就在深山里建立无数个大坝，筑起众多的人工湖。

越来越多的水汇聚起来，在深山里形成了一个颇为壮观的湖，这个湖有一个典雅而富有诗意的名字——凤阳湖。站在湖边，但见湖水澄碧，褶皱的波纹被风掀起，如铺在水面的一张纹纱荡漾着。该湖是凤阳山上一处高原湖泊，在一个狭长峡谷伸长开来。湿地上，茅草遍野铺开，成了茅花浮荡的草甸。高大的塔杉林在湖边站立，松软的树叶堆积满地，霜染的树叶把整个山谷分出了色别。

深山里的湖，是大地的眼睛，望着天空，也望着我们。

人们还在凤阳山脚下的梅溪、大赛溪、均溪、梅七溪、双溪等筑起众多水库，可防洪，可供水，可发电，可水域养殖，可让人观景，可调节生态——成就了事业。她们把春天、夏天的水，给了秋天和冬天。

深山的水，不停地流动着，去寻找她的母亲，去寻找她的爱情和理想。

凤阳山魂

寡水清汤

凤阳山，地处龙泉市境内，地质古老，地形复杂，群峰峥嵘，峡谷峻峭，沟壑交错，主峰黄茅尖海拔 1929 米，为江浙第一高峰。

凤阳山自然保护区建立以后，尤其是近年进行旅游开发后，这里的浙江顶峰、十里笼翠、瓯江之源、绝壁奇松、高山草甸、龙泉峡谷等百余处景点，巍峰怪树，珍禽异兽，幽谷清泉，蔽日茂林，漫山杜鹃，遍地奇草，不知使多少旅游者流连忘返。

然而，令我怦然心动的，不是那云蒸霞蔚的百里杜鹃，不是那冰雕玉琢的高山雾凇，而是绝壁奇松景区，那两棵毫不起眼的小树。

在我的眼里，凤阳山景随季节而变的风光，显得太急功近利了，总想粘一点花香在游人衣襟，以四处炫耀它们的美丽。

在我的眼里，唯有绝壁上那两棵松柏——世界中的孤傲天使，才是不可思议的生命赞歌，才是震撼人心的力量象征，才是凤阳山的灵魂！

那是 2008 年 11 月初，我初上凤阳山。深秋葱茏而寂静的南方森林，造型怪异的古树枯藤，初露峥嵘的丛丛红叶，给予我的是一种似曾相识的感觉。行走在林间，似乎有点遗憾。

忽然，我眼前一亮：一棵粗如碗口的松树，和一棵与胳膊相仿的柏树竟然挺立在光秃秃的、刀削斧劈般陡峭的绝壁上！

我紧走两步，忘乎所以地“啊”了一声：这是怎样的树啊！树冠稀疏，枝干瘦弱，伤痕累累的树根却是异样粗壮，那样霸气十足，像一条盘龙，逶逶迤迤，把陡崖上一条深不见底的石缝塞得满满当当。

这里怎么会长树？这里没有肥沃的土壤，没有丰足的水分，没有宽展的空间。年复一年，日复一日，一下一上，松和柏相守相望，她们短而细，稀而少的针形叶片竟然也是绿得那样逼人眼帘！她们以羸弱而苍老的身姿，庄严含蓄而又明白无误地向世人表达了她们坚贞不屈的意志！

人类是可以选择自己喜欢的地方居住、工作的，飞鸟是可以选择良木筑巢栖息的，走兽也是可以选择合适的环境繁衍生息的，游鱼也是可以选择洋流迁徙繁育的，唯独你们，松柏呀松柏，为什么要扎根在这么贫瘠的环境里？

由于是在云和县开完一个会议后，临时决定游凤阳山的，连相机都没带，只能跟着导游走马观花般匆匆过栈道、下峡谷，别说细品绝壁松柏的高尚情操，就连带一张像样的图片回去的心愿都不可能实现，因此，二上凤阳山，从此成了我的期盼。

绝壁奇松

2009 年 3 月，我终于能够从容地伫立在这顽强的松柏跟前，久久地凝视，细细地品味。你看哪，松柏粗壮坚韧的根系，你缠我绕，紧紧拥抱着穿行在坚硬的崖石缝隙之间，并不需要肥厚的土壤和丰足的水分，只要头顶上有一片蓝天，只要头顶上有一缕阳光，她们就能傲然挺立崖头，焕发出蓬勃的生机，绽放出生命的辉煌！这，难道不是对“只要有一线希望，就要尽百分之百的努力”的最好诠释吗？

我曾一度不解，她们为什么要扎根千仞绝壁上贫瘠的石缝间，而不移居到陡崖下松软肥美的土地上。今天终于醒悟，她们是不会搬家的。她们生来不是为了享乐，而是为了追求一种境界，展示一种精神。她们是不食人间烟火的，所以不屑与寻常人、寻常事、寻常物为伍。

因为，她们是凤阳山之魂！

她们团结一心，绝处求生，风格是那么的高尚，思想是那么的纯洁，意志是那么的坚定，精神是那么的勇敢。

是的，她们是生命力的象征，她们是凤阳山的灵魂！

瓯江源，歌谣一般美

月无眠

记得曾经吟唱的一首歌谣：

那里四季常青，

那里鸟语花香，

那里没有痛苦，

那里没有忧伤，

那里是神仙居住的地方……

瓯江源，歌谣一般美丽的地方。

虽然凤阳山我曾到过不下五六次，但总是把瓯江源给遗漏了。也许正因为一次次地来，一次次地失之交臂，对心仪已久的景色更加向往，她的灵秀已多次占据着我的梦境。

探访瓯江源是在一个5月天，车子从绿野山庄出发在蜿蜒逶迤的盘山公路上迂回，行驶约4千米的路程，便到达被称作小天池的凤阳湖，这时迎接我们的是满眼的湖光山色，我的心境倏地开阔起来。

映入眼帘的是一池碧水，凤阳湖恰似一块凝固的玉，又似一面平滑的镜，被周围的青山簇拥着，湛蓝、纯净、幽深而神秘。湖面上云雾缭绕，水气氤氲，令人如同置身仙境。群山倒映在清澈深邃的湖水中，寂静的湖水，没有一丝嘈杂，只有偶尔几声鸟鸣，和着湖水拍打岸边的声音。在这绝妙的佳境里，人像是跌落在画中，愉悦人的不仅是眼睛，还包括心灵和身体。掬一捧清澈的湖水于脸上，濯足于清水之中，享受都市里没有的那份清澈，享受“一泓清沁尘无染，万颗珠玑影自圆”的出尘世界。

湖畔的水边开着各色的花朵，细细小小的，点缀在如茵的绿草间。空气里饱含着水气的湿润，鼻子也闻到空气湿润的清新。满眼都是碧绿的湖水、苍翠的山林、湛蓝的天空。这清纯世界，没有一屑尘埃。

穿过凤阳湖是一片塔杉林，林内塔杉姿态优美，连片成林，它们与其他的花草树木参差错落地

山清水秀

凤阳山之风

风似乎是凤阳山的代名词，因为它几乎每时每刻都伴随着凤阳山。凤阳山很少有没风的时候，风让凤阳山的松更奇，让凤阳山的天更清，风也让来凤阳山的人感到更多、更多的意外。

凤阳山春天的风总是带给你一阵阵的清新和爽意。它是那么的湿润，它又是那么的温柔，徐徐吹来，夹带着你肉眼难以看清的小水珠。轻轻地拂过你的脸颊，那一阵阵的冰凉，总让你倍感精神。而在风中摇曳的满眼翠绿，则更是让你心神怡然。在春天的风中，那林间各种知名的不知名的小鸟，似乎与你拥有一样的心情，只是它们更外露一些，更显得无拘无束罢了，在枝丫间的欢跳和尽情地展现自己的歌喉向同伴求欢，是人难以做到的，但你可以在其中感受它们的快乐，它们绝不会因此而有所顾忌。

夏天的风是每个到凤阳山的人所祈求的。夏天的风也是凤阳山回报人们的一种最美好的礼物之一。炎炎盛夏，当你驱车进入凤阳山，迎面而来的风就是凤阳山送给你的最亲切的问候。它让你溽暑顿消，通身舒爽。特别是夏日的傍晚，当你漫步在那林间的路上，阵阵清风徐徐吹来，使你真正感受到自然风的无限魅力。而满目的杜鹃在风中争相斗艳，更是让你流连忘返。若不是眼前越来越暗的光线和同伴们的提醒，也许你将会沉醉于这夏日的风之中。

秋天的风经常伴随着阵雨，仿佛是要把整个凤阳山梳洗个透。那树上枯枝枯叶在风和雨的夹击下，被无情地折入大地，那年初新长的嫩枝也被风折向了它该向往的方向。一切都是那么的自然。经过风和雨的修整，那林更显得层次多样，林间的空气也更显得清新。而风那巧夺天工的手法，雕凿出的天然之作则使你不禁为之所感叹。伫立在秋风中的你，更被这大自然的无比魅力所折服，而那林间树上的一片片红的、黄的、绿的叶子在风中欢舞，既让你感受到秋风扫落叶之势，又让你领略到自然的无限柔情。

冬天的风总让你有些怯步，它是那么的刺骨，又是那么的不可一世，它总是经常夹着雪花毫不留情地向你击来，而雪天的凤阳山又是那么的迷人，那么的让你向往。那洁白的雪，那晶莹剔透的雾凇，那成片成林的冰柱，那玉带般的冰瀑，无不激起你与这不可一世的风去抗击一下的欲望。来到凤阳山，这似乎比你想象的还要狂妄，还要猛烈，而眼前的景象却困不住你亲近它们的脚步。猛然间，雪天征服黄茅尖的念头跃进了脑海，束紧衣服，系紧鞋带，茫茫中，又多了一个小黑点。向圣洁的江浙第一高峰迈进。越接近山顶，雪也下得更大，风也吹得更烈，风夹着雪花直击脸颊，带给你阵阵生痛。不觉间，小黑点变成了小白点，就连眉毛也成了白色的。而肆意的风总想阻止你的脚步，有时还无情地卷起地上的雪花向你扑面而来，而山顶已进入你的视线，奋力向上，征服自然的雄心壮志再一次使你迈开那沉重的步履，顶住前进的阻力，迎着不可一世的风，实现自己的愿望。到了山顶，风雪也小了，也许它已感到阻止不了你前进的步履，山顶上的云雾也开了，刚刚还被云雾深深笼罩的群山依次显露出来，白茫茫的一片，此时，“会当凌绝顶，一览众山小”用在这里最贴切不过了。站在山顶上的你，不禁感慨万千——人生不就是像这风一样，有春日之风的温柔，有夏日之风的清新，有秋日之风的成就，有冬日之风的狂击吗？

凤阳山的风不仅带给你春夏秋冬不同的感受，更能让你明白人生的哲理。感受生活，体验生活，就让凤阳山的风来告诉你这一切吧！

摄　日

不知觉地，来凤阳山工作已有十个年头了，但由于各种原因，也包括自己天生的惰性，我却从来也没有起早去凤阳山的高山之巅体验日出。这次，由于浙江省林业局组织《绿色浙江》的摄影比赛，由龙泉市林业局组织的参赛小组到凤阳山进行采风，管理处领导令我陪同，我便有幸感受到了凤阳山的日出之美。

为了能及时赶赴山顶。凌晨3点，我和参赛小组成员们都已经起床，打点行装，兴冲冲地驾车去计划拍摄的地

峡谷之春

点——凤阳尖。一路上，雪还没有融化，很多地方都结着冰。经过几番折腾，我们终于到了凤阳尖山岙处，停车下来。距目的地还有 1.5 千米的山路需要我们征服。天上的星星已逐渐隐去，只有启明星还亮着，在它的冷光下，我们手持电筒，肩扛相机，从山岙处沿山路直上凤阳尖。

到了山顶，启明星也消失了，四周静得出奇，一时间只听到大伙的呼吸声和匆忙找寻拍摄位置的脚步声及架设相机的声音。几分钟后，一切准备就绪，大伙就立等日出的刹那。虽然是隆冬时节，没霜，也没风，兴奋异常的我们一点也不觉得冷。不一会儿，东边的天空渐渐地亮了起来，云霞的色彩也慢慢地浓了，风也一阵阵地吹过来，带来了一股股冷意，大伙马上各就各位地等待抢拍最佳日出的镜头。随着亮光不断增强，山那边的云海也越来越清晰地展现在我们面前。那云海时而缓慢北移，时而上下翻滚，时而沿峰面一泄而下，既像马群凌晨在奔跑、嬉戏，又像浪花在波动、翻涌。刹那间，随着那万道霞光涌入眼中，随即领悟的我下意识地按下了快门。山顶上，闪光灯在不停地闪烁着，远处的山岙中，太阳慢慢地露出了脸，东方红了，整个天空红了，我们的四周也染成了红色。

在晨露中沐浴着这初升的太阳，使我忘乎所以，山顶上的草尖不停地闪烁着太阳的反射光，仿佛就像成千成万的小太阳落在我的四周，眼前近处的薄雾渐渐地升了起来，沿着山岙徐徐流动，使那晨光中的山峦无比娇媚。远处的云海却是更亮、更白了，隐隐山峰在茫茫云海中忽隐忽现，更使其表现出无比的波澜壮阔。在阳光和云海的衬托之下，那一束束霞光在云隙间直泄到山峦之间，使那重重山峦更富有一种无与伦比的层次感……

随着太阳的不断升高，云海渐渐散去，我也在种种暇想中醒了过来。这才知自己并没有按几次快门，来时想尽可能多拍几张照片，记录一下日出的全过程，这计划在此次算是错失了。但这次日出的整个过程却已在我的脑海中深深地印了下来，回想刚才那一个个瞬间，我深刻领略到凤阳山的日出之美，我也更加理解那一拨拨观光者不远千里来凤阳山观看日出的心情。清醒过来的我不免又被再次感动：人生应该多几次这样的体验，让我们的心情更加舒畅，让我们的生活更富有情趣……

雾　雨

许是山高的原因，雾也就比别处多了、浓了。雾一来，仿佛就像是丝一般的雨，柔柔的、绵绵的、无声无息地罩在你的周围，姑且就把它叫作雾雨吧！

凤阳山的春天是雾雨最多的时节，一来就是十天半月的。住在山里，只要你一推开门，就会发现朦胧中眼前那隐约可见的几棵树都湿了，而且苍翠欲滴。山峦都深藏在霭霭雾中，时而白茫茫一片，时而山峰隐隐，时而现出粉绿的松针，时而又见娇丽的杜鹃，仿佛在展现那一幅幅多姿多彩的水墨画。

走到门外去感受一下，那种冷冷的冰凉，特别的醒人耳目。似乎你自己也像是刚从冬眠中醒来，心中总有一种蠢蠢欲动的感觉。有时，更想大吼几声，可四周又是那样的寂静，又使你不忍打破这种祥和的宁静，静似乎更能给人别样的感受。

在这雾雨中慢慢地走着，雾雨会淋湿你的头发，额上的几缕发丝紧贴在你的额前，雨滴顺着它们一直滑到下巴，那种凉意，更沁人心脾。走在雾雨中的你，使静静的画面里有了动感，有了动感的画就活了，渐渐地，你会不知怎么走法、更不能确定自己是走入画中还是走出画去……反正，头发湿了，衣服湿了，鞋子也湿了……

雾雨太细、太绵，若有若无，烟岚太浓、太厚，时而又起、又落。黑暗总是如期而来，雾雨依旧是细而绵密，无声无息，那雨中偶尔一两声小鸟的鸣叫却更加动听。“雨洗潸潸来，风吹寂寂远，青山明媚，新华光景，苍翠总在雾雨中……”此刻，凌拂先生的词是那么的让你贴近。

雾雨依旧顾自落着，沐浴着群山，沐浴着你，沐浴着周围的一切，让你在一阵阵冰凉中感到它的存在，它的妩媚。

雾中的凤阳山

董国强

六月初，正值雨季。来凤阳山已有几天，几乎天天下雨，时下时停，时雨时雾。雾气笼罩的凤阳山，看不清模样，只听见山涧泉声轰鸣，松涛阵阵，正如一位美丽的少女，蒙着面纱，看不清她的眉目，只能看到她俊秀的轮廓，听到她均匀的呼吸。

吃过早饭，我冒着细雨，迎着弥散的雾气，踏上湿漉漉的石阶，来到了绝壁奇松景区。这里到处是悬崖绝壁，壁岩之中，千姿百态的奇松在雾气中迎风舒展，悬崖和奇松几乎天衣无缝地连成一个整体，那奇松的根，盘根错节地伸进岩崖；那奇松的枝叶，从崖间伸向远方，随风带雾翩翩起舞。雾起时而在松间穿行，只能隐约看见一团团松影，当雾散去，顿时显露的青松英姿，凌空向人招手。悬崖对面的群峰，隔山和奇松相望。雨后，雾气在山腰聚集成云，随风飘动，变化万端。奇松在烟雾和白云的映衬下，更显挺拔脱俗，神情隽秀，既有黄山松的灵秀，又有凤阳奇松独有的风韵。在悬崖绝壁的奇松下面，古杉耸立，万木葱郁。绿叶在雨雾的冲洗和浸润下格外鲜活碧翠，生机勃发。雨后的山泉从壁涧喷泻而下，发出震耳的轰响，在山谷久久回荡。

沿着山谷的溪泉飞瀑向上走，是凤阳山有名的大峡谷和七星潭景区。在雨雾的蒙罩下，大峡谷深不见底，只听见谷底发出阵阵巨响，雨珠在万丈悬崖上倒挂成水线。透过崖边小路上的古杉和被雨水浸透的丛林，雾气像一块巨大的幕布轻轻拉开，对面悬崖上的龙泉瀑呈现在了我的面前。只见万丈瀑布直泻而下，像一匹白练从天而降，挂在悬崖上，其气势锐不可挡，蔚为大观。飞溅的水珠像断线的万颗珍珠，击打着山石，又不断变化出数不清的更小的珍珠，落入深潭。瀑布下的潭水清澈见底，碧绿如玉。雾气不时光顾潭面，像温泉的热气，慢慢地向上升腾，飘入山涧。七星潭隐藏在浓郁的密林山涧，雾气和雨水弥漫着周围的山林。一路的台阶上长满了薄薄的青苔，踩上去滑溜溜的，一不小心就会摔倒。

雾锁炉岙

游凤阳山必到黄茅尖。黄茅尖是凤阳山的主峰，海拔 1929 米，是江浙第一高峰。在雨雾中游黄茅尖，别有一番韵味。在黄茅尖的入口处，有木建的山门。进入山门，山路弯弯，草木葱郁，古松错落，泉声轰鸣震撼山涧。在雾中穿越山中的茂密林带，只见密林中的树，因为特有的高山湿润气候，都穿上了一身绿苔青衣。雾气笼罩着山林，泉水冲洗着山石。在绿叶丛林中，一两枝鲜红的杜鹃花在雨露的妆点下，格外鲜艳夺目。树上的雨珠在阵阵山风吹拂下，不时落在我的脸上，冰凉透心又清爽提神。我打着雨伞，迎着弥漫的雨雾，慢慢前行。山林中雾气濛濛，细雨如丝，静寂中透着一种神秘的气氛。面对眼前迷雾朦胧的原始森林，我仿佛置身于世外桃源，又像是来到了人间绝境。在冥想中，山溪的泉水声和着树上的鸟鸣声打破了静寂而有点沉郁的山林。在茂密森林的遮盖下，湿漉漉的石阶小路沿着山泉的流水，弯弯曲曲地向山顶延伸。快到山顶时，路旁的木制标牌提示：此处已是海拔 1900 米。这时，山泉声渐渐远去，浓郁的密林已在身后，只见前面山势开阔，树木低矮，草木稀疏，偶有裸露的岩石静静地蹲在一旁。突然，我的眼前一亮，只见漫山遍野盛开着鲜红的杜鹃，像许多插在山顶的红旗，在含雾带雨的山风中独占风姿。雨雾中，一块刻有“江浙第一高峰”的巨碑，赫然屹立在山顶。

站在海拔 1929 米的江浙第一高峰举目四望，我仿佛置身在云雾中的天界，天风带着雾气，将我完全溶化在其中了。雾气茫茫之中，我蓦地看清了凤阳山清秀的眉目。

秋天凤阳山

牧闲斋主

在凤阳的时候，刚好是秋去冬来之时，满山的红叶让视线在色彩的眩耀之中感受着如梦的秋。

凤阳山是浙江的第一高山，也是瓯江的源头，在很多人的印象中，凤阳是只知其名而不知其妙之处，倒是龙泉这个地方的名声要远远超过凤阳山。凤阳山在龙泉的境内，龙泉却是因为瓷器和宝剑而名传天下，在略知中国历史的旅行者中间，几乎很少有人不知道龙泉宝剑和龙泉青瓷的美名。而浙江第一高峰的凤阳山站立在龙泉的群山之巅，又让人有了耳目一新的认识。

走在凤阳记忆的残秋，红叶是视线里最奢侈的植物，满山遍野以一种恣意的放松，在群山之中让人享受着自然的梦呓，秋的日子因为那份红、黄、绿夹杂的情感，而让我的记忆更加清晰起来。“我见青山多妩媚，料青山、见我应如是。”古人的诗情画意一下就映现在脑海中，红树满山也因了秋的日子、秋的回忆，在山野空静和落寂之中所组成的时空感受，让人对这山、这云有了点醉意的漫想。

虽然在爬最高峰黄茅尖的时候，伴随着的是凄风的冷冽，但酷冷阴寒阻挡不了我爬上高山之巅的信心，尽管那份风吼雾冰的严寒，使我对凤阳绝顶的记忆是永生难忘，但是严寒之中的等待和期盼，以及红日东升时的激动还是值得欣慰的，云天之上，群海之畔，对生活、对生命、对自然、对人生的赞许、想象、渴望因为辉煌日出的相拥，而变得对日子的珍视和感动，说不上泪流满面，也过了忘情激动的年龄，但是苦盼之中的热望，冰寒之后的温暖，却是一笔记忆里不能忘掉的财富。

北宋词人程垓有“不怕逢花瘦，只愁怕、老来风味。待繁红乱处，留云借月，也须拚醉。”说的

绿谷秋意

倒是很合我对凤阳的感受。

红山、秋树、浮云、日出、卓间、原始组成了所有对凤阳山美好的记忆，尽管山高路陡，尽管行路艰难，但酷爱户外、热爱自然的心，因为凤阳的美艳而永远定格在此行的回忆之中，让秋梦入诗成行。

凤阳山是国家级自然保护区，谷幽泉清，这里的空气质量很好，据说 1 立方米空气中的负氧离子含量可达到 1 亿，另有着许多没有任何雕凿的天然美景。十里笼翠，十里浓荫夹道，十里流绿滴翠，仿佛是一道古意幽深的画廊，逶迤曲折，盘绕于深山，真乃一步一景，引人入胜。危岩、悬崖、石窟藏匿其间，扑朔迷离，平添了无限神秘；峡谷中的溪涧，水石相搏，訇訇然似虎啸龙吟，小憩于山间石径，我们尽情领略大自然的神韵。

凤阳山景区的特点是以云海、绝壁、奇松为主。所以，到了这儿，就必须到绝壁奇松景区去看看，站在有惊无险的绝壁栈道上，观云海莽莽、苍浪滔滔，看古松斜壁、怪石峭立。沿途可见千仞绝壁，万棵苍松，处处涉奇惊险。这里真是观云海、赏雾凇的绝佳去处，什么绝壁云梯、聚仙岩、万松屏、三友松、长寿崖等，一个“绝”字一点都不为过。

我们在雨中游览了绝壁奇松景区，绝壁奇松景区紧邻吃饭的绿野山庄。因是雨天，山野笼罩在雾霭里，一片寂然。游步道是石板铺成的，顺着陡峭的山势一直向前延伸，遇着绝壁处，道路外挑成了栈道，悬在了空中，下面即万丈深渊，走在上面有些心惊肉跳。但景色很美，诱惑着你前行，尤其是那些苍劲的古松，粗大厚重，枝叶层次分明，如一幅水墨画。一些古松从悬崖绝壁处伸展出来，让你看到了生命的顽强不屈和挣扎，于是胆怯便在不知不觉中忘却。

D

凤阳山既有危岩高垒气势磅礴的阳刚之美，更有草色青葱的江南山野之秀。凤阳山上的凤阳湖是浙江省海拔最高的自然湖，丽水第一大江瓯江源头之处也在于此。到了这里，瓯江源是一定要去的。

为节约时间，去瓯江源，我们坐上了缆车，一路浸着满山的雾霭，在呼啸的山风中，感觉越来越冷，大家把雨披之类的能穿的都穿上了，有的还抱成一团。

经过一次次柳暗花明般的转悠后，我们终于在云雾深处，看到了一个碧绿的小湖泊静静地躺在群峰的怀抱中，躺在高原草甸中。一时间，我突然有一种置身云南香格里拉的感觉。湖边矗立的巨石上刻着的“瓯江源”三个大字，表明这里就是浩浩荡荡八百里瓯江之源头。滔滔的瓯江，就发源于这泉、湖泊、溪涧与瀑布荟萃的地方。

遗憾的是，由于雨越下越大，我们放弃了攀登凤阳山海拔最高的顶峰黄茅尖的决定。在湖边的一座小厂房里，来自温州的一支驴友在此休息，他们的衣服都被淋透了，在笑着与我们打了个招呼后，他们重又背上旅行包，匆匆隐入山间的小道。

离开喧嚣的闹市，去山水间避避暑，呼吸呼吸野外新鲜的空气，有种脱胎换骨般的轻松。我们很想在这里住上几天，但时间不允许，对凤阳山来说我们只是匆匆过客，只能领略其几万分之一的娇姿。短短半天时间的游玩很快就结束了，我们依依不舍地踏上了归程。

凤阳山记忆

雪天下

时令恰值深秋，然而这个季节的秋意却仍是半醉不醉的，渲染的身边的屏山也青红不接。夏天早就过去，但正午的风与树梢擦肩而过时还有残留的暑气，涩涩的味道像农家没有酿熟的果子酒。掐指算来，2008年的中秋都溜得看不见尾巴了，除去天天撕落的日历时时敲起秋的钟声之外，我翻遍这个世界的每片树叶，都没有找到秋天酽酽的感觉。

同样没有找到感觉的还有满载了人的车子，赌气似很单调地鸣响着马达，从一段又一段山腰隧道钻进去，稍后呼啸着钻出来。数百里蜿蜒的省道九转十八弯，车子向前疾驰，路标往后飞退，像一篇没有标点的文字，枯燥地罗列在白纸上，等着我们来断句。

中午刚抵达龙泉，这座以剑闻名的小城市外围的建筑考究而精致，崭新的青砖红瓦格局透露出浓郁的明清风格，现代且不失传统，惹得我们好一阵惊叹。街道两旁大大小小的商店橱窗里整齐地摆饰了琳琅满目的刀剑，寒光闪耀，衬的小城的骨子里都流溢出名剑之乡的骄傲。相对我见过的其他众多城市而言，龙泉是是安静的。街上的行人悠然自得，不紧不慢地走路，不急不躁地做事。城内的房舍新新旧旧鳞次栉比，平平淡淡地因剑而存枕剑而眠，平平淡淡地看过人事变迁，任凭岁月洗涤，几个悬着风铃的飞檐耸肩登高眺望城外的青砖红瓦，朴素的身板皈依于游人的眼帘，多了一分中国式的沉稳，过滤了轻狂和张扬。

冷兵器时代虽然早已终结，干将、莫邪、龙渊、巨阙诸多名剑刃卷锋残，风采不再，但作为一个地名，千年以后龙泉风采依旧。

我们的路依然遥远而平整，偶尔遭遇的坑洼也如甜点晚宴上席间点缀的柠檬酸。当我的睡意被车子颠破时，一行人早已超脱了都市的喧哗，愈行愈远，融入深山深处。路的左边山峦起伏，山脊在长天的平面上划出一道道柔和曲线，手挽着手轻灵地跳起芭蕾；曲线以上是蔚蓝的天空，通彻宛若透明；曲线以下重叠的峰峦是造物主馈赠于地平线的屏风，青黛的底色上隐隐绣上司秋之神的红色诗句，附在耳边温柔地催促人们经历太长的人生淡季之后，收获之时就该力争。

右边也是突兀的连山，只是海拔要低许多，谦逊地一起低头隔江向行人致意，仿佛暗示只要攀上并不高的顶尖便能眺望远方的平原，这点对于以前的山里人家而言是莫大的诱惑，狭小或广阔、贫穷或富足，甚至于死或者生似乎全在于那道山的坎子。

江是有名称的，叫作瓯江，就是流经温州的那条水路。因为凭借距离感隔离了现代文明的污染，江水颇显洁净，盈溢出浓郁的绿、清淡的蓝。间或有数条鱼船悠闲地泊于水面上荡漾，一艘采沙船抛锚在江中心作业，机器的轰鸣声划破了江的平静，几只栖息的水鸟猛然受到惊吓赶忙慌乱地掠水

风光独好凤阳尖

而飞，翅膀轻点水面，顿时泛出一圈圈涟漪，由近至远扩散开，赶巧一条渔船朝向岸头划去，双浆触水荡开的波浪迎面打来，狭路相逢“哗”地一声，浪尖上激起的一片浪花摊破了，像细碎的银屑纷纷洒下。

江愈来愈显狭窄，突然干脆就在某一峰回路转之处消失丛林中。到达凤阳山猎户山庄歇脚已是午后两点，山风拂面让人颇有寒意。

半小时后，一行人攀山越林去欣赏绝壁和奇松。脚下石阶整齐，身边松柏苍翠，林深处连阳光也透射不进；仰头看时但见林木枝叶紧凑，隐隐地在边缘相接处泛着光晕；风乍起时，各种植物你推我搡摇曳作态，阳光才候得一隙空间漏过树冠轻轻地洒在我们前面的石阶上，嘬吻每个人的脸庞和头发。经过“小玉笋”景点便是试剑石。巨石从中间齐齐一分为二，有如剑刃砍劈，故称“试剑”。石上爬满青苔，纵横交错一层一层地相互叠加，粉饰巨石的沧桑和失落。料想当年欧冶子即便真的铸剑有成借石试刃，也不会是眼前这般景象，可叹老先生的随手一剑劈开巨石的同时，还划开了一条历史的血槽，血液逐年流淌，终于某一天在后人的心头汇成了一段浓得化不开的传奇故事。

山里日落的早，当我们作别绝壁奇松，从高山草甸景区返回山庄的时候，夕阳如血缓缓西下。天际深处一抹晚霞当空，绯红的颜色衬得峰峦的轮廓愈为冰冷，直欲冻结大自然生命的血脉。暮色弥漫的群山被白昼遗忘在光明的背后，佝偻着身躯孤独地守望黑夜降临，年复一年在月圆子夜默默计数身旁老树的年轮。山一年比一年疲惫，树一年比一年衰老，每每相对，一夜之间两行铅泪化作千山雾水，等待天明洗去满目疮痍；填满枯枝烂叶的山崖下，一截树根在肃杀的天底抽出了新芽。

残阳湮没在山那边，晚霞渐渐褪去。一只迷途的归鸦急急从芦苇荡中跃出，“呀”地发出声尖叫，如箭离弦冲天直上，追赶最后一丝霞光而去，惊飞一地芦花。

——何苦匆匆

——何故挽留

——相濡以沫

——不若相忘于江湖

……

飞花曼舞的影子中，一个沙哑童音徐徐升起：“提灯笼，掌灯笼，聘姑娘，扛箱笼……”冷风袭面，再抬头时，寒鸦已经消失在天的尽头，远远传来一句叹息。

凤阳山行

石不言

带着一丝遗憾，我离开了龙泉市区，去往下榻的凤阳山庄。

凤阳山是江浙第一高峰，海拔 1929 米，在江浙一带自然名声遐迩。

凤阳山庄就坐落在凤阳山的怀抱里，海拔在千米以上，环境清幽，气候湿润并且凉爽，是避暑胜地，亦堪称世外桃源。

放下行李，迫不及待地约上几个朋友向景区走去。

景区入口处有一指示牌：绝壁奇松。名字有些直白，让人没有更多的想象空间。沿山根拾级而上数十步，一行人便隐没在茂密的树林里。观光旅游的路线都有指示牌明确的指示。我们沿着绝壁奇松的指示方向前进，不会走冤枉路。

路面很窄，对面来人刚好擦肩而过；路面很平，走起来十分轻松；路面也很整洁，似乎来这里的游人并不多。我们像个小分队，穿行在茂密的丛林之中。走不多远，小路陡然右转一个锐角，我这才似乎感觉到真正的绝壁之旅开始了。路面坡度变陡，台阶狭窄了，像挂在山体上，我们已经踏上沿壁搭建的栈道了。抬起头，眼前果然是峻峭的山峰；脚下则是层层叠叠的苍松翠柏；放眼望去，山峦起伏跌宕，莽莽苍苍，绵延向下。

这才发现，由于起点的缘故我们已经站在很高的位置上了。

绝壁奇松的牌子继续指向前面。我们一会攀爬，一会向下，倒也不觉辛苦。眼前出现了岔路，一条继续前进，一条右侧向上，窄而陡。我和一些小分队队员已经落在后面了。我选择了向上的陡峭的台阶路。这路的左侧紧贴一块巨石，右手有可供攀缘的铁链。有时遇到凸起，需要侧身才行；有时遇到矮檐不得不低头而过。就这样，我小心谨慎、脚踏实地、一级一级地向上攀登。忽然视野被巨石斩断，看不到尽头。但当我终于走到视野尽头的时候，发现已经快登上山顶了。一块牌子写着“触天台”。我有些兴奋，三步两步登了上去。现在我所站的，就是那块巨石的上面。很怪，有的时候，在这个角度看，它是一座小山，而换一个角度，它不过是块巨石。向下一望，队友们已经沿着直行的路走去，并在一处平台的石凳上休息了。我赶上了队伍，和大家一起享受片刻的安宁。

在石凳边的一块兀自嶙峋独立的石头裂缝中，生长着一棵杜鹃树，整体看很像巨大的盆景造型。据当地的朋友讲，这棵树的树龄应该在百年以上了。他说这里因常年低温，树木生长速度很慢，尤其是这种鹿角杜鹃。

我对这盆景产生了兴趣。仔细观察，这棵杜鹃树很是倔强，靠近石缝的地方，干很粗，像是故意膨胀开的，而根却很细，死死地咬住并深深地扎入石缝里。也许是它生长的位置太过偏激，不断生长膨胀的树干已经把石头撑出明显的裂缝了。我很担忧，像它这样生长下去，不知道那块石头还能供养它多久。我想，总会有那么一天，当石头再也无力支撑它膨胀欲望的时候，那树将会连同石头一起，轰然倒下。

这样一想，便对这树、这石生出几分怜悯。

休息片刻，汗渐消，乏渐逝，精神头又冲上来。于是，一路低头走去，注意力全都集中在时间和路面上。眼前突然有五棵黄山松聚集在一起，挡住了去路。队员们于是就这组松的名字是叫“五进士”还是“五大夫”发生了一场小小的争执，这一景致恐怕算是凤阳山上最有人文味道的地方了。

突然又见到一块“绝壁奇松”的牌子，然而箭头已经指向走来的方向。我才发现，匆匆赶路，竟连这最重要的景色也忽略了。疲惫的身心，已经没有回头的勇气，再无奈也只能接受这份现实，留下这份遗憾了。但我告诫自己，前方的路还很长，景色也一定别有洞天，只要随时观察，仔细把握，美好的风光便不会再次错过。

远远地，看见一棵高高的光秃秃的松树，粗壮，挺拔，枝杈直插云天，它已经死了。死了的松树高傲地挺立着。不知道它已经死了多久，也不知道它这样的挺立能坚持到什么时候。但我想问它，为什么死了还不肯倒下？你到底在期待着什么？

它没有给我答案。

我突然心生悲凉。我问自己：假如有一天要走到人生尽头的时候，你能像那棵松树一样，坦然平静地面对死亡吗？

我也没有给我答案。

又一次面临抉择了。眼前再次出现两条路：一条是来路，离住处很近；另一条向下，顺着山体敲打出来的台阶路，很陡。大家再次选择了平坦的路。我站在路口，考虑着是否要一个人向下走这段陡峭崎岖的远路。已经随大家走开的卜先生和田先生见我在犹豫，反身走了回来。卜先生瘦高，田先生矮胖。我在心里恶作剧似地窃笑他俩的特征竟与姓氏一般无二之余，也暗自赞许他俩的善良与可爱。他们的到来坚定了我的选择，我们决定一起走这段陌生的路。

下坡之后又是上坡。下坡的陡峭和上坡的险峻，让我们洒下不少兴奋的汗水，也吃了不少的苦头，但同时也让我们领略了不少绝妙的景色。在攀爬上坡的石阶途中，又遇到一处小憩的平台，我们分坐在围成三角的石凳上，石凳中间生长着一棵粗大的松树，像是用来固定这小小的休息场所的。

天已不早，还有一段上山的路要走，于是起身。

我突然发觉，脚下步子轻松了许多。

这一晚很安静，除了客房窗子透出的灯光，几乎没有什么光亮；外面也没什么人，人们躲在属于自己的天地里享受着自由、快乐和温存。为了弥补中秋的遗憾，我在山庄广场上席地而坐，等着月亮从东面山梁上爬出来。

满天星斗突然把我带回童年夏夜的记忆里，于是躺下去，仰面朝天。

立时，周围的一切景物全都颠倒过来。

眼前浮现了儿时那破旧的老房子和低矮的门；门前粗壮的古槐和它阔大的华盖；凉爽的草席，以及光着身子躺在席上数星星的感觉，呵呵，极舒服，极爽朗；透过树冠缝隙仰望天空的点点星光，透着清澈而神秘。不想今晚，40 年后身处异乡，竟找回了儿时的轻松和无邪的放纵，享受融入天宇的惬意。

月亮渐渐从山梁上露出头来，像金盘，明亮硕大而皎洁。

在这宁静空旷的世界，我感受着东坡翁月出于东山之上的美好意境，体味古人面对天宇洪荒变与不变的哲学思考。此时的我，已经没有了错失十五明月的遗憾和失落，更深地体会着十六月圆的特殊含义。

站起身，天地又重新被倒置过来，一切都恢复了它正常的状态。

我突然感悟，在面对繁杂枯燥乏味的具体事务的时候，在遇到那些棘手的问题难以处理的时候，我们又何妨颠倒过来换个角度，抑或用孩童的眼光去看待呢？

绝壁群松

凤阳山游记

闻道斋主

山城龙泉四年前去过一次，那次行色匆匆，只在一处很别致的“农家乐”吃了一餐乡土味很浓的农家菜。当时“农家乐”还是新生事物，不若如今这般的大行其道，一行人都感觉很新鲜，因此留下了挺深的印象。这次去是应龙泉市政府之邀，参加区域特色经济发展恳谈，各级媒体请了不少，我亦在列。

龙泉的剑池湖、青瓷古窑址、仙宫湖都是慕名已久的胜迹，但我们这次去的是被称为“江浙之巅”的凤阳山。从资料上看，凤阳山有“华东古老植物的摇篮”之誉，是浙江省面积最大的国家级自然保护区，方圆15300多公顷，主峰黄茅尖高达1929米，是野生动物的乐园和珍稀植物的天堂。

要登黄茅尖，先要攀越三个景区。进了山门，就是绝壁奇松景区，但见千仞石壁矗立苍穹，无数苍松缘壁而生，处处涉险掠奇。在观松台，听万松屏滚滚松涛，观绝壁间古松百态，自然之功，确非人力所能及于万一。接下来的十里笼翠景区，流绿漏翠、一步一景，连绵十里，危岩、悬崖、石窟藏匿其间，使人仿佛置身于古意幽深的山水画廊之中。峡谷中的溪涧，水石相击，虎啸龙吟，使人心潮为之澎湃。瓯江之源景区则是水、石、树、草组成的独特景观，也是泉、湖、溪、瀑荟萃之境，既有危岩高垒、气势磅礴的阳刚之美，也有草色青翠、蝶舞蜂飞的江南山野之秀。那碧波荡漾的凤阳湖，是江浙最高的高山湖，郁郁葱葱的森林背景和高山草地风光，宛如一幅大泼墨的湖光山色风情画；还有那座80多米高的双折瀑，从悬崖上奔腾而下，声若雷鸣，气势如虹……

前面就是“江浙之巅”了，尽管难免有些累，但大家的兴致都还高涨着，这要归功于陪同的副市长。本来我们这些“吹鼓手”是值不得市领导亲自作陪的，但这次来的有几位“美女记者”，其中一位还是副市长大人的温州同乡，因此拨冗尽地主之谊，我们也跟着“俱与荣焉”。这位领导绝对是调节气氛、打造和谐的高手，一路行来幽默笑话不断，且荤素搭配合理、火候拿捏准确，我们的脸因为笑个不停而发酸，连双脚的酸累都忘了。

继续向上。沿途地势险峻、人迹罕至，保持着完整的原始森林植被。据说，凤阳山野生动物众多，甚至有云豹、华南虎等国家一级重点保护野生动物，可惜我无缘一见。但沿途的奇花异木却看了个够：通体光亮的是尖萼紫茎，圆径2.76米的是中国柳杉王，还有白豆杉、红果树、鹅掌楸、伯乐树、华东黄杉、穗花杉等都是国家珍贵保护树种。植物一直是我的知识结构中最大的盲点，这次边看边听导游的介绍，算是囫囵吞枣般地恶补了一课。

终于登上了“江浙之巅”。脚踏绿如绒毯的高山草甸，耳听潇潇似乐的风声，眼看翻腾变幻的云海，让人恍如置身于仙境之中。雨后初霁的云海百态千姿、变幻莫测，引人浮想联翩。在导游的指点下，我们透过云彩放眼四望，龙泉的万千气象尽收眼底。

红豆杉

——那不是古窑址吗？始于三国两晋、盛于南宋和元代的龙泉青瓷，以其光鲜清丽的釉色和优美独特的造型而久负盛名，自宋代起它就远销亚非欧三大洲，成了华夏文明的使者，成为我国青瓷皇冠上的一颗璀璨明珠。

——那不是剑池湖吗？自从春秋战国时期的欧冶子在这里铸成了“龙渊”“太阿”“工布”三柄神剑后，“龙泉宝剑”就名扬天下，历两千多年而不衰。传承至今，坚韧锋利、刚柔并济、纹饰精巧的龙泉宝剑依然寒光逼人，熠熠生辉，制剑业也成了地方经济的一个支柱产业。

——那不是仙宫湖吗？

——那不是凤阳庙吗？

当我还沉浸在绵延的遐思中，同行的新华社胡记者已诗兴大发：“‘春色满园关不住，一枝红杏出墙来’，你们知道这是谁写的诗吗？”一行人都会心的笑了，谁不知道这是龙泉历史上最著名的诗人、宋代叶绍翁留下的千古名句呢？而这传咏千年的名句，不也正是今日龙泉的真实写照吗？

快雪时晴凤阳山

桑吉嘉

一

何止十八弯！何止九连环！

人还没有达到凤阳山巅，已经被弯曲盘桓的山路转晕了头。

狭长的公路在峭壁危岩间盘旋爬升。然而车速不快，峭削的岩势不容分说，随处打断公路的走向，让司机加倍小心地应对。这条马路似乎就是由连绵不断的拐弯连成，首尾间隔不过十余米的车子随时都会在峰回路转中消失，又突然出现在对面的山头，让你惊诧这里的山路是否如同泼墨，断断续续地贴在山壁上。

人坐在车里，一会儿倒向左边，一会儿倒向右边，要想坐直身体都很困难，遑论睡去。同行的人笑着说，这叫“情人弯”！

这就是八百里瓯江源头的凤阳山给我的见面礼，海拔 1929 米，据说是“江浙第一高峰”。我在东歪西倒、晕晕糊糊中开始了向山之行。

二

不过是下午 3 点的光景，天却阴沉沉的，刚上山时候的明媚阳光在山脚止了步。坐在车里，只见雾岚弥漫，一团团的白气在前方、在后方、在左边、在右边，重重包围了你。让你既找不到前路，又寻觅不见退路，只能再放慢车速，缓缓地顺着路中的白线，向前滑动。愈往上，雾气愈浓，不觉地，雾气转为瓢泼的大雨，迎面倾倒而下。本来险峻的山路更加难行。

在检票口，一位穿着厚厚棉大衣的后生向我们跑来。我吃了一惊，这么冷？谁知刚闪过这个念头，车窗上就劈劈啪啪响成一片，“下雪粒了！”

凤阳初雪

三

天极寒。

出发时候我不过一件衬衫，一件外套。然而一下车，我就打了个哆嗦。我算是领教了山顶的寒冷。这种冷透彻身体，骨骼在激冷清新的空气中似乎要咯咯作响。山雨凄迷中，人蜷缩着，愈显单薄。

所住的绿野山庄没有空调，因为即使是夏季，这里最高温度也不过 28℃，所以房间里面只是准备了电热油汀和电热毯。在江南已经是暮春三月，杂花生树，群莺乱飞，在这里我却一下子被拉回到冬季，只能缩在开着电暖设备的房间，打消外出散步的念头。不得已要去办事，也只能穿着厚重的棉大衣。夜阑人静，寒气随着窗外淅沥的雨声隔墙袭来，我只好依赖着电热毯，度过漫长的一夜。

第二天倒是幸运，天气转晴。为了贪图景致，清晨五点半，我就硬着头皮，裹着厚厚的衣服，一个人沿着山间的小路走去，结果惊奇地发现，山泉在低洼处结成一层薄薄的冰。崖壁上、树枝间，都挂着冰凌，二尺余长，如同宝剑倒悬，晶莹透亮。路边的泥土覆盖着厚厚的霜刺，好像水晶，在黛青的清晨折射着幽冷的光。

据说，这里一年到头难得有阳光普照，山下温暖宜人，山头不定风雨交加。

四

这里没有灰尘。

山庄门口放置着成排的休闲桌椅，用手一抹，手指并没有黑色的痕迹。当地的同志介绍说，山上特别干净，你看这里的绿叶，都特别绿。经此提示，我们才注意到，原来山顶的绿叶绿得特别油亮。阳光下，眩目的光散发，一棵棵树好像镶嵌上不可言说的光。

这座位于浙西南丽水龙泉的高山，峰顶黄茅尖因为天寒，几百米范围内只是遍长高及于人的茅草，但是之外，植被却异常丰富，落叶常绿阔叶混交林、亮叶水青冈、高山矮曲林、山地灌丛、草丛，不一而足，构成了一幅立体的原始植被景观带。

走在瓯江源宁静的小径上，大片的冷杉遮蔽天日，黄山松、山茶亦是森森。路上铺满了软软的松针，大如手掌的山茶花掉落一地，可是花蕊金黄，花朵依然红艳。

龙泉大峡谷中的绿色让我迷失，草木盘垂其间，映荫溪色，不知道长于山中何时，也不知道老于山中何时。有一种尖萼紫茎，见所未见。枝叶已经凋零，然而枝干如同煮熟一样，通体金红，在万绿丛中分外耀眼。树根如同章鱼，紧紧地抓住石壁，露出遒劲的经脉。

二折瀑在攒峦夹翠间碎迸而出，直向山底冲去，然而水势着落的地点太远，水流半途中与嶙峋的岩石碰撞，腾空飘荡，化作了满天的雨雾，站在瀑布底下的滩边仰望，心中有种“眩怖”。

五

有一处“绝壁奇松”，是鸟瞰凤阳山绝好的去处。

悬崖上开凿了栈道。拾级而上，但见绝壁危崖间处处悬结着挺立的黄山松，高高低低，然而全部都是盘根虬干，姿态凛然。这里并没有肥沃的泥土，但是看它们的根，却都是挣扎在峭壁的石缝间，然后依着太阳的方向，迎着风雨，蔚成现在争奇竞秀的气象。

别处的大山都是拔地而起，但是凤阳山脉不是。连绵的山群更让人感觉是斧劈开，然后齐刷刷地倒向了两边，山势险峻，大自然好像被尖锐的线条肢解开去，只剩下山谷底的一条白练逶迤而去，似乎是柔和地涂抹上了·笔底色。

山中回荡着轰轰的声响，不知道是不是山涧激荡的回音。嘹呖的鸟声不时随风而来，倒是为涉目成趣的景致增添了几分清响和幽静。

六

山庄的边上有一个小庙，叫“凤阳山庙”。红墙黄瓦，修葺一新，高挑的檐角很有闽南的地方风格。里面供奉着当地种植蘑菇的先祖吴三公。吴三公又名吴昱，因兄弟排行第三，被菇民尊称为吴三公。这位生活在宋高宗建炎年间的先人，因为创制出古老的砍花法和惊蕈术，为贫穷的山区菇民寻找出一条良好的生存途径，而深受当地百姓的爱戴和尊敬。在现在丽水的龙泉、庆元、景宁一带，到处可见或大或小的“香菇庙”，而且香火不绝，延续至今。发展到现在，吴三公成了当地的保护神，举凡前程、婚姻、外出，百姓都希望借此获得神祇的秘示与帮助。

这类祖师崇拜随处可见，如医界崇奉华佗、药师崇祀神农、豆腐店祭刘安、商人奉关公、木匠崇鲁班、银行业奉赵玄坛为财神等。将所在行业里最有成就的一个人物神化成为人格神，成为自己的榜样，有时候倒不在于装神弄鬼，可能更多在于提升自己，从而获取力量，说到底，也许是一种精神崇拜吧。

七

读万卷书和行万里路都是我喜欢的。虽然我不能像鸟居龙藏一样，既饱读诗书，又“行行重行行”，在旅行中作考古学、人类学、民族学的调查，但是每到一地，在饱览景色之外，我总喜欢往寺庙以及帝王和当地名士的陵墓跑。在我看来，这两者往往是当地人文历史的集中体现。房龙在《世界地理》中曾经说过：“历史是地理的第四度，它赋予地理以时间与意义。”寺庙与陵墓，常常就是具体的历史。

在凭吊中发思古的幽情，有时不免伤感，更多时候则是疑惑。看护吴公庙的是一位年逾古稀的大爷，有些耳聋，为人却热心。他告诉我，庙里除了供奉吴三公，还有刘伯温。这位明朝的开国功臣出生于当时的青田，所以又称刘青田。刘伯温不求名利，不以功臣自居，一再谦让，然而最后还是遭受丞相胡惟庸暗算，不明不白地于65岁年龄上死去。刘是智者，这样的结局，不知他在当年出山的时候是否预知。

诗歌卷

山水诗源

瓯江的源头

黄亚洲

瓯江的源头
是清清凉凉的
是龙泉山巅一株小树
是小树的嫩叶上
一滴冰凉的露珠

瓯江的入海口
是炽热的
那里有一个强大的锅炉
锅炉名称叫作温州
其沸腾的管线
据我观察
已经连通起
一个国家的道路……

走向森林

——写在高山自然保护区

张德强

从城市灰色的森林
我走向群山绿色的起伏

一堵又一堵赭黑的石壁
沉重地向我一路压来
蓝天却越来越亲近
拨开马尾松浓密的睫毛
太阳正用目光邀请

我走向森林

一片新大陆
接替我记忆中的水泥楼群
和楼群里失眠的星星
我站在山巅
检阅乔木和灌木丛的队伍
清点郁郁葱葱的伞兵

为了守护鹧鸪的歌唱
守护野蔷薇淡紫色的梦
让峡谷流出没被污染的涛声

我走近森林

山风摇响松果的铃铛
云的纱巾轻拭我蒙尘的心
赤裸的脚浸入小溪
让流水淌走一切烦躁杂音
我走进神秘的森林
去结识一群陌生的生命……

丛林晨曲

“野人窝”

——在龙泉凤阳山上所见

李苏卿

你用咬断的树条，
编织一个卵形的大巢，
你是野人？是兽还是禽鸟？
谁能知道？
窝里铺满厚厚的树叶
你柔软的梦在风雨中飘摇；
世上还有沙发和席梦思，
你可曾梦到？
你是智慧动物吗？
为何又离我们如此之遥？
你是类人猿吗？
为何还留恋这原始窝巢？
几万个世纪过去了，
世间万物进化的进化，飞跃的飞跃；
你的窝却给人类学者，
留下一个奇异的大问号。

凤阳杜鹃（外1首）

崔汝先

许是离太阳最近
它总欢喜
高举起一支支小喇叭
向天唱歌
一改惯常的色调
凭着特有的秉性
绽放出意外的惊奇
红的如熊熊烈火
紫的似幽幽梦幻
白的像皑皑雪冠
别以为这很平常
令人奇异的是它挽住了季节
已是盛暑之时
仍然把奇幻美艳
献给这重重大山
谁都不忍心采摘一朵带下山去
只在心头默默刻上
凤阳山特有的写意

凤阳山栈道

悬崖峭壁间
又多了一条银色的云带
从此进山
添了一份安全保险
这梦幻之路
牵着风吹危岩
牵着银瀑
牵着浓浓的绿云
牵着惊恐的跫音
把汗珠洒落在深谷里
凤阳山的美景
就更加贴近慕恋者的心窝
人人都收卷了一幅幅
醉心的国画
感谢大山
感谢智慧
感谢这奇巧的构思
凤阳山你是属于寻求者的

山花烂漫

凤阳山诗篇

熊 焱

这多彩缤纷的树绿、水清、花红
这沁人心脾的自然空调、天然氧吧
这轻柔的风，一层层地
过滤我在人间浮躁的欲望与尘土

仿佛时间全都慢下来了
你听那水流、虫吟和草木的低语
你听那云动、风吹和地气的呼吸
这浩浩的天籁之音，仿佛摇篮中母亲的催眠曲
让我们在疲惫的奔波中获得了最初的沉醉和松弛

柳杉亭亭玉立，杜鹃吐蕊含香
一朵鲜花娇艳如一阕小词
一片绿叶鲜嫩如一支散曲
清水流淌，湿漉漉地为它们点逗和断句
让时光一遍遍地诵出了深厚和深情

多美啊，那些苍山奇峰、碧潭飞瀑
那些动的静的、自然的人文的

生生不息，和谐一体
我走过的幽谷、峭壁、林海……
都是以清溪为墨绘下的辽阔画卷
是以青草为笔写下的恢弘诗篇
我多想住在这里，抛开那人生的功名地位
抛开那尘世的恩怨情仇和纠葛纷争
这山中一日，仿佛人间已十年

溪水经过这里
杜鹃花就变得风情万种，柔肠百结

这漫山红颜，这白脸红唇的美
这单双瓣的、长短柄的姿态娇媚
这鲜亮的、眼花缭乱的惊叹和梦幻啊
所有的光阴，就在这花开中一次次多姿和大美

我必须屏息、低语，必须压轻脚步
我愧疚于满身俗世的浮尘和泥土
愧疚于轻佻的心灵和好色的眼睛
亵渎了这些民间的绝代佳人
她们有清风的柔情绕指
有明月的天香风华
我听见了红红的唇，吐露一地芳香的呓语

这多彩杜鹃，这朵朵芳华
就是浙西南美丽的姑娘们
姓汉姓畲，姓苗姓回
我丑陋的样貌，愧对她们绰约的风姿
我苍白的言辞，愧对她们热烈的爱意
人生苦短，如果能与其中的一朵厮守一生
我情愿放弃富贵，放弃我在尘世的利禄与功名

嘘，轻些，再轻些
我轻率的脚步和高声言语
会惊动这凤阳山恬静的脸红和羞怯

四周全是喃喃的情话：
风轻缓，水悠扬
鸟鸣就像落下的三层小雨
虫吟仿佛掀起的几分细浪
阳光从林间漏下的光斑，恍若隔世的岁月

流水清澈，像一面明镜
我要跳进去，揉洗我在尘世间浮躁的面孔
清风徐来，送远飞瀑溅落的珠玉之音
那些沉醉的花香，就像远去的水声
百丈峭壁仿佛畲族的汉子
敞开宽阔的胸膛，经受着多少雨打风吹
在岁月中抱紧了人生的淡泊与明净

有时天空仅一线，我必须虔诚、谦恭
必须低下我在人间骄傲的头颅
人的一生必将经历这湍急中的颠簸和漂流
如果我疲倦了，就抬头看看这巍巍群山吧
它母亲一般，把峡谷像孩子一样拥进怀中
一次次地包容着它的任性、撒娇、发怒和痛哭

若能在此长住，此生不枉活过一回
建一间木屋，搭一座花圃
门前吠一只狗，房后鸣几只鸡
东边种一片杉树，西边植数株翠竹
晴天里我在凤阳湖洗墨
雨天里我在凤阳庙磨砚

清晨早起，读一遍四书五经
向晚有闲，题几行五言七律
这时光如此宁静，像月光漏下我湿润的心跳
像微风吹荡我温热的血液
我在花丛浇水，在菜园施肥
四周鸟在叫，虫在吟
我不知晓的细小动物们在欢歌和聚会
我是多么有幸啊，世界给了我如此的恩宠和馈赠

有朋来往，不是云豹就是猕猴
不是赤腹鹰就是苏门羚
它们和我一起静听飞瀑的水声
坐看变幻的云雾
偶尔饮醉，就在草间借宿吧
星月在天，银河泻影
这人间的功名、地位和富贵
不过是这里的一缕流水和一把清风
不过是我融入这天地间的一场沉沉的夜梦

登顶之路

凤阳山一夜

邹汉明

此夜，我从没有见过这么黑的天
从没有见过星星的分布这样密
低垂的苍穹，似乎要垂下
一双干净的脚来
在我的头顶跺一跺
似乎要告诉我，即使看护此山的星星跺脚
仍那么静，没有一丁点的声音

满天的星星都有一张调皮的脸
它们提着灯笼，在山巅散步
它们诚诚恳恳，把天庭的黑暗叫卖

这是诚恳的黑呀，围拢在诚恳的闪耀中
雾凇在松树的根部喷涌
在盘山路的尽头升起
此夜，端庄的一抹黑，如吱吱凝固
的黑天鹅绒，罩临龙泉的众山
而第二天的晨光，从抖动的黎明
喷出一股神秘的汁液。毫无疑问

黑色，是唯一的颜色，我最喜欢的颜色
唯一的饱满、任性、神秘，洒满浙南山区
整座山育出一粒黑的水晶
石头的中心被诚诚恳恳的安静灌满
服务于一个高出尘世的人间

此山带有太多黑夜的气息
而杜鹃谷底蹦蹦跳跳的山溪是白色的
正剖开一颗窄而深长的灵魂，这也是
自然史的一汪静水流深
此夜，我往精神的深处凭空一摸
我的脸上，顷刻多出一份入定的镇静

凤阳山上望星空

凤阳山诗草（组诗）

闻　欣

带蜜的云

一群群蜜蜂从山谷起飞，
嗡嗡嗡，响在茫茫的云海。

它们向云外飞去了，
那里，野花比繁星还要稠密。

蜜蜂，在云海上酿蜜了，
酿甜了山风，酿甜了云彩。

啊，凤阳山带蜜的云，
化成了雨，洒向大地。

我伸手在空中捧了一把雨，
尝一尝——唔，是甜的！……

春与夏

云，把凤阳山
拦腰截成两半。

云下，山花已经凋残，
炎夏，已徘徊在村庄原野。

云上，杜鹃花灿然如霞，
春天，刚刚迈上山巅……

呵，那垂天的瀑布，
从春出发，落入夏的水潭！

那飞鸟，在山下双翅一振。
从夏天飞向了春琴！

呵，凤阳山的云呵，
正好飘在春天和夏天之间……

山与云

山，在天空中巍然耸立，
云，在峰峦间流连徘徊。

妒忌的山风把云赶开，
云又悠然向山峰飘回。

云把恋情献给山峰，
山峰呵，你为什么那样冷漠，不理不睬？

云呵，执着地追求，
十回，百回，千回……

山峰感动了，
把云搂进了怀里！

于是山峰和云结合了，
它们相爱着，永远不能分开！……

瀑与潭

一个气势雄浑，从天而落，
一个充满柔情，荡着碧波。

一个是凤阳山赤诚的心，
一个是凤阳山闪光的明眸。

一个大胆地倾泻恋情，
一个把自己的激动藏进心窝！

我中有您呵您中有我，
两相分离，生命就要干枯……

在瀑与潭相会的地方，
听，它们哗哗地互相把心中的话尽情倾吐！

云　海

风来了，高天云涌，
声赫赫，惊涛拍岸。

风息了，云凝山岭，
山，在云中沉淀。

只有那崚嶒的山峰，
似沧海的礁石耸立天外。

呵，那远处一脊微露的山梁，

凤阳春涧

似巨鲸在大海回旋！

呵，那峰顶高擎的一轮红日，
似海中灯塔照耀云天……

是山泡入浩渺的大海？
是大海漫进了这莽莽苍苍的大山？

莫道峡谷中只有巴掌大的天，
且在高处，看大山海的情怀。

……噢，龙泉蓝，中国蓝
世界蓝！蓝宝石的光
……晶莹剔透，静谧柔和
噢，诗与远方，就在龙泉山
……我深吸一口气，醉意滋生
渐渐，心无挂碍，灵魂澄明

有福的人，见到凤阳山云海

雨中，穿过游步道的草木，与青苔
绝壁万仞，奇松集群……噢，云海
透迤峡谷，隐没远山，连接天边
满目皆白，世界皆白，内心皆白
……有福的人，见到凤阳山云海
似一洋清泉，洗尘，洗面，洗心，洗肺
又如一面巨大的明镜，映照灵魂

凤阳山云海

污浊，邪念，罪孽……无处逃逸
嗨，见到凤阳山云海，我是有福的人
肉身洁净，精神澄澈，似醉欲仙

绝壁奇松

沿路绿树，杜鹃花开
及至栈道……雾气弥漫
二米之外不见物，唯见
绝壁之上，一棵松树
与另一棵松树，相依相存
……根扎岩缝，枝繁叶茂
气息相通，消弭雨雪风霜
于无形，顽强生长……
回返自己，浑然不知
肉身悬空，灵魂漂浮
……雾气中，我长了翅膀
在龙泉山，人可得道成仙
离开时，我又看了一眼
一棵松树，与另一棵松树

杜鹃谷

如约盛开，一朵
一朵，又一朵……
簇簇丛丛，争奇斗妍
灿烂……漫坡遍地
花海……近谷远山

淡绿，洁白，粉红，肉红，紫红，大红
像朝霞，白云，少女美丽的初晕
如轻纱，玉莲，波涛，新娘五彩的衣裳
置身其间，我领悟……轰轰烈烈

绝色绝美，醉意氤氲
以及，生命鲜活……

凤阳山居

喧嚣远去
隐入宁静寓所
自由自在从心尖滑过
太阳，湿漉漉将我伴随
黄昏坠落山谷，辉煌天空
夜晚沉思，我与星星对话
山风醉人如解渴的清泉
云雾、山峦、森林、萤火
……呈现意境的缥缈
溪水、松涛、蝉声、鸟鸣
……合奏悠扬的交响乐章
我的生命融入其中
同她一起搏动，升腾……

凤阳山日出

树，高过远山
草，歌唱风中
云，涌动峡谷，铺满天空
初阳，穿越云层，悬挂枝桠
激动，弥漫身心
震颤，宛若生命诞生的剧痛
与壮丽……

凤阳山月夜

月光流动森林
起伏如波浪汹涌
纯洁的光芒闪烁无垠

凤阳山柳杉林

寂静，寂静，寂静

一种声音如钟声
辽远，清越，弥漫
……由远及近，由近及远

凤阳山黄昏

飞鸟，夏蝉，落日余晖
飞翔，歌唱，思绪奔放

暮色，大地的羽翼
渐渐合拢，月亮升起树梢

山岚起伏闪烁无垠
将心神空旷远方

气韵在静极中生动
透彻生命如露珠

凤阳山记（组诗）

流　泉

去凤阳山

虫鸣在体外
丛林里，蛇蝎出没，流水告急

进山的时候
采药人说：“最好的药，都长在最神秘最陡峭的地方”

瓯江源

一滴最小的水
如果没有足够大的包容，汤汤八百里之
汹涌
又怎会打开这瓯江两岸的锦绣
连绵起伏

——源头，是挂在大地眉眼上的露珠
它隐藏一切
它照亮一切

又瓯江源

八百里瓯江，浩浩荡荡，源自远古一片苍茫
缘自海拔 1929 米黄茅尖谷地的一滴水
一滴孤寂而深沉的水，在布满芦花与杜鹃的世界里歌唱
岁月的嬗变融入血脉的质感
叮咚，叮咚，叮咚
按捺不住的心声就是一滴水对大海亘古不变的向往与呼唤
一滴水饱含激情，然后两滴三滴然后无数滴
然后清清浅浅一泓细流，映天照地
风生水起呀，奔腾八百里
下龙泉，经丽水，出温州，入东海
夹岸青山，桃花盛开
牛羊遍野，炊烟氤氲

凤阳湖秋色

血脉汤汤汇聚成旺盛的潮涌，勃发繁衍之厚重
乡村和城市在一滴水的滋润中茁壮
我在一滴水哺育中长大
一滴水无法丈量的分量，是一个人的生命和思想
是历史是文化，生生不息
叮咚，叮咚，叮咚
那黄茅尖的一滴水啊。那注入东海的一滴水啊
那源远流长的一滴水啊

黄茅尖

始终不敢用
一米六五的海拔，去丈量你 1929 米的高度
你的骨骼里，有一种血脉
我无法抵达

我承认我的胆怯
我承认我泥土做的肉身永远刻印着世俗的一面

一次次莅临，一次次
不曾登顶
我只能以我的懦弱，在最低处
学会仰望，从而抬高自己的
脊梁——

不敢低下头颅
是看见了，那一种挺拔与坦荡
它们，总在我身子出现倾斜的时候
一次次，将我的灵魂
——扶正

崇山峻岭

猎户山庄

时光恍惚
炉火升腾的明暗间，一群人的身份
显得可疑

从前的猎户
销声匿迹，有人虚拟一把生了锈的猎枪
无非在虚拟一座山曾有过的
万千气象

外边的林子里
飞禽走兽，而山庄内的我们，只是
学了学老猎人的样子

喝一杯土烧
嚼两粒清炒的小黄豆

让生存仰望成一种风景（组诗）

洪　峰

瓯江源

在这里，水失去了宽度
掬一把细水，已把瓯江捧在手里
一粒清凉的水滴从掌脉间
逃窜，融入细流，去赶赴八百里的旅程

其实，东海并不遥远，只是在脚下
那种澎湃的呼吸轻易袭来
与我内心的安静形成巨大反差

寻源过程充满母性
柔嫩的高原风吹来一阵阵的幸福
我在母亲的水里洗涤灵魂，然后一路狂奔
沿途我高歌恋歌

水中有我的鱼儿兄弟
水边有我的芳草姐妹
我最初的生命，一如水滴的渺小

之后才随着瓯江
一起慢慢长大

黄茅尖

身高 1929 米，突然间的高大

屹立在山尖，我霸气十足
被驯服的群山，从四周向我远远朝拜
并始终保持一种臣服的姿势
甚至不敢抬头

只有触手可及的天空
只有随手可扯的白云
只有刚劲有力的山风

在这个一尘不染的山顶
我成为胜利王者，远离城市的光芒
簇拥走动的人们，与我上山时遇到的植物一样
习惯朝着太阳的方向争斗
自然而有序

我带领他们，一起踩在山尖
汲取着大山的古朴和大气

江浙第一高峰

让一种坦荡无穷的感觉
遍布全身

春天来了，漫山遍野开满鲜红的杜鹃
如同无数的红旗插遍整个山头
而我屹立在山尖

我是王者，离太阳最近

绝壁奇松

靠着些许的石屑泥沙
汲着点滴的渗水
遗落在石缝间的松籽开始萌动
然后发芽展叶，缓慢成长

这群野松，几百年光阴
才长成现在的模样
他们站在高不可攀的绝壁上
沿阳光方向使劲伸展

或孤傲独立，或三五成群
或盘根虬干，或高大挺直
身上的鳞片反射出龙的色彩

作为这片绝壁绝对的灵魂
生命的细节早已潜入这些野松的骨头
它们从不同角度，去触摸天地的浩荡
最终让自己，变得更加顽强和自在

让生存仰望成一种风景

穿过密林的阳光

一团清晨的阳光，从空中跌落
几缕阳光穿过密林，黑色的泥土变得斑驳
宁静的苔藓上，昆虫的爬行
让我心花怒放

阳光的每一次走动
总会滋生出一束束调皮的光柱
或粗或细，或直或斜
与那些苍桑的树干一起
支撑着厚匝的树冠群

以一种倾听的方式
行走密林中
穿过密林的阳光，在升腾的雾气中
坦诚着无限的生命张力
足以令我吃惊

四叶草

“它没有种子，只能在一千万株三叶草中去寻找……”
“它不是草，是一种花”

除了你描述的
之前，我并未见过

在微茫的晨曦中
那四枚小叶正渐次舒展，呈心字状

风，把它的唇语也悄悄地
吹向了我……

采撷黄茅尖的云霞（组诗）

陈于晓

绝壁奇松，生命的诗意如此盎然

是深山，藏了凤阳庙么
倘若我没记错，这凤阳庙
应是阵阵松涛藏起来的
抑或，是云雾所藏的
但此处云雾，或许也为松涛所化

我来此处，是来阅读青松的
请给予我足够的时间
登上观松台。请注意我所仰望的
不是绝壁，而是绝壁之上的青松
松们抱住仅有的土壤
或者它们从石缝中抲出泥土
将根融入于石。也因此
每一棵松，都具备了石质的骨骼

风吹了这么多年，吹不动石头
只吹动石头之上的松
那苍劲的翠呵，在不断地摇动

沧桑可以一遍遍地抖落
但生命永远向上，一粒松的种子
在悬崖之上认命的方式
就是从不放弃生长的信念
如此，风又奈何，雨又奈得了何

深不见底，我以为这不是峭壁的高度
而是峭壁之上生命的高度
在凤阳山，读懂绝壁奇松的人们
终将生出一对隐形的翅膀
从此，哪怕身处绝望之地，也会飞翔

十里笼翠，浓荫是浩荡的水声

夹道浓荫，一深十里
这十里，是一种幽度还是一种浓度
那时不时，悠扬而出的鸟鸣
可以啼空幽度，抑或可以稀释浓度么
只是片刻。片刻之后
草木之“荫”，依然在沉淀下来
远芳近芳，皆侵了山道

云雾可湿人衣，晴翠也可湿人衣
看不见又浮萍般萦绕着的负氧离子
湿的则是心情。这一处叫“雨崖”挺好
雨做的山崖，萌出的全是雨的芽
雨的芽，爬满各处的峭壁
芽化的雨，淌成溪涧。人来不惊
却又突然以瀑布的声色飞翔。一不小心
这飞瀑，从捕风捉影的目光中滑脱

有谁见过藏龙潭中的龙？路过的人

只从藏龙潭中，找到了自己清澈的模样
藏龙潭中，藏着的也只是一小片凤阳山
比一小片凤阳山更小的，是一对蝶翅
在安静地舒展。一朵不显眼的野花
一颗经了流水打磨的石子
谁不经意的一个脚印。我以为
十里笼翠所笼的就是这些细节
一株柳杉，也许是从藏龙潭中跃身而出的
在坡上亭亭。这柳杉一舞蹈
大片大片的浓荫，便化作了浩荡的水声

湿地秋色

瓯江之源，一滴水的吟唱

遍山葱郁，随意一处就可把云豹隐了
只憨憨的黄腹角雉，或许可以遇见
但也须运气或者足够的等待
瓯江之源的流水，也想把自己隐了
但一滴流水，终究是藏不住的
记得草木常把流水掩饰得漏洞百出

偌大的凤阳湖，一迎面就撞见了
一撞见就掉入了它的怀抱
波光和云影，都有着缠绵的风韵
凤阳山的温柔，就这样一笔一笔地
写在这湖水之上。我相信
湖水中是藏着青山的。湖水中的青山
宁静，起伏的峰峦，不过是
一种幻影。波平如镜
偶尔，在无风时，也荡漾起几枚涟漪

当我说出瓯江之源的宁静，龙泉飞瀑
以二十余丈的身高，倒挂于我的眼帘
那瀑声，仿佛是拔地而起的。这说明
向低处流的水，有时也可以向上生长
而当宁静和喧闹，在瓯江之源相融
山水之间、水天之间，仿佛只剩下一滴水
在吟唱。终究，一条江河的源头
不过是一滴水，不过是一滴又一滴水的汇聚

采撷黄茅尖的云霞

斑斓多彩的野花，像细细碎碎的时间
在春天的凤阳山，静静摇曳
山间总是静的。仙人们驾着云雾往来
忽一日，蝉鸣起。忽一日，一道道水帘
将一整座凤阳山挂成清凉世界
秋风一样是在不知不觉中吹起的
秋风一起，一山的翠绿
渐成金灿灿红艳艳了
秋色是如何深下去的，我不知
这就如同我至今没有见过
冰天雪地的黄茅尖如何剔透晶莹
这浙江最高峰如何银装素裹

也许只有摄影人，才有足够的耐心
扛着长枪短炮，在高处
等候黄茅尖的旭日喷薄而出
等候风起云涌。等候风起之时
云将凤阳山的峰峦涌动成岛屿
人们屏息，听天上的人语响动
而我只想在黄茅尖，采撷那些飘散的云霞
一边采撷，一边放入行囊
当我从无历日的凤阳山中走出
我将用这些云霞，点燃山下的万家灯火

凤阳山，天然氧吧或人间净土（组诗）

周维强

黄茅尖抒怀

来到黄茅尖，要懂鸟鸣，知晓山花的心思
要学会说龙泉话，这样
心，就会离天空近一些，再近一些

离天空近，就可以站在江浙第一高峰
与白云对谈，就可以用心上的光
和太阳的光，做等价的交换
其实，登顶黄茅尖，就是为了让自己
修炼成，另一朵白云

眺望山景，我会把眼睛里的世界腾空
只为了多装下一些凤阳山的景物
比如迷雾升腾，比如烟云缭绕
如此美的凤阳山，让人恍惚，是仙境
移到了人间

鸟鸣婉转，啼亮阳光一样的诗句
而松涛阵阵，却在修订

凤阳山这本禅悟的诗集

心，最终会落在山谷
一缕霞光，一下子就辨认出我内心的
那一片晴空

把自己打磨成凤阳山的一块山石
或者像一棵青松，静静地扎根

懂得感恩的人，在凤阳山
不会想太多俗欲的事，静心、修行
让更多的美，覆盖在群山的美上
就像把月光披在星光之上
让连绵的山峰，如诗般轻盈

凤阳湖写意

正是有了凤阳湖，凤阳山才有了诗意
正是有了辽阔的湖面，倒映的青山，才能
展示自然的灵性，在湖面上
书写绝美的华章

凤阳湖畔，那流动着的，就是诗境
与意境，恍若看见，时间老人，举着
绿色的笔，把凤阳山的美景
一一记录在凤阳湖的绿波之上
每一个来到凤阳山的人，都会对着美景
感叹人间的美好

一个又一个绿色的单词，在凤阳山
被编制成了如水的梦，霞光宛如诗行
凤阳湖，就是那个装扮诗行的仙子

水中有古韵，有锦绣
更有灵魂的修辞，只为凤阳山而抒情

我在凤阳湖畔找到了山水自得的诗章
宛如一只飞翔的鸟儿，找到了
栖息的港湾，一幅清丽的山水画卷
在凤阳山，因为凤阳湖美成了图画，我想把
余下的光阴，留在这里，接受自然的点化

绝壁奇松

是梦，在凤阳山有了诗意的延伸？还是
一抹烟雨，依水而生，让险峰
有了时光的赞叹？我在山水之间，鸟鸣构成的
诗篇里，静坐、凝望，其实
都是一种灵魂的禅修——

就顺着山道，向上，然后脚步轻盈，接近
凤阳湖湖水的明澈。那绿，绿到骨头里
那清，让目光濡染纯情
风，轻悠悠地吹，是的，请记住，这
人间的气息，这，来自湖水深处
那摇荡着的，一个清凉而抒情的细节

绝壁奇松，在向我招手
云雾，以委婉的唱腔，哼唱落月佳影
独自沉思，独自哼唱
在凤阳山，与花草树木相遇，自可以
以水养心空，以心空浓缩天地万物的澄明

黄茅尖在前方，宛如翡翠
青石板路，绵延不息着脚下的语境

且随流水向下，追逐那沁入皮肤的凉荫
且随高山仰望，在此青花瓷的清韵中
我临摹，山水画的意境中，行人如散淡水墨

凤阳山留笔

在凤阳山，目光所及之处，皆有绿色
绿，是一个动词
古树连天，用不断拔高的树龄
诠释着生长的幸福，鸟儿们站在杂树古枝上
嘹亮的歌喉，吟咏的字词
也是绿色的，绿色的字符，绿色的旋律

凤阳峡

展示着绿意的想象，站在黄茅尖

航拍黄茅尖

向远处眺望，绿色的凤阳山
宛如宁静的氧吧，荡漾着清气与生态之美
水在绿色中凝聚，水也有飞翔的姿态
宛如白鹭，飞向远方，报告绿色的消息

我在凤阳山驻足久了，一颗心
就会变得安谧而宁静，凝望着绿树
绿色的旋律，在耳边回响
绿色，还能让手牵着手，心连着心
还能让我们喊出美好的祈愿
尘世的爱能够回应绿色的祝福

凤阳湖的雨

缘由天定。我们和一场雨，在凤阳湖

相遇。就像爱情，在某个街角
或者某个瞬间，两颗心有了触动，就有了
歌声中的传奇。凤阳湖的雨，迷离、缥缈
一眨眼的工夫，就在我的眼前
铺展开仙境的舞台，我不想打伞
任雨水顺着发间滴落。滴答滴答——
滴落的雨声，怎么听，都像时间的交响

时间是一片汪洋，眼前的凤阳湖
更像是经过无数次轮回后，呈现出
一个人无边无际的思念
其实，雨在默念我的名字，凤阳湖也在
默念我的名字，如果，仔细去听
你能感应到耳畔有节奏的回响

凤阳湖的水，腾云驾雾，要经过多少修行
才能变成一滴雨啊
而一滴雨，需要孕育多少情感
经历多少波折，才能成为一滴湖水
我看见雨在凤阳湖的湖面反复询问着大地
而那乌云密布的地方
是否是凤阳湖水，用另一种形式
对自己的命运，发出了天际的反思？

凤阳山，从花语中出发

李文山

华东古老植物摇篮的深处
传来瓯婺八闽通衢菌丝的萌发
那是落入其间的孢子在悄然发芽
提醒早起的灵芝按时捎来清风的口信
苏门羚以跳跃的姿态笑迎黄茅尖的朝霞
映亮了我们一条条车水马龙的街道
芬芳了我们一座座密林深处的人家

树木休眠期到了，黄腹角雉叽叽喳喳
从远方衔来红豆选择几棵长柄双花木安家
云锦杜鹃开花了，猴头杜鹃开花了
鹿角杜鹃开花了，尖萼紫茎也开花了
凤阳湖清凉世界里的空气湿润
亚洲最古老锆石的发现地一派安宁
清晨，瓯江从龙渊峡的花语中出发

从一滴悬而未落的露珠里
我看见万缕阳光铺陈繁华
在心里叫了一声：早安！我的凤阳山

小蜜蜂顺着峥嵘群峰云卷云舒
到底是谁持神工鬼斧？造就
植物的宝库、动物的天堂和真菌的乐土
一首首讴歌十里茏翠的唐诗宋词
处州十县好龙泉，就这样次第开花

我们在阳光下散步、读书
我们在星空下恋爱、绘画
仰望危岩高垒，气势磅礴的阳刚之美
欣赏草色青葱，蝶舞蜂飞的山野之秀
于一朵花蕊遐想龙泉与凤阳的甜蜜
当草木贴近大地，中国式现代化在前方招手
山水景观平远、高远、深远的典型在此集合
凤阳山，从花语中出发
浑身上下无不蕴藏花开的密码

凤阳山红花果

在凤阳山，一颗心变得如此幸福

刘 巧

1

水意葱茏，以梦读之。在凤阳山，我倾心于水墨
回归于山野，在黄茅尖，就是将一颗心，归隐
以澄明悟透禅心，以眼前的凤阳湖
谛听水花之中的逍遥与时光，神仙之境
唯有左手执凤阳峡的仙境，右手握凤阳湖的无垠
群山连绵，可眺望，可凝视，可与草木同春

在凤阳山漫行，就是把宁静的思绪
归拢，一点一点，嵌入如水的时光，然后体味人生之禅
或有茶香，或有洗去尘缘的流水
带着一颗清澈之心，放逐，在山野之中
在瀑水的氤氲之内，置身于古意与古香
宛如置身天堂的意境，无须动笔，即可达成水墨画的重叠

2

晨起，在凤阳山，与一颗叶尖上的晨露相遇
有那么一刻，在虚构与真实之间
我抓住了一粒唯美的词。需要用琴弦、笔墨书写灵魂的字词

温润如光，牵着流水的手，平躺在水面
与水交流，就是交出体内的灵性之波
就是把诗意的祈祷，抵达清凉的梦境，然后置换押韵之情

我想象，凝望那带着波澜的水之绸缎
或抽出流水的衣衫，皈依一种生根的水韵
时光流年，苍茫天际，谁的耳朵里

白云生处有人家

蕴藏着一个荷叶里的画笔和笔锋，以侠气浩荡的笔法
垂青于滔滔湖水，或吟咏古今
或在凤阳山，将一颗诗心泅渡，安坐于水面的幽蓝

3

在凤阳山，走进一个又一个梦境，七色斑斓
有山，有水，有瀑布，有水墨禅境，有田园乐趣

安居是一种诗意，行走是一种通达肺腑的展望
每一日，都要把精致的阳光，拧成飘香的丝带，系在心上
每一日，都是在梦境里，隐入一种境界
龙泉有灯火叙事，可暂别喧嚣，而还原一草一木

还是让我把一颗心，融入山水之中
做一个诗人，在凤阳山，做一个诗人
是如此地惬意，灵感就是眼前的风景
山野题材，行吟之梦，还有沐浴溪水的一次想象
林木苍翠，清雅养生。一阕流水——
自可以把家的温馨，情感的澄澈，在这里涤荡
亦可追梦青山，于星空之下，写成一部乡野诗经

4

恍若打开一幅山水之画，水
各有各的灵性，山，各有各的隐士风格
以凤阳山为圆心，以黄茅尖为原点
林间草木，梵音缭绕。自然是大师，大师的教诲
就在耳边，双手合十，以一颗俗世之心的真诚
体悟大师的禅语，于是，就有了心静的修行
于是，把一种人生的虔诚，保持到一种明月的高度

成为了它的“俘虏”

二

凤阳山，宛如一幅幅散落在这龙泉大地上的别样的画卷
立体地镶嵌，唯美的演绎
在悄无声息之中，诗情画意着多少龙泉人民的美好时光
山的巍峨，水的青碧，草木的葱郁，花朵的芬芳
以及风的清幽，鸟鸣的婉转……
是的，美好是一种感觉
而这凤阳山的诗画意境，就是这一切美好的源头或出处

遇见，就是痴迷的爱
从此，我将自己的一颗半世漂泊的心
安放于你的大美里，飞鸟入林游鱼入水
内心深处的幸福与甜蜜，总是溢于言表

三

目光里的凤阳山啊
你是一幅立体的山水画
你是一部诗意的山水诗
在你那诗情画意的风景里
不管是安居，还是创业
都是一次次醉美的体验与感悟

“择一城终老”
遇见这龙泉凤阳山的大美，我不再去想象那虚无的诗与远方
用奋斗的手脚为笔，用梦想挥汗水为墨
在这龙泉大地上，书写下一部属于自己的辉煌篇章
也算是不负这凤阳山与我的一生情缘

无限风光在顶峰

像自由的风一样，穿行于这凤阳山的画境里

—

此刻，我把自己幻化成一缕别致的风
跟随着绿水青山的导引，在这凤阳山山清水秀的意境里
自由自在地游弋与穿行，此刻
自由自在，是一个动词
在我的心窝窝里，一遍遍地涌动

从尘世间的欲望纷争和成败得失的烦忧里
把自己抽离出来，放置于这凤阳山的风景里
高山流水，花草树木，鸟语花香，清风明月
一起铺陈着这凤阳山的大美
此刻，清风将无尽的氧离子
向着你的鼻孔和心灵，一一输送

一呼一吸，都像是饮下一碗碗高度数的美酒
让人欲罢不能，更让人酩酊大醉

二

遇见这凤阳山啊，就无可救药地爱了
即使是那些最最经典的山水诗词里的意象
也无法和这真切生动而立体的凤阳山风景相比
按下目光的快门，将这凤阳山如诗如画的风景
拍摄进那心灵的底片之上，从此

鸳鸯天团

在你的记忆中，提起这凤阳山的名字
总会有那山水的意象，鲜明而生动

正当我陷入微醺的迷离时
一声声清脆的宛转悠扬的鸟鸣声将我喊醒
是啊，这凤阳山真是美
生态的美学，和自然的山水
在这龙泉的人间，一起打造出这样的一处画境

三

此刻，就暂时放下那些功名利禄放下那些烦恼忧愁
学会像一缕风一样，无拘无束自由自在
在这凤阳山的绿水青山里，在这凤阳山的花草树木间
在这凤阳山的鸟语花香里，在这凤阳山的诗情画意里
尽情地放飞一次，你会发现
尘世间，不仅仅只有功名利禄身份地位的存在
还有一些美一些风景，比它们更加的生动与刻骨

像自由的风一样，穿行于这凤阳山的画境里
如画凤阳山啊，你绝版的山水和生态的诗意
让我的内心，不得不说出那海誓山盟不离不弃的铮铮誓言

立体山水画

路志宽

一

写下这凤阳山的名字
宛如写下一个豪放的诗题或一枚婉约的词牌
抑或是写下一幅画的名称
生态的风景，山水的美学
在这里，得到最最完美的统一
我想，就算是那些最最经典的唐诗宋词
也不能将你生态而立体的美
给淋漓尽致地展现，痴迷留恋于你如诗如画的风景
连不羁的清风，和高傲的白云，以及飞鸟
都心甘情愿地在你的美与魅里
驻足停留，流连忘返

二

阳光洒落，在凤阳山的画境里
每一颗的心情，都是如此的阳光灿烂
那么多慕名而来的心灵
遇见这凤阳山的风景，都是一场无可救药的沉醉
凤阳山，一幅风景的画册，一卷生态的诗书

花红柳绿的色彩，与鸟语花香的意象
都为这如画的凤阳山啊
醉美代言

三

奇峰，怪石，幽洞，溪流，深潭，飞瀑……
用自己的造型各异与神采飞扬
生动诠释着这凤阳山的雅幽奇险秀
清风缕缕，鸟鸣声声，流水潺潺
此刻，和这凤阳山相处
任何的风吹草动，都是一次心旷神怡神清气爽的体验
天堂在哪里，已不再重要
恋上这凤阳山的山水
将一颗颗追名逐利的蒙尘之心

放置于你山水的幽幽谷里，用如画的风景和如诗的韵味儿
将其轻轻洗涤，心灵的洁净与轻松
伴随着无尽的诗情画意，包裹和灌醉
你的每一个细胞

四

大自然用自己的鬼斧神工
在这龙泉大地上，雕琢出一处如此美好的存在
它们集体将那些山水诗词里的经典意象
一一在这凤阳山的山水里挪移
青山为笔，绿水为墨，蘸着诗情画意的情感
在这龙泉大地上，书写下一首首唯美的诗篇
赋比兴，被炉火纯青地使用与修辞
风雅颂的山水篇章，被这龙泉的岁月和人心
一遍遍醉美地吟哦

五

将自己的心灵，安放于你的大美
从此，无论风雨，和你朝夕相处的时光
总是心情灿烂，我们从尘世的欲望中而来
在你的山水里，洗涤着自己心灵的洁净和灵魂的高尚
和这凤阳山相处的点滴时光里
总会有无尽的诗情画意，在汹涌澎湃
就像是此刻的我，为这凤阳山书写下长长短短的诗句
提及这凤阳山的名字，还是让我忍不住
怦然心动

凤阳湖，如歌散板（组诗）

王静静

在一滴湖水里天长地久

在凤阳湖，就在一滴湖水里天长地久
我把自己比作湖边饮水的白鸟
而你，就是一缕清风或者一片云
我们相视，一笑，不说爱
而爱意如湖水，荡漾在万里心湖

或者，你是那个吹笛子的少年
乡愁在笛孔里翻飞，情意在音符里连绵
要躲，就躲在两只贝壳的思念里
悄悄地爱，爱虽无声却静寂久长

来到了凤阳湖，就要把湖光山色
当作千年的修行，就要在凤阳山
为一滴湖水的澄澈，诵读诗句里的眷恋
我想念一朵白云流浪的苍茫
你就吹一曲笛子里的优雅清凉
在一滴湖水里天长地久，爱情就像

这明丽的晚风，吹啊吹……

清晨，在凤阳湖边眺望东升旭日

是一声鸟鸣点燃了耳畔的乡愁
还是一滴湖水唤醒了内心的纯真
晨起，站在湖边眺望东升旭日
凤阳山上凤阳湖，湖水如梦醒的词与句
荡漾诗经里的优雅与温情

黄茅尖在上，风景如初，凤阳山上的
每一道景
都是一个沉淀许久的梦，亲爱的
让我为你点燃情与爱的阳光灯盏
照亮山上的每一条山道

双手作桨，划着船儿慢慢靠近梦的彼岸
群山沉静在此刻，亲爱的
你拉着我的手，我们一起漫步晨光湖景
思念是美丽的音符
湖水荡漾的相守，我砍柴，你做饭
人间的烟火就有了一生一世的温情

在凤阳湖

湖水之上，我唯有静默以对
我不说话，但心中涌动千言，万语
置身于群山、松林，苍茫、空寂
宛如飞鸟和夕阳飞翔的诗篇

我记得这湖边的夕阳，记得夕阳下
那张温情而美丽的脸，
散落的群山，一点一点靠近我抒情的笔尖
鸟鸣啁啾，日渐喑哑的歌喉
趋于内心的平静——湖水如禅。

在凤阳湖，鱼儿想蹦多高就蹦多高
鸟儿想飞多远就飞多远
我不说话，我怕有些话一经说出
就像一粒石子掷向
平静的湖面，划出一圈又一圈的涟漪

一朵杜鹃，在凤阳山绽放幸福（外 1 首）

冯秀兰

也许是锻剑的人累了
靠着一朵杜鹃就睡着了
瓯江跳跃着轻盈的身姿
寻找，记下，爱上……
凤阳山的一树一花的葳蕤

谁能忘记龙泉大峡谷的花香
那是六十多种杜鹃花的潇潇洒洒
万紫千红的一株挨着一株
洋溢出的芬芳，醉倒了千年时光

期待中的流星如果可以停驻
幸福就可以打开瓯江源的月光宝盒
把凤阳山四大景区的故事
一五一十地书写成歌
任由来来往往的人
在清凉世界里
独享鸟语花香的诗意

杜鹃花开。从云蒸霞蔚中

等待阳光的灿烂
共同歌唱富美的安乐生活

凤阳山，隔空千里寄锦装

黄茅尖可以留下，留下绝世的柳杉
凤阳湖前，你也可以张开诗意
一起去拥抱飞扬的胴体，连同炽热的
灵感，在天地之间一派纯雅

如杜鹃吐艳，有的若紫荆含羞
真的，我不要双折瀑的美
似秋菊怒放，像牡丹摇曳，像白练银丝……
千姿百态，我不要你的媚
漫山遍野，玉树琼花，瑶草丛丛……
即便盈满我的眼，仍会拒绝你的深情
峡与谷的相依，雪与树的相恋
在任何一位文人墨客的面前，只要
大大方方地展示自己，便是最妖娆的花

龙渊峡上，我该不该吟起
瓯江千里寻梦的诗酒唱酬
凤阳庙下，我该不该翻出
勤劳致富的汗水润开的万千时光
那些清凉世界中珍藏心底的冰清玉洁
随便拿出一些吧，好让我
安慰奔赴千里的流水，云霞，鸟语花香
记下水、石、树、草的相依相偎
你何必刻下千古奇游的记忆
打开胸膛，我更愿醉在
泉、湖泊、溪涧与瀑布的美丽间
长出洁白的羽衣和蝶舞蜂飞

十里笼翠醉了我的诗情
我想，合着十里浓荫夹道的足迹
站成一株松树任你蹂躏，原来
我一直以这样的方式，爱你

你，为什么打开十里流绿滴翠
把尘世的灯红酒绿
滋润成幽静洁雅的画廊
幸福的晶莹的胴体，让灵魂一眼望穿
你用你的纯情，澄净了岁月的物欲
因为心怀慈悲，留下吉祥
让生命依旧记得这个世界的美好

凤阳山之恋

卜宝玉

走近你的时候
我没有在意你的美丽
离开的时候我才开始深深思恋起你
你的流泉飞瀑，松风潮声
在我的心海里荡起层层涟漪
你的珍禽稀鸟，奇花异草
在我的旅途上留下无穷遐想

你是那么平常
又是那么神奇
常常锁在云雾之中
不肯轻易露自己

真想告诉你
认识你我不再属于我自己
真想一次再次走近你
真想一生都拥有你

游凤阳山

廖庆国

云雾缥缈，笼罩这人间仙境
眼眸倒映清晨的阳光，脚步愈发轻快
能轻易一览无垠碧波，澄明的湖水
散发着绝美晕轮与青山雄伟的倒影
小船踏着白云划过如画的长廊
向世人展示着凤阳湖的辽阔与平静

黄茅尖平地而起，直插云霄
万树古木用绿意缀染轮廓，鸟鸣唤醒春天
天空蔚蓝的长调引来游人的青睐
白豆杉与双花木交错盘踞，氤氲清凉与舒心
透过龙渊峡，以天外来客的方式
痴迷于瓯江的古朴静谧，正从上世纪走来

黄昏遮掩了许多色调，凤阳庙的遗址
揭开了它神秘的面纱，落叶撞击青石板的回响声
依稀流露出淡淡的香菇气息
正如许多年前，一群朴素的年轻人驻足
熬白了青丝，也将这岁月熬成了遗迹

凤阳庙外景

去黄茅尖

张晓泉

在山道上踽踽独行
把山色走浅走深

鸟声断续
万物皆有灵性
前世那个气质清奇的高僧
定然会指点迷津

江源之上
有黄茅浩荡如茵
探入汩汩清流
我拽住了八百里蜿蜒的江水
瓯江的脉动
有缓有沉

天色澄明
有风来仪

这么多石阶和坡路
都被山风一一收纳
山崖隐喻朝觐之色
蚁步的客官都在修行

1929 不是纪年
它是高程
在这风生水起的地方
百山臣服
一瞬间就拥有了万马千军的雄兵

山的根系在脚下蔓延开来
村庄静卧
城市涌动如潮

黄茅尖日出

凤阳山颂

韩　宇

去瓯江源头的风，怀揣诗意
满眼的杜鹃揭开龙泉宝剑面纱
白豆杉与红果
终究不是一种树木

在十里翠绿的鸟鸣里
如丝竹，如管弦，如一枚香菇，醉了
那幸福安康的炊烟

记得山涧流水彻夜不眠
让怕热的紫荆
清清爽爽地改变了
幸福的长袖善舞
还有起起伏伏的山峦上
那些华南虎，一只便可
威震了天下的妖魔

扑打着翅膀的是云朵
在凤阳山上，一湾凤阳湖里的涟漪

翩翩凤蝶

说破了清凉世界的天机

那些顺着龙渊峡
次第绽放的杜鹃花
正在诱惑着
一位位行者的呼吸
江浙顶峰的蝴蝶
包裹起千年的安逸
和着鸟语花香的微风
在绝壁奇松下想象
云卷云舒的季节
谁不想仰天长啸当歌

在十里翠廊的清雅中行走
随口说出的话语
都是一首最美的诗句
在华东古老动植物的摇篮里
杜鹃花样灿烂朝阳

我只带走一片杜鹃
你是那诗意的云锦杜鹃
夏日里只舞了一下衣衫
瓯江的魂，聚拢在兴奋的阳光下
暴露着痴情的期盼

我也是其中的一个少年
奔跑的眼眸被你牵引
有意还是无意
没有了时间计较
心甘情愿醉入一片杜鹃花海

杜鹃谷的风越来越热烈
一朵朵猴头杜鹃已经
芬芳地盛开，一些故事
开始悄悄地勾勒情节

我也走不出情窦初开的青春
在凤阳山却不敢融合你的唇
却又舍不得你的美

那些别飞扬的花瓣
其中必有我逃离的身影
带着你远走他乡，经营
自己的家园

瓯江源寄情

翁耀荣

百山之祖
伸展着摩天的峻峭之臂
从莽莽的远古而来
原始的嬗变飞向文明社会
一江两岸山水风情之门
向我们敞开

侧耳聆听
源头深处轻盈私语
捧一束馨香
掬一勺祝福
拨开神秘的面纱
把生态的密码诠释
擎起千流归大海
永恒不变的信念
奔向诗的远方
繁华看凤凰
从太阳升腾的地方
江浙巅峰演绎着东方伟岸
剑的风骨瓷的柔韵
传奇的故事……

夜宿凤阳山

夏红波

这里有令人震撼的
江浙第一高峰
蜿蜒的深潭飞瀑和绝壁奇松
自然天成的龙泉大佛也换新颜
凤阳风光无限美

我看见春扛着绿色大旗
从田野走来
新绿顺着石阶
一步一步
爬满整个凤凰山
最美凤阳天下传

推窗
一抹清新的花香
蹦跳着
扑面而来
今夜诗意的星空下
一些关于凤凰山的记忆
从脑海里倾泻出来
弥漫了整个房间

黄茅尖夜空

凤阳山，天然画廊

曹 新

一

几亿年的风，呼啸而过
凤阳山，波澜不惊
十里流翠，手握一丝丝白雾
仿佛穿过你的身体，就有了鸟鸣和花儿绽放的声音

一段段自然的密码，在龙泉绵延，铺展生态的梦
江浙第一峰——黄茅尖，高耸，染红了谁的目光
为一只匆匆赶路的白天鹅，让路
乡愁，布满了伤口

光与影，一幅淡雅的山水画
由看到思，由思到悟
蝴蝶飞舞，以独特的方式召唤我
蛰伏在一片片云海中，来奔赴一场春天的盛宴
典藏的美，被唤醒，跨过历史的断层

二

在瀑布面前，夕阳下的身姿，如此清晰

云朵，交出所有的白
呵护鸟儿的翅膀，从一个梦迈进另一个梦
被仙气洗净的声音，从未走远

辽阔的密林，是珍禽和鸟兽的宫殿
酿一杯酒，献给龙渊峡
振衣呼啸，双折瀑布直抵灵魂
温情与芬芳，想象与阴影
召唤亘古的事物，心灵的默契，清凉的印象已然形成

仰视，在山路上负重前行，装下一个不断绽放的梦
岩石的棱角，坚硬
泪流满面的自己，被一株野草，轻轻搀扶
滑过瓯江之源，我依然双手合十

三

磅礴的静，凤阳山的谦卑，万物的镜像
让我抬不起头，影子那么渺小
像一只蚁虫在爬行，从虚到实

华东黄杉，有我前世的因果
伸展，群峰隆起，纵然呓语连连
不会喊一声疼，飞鸟躲藏，在枝丫上留下星星点点的痕迹

落下的影子，风中的白发
一个个亲昵的词汇，被双手紧握
放慢脚步，流通的骨血，叙述着凤阳山的底蕴

素雅的家园，用碧翠来，提取龙泉生态的原始密码
终于，遮不住，一些圣洁的咏叹

嗷嗷待哺（小燕尾）

四

梵音与闪电相伴，所有的鸟，还未归林
遇见一个樵夫，或问道，凤阳山的骨架和轮廓
如何在山中抚琴，不为浮光迷目

泉水，一样的甘甜
栈道，令人心惊
悠闲地，谈论与唐诗有关的人和事

一些页码，苍茫
山体的馥郁，绵延
我梦见你，像飞鸟一样漂浮不定

想象春花秋月，隔着瀑布，隔着山峰

凤阳山，卷牍浩瀚
质感、汹涌，休闲的福祉，枝条旁逸又斜出
南北的风雨，在此交汇

五

一味眼波轻横，在高山草甸，思绪还来不及整理
彩色的长腰带，植被无比斑斓

一些花瓣和暗语，足以抵消万有引力
在凤阳山，没有一丝邪念
我把唐朝的月亮，摁在宣纸上，像极了诗情画意的修行

“清凉天地”的称号，名不虚传
静处时，与五顿暮色对视
一团团向阳而生的乡愁，鲜亮而厚重

红果树的臂弯处，停泊着温柔
画卷，比奔涌的溪涧更加深邃
一些溪水和石头混合的声音
我把十万汉字与芳心，安插在凤阳山的史记中

六

每一步，都在尽力吟唱，不再惶恐和迷茫
凤阳山的韵脚，亘古的月亮
执意地，收割雄伟与苍翠，你在一旁吟哦夜的意蕴

多么炽热，喊不出的名词，涌动
一株株白豆杉，一片珍稀
雪花兴奋不已，飘飞

让所有的感情，在紫荆树上心生嫉妒

与史诗般的心跳有关，一朵朵杜鹃在凤阳湖畔，盛开
一条梦的轻纱，花草带着指环
一切的景色，包容了美艳或莹澈

绿谷春意

七

闭眼问道，李白的月色是否来过？
一种在白垩纪的抒情，胜过了一切古老的喟叹

额头上布满星辰，以一壶香茗，解去疲乏
你是怎么走在翠绿的国度？伸出左手，接住两只大雁
在山路上行走，突然打开陡峭的玄机
一道道阳光，扶摇直上

一种长久热烈的爱恋，弯弯长长
点读生态的版图，像诗的信使
有些河流突然出现，有些河流淡忘了足迹

听到一阵阵由远及近的脚步声，白天的云飘得好慢
苍松古月，抚琴抒怀

八

大爱，铸就了凤阳山的佳境
思绪的落点，显得有凡俗
绝壁奇松，仿佛在等待一个前世的约定，任凭脚下云雾翻滚
花草长满明媚的季节，低吟浅唱，挡不住澎湃的眸光

黄茅尖日出

黄茅尖赋

要拥揽多少时空
演绎多少传奇
才称得上江浙第一高峰
纷披逶迤苍茫，石梯入青云
这里，倒下无数时光的褶皱
又重生蓬勃希冀
流岚似纱，如梦如幻
松体如铁，身姿似舞
静默孤独风雨，曳动色彩欢乐

黄茅尖
海拔一千九百二十九米
已足够谦卑
无需造就顶峰的险峻横绝
只需伸出它的巨手指给你看——
在这晴好的天空下
群山环顾，一览无余
一幅无比壮阔秀美的山水画卷

黄茅尖的袖子一挥
瓯江就开始延绵

凤阳山

栖山居

凤阳山青杉杉
凤阳水绿滢滢
蜿蜒小道陡石坡
恰似壮观入仙境

凤阳春绿茶清
凤阳人山里情
迎宾朋不忘此行
挥不去留客心

啊……凤阳山浙南的仙境
凤阳山如此般美丽
云雾飘冉袅袅升起
如诗般环绕在江浙南的屋脊

凤阳水甜蜜蜜
凤阳土古窑心
原始密林古树青
绝代永存历代情

啊……凤阳山瓯江的源起
凤阳山龙泉的母亲
养育了世代的亲情
鸟瞰走向世界的龙泉人民

丛林探险

词
赋
卷

难得净土

龙泉·凤阳山吟（9首）

许　江

车向龙泉路题

入隧烟雨出隧晴，左路阳光右路阴。
浙西青山行不尽，众壑之上又葱岭。

安仁永和古廊桥纪实

桥首石灞已扶云，长廊木构横水滨。
山溪带雨清凉过，满川积烟百年薰。

下樟古村写意

石道阡陌山溪转，土墙映印瓦黛廊。
总见满村樟树头，不觉林外瀑声传。

入凤阳山所见

崇壑莽莽幽谷盘，激溪荡荡飞瀑长。
米点烟山皆称道，怎料雨浓最凤阳。

雨中望山即景

滂沱巨障从天落，满目青岭皆墨色。
一山风树摇烟雨，孤峰何时窥全廓。

顺德桥揽胜

意写绝壁奇松

岩耸耸老龟探海，松挺挺青旗斗霾。
扎根崖体抱苍月，撇写单篆入梦来。

赞绝壁奇松·生根

风侵峡谷枝招展，晴曜山岚叶凝光。
断壁千仞无抓痕，却将根钉扎崖南。

赞绝壁奇松·风情

绝壁伟拔千钧势，青松扶摇万顷姿。
一招一展自有情，呼云唤雨风中持。

赞绝壁奇松·天姿

断枝横来划东西，斜杆蓄势发清奇。
百年幽谷伴冷月，岁寒跬成书神衣。

将军岩

七律·凤阳山将军岩

姜东舒

挺胸昂首大将军，剑倚龙泉倍有神。
兵戟森森千岭树，陈旗猎猎万壑云。
瀑擂通鼓开军宴，鹰踞危崖护大门。
将髯笑看江水转，风帆叶叶接嘉宾。

登凤阳山

郭学焕

龙泉凤阳山，有大小三千峰峦，为国家级自然保护区。其峰黄茅尖，海拔1929米，乃江浙最高峰。凤阳山植物资源丰富，有高山湖泊、草甸、云海、雾淞和杜鹃谷、凤阳瀑等自然奇观。可谓“走近凤阳山，自然亲近人”。2001年9月24日，与丽水、龙泉诸君同登上黄茅尖，感慨良多，以诗记之。

峦数三千秀，晨昏现翠茏。
山尖风卷草，岭脊雾围松。
瀑布声何急，鹃花色愈浓。
悠然真自在，一醉此高峰。

天柱景观

探访瓯江源

聂鑫森

2001 年 10 月 15 日下午，从凤阳山绿野山庄出发，与文友先乘车后徒步，去探访瓯江的源头。这是我有生以来，第一次零距离触近一条大江的发源地。幸甚幸甚。

瓯江波万叠，东去何壮哉！
欲探江之源，我入凤阳来，
山势如奔马，云雾重重开，
翠竹竖长戟，塔杉翠屏排。
路向险处凿，车从天上来。
黄菊东篱短，红叶谁剪裁？
弃车入小径，芦花无际白，
宛若三冬冷，天地雪皑皑。
鸟声鸣环佩，日影自徘徊。
忽闻泉汩汩，心净无尘埃，
江源何其细，壮志冲天外，
点点滴滴水，合力奔大海，
且与时俱进，奔腾齐奏凯，
赫然“瓯江源”，勒石昭万代！
我立丰碑侧，天风振衣带，
涓滴不言小，挟雷起澎湃！

游凤阳山有感

周加祥

一

碧空白云尽天高，清泉曲径穷地幽。
石鼓折瀑惊涧壑，绝壁奇松穿岩出。
瓯源溪水奏仙曲，佛光雾海争风流。
栈桥天梯攀崖过，古庙新庄拔山谷。

二

花香鸟语颂阳春，绿荫清风笑盛夏。
层林千彩送晚秋，冰凌晶莹傲严冬。
四季不同势无常，大江南北数凤阳。
登得江浙最高处，万山低头足下过。

采桑子·凤阳山

管日高

威峨万仞一山峙，翘首凤阳。
情寄凤阳，滴翠片云着墨香。

今怀望岳凌云志，跬步留光。
步步留光，为赋新词论短长。

山花烂漫

诗词凤阳山（2首）

王　慧

七律·题百山祖国家公园（新韵）

溪水源头岚气清，参差古木未知名，
几番麂鹿穿林过，五月杜鹃成阵迎，
浮翠松风堪洗耳，涵虚潭影可濯缨，
云霞璀璨任裁剪，江浙之巅一柱擎。

鹧鸪天·凤阳山初夏

第一峰峦江浙巅，众山直与九重连。
白云常在松间宿，飞瀑还从石上穿。
闲鹭出，野猿眠，风摇古木欲擎天。
人间五月春光老，山上千林散杜鹃。

水调歌头·凤阳山

熊 轲

山静幽藏秀，日暖水涵烟。韶光明媚，千载攒翠出龙渊。细听瓯江莺语，遥指平湖树影，取次品澄鲜。一笑洞天趣，有韵赋机缘。

清籁虚，叠峰寂，悟自然。优游渐醉，眷眷淑景得安闲。凝眺连云似染，万壑东风浩荡，纵笔记新篇。感慨快哉意，俚曲更怡颜。

春意印满千层瀑

词吟凤阳山（2首）

袁才友

浣溪沙·凤阳山

景色迷人雾掩纱，曾闻杉木醉云霞，凤阳山上望天涯。湖畔游人叹瀑影，峡深更是月痕斜，瓯江源地觅吾家。

临江仙·游凤阳山

龙渊幽峡瓯江碧，古杉看尽残红。
黄茅尖顶鸟无踪，危岩魂断，恰似九霄中。
云海扑腾仙游境，悬崖孕育奇松。
远行度假促相逢，更堪遥想，江浙凤阳峰。

凤阳山七首

文　鸿

七律·登黄茅尖

一山降立众峰巅，跃上苍龙九曲天。
远望层峦苍翠处，俯观古邑剑池边。
白云密处翔黄鹤，绿海波中隐大仙。
冶子如今何处去？千重峡谷起岚烟。

七律·探绝壁奇松

九曲高桥架半空，悬崖万丈尽生松。
铜皮铁骨撑天伞，壁垒森严护险峰。
腊月寒冬迎雪冻，阳春暖日映葱笼。
云腾星际林涛涌，散尽烟霞露靓容。

七律·游瓯江源

瓯江首上水涓流，恰似峰峦在渗油。
翠鸟林间常戏闹，雄鹰顶上静翔游。
丛中野兔频繁跳，洞里幽泉曲调柔。
与世隔离人迹罕，心平气静忘城楼。

丛林秋水

七律·望将军岩

威武雄风儒将在，奉天承运守南城。
顶天立地无忧惧，喜笑颜开有逸情。
乐摆酒筵千岳至，欣邀贵客万松迎。
风调雨顺人称颂，国泰民安百鸟鸣。

七律·临大峡谷

天生幽壑隐山里，雾气苍茫险亦奇。
两岸雄峰相对立，一泓碧水扑迷离。
瀑冲乱石犹雷吼，波越群岩似马驰。
观峡台边站片刻，人间仙境不存疑。

七律·题凤阳湖

高峡流泉清水溢，仙湾汇聚胜蓬瀛。
阳光沐浴潋而滟，冰雪消融洁亦明。
月洒寒江波面静，兰藏彼岸草间盈。
凤阳美景生龙邑，南国天池伴鸟鸣。

七律·叹老鹰岩

乾坤造化诞奇石，栩栩如生势象同。
振翅欲飞神似霸，翘头待发气犹雄。
如锋利喙慑禽兽，似铁尖钩震恶虫。
背负青天思万里，养精蓄锐傲苍穹。

七律·登凤阳山观日出有感

苍空一鹭飞

月出东山照松间，山路逶迤上龙泉。
林中无路循石迹，涧间有水流潺潺。
雄鸡声声云天外，寒风阵阵黄茅尖。
等到峰头云雾去，一轮旭日红满天。

凤阳山日出

凤阳山五题

吴陈华

七律·黄茅尖

雄姿江浙最高巅，脚踏千峰直刺天。
日出红霞深似海，云归白浪远无边。
谷眠先遣军中将，崖驻空防山里仙。
英烈丰功垂史册，心旷神怡望炊烟。

七律·瓯江源

诗画瓯江入海流，源头涓注贵如油。
丝丝泉眼林间动，滴滴银珠谷底游。
禽鸟润喉尤爱唱，娃鱼摆尾亦轻柔。
涧边坐爱芦花美，闲看云中猎户楼。

七律·绝壁奇松

栈道依崖万丈空，嶙峋绝壁插奇松。
虬枝摇曳迎宾客，惊鹞飞鸣向顶峰。
四季无尘凝翠滴，一朝薄雾锁烟笼。
身融此景凡心洗，宠辱不惊舒笑容。

七律 · 将军岩

手执龙泉环四野，身披铠甲镇南城。
群峰耸立排兵阵，戎马思牵故土情。
鹰击苍穹传捷报，民施美酒喜相迎。
风平浪静与民乐，长隐凤阳听鹿鸣。

七律 · 大峡谷

清幽峭壑天成线，叠嶂重岩起雾岚。
神女抚琴双节瀑，仙家斟酒七星潭，
素湍伴舞逍遥乐，凡客无心得失谈。
不羡山峰多峻邈，甘当瓯水小摇篮。

凤阳山云海

江圣明

风拂云轩景似虹，滔滔白浪涌山峰。
苍鹰不信群神去，独邀天庭觅宝宫。

星月云海

登黄茅尖

毛　良

江浙首峰高接天，登临潇洒任飘然。
众山蜷伏青如黛，薄雾腾空杳若烟。
迎面秋花娇欲语，沾唇汗水苦犹甜。
虽经花甲志尤壮，健步高攀学少年。

凤阳湖

吴长通

瓯源巅顶看平湖，绿水青山如画图。
见底碧泉清似镜，依依不舍忘归途。

绝壁奇松

吴　蔚

绝壁高千丈，孤松几度秋。
冰霜浑不怕，险处亦风流。

绝　壁

林学宗

拔顶危崖万丈空，虬松咬石扫苍穹。
偶然一望神何往，吊魄提魂绝壁中。

初秋晨影

绝壁奇松

施岳松

绝壁危崖不老松，迎霜傲雪且从容。
扎根石缝凌云志，气壮山河立险峰。

凤阳山记

潘海树

粤赣闽浙，四邻边境，横亘武夷山脉。武夷两千里，莽苍如巨龙。尾扬粤东，躯腾闽赣，昂首两浙。仙霞岭、洞宫山，即其上下颌。常言“武夷迤逦尽，洞宫峥嵘起”，其是之谓。是故，洞宫山区6000平方千米，云山巍然戟立千米之上者，计350余座。洞宫山脉之腹地为凤阳山，其主峰黄茅尖，海拔1929米，为江浙最高峰。自可昆仲五岳，俯瞰黄山。

凤阳山，坐落龙泉市境内，距市区50千米。凤阳之嘉名，语出《诗经·大雅·卷阿》:“凤凰鸣矣，于彼高冈。梧桐生矣，于彼朝阳。”凤鸣朝阳，自古以为瑞应。浙闽边陲，古为七闽之地。东夷瓯越之民，图腾凤鸟与太阳。嘉名凤阳，亦与此不无干系。

国家级自然保护区之凤阳山，苍茫雄浑。大山、大峡，气势磅礴。千峰劈地摩天，云凝霄汉；万壑削壁千丈，龙吟虎啸。就其深度而言，两岸高山高出峡底水面皆在千米之上，与号称世界最大峡谷——美国科罗拉多大峡谷相比，毫不逊色。山山松涛起伏，是处林海茫茫。高空俯视，大洋浩瀚，一望无际，几疑碧连东海。亚热带海洋性气候，季风强劲，温暖湿润，雨量充沛，植物群落丰富多彩。经科学考察，维管束植物1200余种，真菌200余种，学界称之为“华东古老植物的摇篮”。山深林老，飞禽走兽，栖息繁衍。40余种兽类，63种鸟类，14种爬行类，18种两栖类，12种鱼类，1300余种昆虫，学界誉之为“天然动物园”。当之无愧。

凤阳山区峰峦耸峙，沟壑纵横，细流涓滴，汇集成八百里瓯江源头。山高谷深，危崖绝壁，瀑泉飞流，数不胜数。瀑布，山民称“漈水”，有大漈、小漈之分。悬壁二十丈上者为大漈，下者为小漈。大漈多折，凌空飞泻，跌荡激扬。几折几潭潴，故称双龙漈或三龙漈，亦称双龙潭或三龙潭。大雨之后，飞瀑宛如白龙腾空，碎玉摧冰，飞扬激荡；俄即咆哮击潭，神速离奇，吼声震天。堪称雄观。小漈妩媚，千姿万态。飘者如纱，喷者如雪，断者如雾，缀者如旒，挂者如帘，依者如须，敲金戛玉，清脆悦耳，美妙天成。“山中一夜雨，树杪百重泉”，更是寻常风景。崎岖险阻，藏之深山，罕为人知，万泉千瀑，尚无芳名雅号。

凤阳云之家，云蒸霞蔚山更佳。凤阳烟云，亦为凤阳山一绝。凤阳山之云雾，时而似薄纱曼舞，若隐若现，若即若离，轻盈缥缈；时而似大海扬波，汹涌奔腾，浪涛千里。予人以激情豪迈。尤为世之所罕，莫过于山民所称“漈头云”者。每当春秋时节，雨歇天晴，从黄茅尖之巅，东北望梧树弯峰，常能目触大片波涛之云雾，以排山倒海之势，越过山顶，泻入北山，如银河九天降落，似群龙碧落升腾。雨初霁，有余飞，伫立林间芳草地，亦能幸运望见大圆光偃卧平云之上，外晕三重，每重有青、黄、红、绿之色。光之正中，虚明凝湛，观者身影亦映现圆光中，毫厘无隐，一如对镜，举手动足，影皆随形，此即所谓“佛光”者。

凤阳山周遭五百里，山趋缓，谷渐宽。缓坡峡谷间，十里五星，散落点点小山村。此地为菇民区，中华香菇发源即在此地。菇民祖祖辈辈，以出远门，在粤闽赣皖深山做菇为主业。久远之历史，形成独特之文化。“五显神”为菇民保护神祇。凤阳山顶“五显神庙”，简而不陋，朴而不俗，便是菇民之朝拜圣地，为历代山祭之中心，亦为傩戏酬神，山歌赛会之娱乐场所。进山作业说“山寮白”，为外人不晓，其妻子姐妹亦不知所云之行话。菇民多属忠厚型，于人不取巧欺诈。男子壮健，爬山越岭，如履平地，投石发枪，至为准确。菇区女子，穿着素净，身姿窈窕，眉清目秀，皓腕霜雪。“越女天下白”，大诗人杜甫说着。菇区山村，多依岩结屋，临涧开场，竹篱木屋，清雅之极，超出人境。屋内窗明几净，青幽罩目；窗前山鸟争鸣，水声盈耳。来此饮茗，超然心远。

“江浙屋脊”凤阳山，自昔荒远，人烟稀少，古代文人墨客难到，绝非高僧名道仙居之地，止一座修于清乾隆年间之“五显神庙”，他无崇楼伟阁。原生态，无人知晓“环境污染”为何物，朴实、美丽、宁静、和谐、大自然。

山涧瀑布

凤阳山赋

叶 放

巍乎壮哉！顶冠江浙，雄踞东南；虎啸茂林，猿啼空山。控百越而引丽水，襟瓯江而带闽钱。跃猴惊鸟、幽兰吹竹梦凉；盘龙戏凤，清风弄月唱晚。龙光射斗，众星奔驰；丹凤朝阳，群仙飞天。佛光普照生灵，俊贤呵护圣山。有客曰：此乃龙泉凤阳山是也！

世纪交替，龙泉市日渐腾飞；二次创业，凤阳山迎来春天。慧眼真珠识，旅游佳音传。风从虎，云从龙。虎添翼，龙点睛。绘龙高手，缘自宋城集团；一波三折，引来焦点访谈。勇于责任担，叹呼创业难！

创业维艰，环保先行。山上环保阁飞鸽鸽飞阁不飞，岭下瓯源洲流舟舟流洲不流。如同旅游与生态共存，开发与保护双赢。

看今朝神姿仙态凤阳山依然笼翠；望秋水如情似梦瓯江源照旧流环。高山草甸，林海杜鹃；双折观瀑，七星缀潭；天根地窟，云戏鹰岩；叠水飞雪，人间奇观。绝壁奇松万壑云，群鸟争鸣千岭杉。一步一景，步移景转；处处皆景，幻真百变。真可谓：松迎远客来，谷迓伊人缘……

噫嘻！花树无私，护一方净土如画；江山有情，引万千游客朝拜！寻根问古，穿引绿海；回归自然，远离尘埃；恍若一梦，悠哉悠哉！

生机勃勃

凤阳山赋

吴 炜

天地茫茫，钟灵毓秀。南国有山：丹凤朝阳。属于洞宫山脉，蜒自武夷山系。其高若何？巅连接天。伸手可摘星月，竖耳可闻天鸡。其状若何？似千波起伏，若龙蛇腾雾。

黄茅尖峰，白云环绕；登临其极巅，一览群山小。远望层峦迭嶂，俯观古邑城廓。白云深处翔黄鹤，绿海波中隐大仙。其雄若何？风卷残云，荡尽污浊，玉宇澄清，一望无垠。

瓯江之源，涓流细细；神秘一泓碧水，仿佛来似天外。翠鸟林间常戏闹，雄鹰顶上静翔游。丛中野兔儿蹦，洞中幽泉声柔。其静若何？松生空谷；凌波仙子，闲坐荷墩。

将军岩石，顶天立地。独居大峡，挺胸昂首；力压群雄，威风凛然。其神若何？兵戟森森，戒备森严；点将锣鼓，犹闻在耳。故东舒先生有诗云：挺胸昂首大将军，倚剑龙泉倍有神。兵戟森森千岭树，阵旗猎猎万壑云。瀑擂通鼓开军宴，鹰居危岩护大门。捋髯笑看江山转，风帆叶叶接嘉宾。

千仞绝壁，万丈悬崖，无数奇松，抓牢岩石不放松。其株兮，形如擎天巨伞。其根兮，恰似铁爪钢钩。铜皮铁骨，壁垒森严。寒冬腊月傲冰雪，烈日炎炎笑东风。忽然云腾风起，波涛涌动；转眼烟霞散尽，彩虹佛光。其险若何？奇岩突兀，非人可攀，绝壁峥嵘。其幻若何？涛涛云海，茫茫迷津，疑为仙境。

大哉峡谷！鬼斧神工。两边奇峰耸立，谷底咆哮如雷。山腾紫气萦幽谷，水涤嚣尘洗浊心。百丈双折，急流飞荡；水击乱石，飞雪溅空。其幽若何？林茂涧深，獐鸣猿啼，扑朔迷离。

凤阳一湖，波澜不惊；水天一色，一碧如镜。岸藏幽兰，其香盈盈。清静世界，江

古树林初阳

南天池。其洁若何？月洒寒江；天池沐鹅，秋菊沐霜。

七口星潭，聚七潭碧水；星罗棋布，犹苍穹北斗。传战国欧冶子，曾淬神剑于此，剑炉磨石，至今犹存。欧冶将军何处去？千重峡谷起兰烟。

绿野山庄，坐落中山。古堡望台，怪异木屋，北欧风味，原始古朴。其居若何？冬暖夏凉。养精蓄锐，妙不可言。

呜呼！春绽杜鹃，峰峦啼血。红白斗妍，锦簇团团。其艳若何？霞照芙蓉，大家闺秀，靓丽端庄。夏蝉鼓噪，荡气回肠，战鼓阵阵，催人奋进。其势若何？暴风骤雨，力压林涛。秋风萧瑟，气爽天高，万山红叶，意欲燎原。其美若何？闭月羞花，沉鱼落雁，应惭西施。冬日寒风，千里冰封，红梅衬雪，万物凝固。其素若何？冰肌玉骨，观音现世，妙玉参禅。

伟哉！天下奇山，凤阳称绝。远古情趣，世外桃源。登其景也，则有宠辱不思，飘飘然，悠悠然，其心旷神怡者矣！

故事卷

丹凤朝阳

地图上的凤阳山

吴锦荣

所谓“地图”，是按一定比例运用符号、颜色、文字注记等描绘显示地球表面的自然地理、行政区域、社会经济状况的图。那么在历代的地图中，作为自然地理的“凤阳山”有何记载？从中又反映了凤阳山的哪些信息？现根据所见的几份不同年代的地图，略记如后。

黄茅山见于1936年7月《浙江省明细图》（图1）。地图纵55cm×横79cm，比例尺百万分之一。武昌亚新地学社印行。“黄茅山”的地理标志，位于该地图中的龙泉县境南部。黄茅山，又称黄茅尖（1915年印行的《浙江全省舆图并水陆道里记·龙泉县图》中即标示为黄茅尖），为洞宫山脉主峰，亦是凤阳山的主峰。区内地形复杂，地势高峻，切割甚烈，峡谷众多，山岭逶迤，群峰林立，海拔千余米的山峰有350余座。

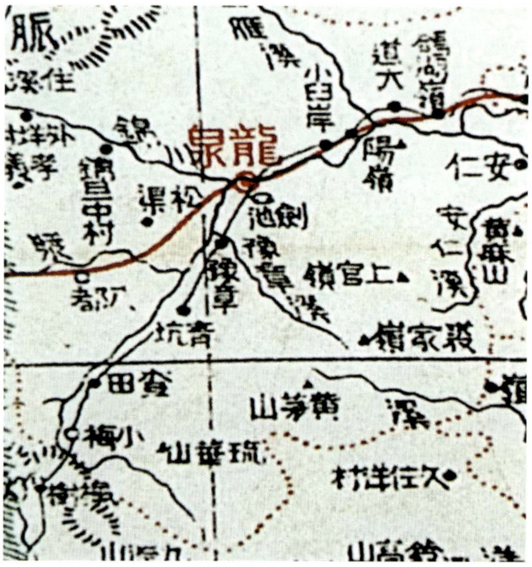

图1 1936年7月《浙江省明细图》（局部）中的“黄茅山”地理标志

凤阳山见于1938年九月《龙泉县境图》（图2），现收藏于浙江图书馆古文献部。地图右下标注：“本图依浙江省陆地测量局所出版之十万分之一龙泉县全图缩绘”。左下标注：“浙江省龙泉县政府制印；本图定价国币壹角、二十万分之一比例尺”。地图的左下角还有附图“龙泉县街道图”。据地图所示，当时龙泉的行政区划为5区（城区、安仁区、小梅区、八都区、道太区）、八镇（中正、西平、东升、河南、安仁、梅溪、查川、长安）。

“凤阳山”的地理标志，在该地图的桐溪乡、兰山乡境内，亦标有位于凤阳山的“五显殿”。凤阳山地处浙西南僻远，山高林密，古时人迹罕至，历代史志中亦鲜有记载，一度“藏在深闺人未识”。而这张《龙泉县全图》所标示的“凤阳山”之名，是迄今为止首次在文献记载（《地图》）中出现，具有一定的史料价值。

关于“凤阳山”之名的来历，据1994版《龙泉县志》记载：“凤阳山原称凤凰山，清乾隆间，兴建五显庙，继而修通五条石阶山道，成为附近菇民群众朝拜圣地。因庙址地形如朝东南展翅欲飞的凤凰，寓丹凤朝阳之意，故五显殿又称‘凤阳庙’。庙名逐步取代山名，凤凰山遂称凤阳山。”

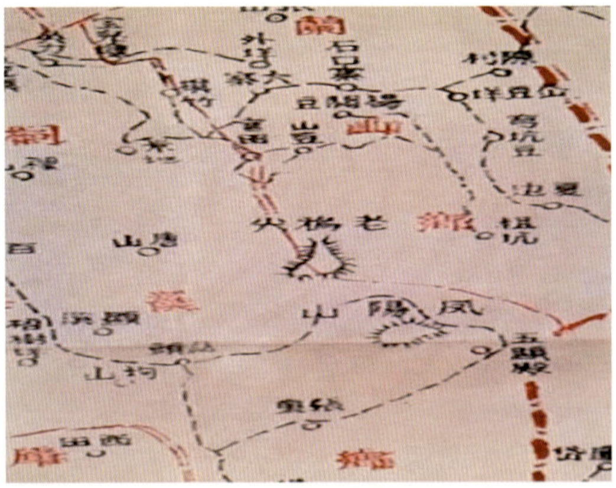

图2　1938年9月《龙泉县境图》（局部）中的“凤阳山”“五显殿”地理标志

HUANG MAO CHIEN　见于美国德克萨斯大学图书馆藏美国陆军制图局制彩色英文版《中国图》（*China* 1∶250000 *Series* L500 *U.S. Army Map Service*. 1954）（图3）。其中的《龙泉县》地形图，据《中国图》中的《CH'U-HSIEN 衢县》NH50-16和《P'U-CH'ENG》NG504两图剪辑合并而成。比例尺1∶2500000，等高线间距100米。

图3　*China Map Service*. 1954龙泉县地形图（局部）中的“HUANG MAO CHIEN”地理标志

图4　1984年12月《浙江省龙泉县地名志·龙泉县政区图》（局部）中的“凤阳山自然保护区”地理标志

地图中“HUANG MAO CHIEN”（有资料称“黄茅尖”的译音为“Huang Mao Jian”）的地理标志四周，还分别标有“荒村”“五显殿”“梅七村”“一溪”等红色的中文标识。

凤阳山——凤阳山自然保护区　见于1984年12月《浙江省龙泉县地名志·龙泉县政区图》（图4），比例尺1∶245000。1984年10月，龙泉全县为9区（城北、道太、锦旗、城郊、安仁、八都、龙南、屏南、城南）1镇（龙渊）40乡。

“凤阳山——凤阳山自然保护区”的地理标志，位于该地图中的城郊区大赛乡与屏南区均溪乡的交界处。1975年5月15日，浙江省革命委员会批准建立自然保护区，占地23万亩，1981年正式成立管理机构。

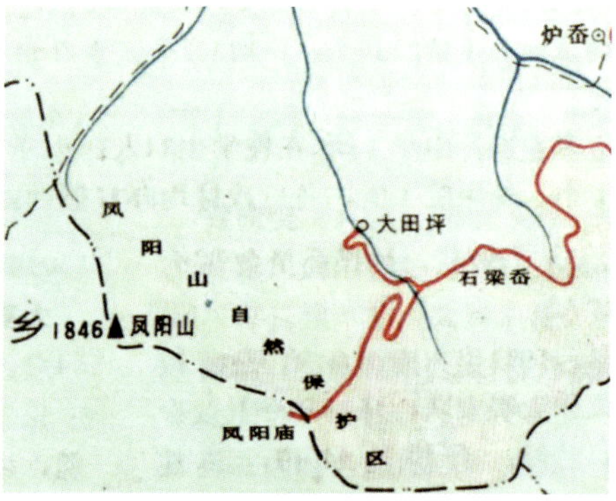

图5 1984年12月《浙江省龙泉县地名志·大赛乡图》(局部)中的“凤阳山”“凤阳庙”地理标志

图6 2004年3月《龙泉商务交通旅游图·龙泉市地图》(局部)中的“凤阳山–百山祖自然保护区”地理标志

凤阳山 1846 见于1984年12月《浙江省龙泉县地名志·大赛乡图》(图5),比例尺1∶70000。“凤阳山1846”(即高度海拔1846米)、“凤阳庙”、“凤阳山自然保护区”的三个地理标志,均位于大赛乡的西南部与均溪乡的交界处。据《地名志·凡例》称:“所标海拔高程,采用1956年黄海高程系”。图中已将“五显殿”改称为“凤阳庙”。

凤阳山公路 见于1984年12月《浙江省龙泉县地名志·龙泉县交通图》,比例尺1∶300000。据地图中所示,凤阳山公路起自豫(章)蛟(垟)公路际头南,岔路折向西南至凤阳山。于1970年建成通车,全长13.8千米。

凤阳山–凤阳山自然保护区–黄茅尖 见于1994年6月版《龙泉县志·龙泉市政区图》(图6),比例尺1∶245000。凤阳山–凤阳山自然保护区–黄茅尖的地理标志,位于地图中兰巨乡的大赛南部与屏南镇的均溪交界处。1992年10月,经国务院批准,凤阳山为国家级自然保护区。《龙泉县志》载:凤阳山国家级自然保护区“面积56230亩,其中有成熟林地43071亩,灌木林地237亩,疏林地2986亩,未成林造林地318亩,无林地9119亩,其他用地499亩,森林覆盖率76.6%。”

凤阳山–百山祖自然保护区 见于2004年3月《龙泉商务交通旅游图·龙泉市地图》(图6),浙江省测绘大队、龙泉市民政局编制,《浙江摄影出版社》出版、发行。

“凤阳山–百山祖自然保护区”“凤阳山”“黄茅尖”“凤阳山自然保护区”等地理标志,均位于地图中兰巨乡西南部与屏南镇交界处。

据上海辞书出版社《大辞海》:“浙江凤阳山–百山祖自然保护区,是以中亚热带湿润常绿阔叶林生态系统为主要保护对象的自然保护区。位于浙江省龙泉、庆元2县境内,面积24711公顷。有高等植物1998种,其中产于此地的模式标本植物70多种,尤以属世界12种濒危植物之一的百山祖冷杉最为著名。高等动物有292种,其中国家重点保护野生动物有黑鹿、黄腹角雉等66种。1975年和1985年分别建立了凤阳山和百山祖两处省级自然保护区,1992年合并后列为国家级自然保护区。”

地图中“凤阳山–百山祖自然保护区”的下方,分别有“凤阳山”“江浙第一高峰”“黄茅尖1929”“凤阳山自然保护区”的地理标志。还以红字标注凤阳山旅游区的迎宾门,以及“石梁岙、凤阳瀑、乌狮窑、龟岩、凤阳庙、老鹰岩、凤阳坞、双折瀑、将军岩、小黄山”十景。

天然公园　绿色宝库

沈惠国　舒喜春　陈豪庭

在武夷山系洞宫山脉的中段，离龙泉县城50余千米处，有座巍峨的大山——凤阳山。她孕育于中生侏罗纪，山体构造在震旦纪以前奠基，属华夏陆台闽浙地质的一部分。地表由流纹岩、凝灰岩及小量石灰岩组成，土壤类型以红壤和黄壤为主。这里风光秀丽，动植物资源丰富，已被划为国家级自然保护区，享有“天然公园”“绿色宝库”的盛誉。

天生丽质　婀娜多姿

到过凤阳山的人，没有一个不为她秀逸素雅、幽若仙境般的景致所吸引。无论是春夏秋冬，或是晴阴雨雪，每次进山都会有新的体味。笔者曾陪同中国著名画家刘旦宅于1978年深秋时节上山。开初云雾弥漫，山景披上面纱，显得缥缈神奇，画家盛赞景色带着朦胧美，余味无穷。一下汽车，连茶水也顾不得喝一口，就津津有味地对景写生了。后来云开雾散，阳光普照，天空一碧如洗，而山林像初浴刚罢，显得格外清新苍郁，大片大片的枫树、蓝果树，叶子红得如火焰，黄的像金子，点缀在绿锦似的山坡上，画家称赞不绝。他感慨地说：“我过去在山水画中的用色，自认大胆，想不到大自然中的色彩竟是如此出人意料地绚丽和浓艳！”

画家游览过全国各名山大川，为什么对凤阳山的景色如此惊叹呢？原来凤阳山的风光自有她独特的神韵。这里地势险峻，过去交通闭塞，人迹罕至，使她得以保持着较为完整的植被。这里地处北亚热带和南亚热带过渡地带，气候条件优越，有利于各种植物生长，植被类型和区系成分，既有典型的中亚热带常绿阔叶林的特征，又具有差异性、过渡性、复杂性和多样性。从海拔600~1300米交错地分布着常绿阔叶林和马尾松、毛竹、杉木林；从海拔1300~1700米分布着落叶常绿阔叶林，并交错地分布有台湾松林；从海拔1700~1921米的山顶，分布着落叶林和高山灌丛及草地；从山脚到山顶的林带，既有明显垂直分布的，又有错综复杂的、犬牙交错式的。大体有：柳杉人工林、毛竹林、杉木人工林、马尾松林、黄山松天然林、常绿阔叶林、针叶阔叶混交林、常绿落叶阔叶混交林、山地矮林、山地草丛灌丛 10 个类型。其森林总蓄量达 30 万立方米。据浙江省林业高级工程师章绍尧说，这样繁富的林业资源，在江南一带已不可多得。画家所看见的正是常绿落叶混交林灿烂的秋色，无怪乎他是这样地流连忘返。

凤阳山的云海是十分壮观的。不久前，浙江电影制片厂两位摄影师到凤阳山拍林业科教片，适逢久雨初霁。那天清早，晨曦微露，天际红霞如火，山腰间云海茫茫，高深莫测；远山峰峦探现于白云之上，像浩海孤岛，忽沉忽浮；随着日头升高，云雾像锅开水沸，急剧升腾，气势极为磅礴。摄影师们如获至宝，架起摄影机，"哒哒哒"地拍了起来。一位从事过"阿诗玛"电影特技摄影的老摄影师事后对笔者说，要不是还要拍别的镜头，真想把带来的所有彩色胶片"一扫而光"，拍个痛快！

凤阳山的云雾，给诗人们开拓了广阔无边的联想天地。中国作家协会浙江分会会员、龙泉诗人闻欣赞美凤阳山的云是"带蜜的云"，这种云化成了雨，"我伸手在空中捧一把雨，尝一尝——唔，是甜的。"另外，他写的凤阳山风情小诗《春与夏》更富韵味：

"云，把凤阳山
拦腰截成两半。
云下，山花已经凋残，
炎夏，已徘徊在村庄原野。
云上，杜鹃花灿然如霞，
春天，刚刚迈上山巅……
呵，那垂天的瀑布，
从春出发，落入夏的水潭！
那飞鸟，在山下双翅一振，
从夏天飞向春天！
呵，凤阳山的云呵，
正好飘在春天和夏天之间……"

凤阳山多云雾，绝非偶然。气象资料表明，凤阳山因受东南海洋和季风影响，气候温暖湿润，年降水量在 2500 毫米以上，境内森林茂密，有利于水土保持，涵养水源，调节气候。即使是最干旱年份的盛夏季节，这里依然湿润凉爽，山泉飞瀑不断，云雾常年缭绕。所谓"源远流长"，凤阳山是瓯江的发源地，瓯江之水所以能常年奔流不息，也是托凤阳山的福呢。

凤阳山上有许多景点，不愧为游览胜地。"凤阳庙"堪称第一胜。她藏在三面环山的苍谷之中，

氤氲山海

南西北三面背后是黑压压的黄山松林，东面对着山峡出口。当年这里有座雄伟的“五显殿”，系菇民募捐集资所建，每当庙会期间，人们纷纷前来顶礼膜拜，最多时竟达1600余人，香火兴旺，盛况非凡。1966年，“五显殿”毁于火灾。如今，在古庙遗址傍，建造了一座式样别致的楼房——凤阳山自然保护区管理委员会大楼。北侧则是标本室大楼。这个高山新村的出现，给寂静的山林增添了勃勃生气。

在主峰南首，有一块乌黑的大岩石拔地而起，高逾百丈，人称“将军岩”，站在岩顶，可环视四周万顷碧波。著名书法家、诗人姜东舒曾有诗赞叹：

挺胸昂首大将军，剑倚龙泉倍有神。

兵戟森森千岭树，陈旗猎猎万壑云。

瀑擂通鼓开军宴，鹰踞危岩护大门。

捋髯笑看江水转，风帆叶叶接嘉宾。

从凤阳庙出发，爬完一段峭直的陡坡，穿过凤阳山第二高峰下的山口，再行经5千米，可以看到“老鹰岩”的雄姿。这座异峰突起，被称为“老鹰岩”的小山上有许多岩洞，这是老鹰的窝穴。山上山下，黄山松挺拔秀美，生机盎然。

“凤阳坞”则另有一番风味。一片上百亩阔的草地，坐落在主峰鼻尖底下，使人感到意外。四周山脊上，古树参天，山路旁，盛开着五彩斑烂的山花，其色彩之富丽，宛若彩虹落地，美不胜收。据说，当年粟裕同志率领的红军抗日先遣队曾在这里露宿，撒下了革命的种子；附近山头曾是红军同国民党反动派军队鏖战的战场；山洞里掩藏过三位红军伤员。如今，凤阳坞是一个管理点，以后要建为高山苗圃。

在将军岩北首，有座山岭，上面生长着千姿百态的松树和婀娜多姿的杂木，春夏期间则开满红色的“映山红”、白色的“猴头杜鹃”和茄紫色的”云锦杜鹃”。

站在岭上，北视，高达70米的双折瀑尽收眼底。要是晴天，可见瀑布似玉液腾空，轰鸣的水声在山谷间回音四起，飞荡开的水珠雾气，在阳光下映出五光十色的虹霞，跳跃明灭，神妙至极；南望，几十托山峦向蓝灰色的天际伸展，消隐在沉沉雾霭之中。笔者曾陪同上海《解放日报》一位年近六旬的老记者来此采访。他问管理区同志，此岭叫什么名？管理区同志说，眼下尚未定名，我们看它风光好，暂时叫它“小黄山”。老记者听后笑着说：“我多次上过黄山，那儿风景确实奇美，但这儿视野广，气魄大，特别是山青林密，不比黄山逊色。叫‘小黄山’太委屈她了。”我们请他出出主意，给这山取个雅号，老记者思索片刻后说：就叫“苍松山观瀑岭”如何？那双折瀑叫“龙渊飞瀑”好了。他最后在一棵老松树干上刻下了这句结论性的话语：“不似黄山，却有黄山不似处”。真是评得恰到好处！

登主峰远眺，是游程中最精彩的一幕。主峰黄茅尖，海拔1929米，是江浙第一高峰。从保护区管理委员会所在地出发，大约有两个小时就可以登临绝顶了。远望主峰，明明尖如塔顶；登上一看，竟平坦得像个大操场。站在高山之巅，放眼大自然，只见群山起伏，碧波万顷，风起时，林涛呼喊，像闷雷滚动；山谷间，瓯江源流如飘曳的彩带，隐隐约约闪着银光。更远处，透过朦胧雾霭，龙泉山城遥遥在望。面对如画山川景色，谁不感到心胸开阔，豪情满怀呢！此时倘若想起杜甫的名句：“荡胸生层云，决眦入归鸟。会当凌绝顶，一览众山小。”定然会佩服诗人对情景的描绘是何等地妥贴准确啊！

绿色大厦　林海精华

其实，自然景致的美，远不是凤阳山的特色。当人们在密林深处钻了几天之后，就会明白，凤阳山的得天独厚，还在于它是一座绿色大厦，荟集着浙江林海的精华。这里，生长着1300多种高等植物，其中还有不少我国乃至世界稀有珍贵植物，故植物学家称此处是“华东古老植物的摇篮。”

在离凤阳庙不远的山坡上，生长着一片杉木林，其中胸径最大的达60厘米以上。我们知道，杉木是我国特产树种，具有优质、速生的特点。一般认为浙江省杉木分布在海拔1200米以下，而这些杉木在1400米以上居然生长得如此旺盛，实在出人意外。在常绿落叶阔叶混交林带，我们可以屡见大乔木参天插云，鹤立鸡群。这里有高过8层大楼、粗要3人合抱的“光皮桦”，它树皮灰色，环状光滑，站在树旁，只觉清香四溢，爽气袭人。还有那躯体雄伟，形如巨塔的“鹅掌楸”，更是引人注目。它的叶形奇特，像鹅掌，更像清朝人穿的上衣“马褂”，故当地人叫作“马褂木”，是世界著名的观赏树种之一，它的树高、胸径和材积生长量，都是以速生著称的用材林良种——杉木的1~3倍，而材质却并不逊色。

最出名的也许是“白豆杉”了。这是常绿灌木，雌雄异株，种子生于白色肉质的环状假种皮中，形似豆子，故得名，属古代孑遗植物，我国特产，20世纪30年代植物学家在龙泉昴山首次发现定名，现在濒临灭绝，极为珍贵。此树种子结实少，发芽难，繁殖极不容易，以前国内未见有人工育

层林尽染

种繁殖成活的先例。1981 年，凤阳山自然保护区科技人员首次用人工扦插育苗获得成功。此项很有价值的科技成果，迅即引起有关方面的高度重视，为大面积引种白豆杉开辟了广阔途径。

凤阳山的“伯乐树”，是单科、单属、单种植物，在植物分类学上占有独特地位。还有银钟树，花如银钟，微风吹来，悠然摇曳，使人仿佛听到钟声在林间回荡。此外，还有国家重点保护树种香果树，孑遗植物银杏，木质硬得连钉子都钉不进的红豆杉，长寿的水青冈，美丽的天女花以及金钱松、福建柏、长柄双花木、南方铁杉、黄山木兰、凹叶厚朴、沉水樟、浙江楠、珠网萼、天目紫茎、穗花杉等等。保护这些珍稀植物，是凤阳山自然保护区的首要任务。

凤阳山真菌资源十分丰富。仅据丽水市科学技术委员会和林业局组织的考察队 1980 年 5 月 29 日至 6 月 10 日在大田坪、凤阳庙、凤阳坞、将军岩、乌狮窟、老鹰岩等山片实地考查，就采得真菌标本 264 号，经鉴定了 200 种，已定名的就有 151 种，分属于 16 个目 75 个属。

凤阳山的竹节人参、鹿衔草、云雾草、黄莲、七叶一枝花等名贵药材也俯拾皆是。有人风趣地说，要是明朝医药学家李时珍当年知道有个凤阳山，一定会跋山涉水早早赶到这儿来采药了。

野生动物的天然乐园

凤阳山优越的环境，为野生动物提供了理想的栖息和繁衍的条件。据调查，凤阳山上已发现有华南虎、云豹、穿山甲、猕猴、大鲵（娃娃鱼）、苏门羚等名贵动物。

凤阳山上有“人熊”的传说由来已久，曾经引起生物学家、人类学家的浓厚兴趣。当地老山农声称曾亲眼看到过“人熊”，说是有人这般高，全身毛茸茸的，能直立行走，以吃野果为生，不伤人兽。从凤阳庙到将军岩的中途密林深处，我们曾看到一棵大树边离地数尺处，有一个用树枝编织的长约五尺、宽二尺的卵形兽窝，老山农说这就是“人熊”的“家”。可惜，科学工作者至今无缘同“人熊”见过面。“人熊”究竟有没有，是什么动物，暂时还是个谜。无怪于一位诗人面对这个所谓“人熊”之家，询问起它的主人来：

“……

你是智慧动物吗？
为何又离我们如此之遥？
你是类人猿吗？
为何还留恋这原始窝巢？
几万个世纪过去了，
世界万物进化的进化，飞跃的飞跃，
你的窝却给人类学者，
留下一个奇异的大问号。”

动物天堂

人们用“鸟语花香”形容春天的到来。在凤阳山，一年四季，都能听到禽鸟的啼鸣，真是“四季皆春”了。据初步调查，已发现有鸟类63种，分隶于10个目23属，其中夜鹰、小白腰雨燕、红尾伯劳、黄颊山雀等14种还是浙江省的新记录。这些禽鸟，有40种是“常住居民”，称为“留鸟”，有20种是夏天到这儿“避暑”的，叫作“夏候鸟”，另有3种是“过路客人”叫作“旅鸟”。当我们在山林中穿插行走时，这些可爱的鸟儿总是用清脆、婉转的嗓音唱着美妙的歌儿，陪伴我们的行程。

凤阳山洼边，盛产一种石蛙，个头大，肉嫩味美，营养价值很高。它们常常群居生活，是两栖动物。石蛙同蛇是冤家对头，两者相遇，少不了一场生死搏斗。有一次，只见一条凶狠的腹蛇衔住一只石蛙，十几只石蛙冒死围攻腹蛇，把蛇拖到水底活活淹死，虽然被衔过的石蛙未能脱险，而它的同伴倒为它报了仇，其场面堪称悲壮。

不过，凤阳山最有趣的还是猴子。它们调皮、机灵、可爱，常常四五十只一群，出没于山林之中。有一天，我们在云笼雾绕的一片老林中行走，侥幸看到几只老猴在树杈上睡懒觉，一群活蹦活跳的小猴抓着藤蔓荡秋千。这一派舒心安逸的景象，使你相信这儿真是猴子的“极乐王国”。更有趣的是，有一天傍晚，一群猴子摸到工人食堂偷饭吃，被人发现，拿棒子追打。猴子仓惶逃跑，不料一条小溪拦住去路，大猴子一跃而过，小猴子跳不过去，急得“唧唧”乱叫。过了溪的母猴见状发出“紧急命令”，叫公猴过溪接应。公猴回过溪，抱起小猴用力甩过溪去，隔岸母猴接住放下，甩最后一只小猴时，工人们一声呐喊，公猴心慌失手，把那小猴丢落在小溪中，群猴一见拼命沿溪抢救，终于在不远的下游把小猴打捞上岸。这时，只见母猴气势汹汹，在那失手的公猴面前站定，“啪啪！”就是两记耳光。那公猴自知过错，只是抱头受罚，竟不敢吭一声。人们看得真切，个个笑痛肚皮。

在结束愉快的凤阳山之行的时候，我们真羡慕这些珍禽宝兽，它们在这里栖息生存，“生儿育女”，承宗传代，生活得何等的自由自在啊！把凤阳山誉为“野生动物的天然乐园”是一点也不过分的。

凤阳山是大自然给人类的一份厚赐。随着自然保护区的建立和发展，她将一改“养在深闺人未识”的境遇，越来越成为人们瞩目神往的胜地了。

凤阳山 大自然赠予浙江的宝珠（4篇）

王远长

凤阳山，大自然赐予浙江的宝珠

凤阳山位于龙泉市境内，海拔1800米以上山峰多达8座，人称浙江屋脊，主峰黄茅尖1929米，为江浙第一高峰。其地史古老、山势高峻、地形复杂，光、温、水地域差异明显，气候因子垂直分布差异较大，加之光照充足、雨量充沛，四季分明又呈冬长夏短、入春偏迟、进秋偏早等特点，森林资源丰富，保留着较大面积的阔叶林和针阔混交林，至今仍有部分几百年以上未受人为破坏的半原生林，素来有“华东古老植物的摇篮”和“天然植物园”的美称，成为研究华东植物区系起源、演化的关键地区，也是12个具有国际意义生物多样性分布中心及研究中国与日本植物区系最重要的区域之一。凤阳山被列入国家一级保护植物有红豆杉、南方红豆杉和伯乐树（钟萼木），属国家一级重点保护动物有9种。

凤阳山是重要的科研基地，更是人们向往的旅游胜地和心目中难得的净土，自然风光优美、险峻、奇特、清幽，有监测数据显示，负氧离子每立方厘米达到一万个至几万个，双折瀑高达12万个，是实至名归的“浙江氧吧”。

森林旅游是凤阳山最吸引人们的生态魅力，目前对外开放五大景区。

“绝壁奇松”景区悬崖耸立，架栈道贯通，漫步其上，有临渊之险，更有凌空之惊；峭壁间苍松万棵，树体巨大，姿态各异，尤以一松一柏最为生动震撼，缘壁而生，裂石而悬，树干虬曲古朴，针叶簇簇如云，恰似飞龙在天。山风微起，松涛阵阵，美不胜收。

“江浙绝顶”是游人实现登高愿望的最佳去处。攀登主峰黄茅尖，一路可观赏天然森林的丰富物种，感受植物垂直分布带从落叶常绿阔叶混交林、针阔混交林、山地矮曲林、山地灌丛到草丛的明显变化，极具科普意义。至顶峰，观日出，赏云海，举目四望，却非一览众山小，大有一山更比一山高之感。近处有凤阳尖、烧香岩等峰峦与其争高，远处有大小天堂傲然屹立，更有第二高峰百山祖高耸入云，还有仙霞岭山脉与之相对。若逢雨雾初霁，旭日斜照，还可能喜遇云顶佛光。

赏过绝顶可直落“瓯江源”，品味草甸与湖泊的典雅秀色。草甸处在海拔 1600 米上的盘谷湿地，近百亩，周边古树环绕，地上茅草丛生，夏秋季节葱绿如茵，点缀七彩野花，冬春之时草色枯黄，风起草浪，一派塞北风光。草甸尽头有一泓清泉从密林中汩汩而出，聚成一条小涧，穿过一片密集的塔杉林，在草甸尾端汇成一个高山湖泊凤阳湖。凤阳湖碧波荡漾，纤尘不染，宛若天镜，照天照地照人心，荡涤红尘世俗，还一个纯洁心灵。

随瓯江源而下至“龙泉大峡谷”，首先进入的是杜鹃谷，山坡有百亩猴头杜鹃和云锦杜鹃，春夏交接之际竞相绽放、争奇斗艳，谷底道路平缓，涧水哗啦作响，一路相伴。峡上有揽桥，过桥有栈道，可至天马峰，到双折瀑，回环相接；穿桥下而走，水畔有河床扁圆光滑，表面灰中泛黄，握石子敲击，嗡嗡作响，犹如鼓声，方知岩内中虚空罅，称龙泉木鱼石。过石鼓到双折瀑，瀑高近百米，瀑声如雷，如千军万马奔腾，瀑底寒意侵骨，隆冬则成冰瀑。瀑布西侧为天马峰，山岗两边为悬崖，形似马鞍，犹如将军坐骑。

天马峰与绝壁奇松相对，形成的峡谷名“十里笼翠”。山谷之中森林茂密，遮天蔽日，分布着众多国家重点保护的珍稀树种，深秋季节，层林尽染，野果、霜叶猩红，色彩斑斓，赏心悦目。“十里笼翠”是“七星潭”的延伸，七星潭因七个碧潭如北斗七星排列而得名，黄茅尖与凤阳尖之水在这里汇集，潭下有卧龙窟、风动石，奇特又神秘。

凤阳山人口稀少，是世界香菇文化发祥地，山中分布着丰富的孢子植物资源。据调查，现记录有大型真菌 256 种，其中食用真菌近百种，种类繁多的菌类为凤阳山又添色彩，凤阳山成为大自然赐予山水浙江、诗画江南的一颗宝珠。

凤阳山——华东古老植物的摇篮

自古江南佳丽地。浙江地处东海之滨，历史悠久，生态优良，经济发达，文化繁荣。在世人印象里，她是一个秀丽婉约的鱼米之乡、文化之邦，其柔和内敛的优美形象，无意间遮掩了作为一个多山省份所具有的雄壮坚毅的阳刚之气。浙江七山一水二分田，除浙北杭嘉湖和宁波及浙东沿海为平原，10 余万平方千米大地上，山地占据七成，天目山、天台山、四明山、雁荡山、仙霞岭等山系贯穿全省，海拔一般在 200~1000 米。较高的山地在西部和南部，最高处属龙泉市境内的凤阳山，主峰黄茅尖 1929 米，为江浙第一高峰。

凤阳山位于洞宫山山脉东北端，由华夏古陆华南台地闽浙地盾演变而成，基岩为侏罗纪火成岩，岩石硅质含量高，质地致密坚硬，抗风化能力强，为形成高峰打下基础。凤阳山内海拔 1800 米以上山峰多达 8 座，人称浙江屋脊，也是浙江第二大河瓯江的发源地。地理位置介于东经

119° 06′ ~119° 15′、北纬 27° 46′ ~27° 58′ 的近海区域，处于中亚热带温暖湿润气候区，光照充足，新千年第一缕曙光照耀凤阳山，比我国大陆最早见到太阳的温岭石塘镇只差 5 分钟；雨量充沛，年降水量可达 2325 毫米；四季分明，又呈冬长夏短、入春偏迟、进秋偏早的特点。由于地形作用，光、温、水地域差异明显，气候因子垂直分布差异也较大。其地史古老、山势高峻、地形复杂的自然条件，加之人口密度低，森林资源丰富，素来享有“华东古老植物的摇篮”和“天然植物园”的美誉。

独特的地理区位，复杂的地形地貌，丰富的气候资源，孕育了凤阳山众多的生物物种，保留着较大面积的阔叶林和针阔混交林，至今仍有部分 300 年以上未受人为破坏的半原生林，使其成为研究华东植物区系起源、演化的关键地区，也是 12 个具有国际意义生物多样性分布中心及研究中国与日本植物区系最重要的区域之一，从而成为《中国生物多样性保护行动计划》的重点实施区域。据相关部门长期调查显示，凤阳山有 6 个植被型组，11 个植被型，21 个群系组，27 个群系，以珍稀或濒危植物为优势种或次优势种形成的稀有群落 7 个。苔藓植物 66 科 170 属，368 种；蕨类植物 37 科 74 属，196 种 7 变种；种子植物 164 科 666 属，1464 个分类群。其中，3 种苔藓植物、11 种裸子植

山花烂漫

物、44 种被子植物被国家和有关单位批准公布为珍稀濒危植物；被列入国家一级保护植物有红豆杉、南方红豆杉和伯乐树（钟萼木）3 种，国家二级保护植物有黄杉、厚朴、白豆杉、香果树等 18 种。

凤阳山动物资源也极为丰富，计有昆虫 25 目 239 科 1161 属 1690 种；脊椎类动物中有鱼类 45 种、两栖类 32 种、爬行类 49 种、鸟类 121 种、兽类 62 种。内有国家重点保护动物昆虫 1 种、两栖类 1 种、鸟类 19 种、兽类 15 种，其中属国家一级重点保护的有 5 种，二级重点保护的有 31 种。

1980 年，凤阳山成立省级自然保护区，开展保护及科研工作，1992 年晋升为“浙江凤阳山 - 百山祖国家级自然保护区”。凤阳山是重要的科研基地，其优美、险峻、奇特、幽静的自然风光，更是人们向往的旅游胜地和心目中的难得净土，其大气之清纯被称为“浙江氧吧”。有监测数据显示，负氧离子杜鹃谷为每立方厘米 14400 个，凤阳湖为 46300 个，而在双折瀑达到 120000 个。

森林旅游是凤阳山最吸引人们的生态魅力，为保护原始状态不受人为破坏，目前仅选择有限的五大景区对外开放，以凤阳庙为中心向外铺展。

庙右侧为“绝壁奇松景区”，区内悬崖耸立，架栈道贯通，漫步其上，有临渊之险，更有凌空之惊；峭壁间苍松万棵，树体巨大，姿态各异，尤以一松一柏最为生动震撼，缘壁而生，裂石而悬，树干虬曲古朴，针叶簇簇如云，恰似飞龙在天。山风微起，松涛阵阵，美不胜收。

登临“江浙绝顶景区”，是游人的最大愿望。攀登主峰黄茅尖，一路可观赏天然森林的丰富物种，感受植物垂直分布带从落叶常绿阔叶混交林、针阔混交林、山地矮曲林、山地灌丛到草丛的明显变化，极具科普意义。至顶峰，观日出，赏云海，举目四望，却非一览众山小，大有一山更比一山高之感。近处有凤阳尖、烧香岩等峰峦与其争高，远处有大小天堂傲然屹立，更有第二高峰百山祖高耸入云，还有仙霞岭山脉与之相对。若逢雨雾初霁，旭日斜照，还可喜遇云顶佛光。

赏过绝顶风光，可直落“瓯江源景区”，品味高山湖泊的典雅秀色。一泓清泉从密林中汩汩而出，聚成一条小涧，穿过一片密集的塔杉林，越过一片高山湿地，在海拔 1600 米的草甸尾端，汇成一个高山湖泊凤阳湖。塔杉林由众多柳杉聚集而成，远望如一棵棵塔形的圣诞树，蔚为壮观，粗大者需几人合抱，其中一棵从基部分成五杈，独木成林，被誉“五世同堂”。草甸是一处山谷盘地，近百亩，周边古树环绕，地上茅草丛生，夏秋季节葱绿如茵，点缀七彩野花，冬春之时草色枯黄，风起草浪，一派塞北风光。凤阳湖碧波荡漾，纤尘不染，宛若天镜，照天照地照人心，荡涤红尘世俗，还一个纯洁心灵。

随瓯江源而下，直奔“龙泉大峡谷景区”。首先进入的是杜鹃谷，山坡有百亩猴头杜鹃和云锦杜鹃，春夏交接之际竞相绽放、争奇斗艳，谷底道路平缓，涧水哗啦作响，一路相伴。峡上有揽桥，过桥有栈道，可至天马峰，到双折瀑，回环相接；穿桥下而走，水畔有河床扁圆光滑，表面灰中泛黄，握石子敲击，嗡嗡作响，犹如鼓声，方知岩内中虚空罅，称龙泉木鱼石。过石鼓到双折瀑，瀑高近百米，瀑声如雷，如千军万马奔腾，瀑底寒意侵骨，隆冬则成冰瀑。瀑布西侧为天马峰，山岗两边为悬崖，形似马鞍，犹如将军坐骑。

天马峰与绝壁奇松相对，形成的峡谷名十里笼翠。山谷之中森林茂密，遮天蔽日，分布着众多国家重点保护的珍稀树种，有白豆杉、红豆杉、香果树、伯乐树等等，深秋季节，层林尽染，野果、霜叶猩红，色彩斑斓，赏心悦目。十里笼翠是“七星潭景区”的延伸，起始处为七星潭，黄茅尖与凤阳尖之水在这里汇集，形成七个碧潭，如北斗七星排列。相传春秋剑师欧冶子在龙泉铸就龙渊、工布、泰阿三把宝剑后，发现此处七潭神水，取而淬之，再造七星剑。潭下有卧龙窟、风动石，奇特又神秘。

凤阳山景点众多，气候清凉，不但是本地居民的消暑胜地，还吸引温州、杭州、上海等地游客前来造访，他们以大无畏的气概和精神，组队徒步穿越，享受江浙最高处的独特韵味。自 1999 年开始，龙泉市政府举办多届凤阳山登山节，国内外不少职业登山队和业余登山爱好者都曾前来竞技献艺，浙江省作家协会邀约国内各地作家到此采风，举办龙泉论剑活动，一展剑道书香的风采。

虽然凤阳山人口稀少，历史上却是龙、庆、景三县菇民的集聚区，形成了以凤阳山为中心的独特香菇文化。凤阳山原名凤凰山，以形似凤凰展翅而得名，分布着丰富的孢子植物资源。据调查，现记录有大型真菌 256 种，其中食用真菌 95 种，古代山民食不果腹，常以各种蕈菌为食，以性命之虞分辨出真菌可食用类和有毒类。相传南宋年间，凤阳山脚龙岩村有一位学得道家法术的村民叫吴昱，他发现树木经砍凿后，会大量生长香菇，于是潜心研究，发明了香菇人工栽培技术砍花法，后又发明惊蕈术，再度增加得菇产量，遂将各技术传给山民，教山民以种菇为业。该项技术不但被菇民延续下来，后又传至日本等国，成为世界香菇人工栽培的发源地。清康熙年间，菇民为了纪念这位伟大的发明者，在凤凰山中择宝地兴建凤阳庙，取丹凤朝阳、百鸟朝凤之意敬仰吴昱。后来朝拜的人多了，以庙名称山，凤凰山被凤阳山之名取代。如今菇业生产新技术取代了传统技艺，不但保护了丰富的森林资源，而且更加促进香菇文化越发繁荣，菇类产品远销海内外，成为海峡两岸交流的纽带。凤阳山食用药用真菌品种目前的分类有：炭角菌类、木耳类、银耳类、花耳类、圆孢地花类、鸡油菌类，还有珊瑚菌类、牛排菌类、灵芝类、猴头类、多孔菌类、伞菌类、牛肝菌类、乳菇类、红菇类、马勃类、鸟巢菌类、鬼笔类、柄灰包类。众多菌类为凤阳山添色加彩，更期待人们有更多的发现。

山水浙江，诗画江南。作为浙江山地之代表、江水之源头，凤阳山丰富的资源有待后人继续研究和开发，其科研价值期待有更大的提升，生态效益让更多的人分享，让她的文化甘霖滋润更加广大的区域。

胆小的黑麂

黑麂属鹿科动物，1 米多长，50 余斤。雄黑麂的头上也长角，但终究无法与几百斤重的梅花鹿媲美。尽管稍逊风骚，黑麂的身形依然漂亮。它大多时候偏暗褐色，到了夏天会增加一些棕色毛发。最好看的是它的尾巴，长 18 厘米左右，背面黑，尾腹及尾侧毛发见白，纯白纯白的那种，如白兔毛嵌在黑毛边上特别醒目。眼后的额项部分还有簇状鲜棕、浅褐或淡黄色的长毛，可谓色彩丰富，似有君子神态。

看外形黑麂似乎风度翩翩，其实内心非常缺乏安全感。它最大的特点就是胆小怯懦，恐惧感极强。它们选择栖息在海拔 1000 米左右的山林中，大多在早晨和黄昏活动，白天则在树底下或石洞中休息，稍有响动立即奔跑到别处隐藏。所以就算生活在高山上的人，要见黑麂的身影也不容易。

黑麂是我们国家的特产动物，没有亚种分化，仅分布于浙江、安徽、江西和福建的少部分地区。由于多年来遭到不法分子的疯狂偷猎，目前存数极少，仅有几千只，成为我国一级重点保护野生动物。人类若不能遏制自己的贪婪及凶残，黑麂再谨小慎微也难逃脱被杀戮及灭种的厄运。

在民间，向来有保护鹿类的朴素意识，也有放生鹿类的乐善行为，有一则鹿类报恩的传说成了最好的佐证。

回眸（黑麂）

某年冬天，高山菇民村一个身怀六甲的女人坐在堂屋休息。突然，一只黑麂撞开虚掩的木门，来到她跟前。黑麂肚子浑圆，似怀了崽子。它气喘嘘嘘，用恐惧及哀求的眼神望着孕妇，极度不安地围着她转。女人是山里人，知道如果不是遇到致命的危险，黑麂别说闯进家门，就是村边也不到。同是未来的母亲，孕妇生出一股强烈的护子情怀，她下决心要救下这只即将生产的麂子。村中有狗吠叫，看来果然有陌生人进村，也许正是追赶母麂的猎人。孕妇明白，猎人都有一双精明的眼睛，也具有搜索猎物的超强本领，她不管将黑麂藏在家中的哪个角落，都极有可能被猎人发现。无奈之下，灵机一动，她撩起自己长长的裙子，抚摸着黑麂的头说：麂子啊，你钻到我的胯下吧，千万别作声，能不能逃过这一劫，就看上天怜不怜惜你了。黑麂似乎懂事地点了点头，迅速钻入女人坐着的凳子下。女人将裙摆拉开，拖在地上，把黑麂遮了个严严实实。

不多久，猎人进门，见只有一个女人坐在屋子的板壁边休息，也不敢贸然进来，怕有冒犯。他知道，菇民村里，种菇期间青壮男人都外出，外来人尤其要避嫌，孤男寡女处久了，被其他村人发现，百口莫辩，后果难料。他问女人有没有看到一只逃跑的麂子。女人回话说，我怀着身孕，门都不出，哪里看得到麂子啊，刚才听村中有狗叫，可能往村里去了。猎人用凌厉的眼神扫了扫房屋四周，也没发现什么迹象，幸好他也没带猎犬。迟疑片刻后，猎人退出门外，向别处追寻而去。

女人起身栓了房门，又去厨房拿一些菜叶给麂子吃，直到半夜她才打开门，对麂子说：麂子，趁天黑你快走吧。黑麂站在门外，注视了一会女人，一头钻进大山的黑夜之中。

转眼到年关，雪花飘飘，女人临盆，却不幸难产。她鲜血直流，疼得呼天抢地，凄厉的喊叫也唤不回远在天边种菇的亲人，眼看将一尸二命，身边的人束手无策，空自哀叹。危在旦夕之际，一只黑麂冲到产妇身边，口中衔一物什，香气扑鼻，递在产妇脸边。接生婆见了惊叫，这是麝香，有救了，有救了！

不多久，孕妇产下婴儿，她睁开眼睛看了看身边的黑麂，它的圆肚子也消失了，身体轻灵，眼里透出如释重负的目光。

孕妇救黑麂、黑麂救孕妇的传说难辨真伪，它或许只是一个杜撰的用来教化民众爱护麂类的故事，但直到今天，前人那份从善如流知恩图报的慈悲之心依然沁入我们的心脾。

值得庆幸的是，黑麂这种易危种野生动物，在我们龙泉凤阳山自然保护区内正自由栖息，并得到了人们的有力保护。

凤阳山边缘梅地村，村民项先生经流转得到了附近几千亩大片原始次森林培育灵芝，造就了一条远近闻名的灵芝谷。前不久我去灵芝谷游玩，在项先生家的屏幕上惊喜地观看到了黑麂的身影。项先生的准野生灵芝生产基地内，凤阳山自然保护区管理处安装了多个摄像头，用以观察野生动物的生存状况。闯入摄像头里的动物还真不少，有猕猴、黄麂、野猪、白鹇等等。有天夜里，项先生看到了两只黑麂，顿时好惊喜。这个见人就跑的动物，看到它是真不容易。为了留住和吸引更多的黑麂映入摄像头，项先生经常去自己菜地拔些青菜萝卜带到山上，还特意买了玉米，撒在摄像头可探视的范围内。他还在临近摄像头的地方搭了一个经过伪装的小棚子，他想，黑麂胆小，当它长时间熟悉了人的气息后，或许不再那么拒绝与人接触。几年之后，也许可以试着藏身棚子里，用摄像机更清晰地偷偷记录它们的生活。

有这样的人在行动，我想黑麂的生存环境会慢慢扩大，黑麂的数量也会慢慢增长。我衷心祝愿项先生的计划如愿以偿，也为他的善举感动。这样的真实故事和孕妇救鹿的传说一样动人，一样有感染力，或许不久的将来，那些享受了项先生食物的黑麂不再胆小，与人类共同在森林里沐浴碧水蓝天。

伯乐树寻踪

最初看到的伯乐树是一幅图片，凤阳山自然保护区管理处提供给我的，图像不是完整的树形，而是几根长满叶子的枝条。叶子为羽状复叶，倒卵形，碧绿碧绿的。这是我第一次听说家乡还有这么一种国家一级保护植物，我好奇地问：哪里有这种树？他们说：凤阳山大田坪有。

我到大田坪，一位工作人员带我走到山沟旁，指着一棵海碗般粗不到10米高的树说，这就是！看外形这是一棵普普通通的阔叶树，与无患子很相似，在林中相遇我都不会看第二眼，凭什么专家们给予它那么高的保护级别？我走到边上转悠，想再找一棵粗的。领路者告诉我，不用找了，我们找过多少遍也没找到。他为我小小科普了一下，伯乐树是落叶乔木，是中国特有的古老的单种科和残遗种树种，最高能长到20余米，大多生于海拔1000米左右的沟谷、溪旁坡地，对气候土壤有一定要求。它有个非常奇特的特性，种子要在林下的树叶中覆盖一年之后才能萌芽，这期间很可能会被某些兽类作为食物给咀嚼了，所以发芽成长极不容易，因此又被誉为“植物中的龙凤”。这一棵也不知是鸟儿在哪里吃了种子飞到这里拉屎落下的。他见我流露着失望的神情，补充说，伯乐树又叫钟萼木或山桃花，花儿有小杯子那么大，粉红色的，像挂在枝上的一只只小铃钟，花团锦簇，漂亮得很，以后有机会约你来看花。你想要了解更详细的情况，去找老郑。下山后我直接找老郑。他是一名退休的林业干部，具有植物分类的技术特长。他告诉我，伯乐树在全国分布很少，当年植物专家在广阔的凤阳山中只找到 3 株，除了大田坪，另有一株长在炉岙通往凤阳山的古道边，还有一株长在凤阳山通往烧香岩的古道边。20 世纪 80 年代初，龙泉组织调查队开展木本植物资源调查，他是队员之一，意外地在昴山海拔 900 米左右的地方发现了 8 株，树干有一人抱那么粗，有一棵结着果实。后来还在住龙镇梨树坑有过零星发现。这个好消息报出来，林科所派人去昴山采过种子育苗，你找老冯了解。

我对着伯乐树名望文生意，问老郑树种的命名是不是与伯乐相马的故事有关，韩愈《马说》一文有说：世有伯乐，然后有千里马。千里马常有，而伯乐不常有。老郑说：与伯乐应该没有直接关系，伯乐树学名（*Bretschneidera sinensis* Hemsl.）拉丁文 *Bretschneidera* 念起来听着像“伯乐树”，是

伯乐树

音译，*sinensis* 表明是中国的种，Hemsl. 是命名的人名字。他解释完给我念了几遍 *Bretschneidera*，听着还真含含糊糊地有点儿伯乐树的音。

我马不停蹄又去找老冯，他也已退休，一名兢兢业业工作一辈子的育种专家。国家林业局表彰过他的突出贡献，给了他崇高的荣誉。我曾经采访过他，将他的事迹报道在《浙江林业》杂志上。

他说，当年自己虽然是个小伙子，人却长得瘦小，体质也弱。上昴山找到那棵结果的伯乐树，同事怕他受累，让他歇着。那棵树很高，也粗，下部很直，树皮光滑，皮上像是抹了一层粉末。同事抱着树干慢慢往上爬，快接近枝丫处树干有一点歪斜，一不小心滑溜下来。幸好抱得紧，没撒手，不然摔下来就是大事故。伯乐树木质有些松脆，我怕他块头大树枝受不了，就换自己上树摘。伯乐树果实很少，好一顿忙乎也就摘了一斤多，回来后按技术要求动手播种育苗，没想到发芽率挺高，70% 左右。这些树苗至今还栽植在上圩种苗基地，作为珍稀树种保存了起来。2000 年又去昴山采过一次种子，这批苗育出来被外地移走，他们也想要培育保护伯乐树。

我觉得伯乐树与我们普罗大众的生活没有交集，又没有利用价值，没必要这么用心保护。老冯否定了我的想法，他告诉我，伯乐树虽然资源稀少，目前难以开发利用，但它在研究被子植物的系统发育和古地理、古气候等方面都有重要科学价值，保护起来意义重大。伯乐树初夏时节花开粉红如霞，格外引人注目；果实成熟时暗红色，形如小仙桃，在绿叶的衬托下，十分耀眼，具有很高的观赏价值，是优良的园林观赏和绿化造林树种，等到种子资源不再匮乏，它会走近我们的身边，装点我们的美好生活。

我想再追寻一程伯乐树的踪迹，又去了龙泉市林业科学研究院，在院领导带领下走进上圩种苗基地。有了人工的精心呵护，虽然与野生环境有所不同，但伯乐树的生长态势与原先不可同日而语，最明显的特征是它的桩部有许多萌发的枝条，怎么修剪还是倔强萌发。这批人工培植的伯乐树已经开花结果，新一代科研人员采集到种子又育出了小树苗，他们还想利用这些萌芽枝条搞扦插试验，如果成功，培育伯乐树苗资源又多一条渠道。

望着这一小片伯乐树林，我止不住生出微微笑意，这个极难生长的零星树种，有多少人在大山深处找不到它，又有多少人走过这里相逢不相识。我现在站在它们的群体之中，好奇之心被塞得满满，真乃：踏破铁鞋无觅处，得来全不费工夫。

老郑打断了伯乐树与伯乐的直接关联，我又将这种关联拼接起来。那些发现、保护、研究以及为伯乐树认定保护级别的各级专家就是伯乐，是他们的深远目光和智慧，让伯乐树有了不菲的身价，有了非凡的意义，有了令人向往的神秘色彩。

红豆杉与卷碧油（3篇）

王慧萍

魏晋时人红豆杉

在我眼中，红豆杉分明就是风清骨骏的魏晋时人，是“萧萧如松下风，高而徐引”的嵇康；是简淡玄远，不同于流俗的王羲之；是入自然之境，忘情于山水的陶渊明；是翩然于尘世，胸襟旷达，内心纯净的真名士。

仿佛冥冥中已有的约定，十几年前的一个深秋，我与一棵红豆杉蓦然相遇。第一次见到华冠优美，红绿相映，果实如樱桃般晶莹剔透的红豆杉，内心陶醉不已。于是，这小小的精灵，就像一颗朱砂痣，点在了眉心上，挥之不去。

那年的匆匆一面，觉得异常美好，朋友却告诉我，我见到的应该不是红豆杉，而是南方红豆杉，两者的果实虽然一样的红润娇艳，玲珑可爱，但红豆杉生长在高海拔地区，对环境的要求更高，寻常难以见到。

为了能区分出红豆杉与南方红豆杉，我查阅了一些资料，据《凤阳山志》所载：红豆杉属红豆杉科，常绿乔木，树皮、枝叶含紫杉醇，是治疗癌症的有效药物，已列为国家一级重点保护植物。红豆杉在浙江省主要生长在龙泉凤阳山海拔1200~1600米的凤阳湖、大田坪、乌狮窟、大坑、将军岩等地的针阔混交林中，资源总数为60余株。凤阳山分布的红豆杉与南方红豆杉差别不大，较难区分，唯红豆杉叶片较短，下面中脉带密生圆形乳头状突起。二者结果枝上的种子数量有所不同，红豆杉小枝上种子数量较少，南方红豆杉则较多。

读完解说，除了明白红豆杉属史前植物，在地球上已有几百万年的历史，是濒临灭绝的天然珍稀植物外，对于两者的区别，仍是一头雾水。于是在南溪口村探访了南方红豆杉后，便跟随朋友们再上凤阳山，只为一睹红豆杉的真颜。

冬天的凤阳山有点清寂，12 月至来年的 3 月为景区闭园期。我们来到大峡谷，一整座巍峨的山峰，仿佛就我们几个游走的人，大峡谷内山岩高耸，溪流清澈，我们穿过吊桥，在桥下、在山岩旁都发现了红豆杉的身影，这几棵红豆杉长在乔木、冠木混杂林下的第二、第三层，虽没有南方红豆杉高大挺拔，但树径也在 10 厘米以上了。不远处还有几棵较小的红豆杉，在率性而诗意地生长着。

红豆杉生长的海拔在 1200 米以上，比南方红豆杉生长的海拔更高，耐寒能力也更强，-20℃的低温也能生长。

经冬不凋，傲然挺立，尽展万千葱茏的红豆杉，不正是内心旷达，精神纯净，不同于流俗的魏晋名士吗！

红豆杉

比较红豆杉与南方红豆杉的枝叶，发现果如书上所载，红豆杉的叶片较短，颜色更深些，也略硬；南方红豆杉叶片更长、更柔软更青翠些。这个季节，已不见红豆杉的果实，所以无法印证果实的数量，只好有待来年了。

天空正飘着毛毛细雨，远处双折飞瀑的轰鸣声不时传来，让人心神激荡。保护区的空气似乎比平时更纯净了，我深深吸了一口，清凉甜润的感觉直入胸肺。

红豆杉被称为“呼吸树”“环保树”，它的最大作用就是净化空气，改善环境。大峡谷景区有着繁茂的植被、纯净的空气、甘甜的泉水，如此良好的生态应有红豆杉的一份功劳吧。

在山崖边伫立，面对眼前既诗意栖居，又兼风骨峭峻的红豆杉，真该把酒临风，轻拂七弦。

想起朋友杨，老家就在凤阳山山麓一个叫安和的小村庄，他在群山环抱、山高水冷、空气清新的安和村建了一座书院，免费为乡邻、游客提供阅读的书籍和舒适的空间。每年，还喜欢用红豆杉的果实泡好大一坛酒，然后选个风和日丽的日子，请朋友们去把酒言欢。

原来凤阳山纯净的山风，不只滋养树木，也滋养着人，红豆杉净化的是自然生态，像红豆杉一样的人，净化的是我们社会的生态。

红豆杉，别名紫杉、赤柏松、观音杉，然不管它叫什么，都是植物界一棵吐纳万象的珍奇树木。我只想用有限的笔触，记录一下它诗一般的存在，让它俊逸的身姿，清举的风骨，变得更加清晰与明朗。

江南名杉卷碧油

龙泉东山头村之最胜，在村子水口处的江南油杉群，从远处眺望，宛若天然的巨型盆景，只见绿云密布，老干横枝，婆娑弄碧，既秀美又十分壮观。

走近古树群，高大入云的江南油杉形态俊美，笔直挺拔，抬头仰望，浓荫遮蔽竟望不到顶。

水口处的江南油杉共有 7 棵，村主任梅士景一棵棵介绍给我们。最大的一棵树高 40 多米，树围 4.9 米，树龄接近 300 年。稍小一点的那棵，树围也在 4.6 米以上。2010 年这几棵树都被龙泉市人民政府列为古树名木挂牌加以保护。

我惊奇于它们的高大挺拔，但梅主任说，还有更大的，就长在村子的后山上，粗壮的树干，需 4 个成年人才能合抱。

江南油杉为国家重点三级保护野生植物，属裸子植物门、松科，常绿乔木，是中国特有树种，常生长于海拔 340~1400 米的山地，是一种亟待开发且具潜力的庭园绿化树种与行道树。因了这里的林木，东山头村的先人选择居住在这里，几百年来，子孙繁衍，生生不息。也因了东山头村的物华丰茂，江南油杉才选择在这里遗世而立，自然生长吧？

村人都把江南油杉唤作“道松”，在他们的心目中，江南油杉是有灵性的，是驱邪避灾，庇佑村民安居乐业和家人健康长寿的“风水神树”。梅主任祖辈都生活在东山头，有一个哥哥和两个妹妹。他清楚地记得，小时候哥哥身体较弱，母亲就备齐了香烛祭品，带着哥哥三叩九拜，让哥哥认下了村口最大的那棵“道松”为爹，祈愿古树保佑他健康成长。直至今日，村人还叫他哥为“道松儿”，到村里打听“道松儿”这个人，谁都知道，若问其大名，有人反而不记得了。

环顾这片古树群，还有米槠、大柳杉、苦槠、青冈栎等树木，棵棵都是干高冠大，古朴苍劲，与其他植物一起，挤挤挨挨，层层叠叠，仿佛园林布局，景物有主有次，有疏有密，并高下曲折，相互掩映，和谐自然。青冈栎粗大的枝干上，还附生着蕨、藓类植物，长长的须根直垂下来，悠然自得。高大挺拔的江南油杉，似温润如玉的谦谦君子，又似一位慈祥敦厚的老者，包容呵护着其他树木，一起共享阳光、空气、雨露，共同营造出一幅诗意的山水画卷。

古树群的边上，还有两棵枝干苍老，一看就是有了年份的柿子树，东山头村的柿子与我们常见的柿子不同，个头比红枣还小，是把君迁子的树枝嫁接到柿子的树上结出的果子，甜软可口。村人把柿子干叫作“蛤蟆晒”。

曾经，“蛤蟆晒”是这个村子的一项重要经济来源，秋天，金黄色的小柿子成熟时，家家户户就把它打下来晒干，装到箩筐里，挑到浦城、庆元等地去卖了，换了钱再买回盐、小猪仔及其他生活用品。那时，山路崎岖，进出大山就凭一双脚，常常是天蒙蒙亮就出发，到日落西山才归来。精疲力竭之时，在远处山冈眺望家园，远远就看到地标一样耸立在村口的江南油杉的树梢，心里一阵温暖，快到家了，原先滞重的脚步也变得轻快，于是，村人就给它取了个极富情感又带精神气质的名字——“道松”。

江南油杉的根系发达，树根是治疗跌打损伤、消肿解毒的药材。曾经，村人会采集须根，送到供销社，和“蛤蟆晒”一样，换了钱回来生活。

现在，全村三分之二的人已迁去了山外面，在村里长期居住的只有二三十人，都是上了年纪的老人，60 岁以下就梅主任夫妻俩，因他兼着护林员的工作，离不开这里。梅主任不无落寞地说，小柿子也少有人去打了，“蛤蟆晒”快渐渐被人遗忘了。

东山头村上百年的江南油杉有近 20 株，是凤阳山自然保护区江南油杉分布最丰富的村庄。站在村口放眼望去，远处山上都是深深浅浅的绿，那高出其他树木，孤傲地挺立成一丛丛绿云的，就是散落在山中的江南油杉了。

虽然乡村的许多事物，如“蛤蟆晒”一样渐渐淡出了人们的生活，我们只能怀念，却无法追守。但还是真心期望在村口高耸的江南油杉，在见证了一个村庄的繁衍与昌盛，见证了历史的演化与变迁后，仍能枝繁叶茂，永远不会淡出人们的情感视线。

南溪口村一棵树

车子在群山中盘旋而上，记不清爬过多少个坡，转过多少道弯，海拔已上升了800多米。虽然道路难行，但风景在路上，道路两旁迎风摇曳的竹子，经冬不凋的木荷、石栎、青冈等常绿树木，以及我叫不出名字的植物直扑眼帘。又转了一道弯，城市的喧嚣彻底远去，眼前就是隐没在峰峦深处的南溪口村了。

南溪口村位于龙泉市西南方，隶属屏南镇，村子依山傍水，环境清幽，全村共有135户人家，500多口人，与之毗邻的，就是八百里瓯江发源地南溪村。村口矗立着一棵有着500多年历史的南方红豆杉，树高达35米，胸围4.6米，虬枝峥嵘，随风摇曳，直入云端。

村口孤傲挺立的南方红豆杉，出俗超群，气势非凡。就像金代李山所绘的《风雪松杉图》，尽显“满天风雪打杉松”苍凉坚韧的意境。红豆杉的躯干一半已枯死，但另一半依然努力地绽放着绿色，在远处空濛青山的衬托下，更显不屈与顽强，一股岁寒不改劲节之气扑面而来。

红豆杉在当地，村民称其为“罗树”。关于这棵“罗树”，村里流传着许多故事。原先，在树的底部有一座古墓，随着树的成长，古墓逐渐被树根所包围，人们惊奇于这一现象，称之为“树包墓”，于是，这棵树被大家认定为“神树”，逢年过节，周边四邻八里的乡亲都会备上供品前来祭拜一番。南方红豆杉雌雄异株，这棵是雄树，只开花不结果。每年三四月份，长条形的叶片下面会长出圆嘟嘟的花苞，风一吹，花粉弥漫成一片淡黄色的雾，村人们称古树冒了“神烟”。

几十年前，红豆杉旁是一座林业站存放松树松脂的土木结构房，并建一大水泥池子，里面储满了新割取和向农户收购来的松脂。每到秋冬时节，红豆杉的叶子纷纷飘落，细碎的叶片落在池子上，积下厚厚的一层，林业站工作人员担心引起火灾，要求村人把伸向水泥池子这一方的枝丫砍掉，然而，村民坚决反对，虽然那时人们对珍稀树木的保护意识并不强，但在村人的眼里，这棵和他们村庄一样古老的树，是他们心目中的神树，容不得半点损伤。

南方红豆杉全株各部均含“紫杉醇”，是防癌治癌的药材，有“抗癌神树”之誉。2008年，曾有老板愿意出高价购买村口的红豆杉，被村支书沈朝发断然拒绝。沈书记说，这棵罗树是祖先留下来的财富，是护佑全村繁衍昌盛的神明之物，谁也不允许伤它。

8年前，古树旁边的一座房子着了火，火势熊熊，顷刻间吞噬了房屋，大火继续蔓延，左右邻舍的房子也被殃及。附近几个村的村民得到消息也纷纷赶来奋力扑救，最终还是有 3 座房子被烧毁。肆虐的大火，把红豆杉半边的树皮都烤焦了，历经这场劫难，村民都担心大树会枯死，然而它却奇迹般地存活了下来，虽然半边的树干已凋朽，另半边依然绿叶婆娑，生机盎然。

据史料记载，红豆杉是 250 万年前第四纪冰川时期遗留下来的珍稀濒危物种，南方红豆杉是中国红豆杉的变种，可想而知，它是经历了地球种种恶劣气候顽强生存下来的树种，其顽强的生命力，就算遇到再大的劫难，也不会轻易低头。

南溪口村的先人于明朝正统年间（1436—1449 年）从竹舟迁至地畲，这里茂密的森林吸引他们从地畲再次迁居。这里树木繁多，尤以红豆杉远近闻名，周边山上，大大小小的南方红豆杉有上千株。

地处深山之中，村里的时光仿佛是缓缓流淌的，村子不大，用脚步就可以把全村丈量一遍。一条小溪在村前流过，在溪畔的长廊上，几个老人在那里晒着太阳聊着天，沈朝满老人也是其中一个，和中国其他许多乡村一样，年轻人都到城里务工或陪孩子读书去了，留在村子里的都是些上了岁数的人。沈朝满 84 岁了，老人 1958 年参过军，复员后就一直生活在村里。老人的三个儿子和两个女儿都在城里打工，30 年前妻子因一场大病撒手离去，留下他孤身一人。现在老人岁数大了，子女怕他孤单，就接他去城里住，可没多久，他自己就又跑回村里了。他说现在身体也没病没痛，还不需要人照顾，自己最喜欢的就是在地里种种菜，给村口的罗树培培土、除除草，很开心。老人还在古树的周围种了许多棵红豆杉树苗，有几棵已经结出晶莹剔透的果子了。

或许，这就叫故土难离，老人需要的，不只是一个住所，而是一个生长着红豆杉叫作家园的地方。长廊上，有四位老人，一边打牌一边聊着家常，他们开心说笑的模样，我没有看到晚景凄凉，反倒感觉他们自得其乐心情舒畅，我的内心也有了淡淡的幸福感。

南溪口村多数姓沈，只有少数几户姓梅和王。在村尾沈氏祠堂的旧址上，沈书记正带着几个村民在修建新的祠堂，我好奇发问：年轻人都外出谋生了，为什么还要重修祠堂？沈书记把目光投向了更远的山峦：“祠堂是沈氏宗族的根本，孩子们的根在这里啊。每年春节，他们都会回来，给祖宗的灵位点炷香，给村口的罗树磕个头。”

一阵风吹过，树叶沙沙作响，我似乎听到南方红豆杉跳动的脉搏和厚重的呼吸，听到一个村庄的脉搏和呼吸，这声音会永久地留在我的记忆里。

将军岩琐话（外1篇）

吴 语

将军岩其实是一座山峰。万山丛中，一峰耸峙，兀立不群，壁立百仞，远看如一位将军威严肃立，四周的山峰和参天大树像是他的手下将士，整装待发，只要将军一声令下，就将奔赴战场杀敌立功。

在我的印象中，将军岩所在的均溪流域山水很有个性，与龙泉其他地方迥然不同。

40多年前，我初中毕业，没有获得本辖区高中的推荐名额，只好远赴屏南中学求学。我的家离屏南有70多里路，虽然通了公路，但是过路的班车不停靠，只得步行。经过一个叫桐山村头的小山村后，景色就截然不同，尤其是过了百步村之后，公路像在大山的缝隙中行进，两边的大山像两堵石墙屹立着，向你挤压过来，好像随时都会将你压得粉碎。树木遮天蔽日，无边无际，一直向天上长去。仰头望天，天不是圆的，而是一长条形，蓝天白云简直就是一条缝。一条小溪（均溪）与公路几近平行，看不到河滩，溪水在一块块大如房屋的巨石缝中艰难地穿行，有时能看到溪水，有时根本看不到。溪水的流淌声也不是课本上读到过的欢唱，而是歇斯底里的喊叫。我和一起去上学的小伙伴像是发现了新大陆，盯着这块石头看看，又盯着那块石头看看，口中不住地啧啧称奇。父亲说，这条溪的尽头有一个村叫金龙村，村后有一块巨大的石头叫“长老岩”，一块石就是一座山，那才神奇呢。

就这样，20几里的路竟然走了半天。晚上到均溪乡政府住宿，第二天早上乘车前往屏南，没有机会一睹“长老岩”的风采。

上学后没几天，认识了一个金龙村的同学，向他了解“长老岩”，这才知道，“长老岩”还有一个名字叫将军岩，是凤阳山一处著名的景观。学期即将结束时，金龙村的同学邀请我们去他家玩，我们迫不及待地答应了。

还未到金龙村，那位同学就指着前方一座山峰说，那就是将军岩。我顺着同学手指的方向望去，山峰耸立在天际，峰顶上是茂密的森林，往下不像一般的山峰，有斜坡，而是壁立百仞的悬崖，悬崖上不见一棵树木，全是光溜溜的石壁。仔细看去，悬崖峭壁上竟然能依稀分辨出眼睛、鼻子和嘴巴。再将整座山峰连起来一看，这不是一个活脱脱的将军么？同行的几个同学都被眼前的景象惊呆了，站在那里半天说不出话来。金龙村的同学说，站在另外一个方向看，将军岩又像是一个慈眉善目的和尚，所以又名“长老岩”。

21 世纪初，我在报社工作，去金龙村和凤阳山的机会多了，对将军岩和金龙村有了更多的了解。将军岩周围都是茂密的森林，优良用材树种杉木和松木蕴藏量尤其丰富。20 世纪八十年代末至九十年代，木材市场放开，木材价格飙升，金龙村人率先过上了优渥的小康生活。不到 200 人的小山村竟然有一个蔬菜市场，城里的小商贩将蔬菜、猪肉、牛肉、海鲜运到这里出售。家家户户都有收音机、录音机、电视机、洗衣机、摩托车。年轻人穿着喇叭裤，留着长头发，嘴中叼着三无牌香烟，在新盖的小洋楼中跳着迪斯科。周边村庄的人都非常羡慕金龙村，称其为“小香港”。

也许是山水使然，金龙村的民风颇有些彪悍，村中民兵坚持站岗放哨、守卫祖国领空 20 年的故事被传为美谈，曾经受到南京军区的表彰。

凤阳山黄茅尖直线距离东南沿海只有 200 千米，山顶坡度平缓、视野开阔，防空防特任务繁重。1953—1954 年，中国人民解放军公安部队一个排的兵力驻守在凤阳山上，负责对空监视。1963 年，上级把对空瞭望的重任交给了金龙村民兵连。从此，金龙村民兵走上了保家卫国之路。白天下地生产劳动，夜晚上山执勤放哨，农闲组织军事训练。每当夜幕降临，他们扛起钢枪出发；清晨回

凤阳尖将军岩

村，他们抡起锄头种地，忠诚履行着保卫祖国、建设家园的神圣使命。从1963—1982年，民兵连长换了三届，他们从没有放弃，那条陡峭的山路他们走了整整20年，那个逼窄的哨所他们坚守了20年。先后百余次为上级军事机关提供有价值的情报，为保卫祖国领空安全做出了积极的贡献，多次受到南京军区和浙江省、丽水市、龙泉县各级表扬奖励，被誉为“高山红哨兵”“硬骨头六连式的民兵连”，《人民前线》《浙江日报》等军地媒体均作过专门报道。

与将军岩遥遥相对的是七星潭景区。七星潭景区有碧水七潭，犹如北斗七星，故名七星潭。潭水清澈见底，为国家级保护动物娃娃鱼的栖息地。传说欧冶子曾用此七潭神水淬火，铸就了千古名剑——七星剑，至今仍有欧冶子剑窟、试剑石等景点。

欧冶子剑窟是目前在龙泉山发现的最大一处天然洞窟，窟宽敞平坦能容纳近百人，有石床和试剑石，传说是欧冶子到此铸剑下榻之处。石窟上方巨石盖布满纵横纹路，仿佛是欧冶子所篆天书。相传，欧冶子铸成七星宝剑后，为了守住七星宝剑的秘密，化作了将军岩，在远处日夜守卫这块风水宝地。

林中珍馐珊瑚菌

我是龙泉人，生于斯，长于斯，吃过的食用菌自然不少，远不止车载斗量了，但要数最有特色、记忆最深的，当属珊瑚菌了。

年少不识珊瑚菌，只知其名，未睹真容，更无缘大块朵颐。我居住的小山村是低海拔地区，不产珊瑚菌，每每听人说及珊瑚菌，总是纳闷，这个珊瑚菌本地人称老鼠脚的，听起来颇恶俗，有那么好吃吗?

弱冠之年，我到龙南乡政府谋事，忝列七员八员，位虽卑微，却是林业技术员，心想，龙南多珊瑚菌，我这个管林业的，吃个珊瑚菌应该不难吧。头一回下村，去一个叫石械的村里，想起珊瑚菌，就与村支书聊了起来，又不敢直说想吃珊瑚菌，只得七弯八绕，最后才期期艾艾表达了意思。村支书说，老鼠脚啊，我们这里很多，只是现在不是时候，要到七八月份才有。这东西娇贵，存不住，要现采现吃。你明年8月来，管够。这一次，虽然珊瑚菌没吃成，却着实了解了不少珊瑚菌的知识。

珊瑚菌是一种珍贵野生食用菌，因形似珊瑚而得名，龙泉人称“老鼠脚”，因它的菌芽特别像老鼠的脚。珊瑚菌对环境要求苛刻，喜欢阴凉、潮湿的环境，多生长在海拔800米以上的阔叶林腐殖质上，每年的7月底8月初，长出地面，形体俊俏，色泽秀美。珊瑚菌被称为野生之花，鲜甜爽口，含有亮氨酸、异亮氨酸、谷氨酸等15种氨基酸，其中有6种人体必需氨基酸，同时具有补钙、镇静、强筋壮骨、养血安神的食补功效。现代科学也认为珊瑚菌可防治手脚抽筋、颤抖，能促进肌体健康，延缓衰老。

第二年不到7月，我就离开龙南乡政府，在多地谋生，疲于奔命，窘态毕现，与珊瑚菌渐行渐远。但是珊瑚菌留在了我的记忆深处，难以删除，真是虽已远离，却从未忘却。

2003 年，我重操旧业，到龙泉日报社当了一名记者。8 月很快就到了，机遇也猝不及防地来了，我被派往龙南乡五星村采访。五星村不就是珊瑚菌的窝么，这回你跑不了啦。午饭在村里吃，果不其然就上了一盘珊瑚菌。灰色的珊瑚菌手撕成细丝状，配了红艳艳的青椒，装在一只白瓷盘里，油汪汪的，煞是好看。夹一筷放到嘴里，很有嚼劲，鲜甜的汁液从口腔里爆裂开来，包裹着味蕾，仿佛带你走进了清幽凉爽的原始森林，舒适，怡然，这种味道是其他食用菌不曾有的。

口腹之欲满足了，但是我意犹未尽，得寸进尺，提出要看看采摘的地方。村支书说，你不是本地人，带你去也无妨。看着我疑惑的表情，村支书又说，珊瑚菌总是生长在人迹罕至的地方，目前还无法人工栽培，山上的野生珊瑚菌虽然不少，但是各人有各人的采摘地方，秘不示人。

走了近 40 分钟，故意绕了几个大圈，我们才进入了一片阔叶林。高大的阔叶树密密麻麻，遮天蔽日，林中的落叶积了厚厚一层，走在上面，就像走在厚厚的地毯上。林子里有点幽暗，我睁大眼睛在地面上努力寻找，心里既紧张又激动。不大一会儿，村支书用手指着一个地方说，喏，那就是！我朝着村支书手指的方向一看，果然，几个粉色的珊瑚菌从枯枝落叶中探出来，艳丽，明亮，珊瑚状的枝杈让人心生柔软，忍不住要用手去触摸一下。再仔细看去，地上竟然有几十个这样的小脑袋露出地面，呈带状分布，排成了一字长蛇阵。村支书说，珊瑚菌是有灵性的，只要不破坏它的生长环境，今年采了，明年还长。

村支书蹲下身去，小心翼翼地采下珊瑚菌，轻轻放进篾篓里，仿佛珊瑚菌是有生命的，不小心就会逃掉。我也学着村支书的样子采摘起来。珊瑚菌的手感细腻、柔软，像婴儿的皮肤。村支书说，珊瑚菌枝杈多，娇贵，要轻采轻放，否则，清洗起来很费事。不大一会儿，我们就采了一大篓。太阳已经傍山，我们只好往回走。我一步一回头，心里不住地感叹，这是一个神奇的地方，这是一种神奇的大山精灵啊。

珊瑚菌的烧制方式并不复杂。用剪刀轻轻剪去菌蒂，放清水中清洗掉杂质，撕成细条，略为焯水，控水备用。锅中放入熟猪油，七分热时，放入姜、蒜、辣椒，煸炒出香味，放入珊瑚菌，大火猛炒，放入盐、味精等佐料，最后勾薄芡装盘即成。这样做出来的珊瑚菌保持了食物原有的味道，色香味形俱佳。与其他菜肴不同的是，烧制珊瑚菌绝不能放料酒，否则味道发酸，不堪入口了。

珊瑚菌至今不能人工栽培，长在深山，只有浙南山区和云贵高原有小量出产，不耐储藏，因此知之者寡，能有幸品尝的更少，典籍文章也不见有记载。翻检清代美食大家袁枚的《随园食单》，没有记载，梁实秋的《雅舍谈吃》也没有记载，就连吃过无数云南食用菌的汪曾祺也没有谈及。我真替珊瑚菌鸣不平，这么好吃的野生菌，怎么就籍籍无名呢。

美食是一场相逢，是食材与时间的相逢，是食材与人的相遇。这种相逢是一种缘分，如果你有这种缘分，在七八月份到了龙泉，那么，你一定不要错过这样的缘分。

凤阳湖与凤阳庙（2篇）

金少侠

凤阳湖

称“凤阳湖”为“小天池”，实不为过。

凤阳湖，面积不大，有深度，也有高度，原为拦截瓯江源头之水而建，至今是浙江省最高的人工高山湖。如果单说一个人工湖，无论高低与大小，那也不足为奇。然而，当它如一面玲珑的明镜镶嵌在海拔1660米的高山上，与一片高山草甸及湖畔森林连绵成一体的时候，却成了凤阳山上一道奇妙的湖光山色。

因地处高山，只有在盛夏时节，返青的芦苇荡，茂密、葱郁而水灵，如一块大自然编织出来的嫩绿地毯，点缀着五颜六色、大大小小的野花，春风一抚，摇曳多姿，碧波荡漾，舞动着蓬勃生机。而从秋冬至初春的大多时候，除了阴雨天，皆是天高气爽，草甸秋黄，寒风瑟瑟，呈现的是一派浓浓的秋色景象。清晰地记得，初次被这片芦苇震撼是高中毕业那年，与同学们秋游凤阳山，沿着山道爬行到这里，豁然间满目壮阔，秋风怒号，呼呼作响，吹荡着一片焦黄色的草浪，几只羊羔若隐若现，在草间觅食。脑海立刻蹦出了“天苍苍，野茫茫，风吹草低见牛羊”两句耳熟能详的诗句。

领略过凤阳山的四季，最喜在初冬的午后，漫步去看凤阳湖。冬阳泛着温暖的光芒，那一面幽深的绿，那一抹苍翠的青，还有一片高原蓝的天空，纯净得没有一丝白云。沿路的一花、一草、一木，在光影作用下熠熠生辉，在我贪婪的目光与镜头下，定格成一幅幅摄影小品。阳光所到之处，湖面荡漾起粼粼波光，闪动四溅的银光，恍若一颗颗璀璨的大钻石。躲在阴暗里的湖水，经过时光沉淀，越发安静、澄澈而清明，微风吹拂，掀起从容慢漾的层层涟漪，如一块无瑕的翡翠，微动着内敛的幽光。

湖畔的山麓，四季苍翠葱郁。形如宝塔的柳杉聚集成林，远远望去像一棵棵圣诞树，挺拔、威

猛、整齐，又像一排气势雄伟的守护神。它们与这面如镜的湖水，相互包融，相交辉映，水天共色。步入杉林，你会惊讶于它们活得像一个大家族，亲疏有致，空间有序，有的“五世同堂”，有的独木成林。最吸引人眼球的是那棵同根而生的夫妻树，舒展着的五杈健壮的枝条，就像他们共同养育的儿女，一家人相互依附，和谐共存。

林中飞鸟来来往往。不时还有长尾巴的大鸟“噗噗”飞窜而来，它们穿着白色的羽毛、拖着长长的尾巴，旁若无人，淡定从容地在树梢间停停歇歇。偶尔，“呼”地冲出树林，掠过湖面，划出一道优美的弧线，发出“叽叽啾啾”的声音，湖面碧波荡漾，陡添了凤阳湖的一派安详与静谧。接着，快速飞上湛蓝的天空，向着另一片山林徐徐划落。

每次经过凤阳湖，最能柔软我心扉的还是这片芦花荡。这是一片高山湿地，面积近百亩，平旷开阔，自古俗称“凤阳坞”。一层层、一团团、一簇簇的芦花，自在随意，在风中吟唱。千百年来，它们生生世世，来回复生，深深根植于这片湿地，柔情似水，又坚韧如竹！

冬阳的沐浴下，路边的野花变成了一株株干花，在高原蓝天空的映衬下，分外妖娆，别有韵味。步入芦丛中，随手一拨，便会惊起一片芦花飘雪，飞絮漫天！它们显得那么轻盈、剔透、夺目、圣洁与飘逸多姿。飘荡着冬日的婀娜与畅想；飘荡着一种解脱与释然。或许是很久以前就喜欢满山坡芦花的婀娜柔曼、坚韧与美轮美奂，感受过它们的夏花之淡雅与秋花之绚灿，便成为我心中的一种追忆。以至于后来读到诗经里的那首《蒹葭》后，一种缥缈朦胧可望而不可及的情愫，以蒹葭起兴，给芦花的洁净、飘摇渲染了一层美丽而忧伤的色彩，更是对芦花有了一种深深的文人情结。

站在高处俯瞰凤阳湖，蓝天白云、碧水青山，风起草浪，一边是江南水色，一边是塞北风光，活脱脱一幅高清晰而逼真的油画尽在眼前，这不正是心目中幻想而又苦苦寻觅的一片山水吗？！此时，我只想放下身心，明媚眼眸，濡染它的旖旎与温润，感怀它的沉静与幽深，让疲态顿解，让尘忧暗消，让心肺与灵魂瞬间被清洗得一干二净。

凤阳庙

凤阳山古称凤凰山。清乾隆年间，周边十三坊（村）在凤凰山腹地集资兴建五显庙和普云殿，供菇民祭拜。中华民国初年，古庙面积较小，香客逐年增多，已无法容纳众多信徒的朝拜。经菇民多方集资及十三村村民共同捐资，在原菇神小庙前兴建了颇具规模的“五显殿”，四周各村修建了五条进山朝拜的石级道路。因五显殿坐落于形似“凤凰”的山岙中，且朝南向阳，寓丹凤朝阳之意，后村人将其称为“凤阳庙”，凤凰山也被叫成了“凤阳山”。

凤阳庙所供奉的神灵位置与其他地区有明显的差别。正中是五显灵官大帝五位神像，左边是香菇始祖吴三公和国师青田刘伯温，右边是土地公。从相关资料得知：五显大帝即骆氏五兄弟分别叫骆显聪、显明、显正、显志、显德，春秋时代，他们把如何种香菇技术传授给了龙、庆、景三县的菇民。南宋初期，吴三公在凤阳山一带人工种植香菇并发明了香菇“砍花法”技术，而被后人敬为“菇神”。明朝初年，刘伯温为龙、庆、景菇民争取到生产香菇的“皇封专利权”，所以庙内所供奉的都是对菇农有过重大贡献的人。

清乾隆至民国年间，凤阳山周遭的龙、庆、景三县菇民区人口就有15万左右。菇农们一直延续着吴三公的“砍花法”技术。种植香菇需特定的地理及资源环境，家乡的资源毕竟有限。每年他们纷纷远走福建、江西等地谋生。菇山的生活条件艰苦异常，却也丰富多彩。几乎每个菇寮门口都有一处练武场地，大多“香菇客”都会几招香菇武功。菇山防盗，陷阱也是必备的，平时他们会在去香菇树的路上安置一些“扫地风”“风桶凹”“竹枪”“簸箕倒”“糊涂锤”等一些暗器和陷阱，防范香菇被偷盗或者野兽糟蹋。

高耸入云的凤阳山被菇民视为圣山。每年“枫树落叶，亲人离别”之前的吉日，上山进庙，点香祈愿；来年“枫树抽芽，亲人归家”之后的吉日，又上山进庙，还愿谢恩。而农历七月初一至初

凤阳庙会

七，为期一周的庙会成了一处名闻龙、庆、景和福建、江西菇民朝拜的圣地和菇农文化交流中心。那时候可谓人来人往，熙熙攘攘，日日香火辉煌不断。有些发了财的菇商会坐着轿子前来赴会，点香，祭拜，捐资出手大方。菇农们在这里吃大餐，品美食，庆丰收，说各自见闻，总结生产经验，商讨来年大事。连续几天的庙会，民间艺人表演的戏班子、木偶剧等是必不可少的。各种小商小贩也随之而来。

庙内大殿的前柱上挂着一幅“品香菇明皇明相荣封龙庆景，学种菇菇神菇师艺传子媳孙”的对子。殿前有一个四方天井，卵石铺地，条石砌边。日月星辰、雨雪风霜，众神可一井观天。天井两侧是两层的厢房，各边有扶手木楼梯可上。天井靠正大门处是一个四角向天的戏台亭，高度离天井地面一米多高。戏台不大，但足以容纳生旦净末丑轮番粉墨登场。亭台楼阁，屋檐娇翘，红柱黑瓦，雕梁画栋，花鸟虫鱼，内部建筑结构与浙南一带传统古老的宗祠建筑颇为相似。

吃饱喝足的午后，天井的长板凳上坐满了人，厢房的楼上挤满了人。小孩在人堆里穿来穿去，几个安静的就扶着戏台两脚仰着头看得入迷。人生如戏，戏如人生，戏里戏外上演着人生的悲剧与喜剧，戏中自有忠奸分明、善恶美丑……锣儿鼓棒喧天，咿咿呀呀的说唱回荡在山间，菇农们在这里尽情享用着戏中带来的精神佐餐。仿佛这就是他们共同寄托的精神家园……

新中国成立后，因破除迷信，凤阳庙逐渐走向衰败。庙会自然断了踪影。20 世纪八九十年代，龙、庆、景三县菇民增加到 20 多万人，龙泉就占了 6 万多人。1993 年，在凤阳山毗邻的麻连岱、桌案际、西坪、杨山头、石祟（景宁县）、后岙、双溪、大庄、叶村、上兴、安和、兴源、炉岙、粗坑、官浦垟、梅地、金龙、陈村、炉地垟、空坑头、南排等村村民自发组织下，集资，捐木，投工，在老庙原址上重建了现在的凤阳庙。翌年 10 月 12 日，举行了隆重的开光仪式。恢复了古时流传的每年农历七月上旬请戏班子为期一周演出等文化活动。庙的地基与门槛采用块石与雕石组装而成。大门石阶两侧各守着一对一大一小石狮，小石狮是原古庙的遗留宝物。大门正上方灰色长石条刻“凤阳庙”三字，两侧刻一对联“秉正除邪恒资大地，降魔卫道永护南天”。左右小拱门上方扇形的白框内分别写着“护国”“佑民”二字。

世事沧桑，或者起起落落，或者死而复生。而今，在的我眼里，凤阳山庙及凤阳山庙会无不是菇农时代的缩影与菇民文化的标志。

丹凤朝阳之地——龙泉凤阳山

爱琴海

山不在高，有仙则名，水不在深，有龙则灵。龙泉凤阳山的名则在其高海拔 1929 米，为江浙第一高峰。凤阳山的水不在深也在其高，凤阳湖为浙江省海拔最高的自然湖，瓯江源头之处也在于此。同时，也因是“华东古老植物的摇篮”，浙江省面积最大的国家级自然保护区，野生动物的乐园，珍稀植物的天堂。

乘车从丽水出发，过云和县，经龙泉市，3 个小时即可到达凤阳山。

凤阳山于 1975 年划规为自然保护区，占地 23 万亩。1981 年正式成立管理机构，1992 年经国务院批准，与庆元县百山祖自然保护区合并，成立凤阳山－百山祖国家级自然保护区。凤阳山不仅是典型的森林生态系统类型的保护区（主要保护对象为亚热带典型森林生态系统及列入国家保护的动植物），还有许多没有任何雕凿的天然美景，让游人直叹大自然的鬼斧神工。它分为四大景区。一曰江浙顶峰，主峰黄茅尖，海拔 1929 米，为江浙最高峰。登临顶峰，但见碧波万顷，云海翻腾，气势极为壮观，而绿如绒毯的高山草甸，神气的红果树，使人感叹生命的顽强。二曰鸥江之源，这里是水、石、树、草所组成的独特景观，也是泉、湖泊、溪涧与瀑布荟萃的地方，既有危岩高垒、气势磅礴的阳刚之美，也有草色青葱、蝶舞蜂飞的江南山野之秀。一泓碧水出自丛林，便是瓯江之源。三曰十里笼翠，十里浓荫夹道，十里流绿滴翠，仿佛是一道古意幽深的画廊，逶迤曲折，盘绕于深山，真乃一步一景引人入胜。危岩、悬崖、石窟藏匿其间，扑朔迷离，平添了无限神秘；峡谷中的溪涧，水石相搏，訇訇然似

虎啸龙吟，小憩于山间石径，可尽情领略大自然的神韵。四曰绝壁奇松，石壁矗立苍穹，苍松缘壁而生，或作展翅状欲乘风翱翔，或作伸臂状欲揽九天星月，大自然的鬼斧神工，造就了凤阳山风光之险之奇。立于顶峰，可听万松屏滚滚松涛，可观绝壁间千姿百态古松，亦可极目远眺，驰骋无尽的遐想。五曰龙泉大峡谷，总面积942亩，峡谷长2500多米，最宽处30多米，溪水蜿蜒其间，水位落差大，形成许多激流险滩和飞瀑。它以峡谷吊桥为界，可分为上下景区。上景区以流花涧和杜鹃谷为主，下景区以天马峰和龙泉瀑为主，是景色奇雄幽丽的龙泉山风光最迷人的胜地。

奇花异木，珍禽奇兽是凤阳山的又一大奇观。山上有四季不凋之花，有终年常青之草，素有"华东古老动植物的摇篮"之美称。仅杜鹃花就不下10余种，其中以云锦杜鹃、猴头杜鹃、魔角杜鹃最多，形成景色壮观的杜鹃谷。这里既是花的世界，又是天然的森林公园，是多种植物模式标本产地，白豆杉、香果树、华东黄杉、伯乐树等国家珍贵保护树种20余种，保护区门票上的植物就是凤阳山特有的著名观赏植物波叶红果树。通体光亮的尖萼紫茎分布在双折瀑附近，是特有的国家保

晨光乍现

护树种。置身林间，虫鸣鸟啾，泉水可见，猕猴雀跃，锦鸡飞鸣，还有为数不多的国家珍稀动物，如华南虎、云豹等国家一级保护动物。

凤阳山脚与山顶落差达 1920 米，几乎囊括了亚热带的所有植物，从山顶到山脚依次为高山草甸、针叶林、针阔混交林、阔叶林 4 个植物林带。这里让游人感受最深的是清凉，日平均温度只有 12℃，夏季最高记录气温只有 30.2℃。通常只有 28℃，林中树杆洁白光滑的紫荆树，如果持续 3 天高温达 30℃，它就会中暑死亡，由此可以看出凤阳山又是一个天然的清凉公园。

林中的小道，多是天然的石阶，道上铺着一层厚厚的枯叶，光着脚踩在上面，像踏着棉毛地毯，柔柔的，软软的；险要的地方，须几个人手牵着手方能攀越过去。更可爱的是，有许多倾斜的树木凭空挡住去路，让我们不得不在它面前低头弯腰。从山的这边到山的那边，根本看不到一点点焦躁的岩石，参天的树木上爬满了苔藓，树与树之间的缝隙里也被厚厚的苔藓拥抱得严严实实。在这片浩浩的林海里，所有的植被都是亲密的朋友，大树有大树的平和，长藤有长藤的依恋，纤草有纤草的自信，草依着藤，藤缠着树，树护爱着脚下的一切。有的一棵树长出几种叶，有的一个树穴长出几棵树或多种植物。这里生活着珍稀的云豹、大灵猫等国家一级重点保护野生动物，也自由自在地飞翔着最普通的一只鸟，或者一只蚊子、苍蝇之类的“小讨厌”。这是一个追求自然平衡的境界，这是一个人兽生存权利平等的地方。

这里是我国雨量最充沛的地方之一,一年四季被云海浸泡着。凤阳，人们无时无刻不沐浴在云中雨中，在那儿，云即是风，即是空气，峰回云转，云去峰升，使人们眼中的凤阳山处处是景，时时有景，一秒一景，一步一景。

雨后初霁，那千姿百态、千变万化的云海，成为凤阳山的一大奇观；有的似嫦娥奔月；有的如天女散花；有的似巨龙腾飞；有的如金鸡独立……这些时红时白时黄时灰的云，一会儿从碧绿的崖层中钻出来，一会儿从瓦蓝的峡谷中流出来，一会儿聚在山坡，一会儿散在林间，让游人如置身仙境，亦真亦幻。

在凤阳山看日起日落，临风沐雨，漫步十里笼翠，寻觅瓯江之源，伫望凤阳湖畔，跋涉黄茅尖顶，虽只有一二日，却恍如隔世十年，疑入长生不老之境，忘却尘世间的一切喧嚣。

龙泉，顾名思义，当真潜龙之处，那凤阳山当应是丹凤朝阳之地了。

凤阳山 我心中的圣山

茅俚悟人

国庆长假携全家人自驾去老家。为看望身体欠佳的母亲，亦借此度一个愉快的假日。现在交通发达，上杭浦高速，转杭州绕城东线、走杭金衢、过金丽温、行丽龙高速，原来要十几个小时转多次车的路程，现在是全程高速420千米，4个多小时就到了。儿子兴致很高，一路数着所经过的隧道，带动着岳父母一起数，从金丽温高速开始，长短隧道竟有61个。

第二天，我们决定去凤阳山。上山前，我打开网站查阅相关资料：凤阳山，位于浙江省龙泉市东南50千米。1992年10月，被国务院列为凤阳山－百山祖国家级自然保护区，其中凤阳山面积23万亩。境内海拔1929米的最高峰黄茅尖，被誉为“江浙第一高峰”。年平均气温12℃，与云贵高原相似，形成了高原湖泊、高山草甸、云海雾凇等众多高原特有的自然奇观。凤阳山野生动物繁多，有脊椎动物309种，昆虫1690种。兽类有金钱豹、云豹、大灵猫、小灵猫、短猕猴、苏门羚等；鸟类有黄腹角雉、赤腹鹰等，属于国家级保护动物的有66种，其中一级保护动物5种。

之前，我很担心自己的车技，弟弟驱车在前带路，我随驾而行。没想到沥青路面平整，弯道顺畅，车辆转弯平缓。车沿着狭窄的山间公路蜿蜒而上，陡峭曲折。放眼望去，山势错落，幻化出千姿百态的形态，漫山的竹木松林青翠欲滴。山道旁，峡谷中，不时闪过一丛丛红枫。盘旋山中，峰回路转，仿佛抖开一幅幅画卷，斑斓多姿，变化无穷。

考虑到行程时间，决定在半山腰的炉岙村农家用中餐。村落不大，几户人家依山而建，掩映在竹林中。妻、子、岳父母，都生长在平原，少涉山村，对小山村的一切都新奇不已，农家土鸡土菜更让他们大加赞赏。

餐后继续上山，车在一个平旷的地方停了下来，一座全部用木头建成的棕褐色的休闲山庄，出现在眼前，结构独异，遗世孑立。

换乘景区的电瓶车去黄茅尖。随车徐徐移动着一条绿色的屏障，屏幕中横向排列着曲曲弯弯的山的廓线，或交错，或重叠，或平行，山体的色彩由近及远从翠绿变成暗绿直至暗蓝。车到岙处，下车步行上山。拾阶而上，原始森林扑面而来，林下穿行，阳光斑驳，树干或矗立参天，或横斜溢出，脚下石板路青苔厚铺。路两侧树叶，几铺成了锦床，不时地可以看到各色的菌菇。山涧水清碧绿，或淙淙，或汩汩，或哗哗。

路边的植株看不尽。据考证，凤阳山处于夏雨的热带－暖温带群落交错区内，地质古老，气候湿润，雨量充沛，植物资源极为丰富，保存了大批原始古老的生物种群。现已知的种子植物有 1464 个分类群，蕨类植物 196 种 7 变种，苔鲜植物有 368 种，大型森林真菌有 256 种。其中白豆杉、华东黄杉、长柄双花木、穗花杉等 20 余种被列入《中国珍稀濒危保护植物名录》。

小时候，经常听爸爸说去凤阳山采药，印象中，凤阳山是那么的遥远。确实，从我们家到凤阳山有近七八十里的路程。爸爸一去要好多天，如何去如何回来是我们不知道的，也没想过要问。只知道爸爸回来时大都是满载而归，许多知名和不知名的草药展现在我们面前。有时还带回许多的山果。把草药整理干净卖到药店补贴家用，也供我们读书。当年的凤阳山给了我们很多的经济补助。

山高林密，山路坡峭，爬行不久，游人便三步一停，五步一歇，汗流浃背。弟弟从事林业工作，整天与山林打交道，对林木比较专业，一路上对植物进行介绍，还真让我增加了不少的林业知识，如针叶松、红豆衫、壳叶青，杜鹃品种繁多，数不胜数，成片成林。心想，要是在杜鹃花开的季节，红红白白，各色的杜鹃齐放，那该是怎样的景观！

随着路牌标识海拔高度，1700 米、1750 米、1800 米、1900 米，树木越来越短，树种越来越少。最后是成片的茅草，所以山顶就叫黄茅尖。登临顶峰，“江浙第一高峰”石碑矗立。四面眺望，云雾缥缈，云海翻腾，波涛涌动，碧波万顷，气势极为壮观，而绿如绒毯的高山草甸，神气的红果树，使人感叹生命的顽强，令人心旷神怡。

都说上山容易下山难。尽管脚酸腿软，但有孩子们一路的雀跃和逗笑，却也颇为解乏。

下山后步行不远，一片蓝色映入眼帘，这便是江浙第一高湖凤阳湖。凤阳湖被群山围绕，水面蓝黝黝的，像是镶嵌在盆里的一块巨大的蓝宝石。湖水舐山，山脚入湖，微风吹过，涟漪闪光，画意盎然，情景交融。蓝天落在湖底，青山映于湖中，融洽恬宁。天、山、湖交融，石、树、草辉映。

凤阳湖的尽头是一片绵延的芦苇，犹如田野里扬花吐穗的水稻，大片芦苇在阳光下惬意地摇曳着，透露出一种宁静悠远的气息。

循芦花而行，一泓碧水出自丛林，这便是瓯江之源。细细的清流，从远处的山脚渗出，汩汩流来，汇集成溪，流过镌刻着“瓯江源”的石碑，淌过鹅卵石的缝隙，渗入大片的茅根，聚拢在凤阳湖。溢出湖的堤坝，滑过山涧，越绝壁，穿幽谷，泻瀑布，汇百川，峨冠博带，是为瓯江。润泽着沿岸的植物和生灵，幻化出湖泊和瀑布，创造出绿洲和文明。蓝天白云润泽着我，我伫立于江的源

云蒸霞蔚

头，东海便在我的脚下。坚硬的青石，柔软的红土，悠悠的心绪，轻轻的我。

再看大峡谷。“飞流直下三千尺，疑是银河落九天。”峡谷中的溪涧，水石相搏，訇訇然似虎啸龙吟，小憩于山间石径，可尽情领略大自然的神韵。危岩、悬崖、石窟藏匿其间，扑朔迷离，平添了无限神秘。十里笼翠，十里浓荫夹道，十里流绿滴翠，仿佛是一道古意幽深的画廊，逶迤曲折，盘绕于深山，一步一景，引人入胜。我的心畅快淋漓，在急速的飞泻瀑布中沉淀，在碧蓝的潭水中洗涤。

游绝壁奇松。石壁削立，奇石矗立直指苍穹，苍松缘壁展翅乘风翱翔，挥臂指点万顷松涛。立于崖壁，听阵阵松风，聆啾啾鸟鸣，看滚滚云雾，赏绝壁间千姿百态古松。沿着刀仞般峭壁上的栈道，穿梭于一棵棵参天古松间，且行且思，欲隐还现。古松从谷底或岩层里拔地而起，粗壮、颀长、挺拔，树干笔直笔直的，栗棕色的树皮上饰着椭圆形的鳞片，树冠处横伸出几杆枝丫。古松粗壮如柱，遒劲轩昂。所有的松树朝北方向未长枝丫，枝丫都平展展地伸向朝南的方向，针叶密匝匝，绿苍苍，呈扇面状，仿佛是凌空欲飞的翠色飘带。它既雄伟傲岸又风度翩翩，既铁骨铮铮又潇洒倜傥，既古气苍然又朝气蓬勃。

古松的生长，是绝壁危岩这一残酷的生存环境使然。它们的树干像铁爪似地扎在岩层，树冠倔强地昂首向上、向南伸展，在阳光中尽可能多地捕获光能，来维持和发展自己的生命。因此，奇松总是笔直地向上，枝叶总是极力向阳。严峻的自然环境造就了古松之奇之美。

一棵从绝壁的石缝中生出来的松树，树干有些倾斜，遒劲曲折，古朴而清新。石缝是贫瘠的，但只要有些许石屑泥沙，有点滴渗水，松籽就会在那里发芽、生根、成长。任凭风吹雨打，干旱水浸，日晒夜露，雪压霜欺，青松愈且坚，铮铮铁骨，朗朗硬气。这不是风景，这不是奇迹，我不得不钦佩，我不能不敬仰。它在石缝中傲立，在微风中歌唱，在霞光中摇曳。

生命之歌高唱，永不停息。

新摩崖石刻

项 武

摩崖石刻，即利用天然石壁刻文记事。源于我国古代的一种石刻艺术，有着丰富的历史内涵和史料价值。名川大山，是文人墨客，社会名流的必游之地，常常会留下许多令人忘怀的摩崖石刻，如东岳泰山，称之为五岳之首，整座山峰巨石突起，处处都是留字题名的好地方。据初步统计，泰山有摩崖石刻1000多处，其中最负盛名的要数唐玄宗李隆基东封泰山时撰写的《纪泰山铭》。

龙泉境内，地势险峻，千米以上的山峰就有700余座，但境内古人用作记载文史或名人留言的摩崖石刻并不多见。析其原因：一是龙泉山岳虽高，但山肥土厚，草木茂盛，地处交通要道、风景名胜的摩崖鲜有，也就少有石刻；二是由于地处深山峻岭，交通尚不发达，来往客商文化名流甚少，故谈不上留言留名了。

2012年春末，笔者受友之邀，有幸参加文友采风，来到凤阳山山腰的官埔垟村，古朴的山村风景迷人不用多说，听说村外的小溪还有古人留下的一块碑刻，一行人怀着探秘的心情前去探个究竟。碑刻在小溪边对面，正值雨季，溪水暴涨，大家无功无奈折返。此时，想起10多年前，我在江浙第一高峰凤阳山上，采点选址，雇人在凤阳山的两处悬崖峭壁上，雕刻了两幅新摩崖石刻，不妨通过这篇短文，略作回忆。

事情还要从丽龙高速公路龙泉段建设说起。丽龙高速公路龙泉段（当时为一级公路）在2001年10月28日举行了隆重的开工仪式，在开工前的一个多月，时任省交通厅厅长郭学焕专程来龙泉检查开工前的准备工作。尔后，第一次登上了江浙第一高峰的凤阳山主峰黄茅尖，并即兴赋诗一首《登凤阳山》："峦数三千秀，晨昏现翠笼。山尖风卷草，岭脊雾围松。瀑布声何急，鹃花色愈浓。悠然真自在，一醉此高峰。"郭厅长是诗书名家，寥寥几笔将凤阳山的秀美勾画在短短的几句诗词中。他当场提笔书写两幅，大家无不赞赏郭厅长的诗书艺术。在丽龙高速公路龙泉段建设如火如荼之际，郭厅长非常关心工程的进展情况，第二年又专程来龙泉调研，在参观龙泉青瓷博物馆之际，又挥笔写下了“中华艺苑竞风流，剑川人民百代修。名随剑瓷走四海，宝由龙泉领千秋。”赞美龙泉的绝句，其中后两句，专门装裱赠予青瓷博物馆，博物馆把这两个条幅悬挂在贵宾厅内。当时龙泉市交通局杨建中局长受到启发，想着能否把这两句赞美龙泉的诗句永远刻在龙泉的大地上。有一天，杨局长把我叫到办公室，要求我把这两句美誉之词刻到浙江最高山——凤阳山的险要之处，速速办好。我接到任务后，马上找了一个石匠师傅，来到凤阳山上，最后，目标选定在通往凤阳湖的道路旁一个又高又险、引人注目的悬崖峭壁上。限定一个月内完成“名随剑瓷走四海，宝由龙泉领千秋”的摩崖石刻，半个月后，再次到现场，石匠师傅用毛竹搭起了高高的脚手架，把郭厅长的手书，每个字放大到一米多高，临摹上去。到了完成的时候，又专门去验收。这样，郭厅长的手书就成了凤阳山上的第一个摩崖石刻。半年后，郭学焕厅长第二次登凤阳山，专门到了这块新摩崖石刻驻足，在场的市领导开玩笑地说：郭厅长，山上有你的题词，以后亲朋好友来凤阳山旅游，可免去景区门票哟。一行人游览到龙泉大峡谷时，当地陪同人员对着脚下一块岩石轻轻地敲了敲，石头发出了“咚咚”的响声，在场的人惊诧，有的说，这是一块木鱼石，有的说，以后来的游客都可以到这儿敲一敲，会带来好运的。下山后，杨局长又托人到杭州，请郭厅长题写了一幅《龙泉木鱼石》的墨宝，又派我把它刻在龙泉大峡谷的悬崖上。从此，在凤阳山游览导图上，注上了“龙泉木鱼石”标记，成了一个新的景点。

这就是新摩崖石刻的来历。

本 色

啸 武

清晨，在凤阳山麓腹地、钱江源－百山祖国家公园的核心区域，龙泉市屏南镇金何村金龙自然村毛凤坤、毛必森等人沿着熟悉的线路进入凤阳山，忠实履行护林员职责，守护这里的每一寸绿。

一

凤阳山，英雄的山。在艰苦卓绝的浙西南革命斗争年代，革命先烈的鲜血染红了满山的杜鹃花。

80 多年前，红军挺进师与国民党“围剿”部队在凤阳山有过一场鏖战，中共浙西南特委副书记、红军挺进师二纵队政治部主任杨干凡在战斗中为革命献出了生命。

那是 1937 年 5 月，杜鹃花盛开的季节。杨干凡和特委、二纵队其他领导人奉闽浙边临时省委指示，率领二纵队从浙南重返浙西南开展游击战争。部队一路行军作战，进入凤阳山时，已十分疲惫，当晚就在凤阳山五显殿宿营。未想到翌日清晨被跟踪尾随的敌人包围，一场反包围战斗打响了。

在敌众我寡的形势下，杨干凡沉着地指挥战士们边打边撤，不幸被敌人的一颗流弹击中。……就这样，杨干凡烈士把一腔热血洒在了凤阳山上。

二

凤阳山主峰黄茅尖海拔 1929 米，为江浙最高峰，也是我国东南沿海直线距离 200 千米以内的最高峰，山顶坡度平缓、视野开阔，是敌人空投、空降最理想之地。

中华人民共和国成立之初，台湾国民党当局不时派人、派飞机侵袭大陆。为巩固国防，防止敌人空投、空降，上级军事机关确定凤阳山为防空降重点地区，南京军区、浙江省军区决定建立“金龙瞭望哨”。1963 年，上级把对空瞭望的重任交给了原均溪公社金龙大队民兵连。

曾任金龙民兵连连长的毛凤坤对当年的情况记忆犹新：“民兵武装执勤，平时两人一班，轮流瞭望和休息；节日则增加到三四人，加强对空瞭望力量。哨所值班电话直通县人民武装部，发现异常情况立即汇报。”

接过革命先烈的枪，浙西南革命精神在老区儿女身上不断发扬光大。“当时的哨所建在海拔 1800 米左右的小黄垟山峰上，墙壁是用段木竖立着、缝隙用泥巴糊起来，屋顶盖的是树皮，条件非常艰苦，也很危险。”毛凤坤介绍说，从村庄通往哨所，是一条 12 里的羊肠小道，蜿蜒曲折，荆棘丛生，头上悬崖峭壁，脚下百丈深渊。执勤路上、哨所周围，常有毒蛇、野兽出没。

凤阳山属亚热带湿润气候，雨量充沛，雾多湿度大，同时由于海拔高，冬天常常大雪封山，冰冻严重，气温零下十多度很常见。“民兵一年四季在山上执勤真的是非常辛苦。”毛凤坤说，哨所的被子和床一年到头都潮湿得很；春夏时节，衣服棉被经常被雨淋湿；夏天，山上蚊子特别多，用焚草烟熏的方法驱蚊，往往是蚊子熏死了、跑了，人也熏得够呛；冬天特别寒冷的时候，冻得大家手脚发僵，只好靠烧火堆取暖。哨所里最早靠燃烧松明来照明，后来点蜡烛，再后来才用上煤油灯。

红军战斗纪念碑

就这样，在极其艰苦的环境中，金龙民兵二十年如一日，7000多个早晚，行走了数十万千米的路程，先后百余次为上级军事机关提供有价值的情报，为保卫祖国做出了突出的贡献，多次受到南京军区和省、地、县各级表扬、奖励，被誉为“高山红哨兵”“硬骨头六连式的民兵连”。

1982年，根据上级指示，金龙瞭望哨撤销。金龙民兵忠实完成了党和人民交给的光荣任务。

三

金龙瞭望哨撤销后，毛凤坤被安排到原均溪乡政府从事护林工作。2019年，在全市行政村规模调整当中，金龙村与均何村、横溪村合并，设立金何村，毛凤坤众望所归出任金何村首任党支部书记。

2020年，龙泉市全面启动钱江源－百山祖国家公园创建工作。地役权改革、林地权属边界确认、生态搬迁……地处“主战场”、身为“主力军”，在创建任务极其繁杂的情况下，毛凤坤克服重重困难，团结带领村“两委”班子和广大党员群众一项一项抓落实，推动各项工作走在前列。

巍巍凤阳山，雄踞浙西南。昔日屯兵设哨的防空要地，如今游人如织的国家公园。大山一样可靠，岩石一样顽强。想当年，毛凤坤们用警惕的双眼编织成一张严密的天网，忠诚履行着保家卫国的神圣使命；眼下，毛凤坤们牢记“国家公园就是尊重自然”，用脚步丈量着这座大山，守护着“野生动物的乐园、珍稀植物的天堂”和“华东古老植物的摇篮”的四季平安。

岁月更迭，时代前行；初心使命，坚如磐石。从革命战争年代，到保卫新生人民政权和社会主义建设，再到绿色发展的当下，时代不同了，工作重心转移了，但不管是为推翻反动统治、建立新中国，抛头颅洒热血的革命先烈，还是为巩固国防、保卫人民安居乐业，坚持不懈守卫领空安全的红色哨兵，抑或是为创建国家公园，守护好这座森林资源丰富、珍稀物种众多的自然宝库的绿色卫士，在他们身上，我们分明看到，融入他们血脉的“忠诚使命、求是挺进、植根人民”的浙西南革命精神，其核心就是听党话、跟党走的如磐初心，使命必达的钢铁意志和共产党人始终不变的政治本色。

话说凤阳山（3 则）

舒喜春

凤阳山人熊的传说

20 世纪 70 年代初，修筑凤阳山公路的工人在 1600 米左右高山密林中的一棵大树上，发现有一个窝，离地 2 米多高，用手臂粗的树杆编结成为似澡盆大小的窝盆，长约 1.8 米，宽不少于 1 米，内中放一些干草。这是什么动物居住？因出于好奇，工人们常上去睡觉，时间长了也就被毁掉了。

也在 70 年代秋天的一个晚上。修筑公路的工人开拖拉机下山，突然在公路旁站着一个高 1.8 米左右的毛人，眼红红的，对着拖拉机灯光撕笑，驾驶拖拉机的驾驶员按响喇叭，这毛人立即向山林逃去……

在 70 年代一个大雪封山的冬天，守山员见雪地上有长 1 尺（3 尺 =1 米，下同）多的一串足印，工人感觉奇怪，就随足印寻去，追寻了一段路后进入密林深处，工人们感到害怕，不敢继续追寻……

从凤阳庙到将军岩的中途密林深处，我们曾看到一棵大树边离地数尺处，有一个用树枝编织的长约 5 尺、宽 2 尺的卵形兽窝，老山农说这就是“人熊”的“家”。还有人在原始森林里发现一个里面还铺着一层厚厚的茅草干动物的巢窟，人猜是“野人窟”。

这些究竟是什么动物？是“人熊”吗？这一切至今都还是一个谜……

话说凤阳山

很早很早以前，浙江省龙泉县凤阳山一带，是一片汪洋大海，西泉王国就在海底，现在“凤阳坞”的百亩高山平底一带，原是王国的京城。

西泉王国的国王是条鳗鱼精，是东海龙王的小舅子，从小就当上了王，人们背后叫“娃娃鳗”。

娃娃鳗横行霸道，无恶不作，国里没人不怕他，只有镇守南门的老将军高阳还敢说他几句。

高阳将军是白鱼精，在东海龙王手下当一员副将，因在同南海鲨鱼王决战中救过龙王，立下大功，被封为震海大将军。他秉性耿直，一次得罪了龙王，被贬了职，送到这小王国当守门将。

当初天宫中有个惯例，每百年要从海中选拔一员天将。这年正月初一，玉帝降旨，把高阳将军选为天将，发给他进宫其“圣符”，到正月十五日见玉帝受封。

娃娃鳗早想上天，苦于不学无术，上天无门。他得知高阳将军入选，就想其害命夺其“符”，冒名顶替了。

正月十四日，娃娃鳗装得格外谦虚，亲自为将军斟酒，奉承的话讲了一大堆。宴终人散，娃娃鳗苦苦求老将军在宫中稍留片刻，以促膝谈心，聆听教诲。老将军答应了。

在皇宫后花园的亭子里，娃娃鳗说：“老将军上天为神将，实使晚辈脸上生光，日后得多照应。”老将军说：“老朽无能，有愧于玉帝错爱。大王天资聪慧，才能非凡，若能廉明政事，普施恩德，国强民乐，老夫必当面奏玉帝为大王请功。”娃娃鳗“感动”得热泪盈眶，发誓要脱胎换骨，从此做个好人。最后，他装好奇地问：“听说老将军有张圣符，不知肯否让晚辈一看享享眼福？”“你看吧！”老将军取出一张丝帕递给娃娃鳗。那丝帕一尺见方，上写“天”字，金光闪闪，异香扑鼻。“怎么用呢？”娃娃鳗问。老将军：“到正月十五午时三刻，把圣符吞入腹中，就会生出手脚，变成神仙，踏着祥云升上天宫了。”

娃娃鳗听了，回头叫一声：“小凤，拿酒来，为老将军致贺。”

这小凤是个海螺姑娘，聪明贤惠，父母死于战争，多亏老将军救了她，认作义女，在皇宫中作宫女。小凤托着银盘从厨房里出来，娃娃鳗接过银盘说：“今给神将献酒，怎用银筷？还不快把寡人金筷取来？”小凤觉得大王亲自接盘，事有蹊跷，于是多了个心眼，在走廊转弯处偷偷回望一下。啊！不好了，只见娃娃鳗从衣袋里取出一个小纸包将包中少许白色粉末抖入酒壶中，端到亭子里去了。当小凤取了金筷来时，晚了！老将军已饮了一杯酒，沉沉欲睡了。桌上那一块丝帕，被娃娃鳗藏了，并对小凤说：“老将军年事高，饮酒过量，已入梦乡，切勿惊动他。”他见小凤神色异样，怕她察觉就杀气腾腾地说：“你若多言，我一定把你碎尸万段。”

小凤强忍悲愤，应了声“是！”就退了下来，跑回卧室，关起门，不禁嚎啕大哭。

皇宫里的侍卫海蛙听得小凤哭声凄惨，忙来询问。小凤把看见的情形，一五一十都告诉了海蛙，求他为义父伸冤。海蛙听了，义愤填膺，当夜就带小凤到龙王府告状。谁知龙王是昏君，他听说是来告小舅子，不问青红皂白，把海蛙和小凤痛打一顿，赶出龙宫，还把告状的事告诉了娃娃鳗。

小凤和海蛙回来，已是正月十五日早晨，眼看娃娃鳗阴谋快要得逞，急得团团转。后来去找老丞相海龟。这海龟是三朝元老，年迈体弱，但向来主持公道。他听了小凤和海蛙的哭诉，怒火心中烧，嘴里骂一声：“娃娃鳗这个小畜牲，如此霸道，那还了得！”就爬到海面，径向天宫报告去了。

娃娃鱼

这时娃娃鳗得知秘密败露，恼羞成怒，先把高杨将军尸体摔出宫外，又处决了小凤和海蛙，随后来到海面。当时海龟正昂头向风神诉述海下奇冤，娃娃鳗大施妖术，将海龟击死于海面，变成一块礁石。

玉帝闻得风神奏报，一边差神兵捉拿东海龙王问罪，一边对雷公说："将西泉王国从东海里划离出来，由本宫处置。"

雷公得令，高立云头，伸出右手，向西泉王国连发二声霹雳。好家伙！顿时电光闪闪，雷声滚滚，狂风大作，天昏地暗，真是"翻江倒海"啦！只见海底逐渐升腾，露出海面，然后继续升腾，一直升高到几千尺。于是，这西泉王国变成了高山。东海龙王鞭长莫及，再也保不住这作恶多端的小舅子了！

根据玉帝命令，高阳将军死而复生。不过他失落了上天圣符，暂且留在世上当他的"震海将军”，不是镇守海水，而是守护大森林。这就是我们在凤阳山上看到的“将军岩”。你看他，绝崖数百丈，顶天立地，多么威武雄壮啊！

小凤姑娘复活后，玉帝让她在高山平地上管理奇花异树。这就是我们在“凤阳坞”看到的那两块两米多高的海螺石。她亭亭玉立，身姿优美，多么惹人喜爱啊！人们还选取小凤、高阳名字中的两个字，把这高山叫作“凤阳山”。

仗义勇为的海蛙和海龟，都化为山上美丽的古迹了。只有那刁猾险毒的娃娃鳗最倒霉。他当时刚刚把上天的圣符吞下肚，雷公的霹雳就响了：虽然他的手和脚是长出来了，头也由尖变圆，可是再也变不下去了，皮肤还是同鳗鱼一样，又灰又滑，连尾巴也来不及甩掉，这就是凤阳山上的“娃娃鱼”。玉帝就叫他鱼不像鱼，兽不像兽，长年累月在山中沟洼里受罪。它在水中蹲久了，想爬到岸上透透气，又怕太阳晒；雷雨来，他怕挨雷公轰，四处逃跳，有时还躲到树丫上；半夜里哑着喉咙一股劲地叫：“苦啊——苦啊——苦啊！”那声音跟小孩哭相似，听起来很可怕……真是活该！谁叫他如此作孽呢！

望阳和凤姑

在龙泉市境内，有一座海拔 1929 米的高山——凤阳山。堪称江浙第一高峰，植物学家称凤阳山是“华东古老植物的摇篮”。凤阳山上有许多景点，是人们向往的游赏胜地。千百年来，在当地老百姓中流传着许多神奇而优美的故事，《望阳和凤姑》是流传较广的一则。

相传凤阳山上那片绿草丛生，青苔铺岩的“凤阳坞”，早年间原是一望无际的“凤阳湖”。这凤阳湖的湖水轻盈见底，味儿却酸滋滋的，原来这湖水里滴有一个叫“凤姑”的海螺姑娘哭她情郎望阳的眼泪呐！

海螺姑娘家住在东海。东海龙宫龙女蛤姑千百个，个个不及海螺姑娘美。海蟹将军舞着钢叉来求亲，海螺姑娘嫌他凶暴；黄鱼王公身着金袍来求亲，海螺姑娘嫌他笨拙；龙王的宠臣海龟宰相也要纳海螺姑娘为妾，同样遭到拒绝。海龟宰相恨呐，就在龙王面前进谗，说海螺自夸妖娆美丽，海国龙宫无人可与她配偶。专门上渔家勾引凡夫俗男，极端淫荡，败坏了龙宫声誉。龙王听了大怒，朱笔一挥，就把海螺姑娘逐出海疆，押送瓯江最上游的一座高山上罚受烈日暴晒。若耐三日干渴不死，也不能返回龙宫，永生在那里服刑。为了监视海螺姑娘受惩，龙王还派了残暴出名的海蛤蟆看守。

海螺姑娘平白受冤屈，真伤心呀！在海蛤蟆的押解下，日夜不停地逆瓯江激流而行，过深潭险滩，终于被押到瓯江源头，一座高耸入云的大山峰上，受炎阳暴晒。一日两日，海螺姑娘被晒得头晕眼花口干难当，到第三天，青壳冒烟，眼见就要被晒死啦！这时，一个年轻的猎手上了山巅，他见有一只大海螺在发烫的岩石上被烈日暴晒，就小心地捡起，放到岩下的阴凉处，并将随身携带的一竹筒泉水，全倒在海螺身上，就又匆匆忙忙赶猎去啦。

海螺姑娘得了泉水，终于熬过了三日烈日暴晒的酷刑。

海蛤蟆见海螺姑娘没死，可恼火啦，把海螺姑娘抛到山巅的一座湖塘中囚禁起来。这座湖塘无鱼无虾，只有海螺姑娘独居，好孤零冷清哇！

这天，那个年轻的猎手来到湖塘边歇息，他见清沏的湖水里只有一只大海螺蹲着，不由感叹道："海螺呀海螺，你在盈盈湖水中孤零，我在莽莽大山里单身，你我都是苦人呐，往后我们就结个伴吧！"

从此，那猎手就天天到湖边望海螺，并取来水草铺在水面上，为海螺遮荫；捞来鱼虾养进湖水中，与海螺为伴；使冷清清的湖塘一天天热闹起来。

海螺姑娘心里多么感激这位好心的猎手呵，她真想上岸现身叩谢他。可是，海蛤蟆蹲在高处，鼓着圆眼，绷着扁嘴，管得严呐！海螺姑娘心想：一个受罚的"罪女"，怎能连累自己的恩人呢？唉！还是把姑娘的挚情藏埋心底，但愿这好心的猎手长命百岁，天天能来湖畔相伴。

俗话说：功夫不负有心人。相会的那一天，终于来啦！那凶恶狠毒的海蛤蟆，一心只想长生不老，得道成仙，他听说八月十五夜间，月亮常会掉下琼华来，谁能得到它，就可成仙。海蛤蟆决定到山巅等待琼华。临走时，对海螺姑娘吆喝道："海螺，你听着，你要是敢乱动，我绝不轻饶！"海蛤蟆说完就走啦。

十五的圆月，映照着山峦，乳白的月色，相溶于碧水。面对着美丽的月亮，海螺姑娘多么想念年轻的猎手呀！

猎手来啦，猎手拿着一支小山竹制成的短笛来啦。他来到湖边，对着浩浩银波说道："海螺呵海螺，我今夜踏月到此，专为伴你欢度佳节，请你先听我吹一段小调儿吧？"悠扬的笛声，低似山泉流淌，高若松涛欢唱；忽如夜莺清歌，忽如百鸟鸣春，动听极啦！把个悲戚戚的海螺姑娘也逗乐了，她捺不住心怀的激荡，走出了冰寒的湖底。

猎手正吹着短笛，忽见湖水荡漾，波光闪耀，他忙把眼一眨，只觉眼前一亮，一个美丽的绿衣姑娘站在他眼前。那姑娘对着惊讶得目瞪口呆的猎手微微一笑，问道："猎哥哥，你不认得我么？"猎手摇摇头。姑娘说道："烈日下蒙你泉水相救，寒水畔承你真诚相慰。猎哥呵，你是我的恩人呐！"猎手看看姑娘，还是摇摇头。"猎哥呵猎哥，你不是说过：盈盈湖水我孤零，莽莽山野里你单身，往后要结个伴的么？"海螺姑娘说道。"我就是那命苦的海螺呀！"

接着，海螺姑娘就把自己怎么被东海龙王驱逐到此受罚的事，一五一十告诉了猎手，并相问猎手的身世。猎手说道："我从小父母双亡，在财主家放牛，每日天未亮便要赶牛上山，人家就叫我望阳。"海螺问道："那你为什么到这高山大岙中来呀？""我遭了财主的毒打，恨呐！便放火烧了财主的楼房逃了出来。我是个命苦的人呐！""我的命更苦哇！"海螺姑娘说道："望阳哥，你好歹还有相邻关心你，为你取了好听的名字，我呢？”受尽欺凌，至今连个名字也没有！见海螺姑娘抽搐哭泣，望阳忙劝慰道：“姑娘呵姑娘，你貌胜丹桂，心似明月，凤凰也比不上你！我给你取个名字，就叫‘凤姑’吧。”

中秋的圆月含笑隐入山峦，苍郁的松林携枝搭成屏障，山蛙捣鼓，秋虫鸣笛，庆贺凤姑和望阳这一苦命人儿结伴定了情。从此，凤姑就常避过海蛤蟆的监视和望阳相会。一日复一日，海蛤蟆感到海螺变啦：原来悲戚戚、泪汪汪的海螺，现在怎么忽然欢乐起来了，怎么回事呢？其中必定有缘由，海蛤蟆决心要探个究竟。

这天半夜，凤姑见海蛤蟆熟睡后，就跳出水，现了身，急忙去会望阳。谁知，海蛤蟆是假装熟睡打呼噜的呀，他紧跟在凤姑的身后，翻岙过岗来到望阳的茅寮前。

望阳见凤姑来了，好快活呵！于是两人就携着手，唱起欢乐的山歌。

海蛤蟆吼叫着，吐出倒勾火舌，就去勾捉凤姑。望阳一见，忙抽出猎刀挺身而上，好言相劝说：“救人于危是好汉，持强凌弱非英雄。望你切莫欺人太甚！”

海蛤蟆一听，更是火上添油，火冒三丈：“好一个不识相的野夫，看我先收拾你！”海蛤蟆前腿一蹲，后腿一弹，凌空跃起，扑向望阳；望阳张开猎弓，乘其来势，对准海蛤蟆就是一箭，正中喉头，海蛤蟆“咕咕咯”，一阵怪叫，撞在山崖上，死啦！

海蛤蟆的怪鸣惊动了天宫的巡游神，巡游神探明此事，就奏报给玉帝。玉帝闻奏，知一个受惩的罪女，不仅敢和凡夫私会，还射死了海蛤蟆，不由大怒，就派天兵天将去讨伐。

勇敢的望阳，为了保护凤姑，就挥舞猎刀和天兵天将恶斗，无奈只身力薄，怎能敌得过天兵天将？最后死在山峡里。

望阳死后，凤姑仍被押到湖水深处，并用千斤神锁锁住，使她无法再走动。凤姑被锁在湖底，日夜思念望阳，哭呀哭呀，心酸的眼泪把湖水都溶成酸的啦！

那个残害海螺姑娘——凤姑的龟宰相，也逆水而上，来到这座大山中，对囚禁的凤姑再一次逼婚，被凤姑痛骂了一顿。海龟宰相恼羞成怒，就用法术穿透湖底，使湖水全部漏光，用干枯来折磨凤姑。凤姑坚贞不屈，最后被晒死了！

从此，湖干成坞。凤姑就化成坞中一个巨大的石海螺。

望阳死后在山峡，他的精灵化成一种鱼，这鱼又会潜水，又会爬树，到处寻找凤姑，不时叫：“哇，哇，凤姑，哇，哇，凤姑”，叫声凄惨，如婴儿啼哭，人们称为“娃娃鱼”。

自此，瓯江源头这座高耸的大山，人们便取名为“凤阳山”，那坞，就叫“凤阳坞”了。

观音姑娘

吴周根

巍峨秀丽的凤阳山下有一个龙泉垟，垟内奇岩突兀，水草丛生，偶尔间还能看到一些断垣残壁。

传说在很久很久以前，这里是一个小山村，名叫龙泉岙，村里住着二十几户贫苦的山民。就在岙西角那块巨大的石崖下，当时有一座小小的土围子房屋，屋内住着一个40多岁的寡妇和她美丽善良的女儿观音姑娘。

观音姑娘18岁那年，年景不好，暴热的太阳一连晒了120余天，山上的树木枯死了，田里的禾苗萎黄了，小溪里的水流光了。为了生存，人们开始挖掘水井。挖呀挖，挖了许多很深的井，却总是见不到一滴水。观音姑娘与她娘挖了三天三夜才不过挖了两三尺深，就更见不着水了。观音她娘说："女儿啊！这不是我们女人干的活啊！我们娘俩出去讨口饭吃算啦！"观音姑娘看了看面容憔悴的娘，反而挖得更有劲了。挖呀挖，挖到一丈多深的地方时，还是看不到水。观音姑娘非要挖出水来不可，手皮磨破了也不叫声痛。又挖了很久，突然，水没见着，却挖着了一只精致的青瓷花瓶。奇怪的是，那只花瓶里还装着满满一瓶清水哩！母女二人小心地把花瓶吊了上来。村民们听说此事后，都怀着好奇心纷纷围拢来争相观看。观音姑娘说："我挖到一瓶清水，是咱岙里人的喜事。我决定把这瓶水分给大家尝尝。尝了水，大家再去努力挖井罢！"说着就捧起瓶子给人们分水。说来奇怪，只要往碗里滴一点水，便即刻会变成满满一大碗！见到这情景，观音姑娘忙把瓶子放在桌上跑到门外折了一枝干柳条插进瓶内，不料那柳条刚插进去便即刻返青、复活，一会儿，还绽出几朵葱绿的小芽叶儿来呢！然后观音姑娘用柳条只蘸一点，人们的碗里就满了，不管你是小碗大碗都能满。有人拿来水桶，也满了。观音姑娘往枯井里蘸上一点，枯井也满了……于是，整个小山岙立刻欢腾起来！观音姑娘把水滴在干涸的溪里，小溪里立刻流动着清清的山泉；观音姑娘把水滴在干燥的山坡上，山坡上的干草一片葱绿。

竹海人家

这下子，龙泉岙的人对观音姑娘的感激之情，那是无法形容啦！

不料，这件事传到山下村庄里一个名叫金光的泼皮耳朵里。这家伙一贯好吃懒做，却梦想发财。他想，我金光若得了那宝瓶，不就可以靠卖水发财了吗？

这天深夜，金光偷偷潜进龙泉岙，鬼鬼祟祟地摸到了观音姑娘家的门前。那泼皮往门缝里一瞧，但见香烛供着宝瓶，观音姑娘正伏在案边困觉哩！他便蹑手蹑脚撬开柴门，爬到姑娘身边，听听姑娘睡得正香，即伸手将那花瓶端了过去。金光正想往外走，观音姑娘醒来了："谁呀？啊！有贼人偷宝瓶啦！"姑娘的叫声，使泼皮金光慌了神，忙把那宝瓶横着，往腋下一夹，就没命地跑。他不知那宝瓶是万万不可倒置的，这一横倒，水从瓶里势不可挡地喷射出来，即刻间便把个小山岙变成了一片小海洋。村上的房子、庄稼，观音她娘和众乡亲统统都被大水淹没了。

观音姑娘坐在一张八仙桌上漂着，"娘啊！宝瓶啊！"她拼命哭喊着、寻找着。突然，姑娘发现贼人金光的尸体浮了起来，却不见了宝瓶。正当她发愁之际，水面上游来一条大蛇精和一只大龟精。蛇精的头上顶着一朵大荷花；龟精的背上驼着一只花瓶。姑娘定神一看，那不正是自己失去的宝瓶吗？

蛇精和龟精游到姑娘身边，蛇精用荷花把姑娘托了起来——姑娘得救了。龟精把宝瓶送到姑娘面前说："我们是九天玄武大仙手下的龟蛇二将，大仙在九天之上闻姑娘落难，特派我俩下凡相救。泼水难收，龙泉岙已无法复原。大仙请姑娘乘此荷花前去南海，自有前程！"说毕即刻腾云升天而去。

观音姑娘含泪点了点头，看了看眼前的一片大水，遵照大仙的旨意，怀抱宝瓶，乘坐荷花飘然而去。据传，后来玉帝封她坐镇南海紫竹林，云行四海，为专降甘露救苦救难、大慈大悲之菩萨。那是后话。

凤阳山的故事（4 则）

毛明库

凤阳山麓壮歌行

巍巍凤阳山，江浙最高峰。龙南乡地处凤阳山麓，龙泉、庆元、景宁三县（市）交界地带。在20世纪30年代，中国工农红军挺进师在浙江创建了浙西南和浙南两块革命根据地，凤阳山一带是连接两块革命根据地的交通枢纽，由此发生了许多感人的革命故事。

麻连岱的红色记忆

1935年3月下旬，粟裕、刘英率领中国工农红军挺进师进入龙泉县西部山区，拉开了红军挺进师进入浙江开展革命斗争，建立浙西南革命根据地的帷幕。4月28日，挺进师在庆元县斋郎村以少胜多，打垮前来追击的浙保一团、独立营、闽保二团以及当地反动武装大刀会共3000余人的联合围击，毙伤敌人300余人，俘敌近200名，缴获步枪100多支。斋郎战斗后，红军挺进师转移到位于龙、庆边界龙泉境内的龙南乡麻连岱村休整。麻连岱村群众对红军热情接待，红军与村民亲如一家。在麻连岱村，红军挺进师政委会召开了会议，总结了挺进师入浙一个多月以来的工作，并决定开辟以仙霞岭为中心的浙西南革命根据地。以龙泉、遂昌、松阳、云和、江山、福建浦城等地作为建立浙西南革命根据地的基本区域。具体部署是：由挺进师第一、二纵队担负开辟基本区域的任务，迅速打通与闽北等游击区的联系；为加强对浙西南地区党组织的统一领导，成立中共浙西南特委，宗孟平为特委书记兼政委会随军代表和行动委员会书记，随第二纵队行动；成立以黄富武为书记的政委会分会，领导一纵队及师政治部全体人员，在龙泉、松阳、遂昌、云和等地发动群众，开辟根据地；刘英、粟裕则率领第三纵队在浙赣铁路沿线，在汤溪、龙游、金华、武义、宣平、处州之间辗转游击作战，威胁金华、丽水等中心城市，扩大党和红军的政治影响，吸引国民党军队北调，以掩护第一、二纵队完成开辟革命根据地的任务。这次会议是挺进师政委会召开的一次重要会议，为创

建浙西南革命根据地确定了正确的战略方针。

红军在麻连岱期间，在该村五谷神庙东墙外侧写下了“纪念五一，打倒出卖中国的国民党！”的标语。该标语于 1981 年 7 月被列为龙泉县文物保护单位。

凤阳山上铸英魂

1935 年 3 月至 1937 年 10 月，中国工农红军挺进师先后开辟了以龙泉、遂昌、松阳为中心的浙西南革命根据地和以泰顺、平阳、青田等地为中心的浙南革命根据地。凤阳山一带正是连接浙西南与浙南的枢纽通道，红军部队经常在此一带来往穿梭。

1937 年 5 月的一天，正当凤阳山上杜鹃花盛开的时候，中共浙西南特委、挺进师二纵队奉闽浙边临时省委指示，从浙南重返浙西南开展游击战争，以牵制国民党“围剿”部队，减轻敌人对省委所在地的压力。部队由中共浙西南特委副书记、红军挺进师二纵队政治部主任杨干凡率领。杨干凡是湖南人，少年时代就参加红军。1935 年编入挺进师，进入浙西南进行游击战争，先后任地方工作团团长，浙西南特委副书记，二纵队政治部主任等职。部队一路行军作战，进入龙泉境内的凤阳山时，已十分疲惫，当晚就在凤阳山庙宿营。翌日清晨，大雾迷漫，远处什么也看不清。

待晨雾慢慢散去时，挺进师二纵队哨兵发现山头上有敌人活动踪影，断定是跟踪尾随的敌人包围上来了，就鸣枪报警。一场反包围的鏖战打响了。在敌众我寡、敌人居高临下处于有利地形的形势下，二纵队决定向西撤退。为了掩护部队安全撤离，杨干凡拖着病后虚弱的身体，沉着地指挥战士们边打边撤。他最后一个撤出阵地，刚刚攀上一道小岭，不幸被敌人的一颗流弹击中倒在山岭的路边。警卫班长刘双富发现后，连忙返回身扶起他。这时负了重伤的杨干凡已不能说话，他艰难地用手势比划着，要刘双富不要管他，赶快突围出去，并把他的手枪和身上带着的钱袋（部队经费）递给刘双富，让他转交组织。这时，敌人的枪声越来越激烈，背上杨主任一起突围已经不可能了；匆忙中，刘双富接过枪和钱袋，含泪告别了杨干凡……就这样，杨干凡把一腔热血洒在了凤阳山上。

几天后，凤阳山附近村民发现了杨干凡烈士的遗体。人们怀着对革命烈士的崇敬之情，把他就地安葬在杜鹃花盛开的凤阳山麓。

“菇神”与凤阳山

800多年前，凤阳山一带人烟稀少，森林茂密，猛兽成群。在凤阳山东南面有一个小村庄叫龙岩村，村里有一户农家，全家每年靠种植水稻、南瓜、番薯等作物勉强度日，生活艰辛。可喜的是，三儿子吴昱到十五六岁时，身材高大魁梧，腰圆膀粗，结实强壮，并且聪明机灵，做事勤恳。老夫妇都指望三儿子吴昱能更有出息。

这一年，龙岩村遭遇了严重的旱灾，粮食作物减产，到了青黄不接的季节，村民们只好到山上采摘蘑菇、野菜充饥。村庄附近的蘑菇、野菜采摘完了，吴昱母亲又饿又急，病倒了。吴昱想，为解燃眉之急，只有到凤阳山密林深处去找蘑菇、野菜了，但那时因为野兽凶猛，村民都不敢到凤阳山深处去，以免遭遇危险。吴昱凭借自己的强壮身躯，便瞒着家人，独自冒险前往凤阳山密林深处采蘑菇、野菜。来到凤阳山黄茅尖下，吴昱采到了许多又大又厚的香菇，这是村民能够得到的最好的食物了。吴昱将香菇采回家后，不但解决了自家的食物问题，并且分给村里的其他人食用，村人对吴昱都非常敬佩。

一天，吴昱又来到凤阳山采摘香菇，要给病中的母亲调养身体，在途中，突遇一只老虎在追赶一个姑娘。在此危急时刻，吴昱举起扁担奋不顾身冲了上去，老虎随即逃遁，姑娘得救了。姑娘为感谢吴昱的救命之恩，便来到吴昱家，看到吴昱母亲病重在床，拿出随身携带的药丸让吴昱母亲服用，药到病除，吴家对姑娘异常感激。其实，这件事的发生并不是一般的巧合，而是大慈大悲的观世音菩萨特意安排，让姑娘来助力心地善良的吴三公成就大业的。不久，吴昱便与这位姑娘拜堂成亲，结为夫妇。

此后，在妻子的协助下，吴昱去凤阳山更勤了，而凤阳山上的老虎、豺狼等猛兽似乎与吴昱有了默契，从不伤害他。经过不断观察，吴昱发现，凤阳山树木上长出的香菇，都是在树皮受损的部位周边，而树皮完好的地方反而不长。经过不断实验，吴昱发明了人工生产香菇技术“砍花法”和“惊蕈法”。

吴昱掌握了人工栽培香菇技术后，就带领村民在凤阳山建起香菇寮，进行大批量生产。随着“砍花法”“惊蕈法”栽培香菇技术不断发展传播，凤阳山周边村庄村民依靠香菇产业，逐步改善了生活。以后数百年，生产香菇区域也逐步扩大到闽赣皖粤等数省份，至明朝初，处州青田刘伯温奏请朱元璋皇帝准许，使“砍花法”人工栽培香菇业成为龙、庆、景菇民的专利。因为吴昱在兄弟中排第三，大家尊称吴昱为吴三公，吴三公成为龙、庆、景菇民心中的“菇神”。

凤阳湖与海螺

在龙泉山风景区凤阳湖畔，有一块巨石，惟妙惟肖地像是一只巨大的海螺，这其中有一个凄美的传说故事。

当年，海螺是一个生活在东海里人见人爱的美丽姑娘，年方十六，东海龙王闻知后，便想霸占纳她为妾，海螺姑娘心里是一百个不愿意，但迫于海龙王的淫威，表面上又不好拒绝。于是，海螺姑娘便通过使者向海龙王提出请求，说要到瓯江最远的地方一游，而后才肯嫁给他，海龙王答应了。为以防万一，海龙王派出螃蟹将军随同，说是保护，实为监视。经过九九八十一天的艰难旅途，海螺姑娘到了瓯江源流最高峰黄茅尖下的凤阳湖。

来到凤阳湖后，海螺姑娘看到凤阳湖这澄清碧绿的湖水以及围绕湖边的美丽诱人风景，加上凤阳湖周边舒适宜人的气候，她百感交集，想到如果离开凤阳湖，跟随螃蟹将军回到东海，不能享受这优美的环境是小，要命的是还要嫁与海龙王为妾，那将是痛苦一生。思前想后，海螺姑娘决心要留在凤阳湖这青山绿水间，即便死也要死在这里。想不到的是，螃蟹将军知晓海螺姑娘的心思后，也从心底里支持海螺姑娘的做法，并表示自己也要在这里为海螺姑娘守护。

也许是上天也为螃蟹将军的情义所感动，在凤阳湖边，螃蟹将军意外得到了一把欧冶子亲手锻制的龙泉宝剑，这把龙泉宝剑威力无比。为了防止海龙王派兵来追讨，螃蟹将军用龙泉宝剑在凤阳湖下游狠力劈了两剑，形成了天险屏障。

一晃海螺姑娘离开东海已一年了，海龙王想起海螺姑娘的美貌，纳妾心切，便派了青鱼元帅带兵前往瓯江源头搜寻，明言“生要见人，死要见尸”。青鱼元帅带兵来到凤阳湖下，因螃蟹将军设置了天险屏障，无法到达凤阳湖，知道回东海也无法向海龙王交代，只好在此不停叫骂，叫骂了整整六六三十六天。螃蟹将军无法忍受，只好出来与青鱼元帅决战。本来螃蟹将军根本不是青鱼元帅的对手，只因螃蟹将军手中拥有龙泉宝剑，使决战变得势均力敌起来。经过一翻决斗，螃蟹将军与青鱼元帅是两败俱伤，螃蟹将军脚被打歪，致使之后不能直走，只能横行，而青鱼元帅更是被打得遍体鳞伤，节节伤痕。因青鱼元帅没能成功追回海螺姑娘，也不敢回东海复命，只得永远留在了瓯江源头。

海螺姑娘去世后，螃蟹将军和青鱼元帅都化为巨岩，一直坚守在瓯江源头凤阳山上，后人称之为“将军岩”“水滴岩”，而被螃蟹将军剑劈的地方则成了现在的双折瀑。在龙泉溪中，溪螺、螃蟹、节斑鱼，是三种最常见的水产，如果要追根究底的话，其渊源便在这里。

大小天堂

在龙泉市南端瓯江源头的峰峦峡谷、茂密森林间，有两块紧密相连的高山湿地，被称为大小天堂，这里不仅景色绝美，有不可多得的宝贵自然资源，而且还流传着一个神秘的故事。

传说在很久很久以前，天堂里的玉皇大帝要为众仙女找一个绝对洁静、美丽的地方，建一个湖泊，让众仙女沐浴、养心。经过诸大将的长期考察论证，并经玉皇大帝下旨，选址在瓯江源头，并建立大、小两个湖泊，其中大湖泊呈长方形，小湖泊呈正方形。湖泊建成后，众仙女在大湖泊洗浴、游泳，然后来到小湖泊梳理、打扮，并享用果品。每次来到瓯江源头沐浴，是众仙女最舒心、快乐的事。可后来发生的一件事，却又将仙女们这种舒心、快乐的享受化为泡影。

有一次，仙女们正快乐地在瓯江源头湖泊中享受沐浴的乐趣，一牧童却将一群黄牛赶到湖泊边放养，当然，牧童是无意的。据说，黄牛原先也是住在天堂的，只可惜太贪吃，被赶下人间吃草。一头黄牛猛然发现有诸多仙女在沐浴，忽然想起自己也应该是住天堂的命，便潸然泪下，进而不顾一切地跑去求仙女带他去天堂享受。众仙女哪受得起这惊吓，纷纷跑回天堂去了。只可怜黄牛不会游泳，掉进湖底去了，再也找不到。

从此，天堂中的仙女再也不敢来瓯江源头沐浴了，湖泊也渐渐荒芜。后来，有人想测验一下湖泊到底有多深，用一根很长很长的绳子绑着一个铜锣，绳子没了，铜锣还未探底。据说，很久之后，这面铜锣竟在温州瓯江出海口浮了上来。因为瓯江源头的这两个湖泊，曾经是天堂仙女沐浴的地方，后来人们便称之为大天堂、小天堂。

后 记

凤阳山国家级自然保护区是一方不可多得的生态高地和文化高地。它位于浙江省龙泉市南部，属洞宫山系，由福建省武夷山脉向东伸展而成，高空俯瞰，宛如高高翘起的“龙头”，而龙泉人因其名称之为“丹凤朝阳之地”。1975年7月，被列为省级自然保护区；1992年10月，经国务院批准晋升为“浙江凤阳山－百山祖国家级自然保护区”。这片神奇的土地，其高度，冠绝长三角；其秀丽，宛若“山水大画卷”；其文化，类型独具特色；其资源，旅游科研价值巨大，令人叹为观止，魅力、潜力无限。

我们主编《江浙巅峰——百山祖国家公园凤阳山文集》一书，旨在留存凤阳山国家级自然保护区创立48年龙泉市内外广大作家、诗人及其他作者创作的文学精品。同时，贯彻“国家公园就是尊重自然”的理念，唱响新时代生态文明主旋律，丰厚凤阳山的文化积淀，赋能百山祖国家公园创建，提升国家公园品牌影响力和社会知名度。

本书收录了龙泉市内外100余位作家、诗人及其他作者的文学作品30多万字，编排上按照散文、诗歌、词赋、故事不同的文学体裁依次展开，分为《散文卷　江浙秘境》《诗歌卷　山水诗源》《词赋卷　难得净土》《故事卷　丹凤朝阳》4卷，同时配发了部分凤阳山风光摄影图片。本书所涉及的数据，由于撰写时间前后不一，不足为凭。读者在图文并茂的阅读中，可了解凤阳山国家级自然保护区的发展与变迁，沉浸凤阳山的自然之美，领悟凤阳山的文化之味。

本书编辑完成并顺利付印，得力于编委会及全体编辑人员的辛勤付出，得到了广大文学、摄影作者的大力支持，得到了中国农业科学技术出版社、龙泉市文联、龙泉市作家协会的积极配合，在此一并致谢。

由于水平有限，时间紧促，如有疏漏和不当之处，敬请读者谅解并指正。

主编

2023年6月